国家出版基金项目
NATIONAL PUBLICATION FOUNDATION

曾道衡文集

曹道衡文集 卷七

萧统评传

曹道衡 傅刚 著

中州古籍出版社
·郑州·

本卷说明

　　曹道衡、傅刚两先生所著《萧统评传》,详述了昭明太子萧统的生平、思想、创作以及在组织学士编辑诗文集,尤其是在编纂《文选》时所起的作用,同时对梁武帝萧衍和萧氏家族在南朝政治、文化中的作用和影响进行了全面探讨。此次编选,除订正史料和出版错误外,并将书中征引的文献名称补充完整,统一了部分前后不一的用词,在此基础上修订索引。其余尽量保留作品原貌。特此说明。

中州古籍出版社
2017 年 12 月

目 录

上 篇　萧统的家世和生平

第一章　兰陵萧氏的先世 …………………………………… 3
第一节　史籍中关于萧氏来源的记载/3
第二节　兰陵萧氏和"北府兵"/9
第三节　齐、梁两代皇室的血缘关系及其恩仇/13

第二章　齐、梁易代与梁武帝 …………………………… 18
第一节　萧顺之、萧懿在南齐的地位/18
第二节　作为"竟陵八友"之一的梁武帝/22
第三节　齐明帝的"佐命之臣"与襄阳起兵代齐建梁/29

第三章　登上皇位后的梁武帝 …………………………… 34
第一节　梁武帝前后期的政局状况/34
第二节　梁武帝称帝前后的思想变化/38
第三节　梁武帝在学术文化方面的作用/43
第四节　梁武帝的文学创作/47

第四章　梁武帝诸弟侄及梁武帝对他们的态度 ········· 53

　　第一节　梁武帝兄弟们的概况/53

　　第二节　萧秀、萧伟、萧恢和萧憺/55

　　第三节　萧宏/58

　　第四节　萧正德/62

第五章　萧统的生平 ······························· 66

　　第一节　萧统的出生及其所受的教育/66

　　第二节　萧统的思想性格/72

　　第三节　萧统之死和他同梁武帝的关系/76

第六章　萧统诸弟及萧统与他们的关系 ············· 81

　　第一节　萧纲/81

　　第二节　萧绎/85

　　第三节　萧纶和萧纪/90

　　第四节　萧绩、萧续和萧综/95

第七章　萧统的后人 ······························· 97

　　第一节　萧欢和萧栋/97

　　第二节　萧誉/99

　　第三节　萧詧与后梁/101

　　第四节　隋炀帝皇后萧氏/104

　　第五节　萧铣、萧瑀和入唐以后的萧氏/105

下 篇　萧统的文学活动和文学思想

第八章　以萧统为中心的天监、普通年间文学思想和创作 …… 111
第一节　齐梁文学思想和创作/111
第二节　萧统中心的形成/127
第三节　天监、普通年间的文学思想和创作/134

第九章　萧统的文学活动 …………………………………… 143
第一节　萧统与东宫学士/143
第二节　萧统的作品和《昭明太子集》/169
第三节　萧统的诗文写作/173
第四节　萧统的文学思想/176
第五节　萧统的编著/192

第十章　萧统与《文选》 ……………………………………… 200
第一节　《文选》的编纂/200
第二节　《文选》的编辑宗旨和体例/208
第三节　《文选》的选录标准/214
第四节　《文选》的分类/217
第五节　从《文选》选文看萧统的文学思想/225
第六节　《文选》的流传及影响/242
第七节　二十世纪《文选》学研究/254

附录 …………………………………………………………… 271
《文选》版本略说/271

索　引 ……………………………………………………………… 283
　　重要词语索引/283
　　人名索引/286
　　文献索引/306

上篇 萧统的家世和生平

第一章　兰陵萧氏的先世

第一节　史籍中关于萧氏来源的记载

《文选》编者萧统所由以出生的南兰陵萧氏在我国中古时代曾经是一个非常显赫的家族。不但南朝的齐、梁二代皇室都属于这一族，而且梁亡以后占据着江陵一带作为北周附属国的后梁，就是萧统之子萧詧所建。这个政权一直存在到隋文帝开皇七年（587），并且后来隋炀帝的皇后萧氏和隋亡后起兵为唐太宗所削平的萧铣以及唐代的萧瑀等大臣也都是后梁皇族的后裔，亦即萧统的子孙。这说明南兰陵萧氏这一家族在历史上有过不小的作用。

传统的史籍谈到某一人物时，往往追溯到这一姓氏的起源。这种做法有时不很必要，但涉及南兰陵萧氏似乎应该适当地提到。据王符《潜夫论·志氏姓》说，萧氏本是殷族的旧姓。又云："汉兴，相国萧何封鄷侯，本沛人，今长陵萧其后也。前将军萧望之，东海、杜陵萧其后也。"按：王符论萧氏起源，本于《左传·定公四年》。又据《广韵·三萧》引《风俗通》云："宋乐叔以讨南宫万立御说之功，受封于萧，列附庸之国。汉相国萧何即其后氏也。"王符和《风俗通义》的作者应劭都是东汉人，二说看似有别，却并不一定矛盾。后来盛传南兰陵萧氏为萧何和萧望之之后,从现存的史料看来,最早提出这种说法的是梁代的萧子显。他在《南齐书·高帝纪》中说齐高帝萧道成是"汉相国萧何二十四世孙也",并列举了从萧何到萧道成的世代名字、官职及迁徙过程:

> 何子酂定侯延生侍中彪,彪生公府掾章,章生皓,皓生仰,仰生御史大夫望之,望之生光禄大夫育,育生御史中丞绍,绍生光禄勋闳,闳生济阴太守阐,阐生吴郡太守永,永生中山相苞,苞生博士周,周生蛇丘长矫,矫生州从事逵,逵生孝廉休,休生广陵府丞豹,豹生太中大夫裔,裔生淮阴令整,整生即丘令俊,俊生辅国参军乐子,宋昇明二年九月赠太常,生皇考(萧承之)。萧何居沛,侍中彪免官居东海兰陵县中都乡中都里。晋元康元年,分东海为兰陵郡。中朝乱,淮阴令整字公齐,过江居晋陵武进县之东城里。寓居江左者,皆侨置本土,加以南名,于是为南兰陵兰陵人也。

萧子显是南齐高帝次子豫章王萧嶷的儿子,他的《南齐书》作于梁代,而梁武帝萧衍和南齐皇室是同族,都是上文所说的"淮阴令萧整"的后代。所以他这样说,既有讨好梁武帝,又有自夸家世之意。萧氏虽是被分派去服侍鲁君的"殷民六族"之一,但其后人中有一部分也有可能到了宋国,而被封于萧。《左传·庄公十二年》:"群公子奔萧。"杜注:"萧,宋邑,今沛国萧县(今属安徽)。"又《春秋·宣公十二年》:"楚子灭萧。"杜注:"萧,宋附庸国。"这说明萧氏在春秋时代本聚居于今安徽萧县一带。此地靠近今江苏的北部和山东的南部。在楚国灭萧以后,萧氏的族人有的流亡至今江苏沛县,有的迁居山东的兰陵都是很可能的。所以照王符的说法,汉代的萧何是沛人,后移至长陵;萧望之是东海人,后移至杜陵,二人虽可能同是春秋时萧国之后,却并非一支。所以《汉书·萧何传》说:"萧何,沛人也。"《萧望之传》说:"萧望之字长倩,东海兰陵人也。"并没有说他是萧何之后。关于这个问题,唐颜师古在《汉书·萧望之传》的注中还特地说:

> 近代谱谍妄相托附,乃云望之萧何之后,追次昭穆。流俗学者共祖述焉。但酂侯汉室宗臣,功高位重,子孙胤绪,具详表、传。长倩巨儒达学,名节并隆,博览古今,能言其祖。市朝未变,年载非遥,长者所传,耳目相接。若其实承何后,史传宁得弗详?《汉书》既不叙论,后人焉所取信?不然之事,断可识矣。

颜师古在这里所批评的,正是从南北朝到唐代一些萧氏族之人夸耀自己家族的用意。这种做法在魏晋南北朝门阀制盛行之际,是比较常见的。当时的人都喜自称为名人的子孙,并且不惜冒充,以此提高自己的身份。《文选》载有沈约的《奏弹王源》一文,讲到当时富阳有个姓满的人家,有了些钱,想和地位较高的东海郯人王源结亲,自称为西晋满奋之后。沈约加以揭露,并要求给王源处罚。《南史·文学·贾希镜传》载,南齐明帝建武年间,有个叫王泰宝的人,贿赂贾希镜,将其名附在琅邪王氏谱上,被尚书令王晏启奏皇帝,贾希镜因此险些丢了性命。可见这种冒充名人之后的情况,在当时并不少见,但却是触犯刑律的行为。然而,这种法律只能施于平民,至于帝王,自然不会有人敢去过问。所以南朝的各代帝王都自称有个尊贵的祖先。如刘宋的创建者刘裕,自称是汉高祖之弟楚元王刘交之后;陈武帝陈霸先也自称为东汉名士陈寔的子孙。在当时,人们当然不敢有所非议,但后人对此却并不相信。齐、梁二代皇帝自称萧何和萧望之的后人,情况亦与此相类。

自从萧子显提出齐、梁皇室为萧何、萧望之子孙以后,《梁书》的作者姚思廉也承袭了这一说法,称萧望之官职为"太子太傅",据《汉书》本传亦不算错;又把吴郡太守永的名字写成"冰",可能是传写中有一本为误字(据《新唐书·宰相世系表》亦作"冰",疑《南齐书》误)。当然,从萧整以下,由于齐为萧儁之后而梁为其弟萧鎋之后,名字自然不同。这种说法到稍后于《梁书》的李延寿《南史》中就提出了异议。《南史·齐本纪上》叙萧道成先世时,就既没有提萧何,又没有提萧望之,并且在"论曰"中说:

> 据齐、梁纪录,并云出自萧何,又编御史大夫望之以为先祖之次。案何及望之于汉俱为勋德,而望之本传不有此陈,齐典所书,便乖实录。近秘书监颜师古博考经籍,注解《汉书》,已正其非,今随而改削云。

李延寿的见解显然是正确的。但萧氏在唐代仍历世贵显。据《新唐书·宰相世系表》载,萧氏任宰相的就有唐高祖时的萧瑀、玄宗时的萧嵩、肃宗时的萧华、德宗时的萧复、穆宗时的萧俛、宣宗时的萧邺、懿宗时的萧寘、僖宗时的萧仿和萧遘等,他们都是后梁亦即萧统的子孙;此外,还有和齐、梁二代同属南兰陵萧氏的萧至忠,曾在中宗、睿宗时为相。因为萧氏既有这么多贵人,他们家的家谱当然会受到史官及多数士人的重视,在著作中也采用其说。检《旧唐书·经籍志》,就著录有《齐梁宗簿》三卷;《新唐书·艺文志》还著录有萧颖士的《梁萧史谱》二十卷。当时所用以查检各姓氏源流的《大唐氏族志》(高士廉撰)、《姓氏谱》(许敬宗撰)、《著姓略记》和《衣冠谱》(皆路敬淳撰)等书述及南兰陵萧氏来源时不会不以《南齐书》、《梁书》

和萧家子孙自述的话为依据。所以虽有颜师古、李延寿的辩驳，但许多人却依然相信萧氏乃萧何与萧望之之后。直到宋代欧阳修、宋祁著《新唐书》时，在《宰相世系表》中叙萧氏来源云：

> ……其后楚灭萧，裔孙不疑为楚相春申君上客，世居丰沛。汉有丞相酂文终侯何，二子：遗、则。则生彪，字伯文，谏议大夫、侍中，以事始徙兰陵，丞县；生章，公府掾；章生仰，字惠高；生皓；皓生望之，御史大夫，徙杜陵；生育，光禄大夫；生绍，御史中丞，复还兰陵；生闳，光禄勋；闳生阐，济阴太守；阐生冰，吴郡太守；冰生苞，后汉中山相；生周，博士；周生矫，蛇丘长；矫生逵，州从事；逵生休，孝廉；休生豹，广陵郡丞；豹生裔，太中大夫；生整，字公齐，晋淮南令，过江，居南兰陵武进之东城里，三子：隽（南齐之祖）、辖（梁之祖）、烈。

这里所说南兰陵萧氏世系，和《南齐书》、《梁书》颇有不同。其中说到萧何二子的名字，据《汉书·萧何传》，实为萧何的少子萧延之子。萧延之名在《南齐书》和《梁书》中均已谈及，但在这里已删去，这大约是为了保持齐高帝和梁武帝乃萧何二十四世孙或二十五世孙和萧望之为萧何六世孙的世数。至于萧望之以下的名字，和齐、梁二史并无出入，只是加进了萧望之孙子萧绍"复还兰陵"一语，目的显然是要坐实兰陵萧氏是萧何之子孙的说法。"萧绍"其人虽不见于《汉书》，但从时代来推测，萧育之子应当生活于王莽篡汉及赤眉起义之际。编造这个世系的人想借这个动乱来说明萧望之的后人从杜陵回到了兰陵。但这是徒劳的，因为王符生活于东汉时代，又是安定临泾（今甘肃镇原）人，还与马融是朋友，对长安附近的情况是清楚的。他明确地说到萧望之的后代居杜陵；而且此前的《南齐书》和《梁书》，均无此语。

《新唐书》中这段话大约是唐代萧氏后人所编造的。因为早在欧、宋以前的陈彭年编《广韵》,就在"萧"字下注云:"汉侍中萧彪始居兰陵,彪玄孙望之居杜陵,望之孙绍复还兰陵。"此语显然和《新唐书》采用了同一史料。后来南宋郑樵作《通志·氏族略》,在讲到萧氏时也说"汉有丞相酂文终侯何,六代孙望之,御史大夫",当亦沿袭前人陈说。不过,《新唐书·宰相世系表》中有一段话,却对了解齐、梁皇室与刘宋时外戚萧思话的关系颇有帮助:

(萧)苞九世孙卓,字子略,洮阳令,女为宋高祖继母,号"皇舅房"。卓生源之,字君流,徐兖二州刺史,袭封阳县侯。生思话,郢州都督,封阳穆侯。六子:惠开、惠明、惠基、惠休、惠朗、惠蒨。惠蒨,齐左户尚书,生介。

萧思话等人显贵得较早,而且曾经是萧道成父萧丞之的上级,这位远房本家与齐、梁二朝皇族的兴起有一定的关系。

《南齐书》、《梁书》和《新唐书》所记萧氏世系,从萧绍以前,疑问甚多,已如上述;至于萧绍以下的人物,可能是正确的。因为六朝隋唐人很重谱牒之学。至于萧绍以前,我们只能推测为世居兰陵,虽非萧望之后人,先世与他可能同族。至于萧何则与兰陵萧氏毫无关系,只是由于萧姓的人在历史上唯萧何功绩最高,名声最大,才去冒认他为祖先。此说大约南齐以前就有。我们现在可以见到的如《文选》中沈约所撰《齐故安陆昭王碑文》,此文作于齐明帝即位后不久。文中说"萧曹扶翼汉祖,灭秦项以宁乱。魏氏乘时于前,皇齐握符于后",根本没有提到萧望之。这篇文章主旨不在讲萧氏世系,所以点到为止。至于萧子显等人则是煞费苦心的,他明知萧何是沛人,所以必须拉上个兰陵人萧望之作为萧何的六世孙,再添加了萧何之孙萧彪免官居东海兰陵的事,这个谎言看来编得很圆满,但以确切的史料考之,其伪即可立见。

第二节 兰陵萧氏和"北府兵"

自西汉萧何、萧望之死后,姓萧的人在一个时期内似乎没有出现什么有名人物。因此在《后汉书》、《三国志》等史籍中,都没有为萧氏人物立传。到了晋代,情况仍无变化。以记载魏晋名士言行著名的《世说新语》中只提到一个萧轮(见《赏誉》和《品藻》),但刘孝标注引《晋百官名》说他是乐安(在今山东博兴以西一带)人,与兰陵萧家无涉。只有《晋书·荀崧附荀羡传》提到穆帝升平元年(357)前燕慕容儁攻段兰于青州,朝廷派荀羡率兵救援,军至琅邪而段兰已败。荀羡只得退还下邳,留下"参军戴逯、萧鎋二千人守泰山"。《通鉴》卷一百亦载此事,但无萧鎋之名,可见其地位还在戴之下。这个萧鎋是萧氏南迁始祖萧整的次子,亦即梁武帝的高祖、萧统的六世祖。

萧鎋奉命守泰山郡的事,上距晋元帝建立东晋已四十年之久,但荀羡派他协助驻守,可能因为他祖籍鲁南,在那一带有一定影响。《梁书·武帝纪》说萧鎋后来官至济阴太守,但在《晋书》和《通鉴》中均无记载,不过这大约不会有假。然而在东晋一代,萧氏仍无贵显的地位,但要论述这一家族的发迹史,不能不追叙到东晋。自从西晋灭亡以后,原来住在北方各地的民众,因为逃避战乱,常常举族迁徙到长江沿岸或过江到今江苏南部的镇江、常州和无锡一带。他们所到之处,因为人数众多,朝廷就在当地设置"侨郡",仍以北方地名称之,但冠以"南"字。如现今的镇江（当时叫京口），是南徐州的治所，因为当地居民中很多从徐州地区迁来（如刘裕本彭城人，萧氏本山东兰陵人，当时亦属徐州管辖）。萧氏所迁居的武进县（今江苏常州武进区）本属扬州毗陵郡，后来从扬州划分出来为"南徐州"，而萧氏也成了"南兰陵人"。所以《宋书·州郡志》说："晋永嘉大乱，幽、冀、青、并、兖及徐州之淮北流民，相率过淮，亦有过江在晋陵郡界者。晋成帝咸和四年，司空郗鉴又徙流民之在淮南者于晋陵诸县，其徙过江南及留在江北者，并立侨郡县以司牧之。故南徐州备有徐、兖、幽、冀、青、并、扬七州郡邑。"这些南迁到长江两岸的北方流民中，阶级成分并不一样。据陈寅恪先生在《述东晋王导之功业》一文（见《金明馆丛稿初编》第 48 至 68 页）中说："而避难人民中其社会阶级亦各互异，其上层阶级为晋之皇室及洛阳之公卿士大夫，中层阶级亦为北方士族，但其政治社会文化地位不及聚集洛阳之士大夫集团……大抵不以学术擅长，而以武勇擅战著称，下层阶级为长江以北地方低等士族及一般庶族，以地位卑下及实力薄弱，远不及前二者之故，遂不易南来避难，其人数亦因是较前二者为特少也。兹先就长江下游之路线言之，下层阶级大抵分散杂居于吴人势力甚大之地域，既以人数寡少，不能成为强有力之集团，复因政治社会文化地位之低下，更不敢与当地吴人抗衡，遂不得不逐渐同化于土著之吴人……"（第 57 页）像南兰陵萧氏那样，历世做一些小官的家族，大致可以说属于陈先生所说的"中层阶级"的范畴。这部分人在东晋中期以前，政治上并无多大势力，到后来则发生了变化。

我们知道：司马睿在江南所建立的偏安政权，其实力是非常虚弱的，不但北方存在着强敌，连长江以南也没有形成有力的统治。东晋初年是王敦在上游遥控朝政；此后陶侃、庾亮等在上游荆、江等州掌权，较少跋扈的表现，但仍不能全听朝廷指挥；最后桓温为荆州刺史，甚至要朝廷服从他,他曾废海西公司马奕,立简文帝司马昱。司马昱做皇帝,一直惴惴不安。其原因即在于东晋朝廷没有一支强大的武装力量。这种情况到了孝武帝太元初(376~378)有了改变。据《晋书·刘牢之传》:"太元初,谢玄北镇广陵,时苻坚方盛,玄多募劲勇,牢之与东海何谦、琅邪诸葛侃、乐安高衡、东平刘轨、西河田洛及晋陵孙无终等以骁勇应选。玄以牢之为参军,领精锐为前锋,百战百胜,号为'北府兵',敌人畏之。"后来谢玄正是靠这支"北府兵"在淝水之战中击败了前秦苻坚的入侵。其后孙恩、卢循起兵,东晋朝廷也只有靠"北府兵"去镇压。这支"北府兵"的首领,大部分为南徐州人,如刘牢之、刘裕都原籍彭城,而居住在京口一带;其军人中自然也有居住于晋陵一带的北方移民。

这支"北府兵"既屡立战功,就在东晋朝廷中处于举足轻重的地位。当时朝廷中几次争权斗争,其胜负往往决定于"北府兵"领导人刘牢之的向背。但刘牢之毕竟是个一勇之夫,桓玄玩弄权术,最后使其失去兵权,自缢而死。刘牢之死后,桓玄自以为大权在握,就篡晋称帝。然而,"北府兵"并未被消灭,正是"北府兵"的另一将领刘裕,纠合了一些京门一带的原籍徐、兖的人士,起兵消灭桓玄,恢复晋朝。刘裕还凭借这支精兵平定了鲜卑族建立的南燕,收复今山东一带;在江南彻底消灭了孙恩、卢循;又移兵西向,攻克长安,灭掉了羌族建立的后秦。当时许多"北府兵"的战士都踊跃参战,以求得到富贵。在《乐府诗集》卷四十五"清商曲辞"中有《丁督护歌》,其中有一首云:

督护北征去,前锋无不平。
朱门垂高盖,永世扬功名。

在这些战争中,齐、梁二代的祖先是否已加入军队,现在尚无确证。但从《南齐书》说萧道成的祖父萧乐子任"辅同参军",似不无可能,因为这是辅国将军的属官;至于萧衍之曾祖副子为"州治中",祖道赐为"南台治书",却像是文职。不过,在南兰陵萧氏中,首先贵显的却并非萧整之后,即齐、梁两朝的祖先,而是他们的远房本家萧源之。萧源之的姐姐萧文寿做了刘裕的继母,刘裕对继母颇孝顺,掌握晋朝的大权之后,对萧源之提拔甚力,萧源之历任中书黄门郎,徐、兖二州刺史,冠军将军,南琅邪太守。可惜刘裕刚登上皇帝宝座,萧源之就死了。他的儿子萧思话靠着外戚的地位,十八岁就任琅邪王大司马行参军,转相国参军;二十七岁就做到中书侍郎,仍督青州徐州之东莞诸军事,振武将军,青州刺史,这是很高的官职。萧思话虽历任要职,但才能很平庸,在青州刺史任上,因畏惧北魏军队来攻就弃镇逃跑;后来在梁、南秦二州当刺史,虽曾击败氐人杨难当,平定汉中,但这次战争主要是萧道成之父萧承之的功劳。

不过,萧承之和萧道成的发迹,多少和萧源之、思话父子有关。据《南齐书·高帝纪》载,萧承之早年就被萧源之所看重,在东晋后期"初为建威府参军",到义熙年间就被升迁为"扬武将军、安固汶山二郡太守"。到宋文帝元嘉时,萧思话任青州刺史,他正任济南太守,是萧思话的部下。萧思话溃逃时,他曾谏阻,并且固守济南,打退魏兵,因此得到宋文帝重视。后来萧思话任梁州刺史,他又随去,任横野府司马、汉中太守。在平定汉中的战争中,据《宋书·萧思话传》、《南齐书·高帝纪》,都说他的功劳居多。《宋书》还记宋文帝"使思话上平定汉中本末,下之史官",这样萧承之显然会给宋文帝留下印象。萧承之死于元嘉二十四年(447),官至冠军将军(《南齐书》作"右军将军",中华书局标点本《校记》据《文选》沈约《齐安陆昭王碑文》,以为"右"乃"冠"之误),并封为"晋兴县五等男"。

萧承之死前,他儿子萧道成已经在镇压被称为"蛮"的少数民族中立过功。后来逐步升迁,到宋明帝时,官至右军将军,曾被封西阳县侯,到明帝死时,他已被任命为右卫将军,领卫尉和袁粲、褚渊、刘勔等大臣共掌大政。明帝的儿子苍梧王刘昱继位,桂阳王刘休范起兵争位,被萧道成所平。从此朝政大权落入萧道成手中。他派人杀死了刘昱,迎立顺帝刘準,接着又消灭他的政敌荆州刺史沈攸之。这样他就取代了刘宋而建立南齐。

从萧道成的一生看来,他虽然也有较高的文学修养,还曾写过诗(见《南齐书·苏侃传》及《南史·荀伯玉传》),议论过谢灵运和潘岳、陆机、颜延之的诗风(见《南齐书·武陵昭王晔传》),但他的主要仕历都是武职,而且他在夺取政权时,主要就是依靠"北府兵"的力量。在今存《江淹集》中,有一篇《萧骠骑发徐州三五教》,就是他在和沈攸之交战中调发南徐州人员参加作战的命令。这说明到了南朝宋、齐间,"北府兵"之名虽然不大有人提起,但长江沿岸和江南一些地方的北人后裔仍是朝廷军力的主要来源。宋、齐、梁三代的皇室既都出身在这些人中,当时涌现的新贵,亦多属这些人物,如萧道成依靠的大将王敬则,据《南史》本传:本"临淮射阳人也,侨居晋陵南沙县"。另一大将陈显达是南彭城人。我们可以说,没有"北府兵"的出现,兰陵萧氏就未必能很快发迹,萧道成、萧衍也不一定能登上皇帝的宝座。

第三节　齐、梁两代皇室的血缘关系及其恩仇

齐、梁两代皇室不仅同出南兰陵萧氏,而且都是萧氏南迁始祖淮阴令萧整的子孙。从《南齐书》和《梁书》的记载来看,萧整下距齐高帝萧道成五世,距梁武帝萧衍六世。其关系大致如下:

萧整 { 僎（长子）—乐子（孙）—承之（曾孙）—道成即齐高帝（玄孙）
       鎋（次子）—副子（孙）—道赐（曾孙）—顺之（玄孙）—衍即梁武帝（六世孙）

所以《梁书·武帝纪》说萧顺之是"齐高帝族弟也"。这种关系其实还不算太远，根据古代丧服制度，萧承之和萧道赐同曾祖，为缌服兄弟；萧道成和萧顺之则刚"出五服"。不过，这里有个疑问，即萧家几代人的名字排行略有可疑。即：萧僎和萧鎋为兄弟，他们的儿子乐子和副子名字中均有"子"字。但乐子之子叫承之，有"之"字；其孙道成，有"道"字。副子之子却叫道赐，有"道"字；其孙顺之，又有"之"字。起名的排行有颠倒，这在封建宗法制度下较少见。此点清王鸣盛《十七史商榷》卷五十五"萧氏世系"条，已提出怀疑，当然，这种例子也不是完全没有可能，因为刘宋时大臣王弘乃琅邪王氏，是东晋南朝第一高门，但王弘长子王锡之子叫僧亮和僧衍；而王弘的少子却叫僧达，名字排行与侄儿相同。如果琅邪王氏尚可有特例，那么萧氏似更不足怪了。

齐、梁二代的血统很近，尽管已为"五服之外"，按理说还应该是较亲密的。所以梁武帝在代齐之后，曾对萧子恪、萧子范兄弟（他们都是齐豫章王萧嶷之子，齐高帝萧道成之孙）说：

> 我欲与卿兄弟有言。夫天下之宝，本是公器，非可力得。苟无期运，虽有项籍之力，终亦败亡。所以班彪《王命论》云："所求不过一金，然终转死沟壑。"卿不应不读此书。宋孝武为性猜忌，兄弟粗有令名者，无不因事鸩毒，所遗唯有景和。至于朝臣之中，或疑有天命而致害者，枉滥相继。然而或疑有天命而不能

害者，或不知有天命而不疑者，于时虽疑卿祖，而无如之何。此是疑而不得。又有不疑者，如宋明帝本为庸常被免，岂疑而得全。又复我于时已年二岁，彼岂知我应有今日。当知有天命者，非人所害，害亦不能得。我初平建康城，朝廷内外皆劝我云："时代革异，物心须一，宜行处分。"我于时依此而行，谁谓不可！我政言江左以来，代谢必相诛戮，此是伤于和气，所以国祚例不灵长。所谓"殷鉴不远，在夏后之世"。此是一义。二者，齐梁虽曰革代，义异往时。我与卿兄弟虽复绝服二世，宗属未远。卿勿言兄弟是亲，人家兄弟自有周旋者，有不周旋者，况五服之属邪？齐业之初，亦是甘苦共尝，腹心在我。卿兄弟年少，理当不悉。我与卿兄弟，便是情同一家，岂当都不念此，作行路事。此是二义。我有今日，非是本意所求。且建武屠灭卿门，致卿兄弟涂炭。我起义兵，非惟自雪门耻，亦是为卿兄弟报仇。卿若能在建武、永元之世，拨乱反正，我虽起樊、邓，岂得不释戈推奉；其虽欲不已，亦是师出无名。我今为卿报仇，且时代革异，望卿兄弟尽节报我耳。且我藉丧乱，代明帝家天下耳，不取卿家天下。昔刘子舆自称成帝子，光武言"假使成帝更生，天下亦不复可得，况子舆乎"。梁初，人劝我相诛灭者，我答之犹如向孝武时事：彼若苟有天命，非我所能杀；若其无期运，何忽行此，政足示无度量。曹志亲是魏武帝孙，陈思之子，事晋武能为晋室忠臣，此即卿事例。卿是宗室，情义异佗，方坦然相期，卿无复怀自外之意。小待，自当知我寸心。(《梁书·萧子恪传》)

这段话尽管大讲"天命"，自称不杀萧子恪兄弟是因为如果他们有"天命"，就杀不成，如果没有"天命"，杀了无用，又伤"和气"等等，显然是吹嘘自己做皇帝是出于上天的意志。但有一点却是真话，即萧子恪等在齐明帝建武或东昏侯永元时夺取帝位,梁武帝就只能服从。但萧子恪兄弟既没有这样做,也没有能力这样做。这一点,梁武帝心里很清楚,因为萧嶷的儿子们,在南齐时代对明帝萧鸾就不能构成威胁,所以萧鸾虽有过杀害他们的念头,却并未付之行动(见《梁书》本传及《南史·齐高帝诸子传》)。何况梁武帝当时的统治比齐明帝稳固得多,自然不必如此。然而梁武帝这席话中最可注意的并不在此,而是说到了"卿勿言兄弟是亲,人家兄弟自有周旋者,有不周旋者"的话。这几句话,其实是说到了南齐一代的某些历史真相。我们知道:《南齐书》是萧子恪之弟子显所作,其成书于梁代,对齐武帝萧赜及其子文惠太子萧长懋与子显之父萧嶷间的微妙关系,颇有隐讳家丑之处;对齐明帝夺取帝位之事,因涉及梁武帝而更不敢说出真相。我们现在只有从《南史》中可以看到一些迹象。例如:齐武帝和萧嶷的关系,从《南齐书·豫章文献王嶷传》看,似乎是很融洽的。但事实不是这样,据《南史·齐高帝诸子传》云:"嶷薨后,忽见形于沈文季曰:'我未应便死,皇太子加膏中十一种药,使我痈不差,汤中复加药一种,使利不断。吾已诉先帝,先帝许还东邸,当判此事。'因胸中出青纸文书示文季曰:'与卿少旧,因卿呈上。'俄失所在。文季秘而不传,甚惧此事,少时太子薨。"这个故事说到萧嶷死后现形,当然不足信。但它透露了一个情况,即萧嶷和萧长懋之间有嫌隙。这个神话很可能是了解内情的人编造的。清王鸣盛在《十七史商榷》卷六十二"(南史)豫章王嶷传与齐书微异"条中虽不信见鬼之事,却说:"《传》未言其死后见形,自言为文惠太子所药死,已诉先帝,皆《南齐书》所无。此则李延寿说鬼长技,却不足取。大约豫章与文惠固有夙嫌。豫章死于永明十年,而文惠即以明年正月死,故延寿因而附会之。"此说有理,然李延寿乃唐人,且生长北方,恐是依据南朝人记载。王鸣盛深信萧嶷和萧长懋有隙,所以在同书同卷

"沈约不作豫章王碑"条中又说："约谦避作碑,当亦知齐武帝之子文惠太子与豫章王有嫌故耳。"萧长懋和萧嶷之间的嫌隙,恐怕是与其父齐武帝有关的。《南史·齐高帝诸子传》说道："建元中,武帝以事失旨,高帝颇有代嫡之意。"这里说的齐武帝失高帝之旨,当是《南史·荀伯玉传》记他宠信张景真事,当时齐高帝几乎废去武帝的太子地位,幸得王敬则调解,得以无事。武帝很可能对萧嶷怀恨在心。萧长懋之恨萧嶷,当即因此而起。南齐皇室中兄弟失和之事,还不止这一件。据《南史·齐武帝诸子传》载,武帝子萧子响因杀死长史等属官,武帝大怒,派萧顺之(梁武帝父)去镇压,"顺之将发,文惠太子素忌子响,密遣不许还,令便为之所。子响及见顺之,欲自申明,顺之不许,于射堂缢之"。此事既为南齐皇族的家丑,又涉及梁武帝之父,《南齐书》当然讳莫如深。尽管如此,当时梁武帝向萧子恪提到兄弟之间的问题时,子恪他们自然完全明白。梁武帝提起这些,也就是向他们暗示:即使齐代不亡,他们的处境未必比现在好。

至于萧子响之死,《南齐书》和《南史》的记载虽颇简略,其实关系到齐武帝死后南齐皇朝一系列自相残杀的事件。在这些事变中,梁武帝萧衍扮演了一个很重要的角色,并且还影响到后来齐、梁易代的事。萧子响被缢死,引起了齐武帝对萧顺之的"怪恨",萧顺之因此忧惧而死,这就成为梁武帝帮助齐明帝屠杀齐武帝子孙的借口;接着,在齐明帝死后,东昏侯萧宝卷继立,又杀了梁武帝的哥哥萧懿,加速了梁武帝起兵灭齐建梁的行动,这些当于下章详述。从这些事情来看,梁武帝自称为萧子恪兄弟"报仇",显然是谎话。他在襄阳准备起兵夺取萧宝卷的天下,蓄谋已久,并且远在萧懿被杀之前,亦非全为"自雪门耻"。不过,他说"齐业之初,亦是甘苦共尝",却是句实话。

第二章 齐、梁易代与梁武帝

第一节 萧顺之、萧懿在南齐的地位

梁武帝的父亲萧顺之和哥哥萧懿在南齐都很贵显,并且在政治上起过不小的作用,却都未能善终。这和梁武帝之起兵灭齐不无关系。他们两人都死于齐亡以前,但由于是梁武帝的父兄,《南齐书》照例应讳其名字,叙事亦难下笔,所以都没有立传。《南史》亦未为萧顺之立传,只在《梁本纪》中述及其生平梗概,但在《梁宗室传上》记载"长沙宣武王懿"的事迹。

关于萧顺之,《梁书·武帝纪上》只说了几句话:"……皇考讳顺之,齐高帝族弟也。参预佐命,封临湘县侯。历官侍中、卫尉,太子詹事,领军将军,丹阳尹,赠镇北将军。"这里仅仅讲到他的官爵,未及其事迹及性格。《南史·梁本纪上》则要详细得多,说他"字文纬",为齐高帝"始族弟",意即刚出"五服"的兄弟,并述及他在辅助萧道成建齐时的功勋:

皇考外甚清和,而内怀英气,与齐高少而款狎。尝共登金牛山,路侧有枯骨纵横,齐高谓皇考曰:"周文王以来几年,当复有掩此枯骨者乎?"言之憯然动色。皇考由此知齐高有大志,常相随逐。齐高每外讨,皇考常为军副。及北讨,薛索儿夜遣人入营,提刀径至齐高眠床,皇考手刃之。频为齐高镇军司马、长史。时宋帝昏虐,齐高谋出外,皇考以为一旦奔亡,则危几不测,不如因人之欲,行伊、霍之事,齐高深然之。历黄门郎,安西长史,吴郡内史,所经皆著名。吴郡张绪常称:"文武兼资,有德有行,吾敬萧顺之。"袁粲之据石头,黄回与之通谋,皇考闻难作,率家兵据朱雀桥,回觇人还告曰:"朱雀桥南一长者,英威毅然,坐胡床南向。"回曰:"萧顺之也。"遂不敢出。时微皇考,石头几不据矣。及齐高创造皇业,推锋决胜,莫不垂拱仰成焉。齐建元末,齐高从容谓皇考曰:"当令阿玉解扬州相授。"玉,豫章王嶷小名也。齐武帝在东宫,皇考尝问讯,及退,齐武指皇考谓嶷曰:"非此翁,吾徒无以致今日。"及即位,深相忌惮,故不居台辅。

从这段话看来,萧顺之在萧道成代宋建齐时,二人确实有过"甘苦共尝"的经历。然而,他在萧道成时代,并没有进入那些最受亲近的大臣之列。《南齐书·王俭传》载,齐高帝与群臣宴会,参加者有褚渊、王俭、沈文季、王敬则和张敬儿,却没有萧顺之。这是因为褚渊、王俭出身高门,在刘宋时已居显位;王敬则在杀宋后废帝刘昱,沈文季、张敬儿在消灭沈攸之的事件中,都立下大功。萧顺之自难和他们相比。到了齐武帝永明三年(485),他官至领军将军,大致相当于"九卿",永明八年(490)正月又被任命为丹阳尹。永明八年八月,齐武帝子巴东王子响在荆州任刺史,因为行为不检点,被长史刘寅等人密告,萧子响知道后就杀了刘寅及其他属官。武帝派人去整治,下令"子响若束首自归,可全其性命",据说因派去的人心中疑虑,与子响冲突,并被他战败。(见《南齐书·武十七王传》)后来齐武帝派萧顺之领兵到来,萧子响就投降了,据《南齐书》书说被"赐死"。但《南史》的记载与此不同,其言萧顺之出发时,文惠太子萧长懋就嘱咐萧顺之杀死子响,所以萧顺之一到,萧子响未作抵抗,想见他说明情况,却被萧顺之所缢死。二说不同,但大多数学者都相信《南史》,因为萧子显叙事,多有隐讳。从情理上推测,杀人者应处死,这在今天来说是天经地义,然而封建社会中皇帝的儿子杀人,一般不会偿命。萧子响毕竟是齐武帝的亲生儿子,所以《南齐书》所说"子响若束首自归,可全其性命"的话,应为事实。可是萧顺之却接受了萧长懋的密令,竟置子响于死地,这显然违反齐武帝本意。萧子响有没有打败朝廷派去的人,二书记载不同,难于判断。从事情发生后齐武帝没有立即处分萧顺之看来,也许确曾有此事。因此齐武帝在盛怒下同意了这做法。后来他不免后悔,就如《南齐书》说的"上怜子响死,后游华林园,见猿对跳子鸣啸,上留目久之,因鸣咽流涕"的事,亦当属实。据《南史》所载,更为具体。齐武帝去华林园,本为萧子响"作斋",所以见了猿啸尤为伤感。《南史》没有记谴责萧顺之的事,但说到"及顺之还,上心甚怪恨","顺之惭惧,感病,遂以忧卒"。这一事件也说明了萧长懋对萧嶷确有嫌隙,因为萧子响被过继给萧嶷,在萧嶷有了亲生儿子后,仍"表留为嫡"。萧子响死后,萧嶷还上表要求收葬,可见他对萧子响仍有较深的感情。在这种情况下,萧顺之的处境确也困难,因为皇帝与太子意见不同。至于齐武帝有没有公开谴责萧顺之,现在已无确证。但他当时已是六十岁左右的老人[①],见此情

[①] 齐高帝卒于建元四年(482),年五十六。到永明八年(490),他应为六十四岁。萧顺之是他族弟,年龄相差不会太多。又据《梁书·武帝纪》,梁武帝生于宋大明八年(464)。在梁武帝以前,还有萧懿。设使梁武帝生时萧顺之年三十,则此年亦当为五十六七岁。

景,忧惧得病而死,也很近情理。但这种情况恐怕也很难说是齐武帝害死了他。王鸣盛认为"齐武悔杀子响,反归怨于顺之,谴责之",因此认为梁武帝帮齐明帝篡夺齐武帝子孙的帝位是"为父报仇"(见《十七史商榷》卷五十五),恐不尽是事实。再说据《梁书·武帝纪上》:"隆昌初,明帝辅政,起高祖为宁朔将军,镇寿春。服阕,除太子庶子、给事黄门侍郎,入直殿省。"隆昌元年即明帝建武元年(494),此时梁武帝为父亲萧顺之服丧尚未期满,而期满以后,曾参与萧谌提议齐明帝废郁林王昭业而立海陵王昭文事。此事发生在那年六月,而萧谌等策划此事当稍早,至迟在五月,此时梁武帝已服父丧期满。古代人为父亲守丧期限为二十七个月,以此上推萧顺之当卒于永明九年(491)底或十年(492)初,上距萧子响之死,有一年多将近两年时间。可见萧顺之当时,最多只是受惊得病,拖了一段时间才死去,还不能把责任归之齐武帝。所谓"以雪心耻"(《南史·梁本纪上》语),可能也只是梁武帝投靠齐明帝的借口。后来他登上了帝位,就干脆掩盖了他曾帮助齐明帝杀戮齐高帝、武帝子孙的一段历史。"雪心耻"的说法自然绝少人提了。

  梁武帝的哥哥萧懿的传记,仅见于《南史·梁宗室传上》,但这篇传记亦很简略,且有错误。如云:"袭爵临湘县侯。历位晋陵太守,以善政称。永明末,为梁、南秦二州刺史,加督。"其实他为晋陵太守当在萧顺之死前,而"袭爵"则必在父死之后,因为刚遭大丧,未必马上任命他做晋陵太守。至于为梁、南秦二州刺史,据《南齐书·郁林王纪》,在隆昌元年(494)正月,不在永明末。再说据《南史·梁本纪上》,永明十一年(493)七月,齐武帝死时,他正在建康。当齐明帝在位时期他一直在梁州,直到东昏侯永元二年(500),才到寿春征讨叛将裴叔业,并被任为豫州刺史。四月,崔慧景叛乱,进攻建康,萧懿出兵救应,斩崔慧景,被任为尚书令。这年十月,被东昏侯萧宝卷所杀。

萧懿的死,前人多表同情。如宋叶适说:"萧懿言自古皆有死,岂有叛走中书令(据《南史》本传作'尚书令',《南齐书·东昏侯本纪》亦云'尚书令')?又云家弟在雍,深为朝廷忧之。梁武虽篡有江南,不能出此二言也。人能有所不为,何必论品目?宁杀身而不敢图君,贤于当时一等矣!"(《习学记言》卷三十二)其实萧宝卷虽是昏主,亦未必无故杀萧懿。据《南史》本传,在他平崔慧景后,梁武帝两次派人废黜萧宝卷,而且梁武帝在雍州已积极准备起兵。萧宝卷自然对他不放心。至于萧懿束手被杀,亦有原因。他从梁、南秦二州调到豫州时间还不到一年,起兵救建康时,所率军力不过三千人。要他废黜萧宝卷,自难成功。至于逃向雍州,也不容易,因为沿途诸地还在萧宝卷手中,而且逆水上行,速度又慢,亦难逃脱。当然,萧懿之死,更加速了梁武帝的起兵。后来梁武帝对萧子恪兄弟说"自雪门耻"的话,大约就指为萧懿报仇。至于萧顺之的死,既不能完全归罪齐武帝,且梁武帝也不可能对萧子恪等提这件事,他做皇帝后,是很不愿人说他追随齐明帝那一段事情的。《南史·文学·吴均传》载,吴均作《齐春秋》说了这件事,就被强判为记事不实,而把这部书焚毁,而且他从此对吴均也很不满意。

第二节 作为"竟陵八友"之一的梁武帝

梁武帝萧衍据《梁书·武帝纪上》说,"以宋孝武大明八年甲辰岁(464),生于秣陵县同夏里三桥宅",这时萧顺之已经在建康做官。梁武帝的母亲张尚柔祖籍范阳方城,据说是西晋张华的七世孙女。梁武帝出仕大约是在齐武帝永明初年(483~484)。《南史·梁本纪上》说他:"初为卫军王俭东阁祭酒,俭一见深相器异,请为户曹属。"①当时他大约二十岁,据说王俭曾预言"此萧郎三十内当作侍中,出此则贵不可言"(见《梁书·武帝纪上》)。这可能是后来附会之辞。但王俭在此时已赏识他的才能却很有可能。

当梁武帝刚踏上仕途之初,正值齐武帝第二子竟陵王萧子良"入为护军将军,兼司徒","镇西州"(见《南齐书·武十七王传》),萧子良喜欢与文学之士交游。《梁书·武帝纪上》云:

> 竟陵王子良开西邸,招文学,高祖与沈约、谢朓、王融、萧琛、范云、任昉、陆倕等并游焉,号曰"八友"。

萧子良"开西邸"的时间,据《资治通鉴》卷一百三十六所载为永明二年(484),也就是梁武帝刚入仕之际(关于"开西邸"时间,有人说在永明五年(487),恐非,详见《南北朝文学史》第150页注①)。这里所谓的"八友"年龄相差很大,其中沈约比梁武帝大二十三岁,范云比其大十三岁,任昉比其大四岁;谢朓与梁武帝同岁;王融比梁武帝小三岁,陆倕比其小六岁;萧琛生年不可确考,但也比梁武帝小。其中陆倕在萧子良初开西邸时才十三四岁,尚未成年,因此所谓"八友",大约并非同时进入萧子良门下,也未必都曾聚集在一起。

"竟陵八友"基本上是一个文人集团,其中除萧琛外,都有著名的

---

① 梁武帝开始出仕,据《梁书·武帝纪上》云:"起家巴陵王南中郎法曹行参军,迁卫将军王俭东阁祭酒。"按:"巴陵王"即齐武帝子萧子伦。《南齐书·武十七王传》谓子伦"永明七年,为持节、都督南豫司二州军事、南中郎将、南豫州刺史"。同书《武帝纪》亦谓永明七年二月,"以巴陵王子伦为豫州刺史"。这年五月,王俭卒。据此,梁武帝为"巴陵王南中郎法曹行参军"不可能在为王俭东阁祭酒以前。《梁书》当有误,今从《南史》。

诗文传世。但萧子良这样一位人物，招纳这些文人，当然也有其政治目的。例如王融对梁武帝的看法，显然从政治才能着眼。《梁书·武帝纪上》云："融俊爽，识鉴过人，尤敬异高祖。每谓所亲曰：'宰制天下，必在此人。'"但最后断送他性命的，至少也有梁武帝一分力量。"八友"们在西邸中除了文学活动之外，可能也进行某些佛理的探讨。因为萧子良笃信佛教，"数于邸园营斋戒，大集朝臣众僧"；"招致名僧，讲语佛法，造经呗新声，道俗之盛，江左未有也"。（见《南齐书·武十七王传》）梁武帝原先信奉道教，后来皈依佛教，这种转变，可能和在西邸中一段经历有关。

  在萧子良的西邸中，梁武帝所结识的友人以王融和谢朓的门第为最高。其中王融的年龄虽小，却很得到齐武帝和萧子良的重用。他的文学才能甚高，其《古意》诗二首颇为人传诵；《三月三日曲水诗序》一文，闻名北魏；在"声律论"方面，也有很大贡献。但他当时的注意力，似更集中于政治，这一点，王俭在永明中期已经看出。当王俭被授为开府仪同三司时，他赠诗祝贺，王俭却"甚奇惮之"，感到他有取而代之之意。后来多次上书齐武帝，议论政事，要求任用。齐武帝对他确也很看重。王融更希望升迁为大官。永明十一年（493）春天，雍州刺史王奂有罪，朝廷派人去诛讨，王融乘机上疏说了进攻北魏的问题，文中说道："特希私集部曲，豫加习校。若蒙垂许，乞隶监省拘食人身，权备石头防卫之数。臣少重名节，早习军旅，若试而无绩，伏受面欺之诛；用且有功，仰酬知人之哲。"这个时期南北双方并无重大冲突，而且经常有信使来往，但齐武帝却在那里说要北伐，叫毛惠秀画《汉武北伐图》，叫王融主管其事。当时北魏方面，孝文帝元宏正在锐意推行汉化，尚无南侵的打算。据《资治通鉴》卷一百三十八载，永明十一年（493）初，齐武帝在石头城造战车三千辆，准备进攻彭城，这才引起北魏朝廷注意，开始讨论南伐的事，然而一时尚无行动,只派了邢峦聘问南齐。然而,王融上疏之后,很快被朝廷采纳,据《南齐书·王融传》云:"会虏动,竟陵王子良于东府募人,板融宁朔将军、军主。融文辞辩捷,尤善仓卒属缀,有所造作,援笔可待。子良特相友好,情分殊常,晚节大习骑马。才地既华,兼藉子良之势,倾意宾客,劳问周款,文武翕习辐凑之。招集江西伧楚数百人,并有干用。"后来齐武帝临死,王融曾发动未遂政变,要立萧子良为帝,废太孙萧昭业,事败后王融被下狱,其罪状之一即招募武装。王融对此申辩云:"既身被国慈,必欲以死自效,前后陈伐虏之计,亦仰简先朝。今假犬羊乍扰,纪僧真奉宣先敕,赐语北边动静,令囚草撰符诏,于时即因启闻,希侍銮舆。及司徒宣敕招募,同例非一,实以戎事不小,不敢承教。续蒙军号,赐使招集,衔敕而行,非敢虚扇。且格取亡叛,不限伧楚……"从这段供词来看,王融招集军士,显然不是自出主张,而是奉了齐武帝和萧子良的命令。至于齐武帝、萧子良的屡称"虏动"、"北伐",恐亦属借口,而另有用意。因为齐武帝的太子萧长懋在时,就很厌恶齐明帝,暗中对萧子良说:"我意色中殊不悦此人,当由其福德薄所致。"(《南齐书·文惠太子传》)但齐明帝萧鸾在永明七、八年后,就官至尚书仆射、卫尉,掌握了京城守卫部队的领导权。齐武帝在时,他不敢有所动作;但当文惠太子先死,齐武帝又患病之后,这个威胁就日益加重了。齐武帝和萧子良看到了这个危机,才托言防北魏,要另募武装,防卫萧鸾。然而这个措施已经晚了,当年七月,齐武帝病重。他所以不敢叫太孙而叫萧子良"侍疾",正是想有所作为。萧子良当时所能倚重的不过是"竟陵八友"等一些人。据《南史·梁本纪上》,萧子良当时任用为军主的有:梁武帝、萧懿、王融、刘绘、王思远、顾暠之、范云等。在这些人中,真正能指挥军队作战的,只有萧懿和梁武帝兄弟二人,其余都是些文士。那时,萧顺之刚死不久,萧懿兄弟正在守丧,而忽然被任命为军主,正说明萧子良和王融知道在这场斗争中,那些文人并不能起多大作用,而主要依靠的应是萧懿兄弟。但他们却未料到萧懿兄弟已经投靠了明帝萧鸾,临阵倒戈,使政变归于失败。《南史·梁本纪上》记此事说:"融欲因(齐武)帝晏驾立子良。(梁武)帝曰:'夫立非常之事,必待非常之人。融才非负图,视其败也。'范云曰:'忧国家者,唯有王中书。'帝曰:'忧国欲为周、召?欲为竖刁邪?'懿曰:'立哉史鱼,何其木强也!'"这说明萧懿和梁武帝已决心帮助萧鸾,打击萧子良和王融。这样,王融就不免死于这位能"宰制天下"的人手里。这件事其实很明显,如果萧子良本人要觊觎帝位,齐武帝自然不会叫他招募军队;如果齐武帝只是要废萧昭业而立子良,只要一道命令即可生效。问题正在他们所要对付的是萧鸾,才有这种布置。《南齐书·王融传》记当时情景说"上(齐武帝)既苏,太孙入殿,朝事委高宗(萧鸾)",可能是萧子显因梁武帝站在萧鸾方面,而故意掩饰真相。《南史·王弘附王融传》称萧昭业杀王融时,"西昌侯(萧鸾)固争不得",恐亦非真情。当然萧鸾为了伪装自己,作一些谏劝也不无可能,总之,武帝和王融的交情,终以王融受骗结束。

"八友"中另一个高门士族出身的谢朓,在齐梁文人中成就最高。他和梁武帝共事的时间比王融要长。永明八年(490)八月,齐武帝派他儿子随郡王萧子隆为荆州刺史,令谢朓为随王镇西功曹,后又转为随王文学,去往荆州。不久,梁武帝亦被任为随王镇西谘议参军,直到萧顺之死去,才奔丧回建康。谢朓在荆州稍久,到永明十一年(493)初秋,因王秀之在齐武帝面前进谗,才回到建康。两人在荆州时也有交往。谢朓所作《冬绪羁怀示萧谘议、虞田曹、刘江二常侍》诗中的"萧谘议"就是梁武帝。此诗当作于永明九年(491)冬,即萧顺之死前不久。可见二人交谊本来不浅。据《南史·谢裕附谢朓传》云:"朓及殷叡素与梁武以文章相得,帝以大女永兴公主适叡子钧,第二女永世公主适朓子谟。及帝为雍州,二女并暂随母向州。及武帝即位,二主始随内还。武帝意薄谟,又以门单,欲更适张弘策子,弘策卒,又以与王志子谭。而谟不堪叹恨,为书状如诗赠主。主以呈帝,甚蒙矜叹,而妇终不得还。寻用谟为信安县,稍迁王府谘议。时以为沈约早与朓善。为制此书云。"这件事,作于梁代的《南齐书》自然不敢记载,但事情不会是捏造的。从梁武帝早年来看,与谢家做亲戚不失为高攀,但谢朓遇祸后梁武帝嫌其"门单"而悔约,未免薄情。至于沈约代谢谟作书之事,恐亦可能。沈约《怀旧诗·伤谢朓》云"尺璧尔何冤,一旦同丘壤",对谢朓深表同情。从这点上说,他比梁武帝似较厚道。

梁武帝和任昉的相识也很早,永明初年任昉在王俭属下当主簿,又做过司徒萧子良的记室,应该是较早进入西邸的人物。任昉早年曾和梁武帝有一段戏言:

> 始高祖与昉遇竟陵王西邸,从容谓昉曰:"我登三府,当以卿为记室。"昉亦戏高祖曰:"我若登三事,当以卿为骑兵。"谓高祖善骑也。

这件事看来是个玩笑,但在当时的社会中,"记室"和"骑兵"的地位是大不相同的。一般来说,除了少数高门如王、谢等著姓外,士人入仕之初,给大官们当记室的是很多的,而且任昉也确实当过记室。骑兵就不同了,即使骑兵的将领,也是武职,那些士族是看不起"兵"的。《世说新语·方正》载,桓温要与王坦之结成儿女亲家,王坦之父王述大怒,斥责王坦之怕桓温,认为"兵,那可嫁女与之!"其实桓温当时已居高位,且能诗文(桓诗在《诗品》中曾提及,文有被《文选》所收入的),但高门士族仍不愿与之为伍。《南齐书·张欣泰传》

载,张欣泰父兴世乃武将,张欣泰有一次见褚渊,褚渊问他:"张郎弓马多少?"张答云:"性怯畏马,无力牵弓。"又《南齐书·沈文季传》载,褚渊说:"陈显达、沈文季当今将略,足委以边事。"而沈文季忌讳说他是将门,因此发怒。所以任昉要以梁武帝为"骑兵",他自然不会高兴,尽管他和任昉是朋友,不会当场发作,心中却不免有芥蒂。他后来好在学问上与人争胜,恐与此有关。他这种心态,沈约和范云都很了解。《南史·刘怀珍附刘峻传》载:"(梁)武帝每集文士策经史事,时范云、沈约之徒皆引短推长,帝乃悦,加其赏赉。会策锦被事,咸言已罄,帝试呼问峻,峻时贫悴冗散,忽请纸笔,疏十余事,坐客皆惊,帝不觉失色。自是恶之,不复引见。"但沈约最后还是对人说出了"此公护前,不让即羞死"(见《梁书·沈约传》)的话,传到梁武帝耳朵里,终因此得罪。梁武帝这种心态,正是当时社会影响的产物。后来任昉的官位不如范云、沈约,死后亦很萧条,不知与那句戏言有无关系,很难确考。

"竟陵八友"中年龄较长的沈约和范云二人都参与了梁武帝代齐的行动。范云在永明时就被梁武帝器重。在梁武帝兵到建康城下时,张稷杀了萧宝卷,派范云出城将萧宝卷首级送给梁武帝,梁武帝就把范云留下,"便参帷幄"。梁武帝称帝后,他升迁最快。正如任昉在为他代作的《为范尚书让吏部封侯第一表》中说的:"且去岁冬初,国学之老博士耳。今兹首夏,将亚冢司。虽千秋之一日九迁,荀爽之十旬远至,方之微臣,未为速达。"但范云在第二年就病故,梁武帝对此颇为伤心,下诏说:"方骋远涂,永毗庶政;奄致丧殒,伤悼于怀"(见《梁书·范云传》),这大约不是假话。如果范云不死,梁武帝还要重用。这是因为范云为人耿直,对帝王颇能谏诤。齐武帝死时,只有他公然支持萧子良、王融;萧子良死后,他还托任昉作表,要为萧子良立碑,不怕触怒齐明帝。在梁武帝看来,他不失为"忠臣",所以要依重他。沈约和范云不同,他在梁初的官位不比范云低,但多半是主动去投靠梁武帝取得的。梁武帝篡位和杀死齐和帝,虽属事势所必然,却都由沈约首先提出。这些建议一时间可以得到梁武帝的赞同,事后却觉得他刻薄残忍,反而有些提防。因此沈约后来很想掌握大权,《梁书》本传说"约久处端揆,有志台司,论者咸谓为宜,而帝终不用"。这说明梁武帝内心里并不信任他。后来因为张稷的事与梁武帝意见相左,梁武帝大怒说:"卿言如此,是忠臣邪!"(《梁书》本传)。这当是对沈约长期的看法。最后沈约又因让道士上赤章于天,说齐、梁易代不是自己的主意,被梁武帝切责,忧惧而死。这些都可以看出梁武帝对臣子们的心机。他早年毕竟是一个有经验的统治者,善于从人们过去的表现中考察其未来。至于陆倕、萧琛,年龄较小,在齐、梁之际,尚无重大作用,兹不赘述。

第三节　齐明帝的"佐命之臣"与襄阳起兵代齐建梁

梁武帝及其兄萧懿在齐武帝临死前是否已与齐明帝有所勾结,还是到现场时审时度势,倒向齐明帝,现在已很难确知。但从《南史·王弘附王融传》看来,梁武帝在事变前大约有所风闻,曾对范云说:"左手据天下图,右手刎其喉,愚夫不为;主上大渐,国家自有故事,道路籍籍,将有非常之举,卿闻之乎?"这实际上是预知王融必败,叫范云不要帮助王融。同传中又记:"太学生虞羲、丘国宾窃相谓曰:'竟陵才弱,王中书无断,败在眼中矣。'"果然,到了最关键的时刻,梁武帝和萧懿都明显地站在齐明帝一边,那些文人出身的"军主"自然难于指挥部下,作一番挣扎,齐明帝便兵不血刃地夺取了大权。值得注意的是在齐明帝掌权之后,范云、王思远等人,不久即被调出建康；而萧懿则从晋陵太守升任了梁、南秦二州刺史，"加督（即都督二州军事）"，担任了一方军政重任；梁武帝更从一个随王镇西谘议参军一跃而为宁朔将军，不久又成为"太子庶子、给事黄门侍郎，入直殿省"，开始进入朝廷的要害部门，接着在与北魏的战争中由淮陵太守，至太子中庶子、羽林监，出镇石头。这更是守卫京城建康的要职，这时距明帝夺取政权不过两年左右。到了建武四年（497），又被派到襄阳受崔慧景指挥，而崔被魏军所败，梁武帝却全军而归，因此齐明帝就把雍州的军政大事交付他掌管。次年，即永泰元年（498）七月，他就正式被任为持节，都督雍梁南北秦四州、郢州之竟陵、司州之随郡诸军事，辅国将军，雍州刺史。这一任命更说明了齐明帝对他的信任。因为雍州地处今湖北襄阳一带，这里与北魏接壤，在东晋至刘宋时期，今陕西、山西及河南一带的流民大多迁徙至此。刘宋以来，这里又成了南朝政权又一个重要的兵力来源。从宋文帝元嘉二十七年（450）宋魏大战中，宋军在东部战线上大败，魏军一直打到瓜步洲，与建康、京口隔江相望；而西部战线则频频告捷，一直打到了潼关并迫近今陕南的商州，只因东线溃败而停止了进攻。刘宋后期名将如柳元景、薛安都等均出身雍州。刘宋末年，齐高帝委任张敬儿以雍州击败沈攸之。自从入宋以后，原来的"北府兵"由于过度调发，再加上立功升官的将领一旦显贵，就弃武从文，这样战斗力已大不如前。从此雍州刺史的地位显得越来越重要。如果不是梁武帝得到齐明帝的逾格恩宠，是不会有此任命的。我们只要把他这时的官职与萧懿比一下就很清楚。在永明末至郁林王在位的一段时间，萧懿的官职比梁武帝大得多，但不到四年时间，梁武帝已都督了雍梁南北秦四州及郢州之竟陵、司州之随郡诸军事，萧懿这梁南秦二州刺史，已经要受他管辖了。梁武帝当时升迁这样快，有其原因，那就是在齐明帝杀害齐高帝、武帝子孙时，他出了力。由于他在称帝后极度忌讳这些事，所以现在能知道的不多。其中之一即《梁书·武帝纪上》所谓"预萧谌等定策勋"。这就是指萧谌等帮齐明帝策划废黜郁林王萧昭业、立海陵王萧昭文作为傀儡，为篡位准备条件的事。此事还可推在萧谌头上，因此《梁书》也记了一句。至于另一件事，却只有《南史·梁本纪上》做了直笔的记载：

> 初，皇考之薨，不得志，事见《齐·鱼复侯（即巴东王子响）传》。至是，郁林失德，齐明帝作辅，将为废立计，帝欲助齐明，倾齐武之嗣，以雪心耻，齐明亦知之，每与帝谋。时齐明将追随王（萧子隆），恐不从，又以王敬则在会稽，恐为变，以问帝。帝曰："随王虽有美名，其实庸劣，既无智谋之士，爪牙惟仗司马垣历生、武陵太守卞白龙耳。此并惟利是与，若啖以显职，无不载驰。随王止须折简耳。敬则志安江东，穷其富贵，宜选美女以娱其心。"齐明曰："亦吾意也。"即征历生为太子左卫率，白龙游击将军，并至。续召随王至都，赐自尽。

这种血腥的阴谋，当然不能公之于众。齐明帝还杀了齐高帝和武帝大量子孙，只剩下萧嶷一支。在这些事件中，梁武帝有没有参加策划，现在已难弄清楚。所以吴均作《齐春秋》，说梁武帝"为齐明帝佐命"，梁武帝不能不"恶其实录"而下令焚毁。然而事实毕竟难于完全掩盖，到李延寿《南史》中，终于记下了部分真相。

梁武帝为齐明帝出力，并非真的忠于齐明帝。他早有夺取帝位的野心。《梁书·张弘策传》记载，在建武末年，他有一次和张弘策一起夜饮，说到天下将乱，齐代气数当尽，会有英雄起来。张问英雄何在，他说："光武有云：'安知非仆。'"这时他已在襄阳，拥有强兵,才吐露了自己的用心。其实这种野心,可能早已存在。所以在萧懿征讨裴叔业时,他就派人劝萧懿实行"清君侧"的行动;平崔慧景后,又建议废黜萧宝卷。萧懿因实力不足,并未听从这些建议。但这些行为,不能不引起萧宝卷的猜忌,而把萧懿杀死。梁武帝自然可以此为借口而起兵反对萧宝卷,但早在萧懿被杀前,据《南史·梁本纪上》,他已在襄阳"潜造器械,多伐竹木,沉于檀溪,密为舟装之备"。即使没有萧懿之死,梁武帝起兵也只是时间早晚而已。所以当消息传来,他立即起兵,"出檀溪竹木装舸舰,旬日大办",这一事实连梁代官方的记载中也没有隐瞒,因此《梁书·武帝纪上》亦加采入。对梁武帝的密谋,萧宝卷也早有觉察,曾派巴西太守刘山阳率精兵三千去江陵配合荆州刺史萧颖胄袭击襄阳。梁武帝知道后,先派王天虎等去江陵,宣传说刘山阳到来,不光要打襄阳,也是图谋荆州。他预知"荆州本畏襄阳人",又加上唇亡齿寒之势,可以把萧颖胄争取过来。果然,萧颖胄倒向了梁武帝一边。他先杀王天虎,诱使刘山阳西上,伏兵把刘杀死,把首级送到襄阳,并建议拥立南康王宝融。永元三年(501)正月,梁武帝正式引军出发,在竟陵遇到了张冲的抵抗,但很快将之击溃,接着进军郢州,萧宝卷派兵前往救援,又被梁武帝打败。梁武帝又诱降了江州守将陈伯之,一路攻到建康城下,击破萧宝卷的军队,并招降了京口、广陵、瓜步、姑孰等地守军。于是建康城中的张稷、王珍国等人斩杀萧宝卷迎梁武帝入城。这时,萧宝融早已被推上帝位,而萧颖胄守荆州,却被忠于萧宝卷的萧璝在峡口打败,忧愧发病而死。萧颖胄是南齐的宗室,血统上比梁武帝为近,初起兵时,还得推他为名义上的盟主,他这一死,梁武帝就名正言顺地总制朝政,准备夺取南齐的帝位了。

在他登上帝位以前,自然先要演出一场"禅让"的闹剧,先把萧长懋的遗孀宣德太后请出来"临朝",封自己为"梁公"、"梁王",最后代齐建梁登上帝位,并且杀死了萧宝融和齐明帝其他尚存的儿子。据王鸣盛统计,死于梁武帝之手的有六人,齐明帝从此绝后(见《十七史商榷》卷五十五)。

第三章 登上皇位后的梁武帝

第一节 梁武帝前后期的政局状况

梁武帝和南齐东昏侯之争,是统治集团内部争夺皇位,本无是非可言。但萧宝卷是一个残暴荒淫的君主,平时喜欢出游扰民,沿途恣意杀害民众,连一些官员也难幸免;他又好建宫殿园囿,挥霍财物,给民众带来深重的苦难。所以梁武帝诛灭他,至少在客观上是有利于人民的。当他进入建康,执掌大权之初,就立即下令禁绝各种奢侈浪费,带头推行俭朴之风。即位之后,就下诏派官员到各地"观风省俗",考察吏治,开辟田畴,举荐贤才,对澄清吏治起到了一定的作用。他又下诏设立"谤木肺石",允许臣民投书议论朝政和申诉冤屈,并且下诏要官员们审慎处理刑狱等。这些虽未必能推行得力,但多少使齐末混乱的政局有所改观。《梁书·武帝纪下》说梁武帝"勤于政务,孜孜无怠。每至冬月,四更竟,即敕把烛看事,执笔触寒,手为皴裂。纠奸擿伏,洞尽物情,常哀矜涕泣,然后可奏。日止一食,膳无鲜腴,惟豆羹粝食而已。庶事繁拥,日倘移中,便嗽口以过。身衣布衣,木绵皂帐,一冠三载,一被二年。常克俭于身,凡皆此类。五十外便断房室。后宫职司贵妃以下,六宫袆褕三翟之外,皆衣不曳地,旁无锦绮。不饮酒,不听音声,非宗庙祭祀、大会飨宴及诸法事,未尝作乐。性方正,虽居小殿暗室,恒理衣冠,小坐押褶,盛夏暑月,未尝褰袒。不正容止,不与人相见,虽觌内竖小臣,亦如遇大宾也"。这段话的基本内容,亦见于《南史·梁本纪》中,不过《南史》较为客观,说他吃素及过了中午便"漱口以过",都是晚年"溺信佛道"的结果。从生活俭朴和勤于政事来看,梁武帝未始没有一些优点。事实上南朝的政治自从梁武帝即位以后,至少在天监(502~519)甚至普通(520~527)年间还是比较安定的。人民生活比齐末亦有所改善,但他的政绩未免被一些人所夸大。如庾信《哀江南赋》云:"于时朝野欢娱,池台钟鼓。里为冠盖,门成邹鲁。连茂苑于海陵,跨横塘于江浦。东门则鞭石成桥,南极则铸铜为柱。橘则园植万株,竹则家封千户。西赆浮玉,南琛没羽。吴歈越吟,荆艳楚舞。草木之遇阳春,鱼龙之逢风雨。五十年中,江表无事。"《梁书·武帝纪下》也有类似的话,但已没有盛称其富裕;《南史》则未提到他这些政绩,只引了唐代魏征的话,说到"干戈载戢,凡数十年"一语,多少说明在梁武帝早期和中期的统治还比较稳定。

然而作为帝王来说,光有生活俭朴和勤于政事的长处,显然远远不够。正如魏征所说:"然不能息末敦本,斫雕为朴,慕名好事,崇尚浮华,抑扬孔墨,流连释老。或经夜不寝,或日旰不食,非弘道以利物,惟饰智以惊愚。"即使在天监年间,他的失误也不少。即以他的用人来说,如襄阳起兵时的曹景宗,被任为郢州刺史,《梁书》本传说他"在州,鬻货聚敛","部曲残横,民颇厌之"。更严重的是天监二年(503),魏军围攻司州刺史蔡道恭,曹景宗却只管打猎取乐,坐视不救,使城池陷落,蔡道恭败亡。为此,任昉作了著名的《奏弹曹景宗》,要求惩治,梁武帝却认为曹景宗是"功臣","寝而不治"。天监四年(505)他派其弟临川王萧宏率军伐魏,"所领皆器械精新,军容甚盛,北人以为百数十年所未之有"(《梁书·太祖五王传》),但次年九月,"军至洛口,大溃,所亡万计,宏单骑而归"(《南史·梁本纪上》);《南史·梁宗室上》更记其狼狈情景云:"洛口军溃,宏弃众走。其夜暴风雨,军惊,宏与数骑逃亡。诸将求宏不得,众散而归。弃甲投戈,填满水陆,捐弃病者,强壮仅得脱身。宏乘小船济江,夜至白石垒,款城门求入。临汝侯(萧渊猷)登城谓曰:'百万之师,一朝奔溃,国之存亡,未可知也。恐奸人乘间为变,城门不可夜开。'宏无辞以对,乃缒食馈之。"这次溃败,王鸣盛曾评论说:"愚谓是役也,丧师辱国,皆临川一人为之。试观其下文,于明年三月有刘思效之捷,五月有张惠绍、韦叡、裴邃、桓和等之捷。自去年十月出师以来,所向皆克也。至九月,以都督北讨之临川王挫置乖方,怯懦无能,师以大溃。《南史》于三月、五月等捷皆不书,未免太略,而于九月大溃而还则书之。《梁书》乃详书其攻拔诸城,而于临川王之大溃逃还,则竟讳而不书。大约如姚思廉辈修史,悉以当日史臣纪载为粉本,已所增改甚少。唯《通鉴》一百四十六卷书临川丧师之罪,最得其实。且《南史》临川本传言其恶逆多端,全无人理,实为罪不容诛。《梁书》本传大加褒美,已为可笑,乃于本纪亦遂讳其恶如此,异哉!"(《十七史商榷》卷五十五)。宋人叶适亦云:"洛口非小败,而梁之君臣不以为意。自宋武始创用子弟,义真一举而丧关中,武陵闭城,敌越至瓜步,几亡。然相承行之不悔也,梁武诸弟尚有可使,乃以甲乙用宏。余故谓其守边无定规,虽立国数十年,特幸而已矣。至宏不肖反逆,而帝能容之,不失兄弟之恩,盖人情所难。本史阙不载,不知此乃梁所以亡者,何可讳也。"(《习学记言》卷三十二)叶适、王鸣盛所说的萧宏"恶逆",据《南史》本传,指天监十七年(518)"帝将幸光宅,有士伏于骠骑航待帝夜出。帝将行心动,乃于朱雀航过。事发,称为宏所使。帝泣谓宏曰:'我人才胜汝百倍,当此犹恐颠坠,汝何为者?我非不能为周公、汉文,念汝愚故。'宏顿首曰:'无是,无是!'于是以罪免"。我们即使不计较梁武帝没有处分萧宏的失误,也得问一句:"既知其'愚',为什么把一支大军交给他而坐令溃败?"王鸣盛还指出:"天监十三年筑淮堰以灌寿阳,役人死者既已不可胜计。堰成之后,又召还康绚,致堰复坏,缘淮城戍村落十余万口,皆漂入海。如缘垤之蚁,沉于流潦之中,帝之残民命多矣!"这是史籍中有明确记载的(《资治通鉴》卷一百四十七至一百四十八记之甚详),决非苛责。其实梁武帝对北魏用兵,命将如同儿戏,普通三年(522)令萧宏子正德北伐,正德弃军投魏,不久又逃了回来;普通六年(525)令梁武帝第二子萧综北伐,萧综乘机降魏,并自称是萧宝卷遗腹子,在他带兵前已私开萧宝卷墓,辨认血统,而梁武帝竟然毫无所知而委以兵权;太清元年(547),派萧懿子渊明北伐,为东魏所败,全军覆没,渊明被俘;大通二年(528)派陈庆之率军送魏北海王元颢北返,却只交给他七千人的兵力(见《梁书·陈庆之传》)。当陈庆之利用北魏内乱,攻入洛阳以后,梁武帝也不派后续部队支援,以致尔朱荣大举反攻,陈庆之战败,只能化装成和尚逃回南方。这失败的责任显然不在陈庆之。

除了军事上的失误以外,内政上同样存在许多弊端。《南史·循吏·郭祖深传》载郭祖深曾上封事,指陈朝政弊端,认为梁武帝:"宠勋太过,驭下太宽,故廉洁者自进无途,贪苛者取入多径,直弦者沦溺沟壑,曲钩者升进重沓。""……农为急务而郡县苛暴,不加劝奖,今年丰岁稔,犹人有饥色,设遇水旱,何以救之。""为国之本,与疗病相类,疗病当去巫鬼,寻华(佗)、扁(鹊),为国当黜佞邪,用管、晏。今之所任,腹背之毛耳。论外则有(徐)勉、(周)舍,说内则有(法)云、(僧)旻。云、旻所议则伤俗盛法,勉、舍之志唯愿安枕江东。""夫谋臣良将,何代无之,贵在见知,要在用耳,陛下皇基兆运二十余载,臣子之节,谏争是谁?执事皆同而不和,答问唯唯而已。入对则言圣旨神衷,出论则云谁敢逆耳。""都下佛寺五百余所,穷极宏丽。僧尼十余万,资产丰沃,所在郡县,不可胜言,道人又有白徒,尼则皆畜养女,皆不贯人籍,天下户口几亡其半。"郭祖深上封事时大约在普通的中期,当时任用的大臣如周舍、徐勉还是比较清慎守法的,梁武帝当时还比较清醒,明白已经有这么多弊政。不过当时梁武帝虽不能都听,却还表示嘉许。到了后来,贺琛上疏,提到"天下户口减落","人失安居";"(宰守)皆尚贪残,罕有廉白者";器量狭小的人"诡竞求进","徼分外之求,以深刻为能,以绳逐为务……长弊增奸";"帑藏空虚","日不暇给"等等,亦切中时弊。梁武帝竟大怒,下口敕切责,并且自夸了节俭等许多优点,说明已听不进任何忠言。所以北齐杜弼在《檄梁文》中说梁武帝:"年既老矣,耄又及之。政荒民流,礼崩乐坏。改换朝章,变易官品,虽世异汉朝,而事同新室。加以用舍乖方,立废失所,矫情动众,饰智惊愚。毒蛰满怀,妄敦戒业;躁竞盈胸,谬治清净。内恣鸱鸮,外逞残贼,人人厌苦,家家思乱。灾异降于上,怨讟兴于下。"在这种情况下,"侯景之乱"不过是这政权崩溃的外因。

第二节 梁武帝称帝前后的思想变化

从梁武帝的一生看来,前后期的表现颇有不同。在他登上帝位以前,确实是一个富有文武才艺,却又雄猜阴狠、善弄权诈的政客;也是一个热衷权势、贪恋女色的人物。但他登上帝位不久,似乎就变成了一个道貌岸然的"君子"和虔诚的佛教徒。这种变化是因为他的内心世界确实发生了变化,还是做为帝王,他更需要这种伪装呢?这个问题比较复杂,很难简单地作出结论。从梁武帝一贯的性格来看,他确实很会伪装。试想当齐武帝临死之时,如果王融和萧子良不是对他十分信任,怎能把他和萧懿从守丧中调动出来,委以"军主"之任？从现有的史料来看,他在"西邸"时期与王融关系颇深。他有一首《答任殿中、宗记室、王中书别》诗,显然是永明年为随王谘议参军离建康去荆州时所作,这里的"王中书"即王融。此诗既为答诗,那么王融当时有送别之作,当即他那首《萧谘议西上夜集》诗。再看《玉台新咏》卷四有王融《古意二首》,卷七又有梁武帝《古意二首》,而且两者的第一首均咏"飞鸟"或"游禽",二人之作均写妇女的相思之情。可见当年二人交情甚深,王融又对他的才能极为欣赏。但王融最后的失败,和梁武帝的倒戈有很大关系。又如:《南史·梁本纪上》载,建武初年(494),梁武帝出镇石头时,"齐明性猜忌,帝避时嫌,解遣部曲,常乘折角小牛车。齐明每称帝清俭,勖励朝臣。"但没有多久,就如《梁书·张弘策传》所载,齐明帝尚未死去,他已经在那里窥测形势,准备做夺取帝位的"英雄"了。就是对待萧子恪兄弟的态度上,也说明了梁武帝的心机。他想在某种程度上优待萧嶷后裔,表示自己对前朝的宽厚。

在这个问题上,王鸣盛曾指出:"梁武帝本齐明帝之谋主,代为定计,助成篡弑。后竟弑其子东昏侯宝卷,伪立其弟宝融,而又弑之篡之,尽杀明帝之子宝源、宝修、宝嵩、宝贞,又纳东昏侯之妃吴氏、余氏以为妃,乃舍身奉佛,以面为郊庙牺牲,一何可笑。"又说:"愚谓帝之信果报,正为于心有所不能释然者,故欲奉佛以禳之。"(并见《十七史商榷》卷五十五"沈约劝杀巴陵王"条)王鸣盛这些话颇为深刻,可谓击中了要害。梁武帝晚年佞佛,显然和他早年的所作所为有关。事实是直到近代,许多作恶多端的军阀,晚年都奉佛,这里有一个心理上自求"赎罪"的用意。不然的话,他身为帝王,早年亦颇纵欲(如《梁书·范云传》所载余妃事),而后来却吃素奉佛,连祭祖宗都不用牲畜,就很费解。因为当时的佛教僧侣也不认为帝王奉佛,一定要遵守严格的戒律。据《高僧传》卷三载,宋文帝曾自称:"弟子常欲持斋不杀,迫以身徇物,不获从志。"求那跋摩说:"夫道在心不在事,法由己不由人。且帝王与匹夫所修各异。匹夫身贱名劣,言令不威。若不克己苦躬,将何为用?帝王以四海为家,万民为子,出一嘉言,则士女咸悦;布一善政,则人神以和。刑不夭命,役无劳力,则使风雨适时,寒暖应节,百谷滋繁,桑麻郁茂。如此持斋亦大矣,不杀亦众矣。宁在阙半日之餐,全一禽之命,然后方为弘济耶?"宋文帝听了自然很高兴。但梁武帝即位后,在生活上却类似"匹夫"的"克己苦躬",而且坚持了几十年,如果没有王鸣盛说的"于心有所不能释然者",未必能这样。他大约是自知罪孽深重,所以要加倍地"克己",才能免去"果报"。这种心态大约不全是假。

不过,他毕竟是一个皇帝,不可能真正"放下屠刀,立地成佛",在事态涉及现实的利害时,他那种权诈和狠毒的伎俩又会一次次地显现出来。王鸣盛提到的"筑淮堰"之事,就是一例。从梁武帝即位后的表现来看,他在天监三年(504)四月就作《舍道归佛文》,声明自己皈依佛门,这时距他攻入建康,抢得萧宝卷妃子余氏,"颇妨政事"之际,不过两年时间,却发生了如此变化。这显然很难说完全出于真心。他开始接触佛教,最迟是永明初年在萧子良"西邸"时,下距他登上帝位有十几年时间。在这十几年中,他的行为显然完全与佛教的教义背道而驰。他一当上皇帝不久,就宣称奉佛,应当主要是出于政治上的考虑。因为早在宋文帝时,大臣何尚之就把佛教看作巩固统治的有力武器。他说:

> 百家之乡,十人持五戒,则十人淳谨矣。千室之邑,百人修十善,则百人和厚矣。传此风训,以遍宇内,编户千万,则仁人百万矣。此举戒善之全具者耳。若持一戒一善,悉计为数者,抑将

十有二三矣。夫能行一善,则去一恶;一恶既去,则息一刑,一刑息于家,则万刑息于国。四百之狱,何足难错,雅颂之兴,理宜倍速。即陛下所谓坐致太平者也。(《列叙元嘉赞扬佛教事》,见《全上古三代秦汉三国六朝文·全宋文》卷二十八)

这种主张对梁武帝显然有影响。梁武帝和历代帝王一样,也提倡儒学,尊奉孔子,他曾为许多"经书"作注疏,还编撰了《孔子正言》,自称"爱悦夫子道,正言思善诱"(《撰〈孔子正言〉竟述怀诗》)。但他又深知儒学的影响,主要限于某些士人,而且还往往不能付诸实践。因此他认为佛教的"因果报应"说对巩固统治更有用。在《会三教》诗中他说:

少时学周孔,弱冠穷六经。孝义连方册,仁恕满丹青。践言贵去伐,为善存好生。中复观道书,有名与无名。妙术镂金版,真言隐上清。密行贵阴德,显证表长龄。晚年开释卷,犹日映众星。苦集始觉知,因果乃方明。示教惟平等,至理归无生。分别根难一,执着性易惊。穷源无二圣,测善非三英。大椿径亿尺,小草裁云萌。大云降大雨,随分各受荣。心想起异解,报应有殊形。差池岂作意,深浅因物情。(逯钦立《先秦汉魏晋南北朝诗·梁诗》卷一)

在这首诗中可以看出,在梁武帝心目中,佛教的作用显然胜于儒、道二家,而关于佛教,他尤其强调所谓的"因果报应",认为这最有利于使人们不敢"作恶""犯禁",所以要大力加以宣扬。然而当他宣扬既久,渐渐地连他自己也有所信仰,这才使他能长期地坚持吃素奉佛,并想靠这来赎免早年所做的许多残忍阴险的罪孽。

梁武帝虽然信佛，却也不轻视儒学。他的崇儒和佞佛，虽然主要是一种手段，但在当时确也起了作用，并且在一定程度上对北方士人亦有某些号召力。《北齐书·杜弼传》载，东魏时，杜弼曾因官吏"罕有廉洁"，向高欢建议处理。高欢谈到了宇文泰在关中招诱东魏将领外，又说："江东复有一吴儿老翁萧衍者，专事衣冠礼乐，中原士大大望之以为正朔所在。"他担心"督将尽投黑獭（宇文泰），士子悉奔萧衍，则人物流散，何以为国？"这次谈话发生于元象年间，亦即大同四年（538），当时梁武帝对北朝还有其影响。

梁武帝晚年朝政腐败，人们一般归咎于他的信奉佛教。其实梁武帝奉佛，并非始于晚年，早在天监初已经如此；而且正如我们在上面所说，从更大程度上说，他崇信佛教实为一种手段。即以后来韩愈在《论佛骨表》中所指出的三度舍身施佛而论，亦不足以招致一个政权的灭亡。因为后来的陈武帝在即位的第二年曾两度到大庄严寺，一次是"舍身"，一次是"设无碍大会，舍乘舆法物"，但陈朝政治并未因此衰亡。还有人归罪于朱异，恐亦非的论。朱异只不过是一个阿谀逢迎的小人，论者说他"延寇败国"，其实接受侯景的归降，主要仍由梁武帝做主；而且如果梁朝内政修明，武备充实，那么一个被击溃的敌国叛将又怎能毁灭一个政权？问题在于梁朝的将领无能，军备废弛，当侯景叛变之初，据云仅"千人"（《南史·贼臣传》），梁军兵力远远超过他，却一触即溃。更加上奉命抵御他的临贺王萧正德早已与侯景勾结，才使台城被围，而梁朝各地藩王，却很少出兵救援，梁朝才陷于灭亡。这绝非一朝一夕的原因。

梁亡的原因其实相当复杂，有一部分原因可能和东晋南渡以后士族处境优裕，养尊处优，缺乏有才能的文武官员有关，并不能完全归结为梁武帝个人的责任。但从梁武帝本人来讲，他在天监年间的一些施政情况，显然比大同、太清年间要强些。这一事实说明：

梁武帝到了晚年,确实不免智能衰退,就如杜弼说的"年既老矣,耄又及之",这是自然的规律。另一方面,从梁武帝初年到晚年所面临的北方形势也发生了很大变化。他开始取得政权时,北魏的孝文帝刚死不久,国力还比较强盛,面对这个敌国,梁武帝自然不敢掉以轻心。经过魏宣武帝一代,北魏朝政已趋衰落,到了魏孝明帝即位时,胡太后专权,政局益乱,接着又发生了"六镇"的叛变和尔朱荣的擅权,在梁武帝看来,北方的敌国已不足为患,因此自以为可以廓清中原,从而改号普通、大通、大同等,却不知从六镇军人中出身的北齐和北周两个政权,更难对付。然而梁武帝却不以为意,甚至在侯景叛乱发生后,他还不在意地笑着说:"是何能为,吾以折箠笞之。"(《南史·贼臣传》)这其实是他由于过去耍弄手腕,战胜了萧子良,骗过了齐明帝,消灭了萧宝卷,取得了成功,又因北魏的衰落而放松了警惕。正如古人说的:"无敌国外患者国恒亡。"这正是梁武帝从"开国"走向"亡国"的一个重要原因。

第三节　梁武帝在学术文化方面的作用

在历代的帝王中,梁武帝的确算不上很有作为的人物。但他在学术文化方面的地位却不能全盘否定。据《梁书·武帝纪下》和《隋书·经籍志》等书记载,他在儒学、玄学、史学、文学、佛学以及术数等方面,都有所著述。这些书卷帙浩繁,当非他一人之力所能完成,但显然由他组织和主持,并且不能说没有一部分是他亲自著作的。此外,他还组织群臣,编撰了"吉、凶、军、宾、嘉"五礼,凡一千余卷(《梁书·徐勉传》说凡一千一百七十六卷)。他所编定的"五礼",对后世影响极大,隋唐以后的礼制,大抵以此为基础。在他主持下所撰儒家经典的注疏，也起过不小的作用。他的学说在南朝颇有影响，后来陈代的陆德明撰《经典释文》，唐代孔颖达撰《五经正义》都或多或少地从他那些书中得到启发。关于他编撰那些书，前人往往颇有非议。如庾信在《哀江南赋》中说："天子方删《诗》、《书》，定礼、乐；设重云之讲，开上林之学。谈劫烬之灰飞，辨常星之夜落。地平鱼齿，城危兽角。卧刁斗于荥阳，绊龙媒于平乐。宰衡以干戈为儿戏，缙绅以清谈为庙略。乘渍水以胶船，驭奔驹以朽索。"这无非是说清谈误国。庾信处在梁亡后不久，痛定思痛，说得过火完全可以理解。但在今天来看，似乎不必把他政治上的失误和文化上的贡献混为一谈。

梁武帝在学术文化史上的贡献至少可以说在经学、史学和文学等方面，都起到了一个总结过去成果、以利将来发展的作用。以经学来说，自从汉武帝"罢黜百家，独尊儒术"以来，儒家学说一直占领着思想界的统治地位。尽管在汉代也有"今古文"各学派的争论，但到了东汉末期的郑玄已经兼综各派学说，形成自己的一套说法。三国时王肃对郑玄颇有异议，但其影响不及郑玄深远，汉儒的学风比较偏重训诂字义，有时不免流于烦琐。到了三国后期，何晏、王弼等人提倡玄学，以老庄的思想来阐释儒家经典。这种新学说和汉儒旧说颇有不同。但这种新说兴起不久，还没有来得及普遍推行到全国，就遭遇了西晋末年的战乱，各少数民族的军事首领相继入侵中原。许多中原士族纷纷逃到南方，出现了南北对峙的局面。这时从洛阳等地南迁的士族大都已接受了魏晋以来的新说，而留居在黄河以北的士人却仍坚持汉儒旧说。这就形成了南北学风的不同。关于这个问题，《隋书·儒林传》云："南北所治章句，好尚互有不同。江左《周易》则王辅嗣（弼），《尚书》则孔安国（伪孔传），《左传》则杜元凯（预）；河洛《左传》则服子慎（虔），《尚书》、《周易》则郑康成（玄）。《诗》则并主毛公，《礼》则同遵于郑氏。大抵南人约简，得其英华，北学深芜,穷其枝叶。"南北学风的这种差别,并非一朝一夕形成的。当东晋初年中原士人南渡时,江南士人所习经学,也和河北类似,主要流行汉儒的旧说。原来学旧说的人,对魏晋新说颇有不满。《太平广记》卷三百一十七记有一个故事:"王弼注《易》,辄笑郑玄为儒,云:'老奴无意。'于时夜分,忽闻外阁有著屐声,须臾便进,自云郑玄,责之曰:'君年少,何以轻穿凿文句,而妄讥诋老子也!'极有忿色,言竟便退。弼恶之,后遇疠而卒。"这故事始见梁殷芸《小说》,当产生在梁以前,说明南朝时,汉儒旧说与魏晋新学的矛盾并未完全消失。从现在看来,魏晋人解释儒家的经典,有时援引佛教及老庄的学说,就如钱锺书先生在说到《周易·乾卦》时,唐孔颖达《正义》谈到了"体"和"用"的问题。后人说朱熹等人皆袭用佛教之说,而事实上正如钱先生指出的,晋代韩康伯注《易·系辞》,已有此思想。这"体"、"用"之说,在晋代僧卫、僧肇的文章中已谈及;道教徒们用得更早,魏伯阳《周易参同契》中已经出现(详见《管锥编》第一册第8~10页)。这种各派学说的互相渗透,虽为过去学者所诟病,其实对学术却有一定的推进作用。梁武帝提倡佛教,对这种儒、佛的融合显然也会有一定的影响。

梁武帝令群臣编撰《通史》四百八十卷,从三皇五帝一直讲到梁代,其书今虽不传,但打破了过去史籍局限于一个朝代的弊病,重视历史的连贯性,这个用意显然是可取的。清代章学诚在《文史通义》中设《申郑》一篇,称赞宋代郑樵作《通志》的做法,其中一个理由就是能够变断代为通代。他这种做法,很可能受到梁武帝《通史》的启发。在编撰《通史》的过程中,他还敕令安右长史殷芸编《小说》三十卷(《隋书·经籍志》著录十卷,注云"梁目三十卷")。这些小说中有一部分过去被认为属于史部的书,却被收入"小说"类,这说明他对图书的分类颇有眼光。他还叫徐僧权等人编类书《华林遍略》六百二十卷。此书对北齐时所编《修文堂御览》有较大影响,而唐以后的不少类书又无不以《修文堂御览》为蓝本。

梁武帝在佛学方面"制《涅槃》、《大品》、《净名》、《三慧》诸经义记复数百卷"(《梁书·武帝纪下》)。他阐发佛经的哲理,也颇深奥,对佛学的发展起了一定的推动作用。在《老子》和兵法方面,他也有一些著作。

他在文学方面的贡献我们在下节论述,但在这里应该提一下《隋书·经籍志》所著录的《历代赋》十卷。这部《历代赋》,很有可能是萧统《文选》选录辞赋的主要依据,因为《文选》原本三十卷,今本《文选》中赋占十九卷(五臣注本仍三十卷之旧,为九卷另加四篇,篇幅亦相近),因此选目可能很接近(《文选与辞赋》中已详论,见《文选学新论》,此不赘)。梁武帝在"西邸"时本属文人,到做了皇帝之后,要把注意力放到经学和佛学方面,以便有益于统治,而把文学方面的总结任务交给萧统去做,也是十分可能的。当然,这是一种推测。

《梁书·武帝纪下》还讲到梁武帝撰《全策》三十卷,讲"阴阳纬候,卜筮占决",这些纯属迷信,毫无价值可言。但他善于书法,和陶弘景多次通信,讨论王羲之等人的法帖,则很可重视。梁武帝致陶弘景的书信,现存六篇,并见《道藏》本《陶隐居集》,严可均辑入《全梁文》卷六,其中有四篇论书法。陶弘景的《与梁武帝启》,见《全梁文》卷四十六,云辑自《法书要录》。梁武帝给陶弘景的信中,说道:"逸少(王羲之)迹无甚极细书,《乐毅论》乃微粗健,恐非真迹。《太师箴》小复方媚,笔力过嫩,书体乖异。"(其一)"钟(繇)书乃有一卷,传以为真。意谓悉是摹学,多不足论。有两三行许。似摹微得钟体。逸少学钟的可知,近有二十许首。此外字细画短,多是钟法。"(其四)在第二首中,还详论了运笔的得失,颇有见地。《梁书·武帝纪下》说他"草隶""莫不奇妙",当非虚誉。陶弘景在复信中提到:"《乐毅论》

愚心近甚疑是摹,而不敢轻言。今旨以为非真,窃自信颇涉有悟。"可见与梁武帝见解相同。陶弘景又说:"逸少有名之迹,不过数首:《黄庭》、《劝进》、《像赞》、《洛神》,此等不审犹得存者?"陶弘景还说:"比世皆尚子敬(王献之)书,元常继以齐代,名实脱略,海内非惟不复知有元常,于逸少亦然。"他又认为:"逸少自吴兴以前诸书犹未称。凡厥好迹,皆是向会稽时永和十许年中者。从失郡告灵不仕以后,略不复自书,皆使此一人。世中不能别,见其缓异,呼为'末年书'。逸少亡后,子敬年十七八,全放此人书,故遂成与之相似。"他们这些通信,是研究书法史的重要史料。梁武帝这样表彰和研究钟、王法书,对后来唐太宗特别珍赏王羲之法帖有很大影响。尽管现代学者对王羲之的笔迹颇有怀疑,但这是另一个问题。

第四节 梁武帝的文学创作

梁武帝虽出身将门,但他少年时代已经以文士身份进入了萧子良的西邸,和谢朓、王融、范云、沈约、任昉等当时第一流的作家为友,这说明他确有很高的文学才能。但他现存的作品并不多,而且其中有较高文学价值的尤少。据《梁书·武帝纪下》称,他的文集原有一百二十卷之多,但据《隋书·经籍志》著录,只有《梁武帝集》二十六卷、《梁武帝诗赋集》二十卷、《梁武帝杂文集》九卷,相加起来不过五十五卷,还不到《梁书》所说的半数(《隋志》另有《净业赋》、《连珠》等,当已收入集中)。这大约和侯景之乱、王僧辩克复建康以及梁元帝失败后在江陵焚书等几场浩劫有关。现在看来,梁武帝的作品主要有两部分,一部分是保存在《玉台新咏》中的一些诗,这些诗多为艳体,当为登上帝位以前的作品;另一部分则为宣扬佛法或赠与群臣之诗,大抵枯燥无味,缺乏文学价值,有些纯粹是僧侣们为着传教而保存下来的。对于这后一部分诗文,我们完全不必加以论述。

《玉台新咏》所录梁武帝诗凡四十一首,其中卷七收十四首,皆拟古之作;卷十收二十七首,皆五言四句的南朝民歌体小诗。① 在这些诗中,不乏佳作,如《捣衣》诗:

> 驾言易水北,送别河之阳。沉思惨行镳,结梦在空床。既寤丹绿谬,始知纳素伤。中州木叶下,边城应早霜。阴虫日惨烈,庭草复云黄。冷风但清夜,明月悬洞房。袅袅同宫女,助我理衣裳。参差夕杵引,哀怨秋砧扬。轻罗飞玉腕,弱翠低红妆。朱颜色已兴,睨睨目增光。捣以一匦石,文成双鸳鸯。制握断金刀,薰用如兰芳。佳期久不归,持此寄寒乡。妾身谁为容,思君苦人肠。

此诗显然深受谢惠连同题名作的影响,但语言更为流畅,通过对自然景色的描写,衬托思妇的心情,写得颇为细致。此诗中对仗工整,辞采绚丽,风格与宋末齐初一些诗人近似,大约作于永明年间。他的《古意二首》,内容亦与王融的同题之作相近,但在艺术上较王作不免逊色。他的《戏作》诗:

> 宓妃生洛浦,游女出汉阳。妖闲逾下蔡,神妙绝高唐。绵驹且变俗,王豹复移乡。况兹集灵异,岂得无方将。长袂必留客,清

---

① 此处所谓《玉台新咏》,系据"五云溪馆本"及寒山赵氏覆宋本。通行本为明人附益,所收较多,但非原书所有,不足据。

哇咸绕梁。燕赵羞容止,西施惭芬芳。徒闻珠可弄,定自乏明珰。

这诗用了宋玉《高唐》《神女》诸赋典故,着力写美女的容貌,和后来宫体诗的情调相近,和梁武帝自己晚年的思想几乎判若两人。后来有些人把无名氏的《河中之水歌》《东飞伯劳歌》,甚至《西洲曲》都归到了他名下,大约和他早年确曾写过不少艳诗有关。在这个时间中,他的诗歌多数不离艳情,只有前面提到过的那首答任昉、王融等人的赠别之诗写的是朋友之间的离别之情。这在他现存诗作中可谓特例。

梁武帝的祖上已迁居晋陵武进,就如陈寅恪先生说的,这些人已被吴人同化。他本人又出生于秣陵,所以对《子夜歌》等吴歌非常熟悉。《乐府诗集》中所录《子夜歌》等吴歌中有一些题为梁武帝之作,这大约有其根据。这些作品看来与民歌几无区别。他早年好作艳诗,不能说与此无关。后来他到了襄阳,又曾仿作流行于荆襄一带的"西曲"。如著名的《襄阳白铜鞮歌》三首:

陌头征人去,闺中女下机。含情不能言,送别沾罗衣。
草树非一香,花叶百种色。寄语故情人,知我心相忆。
龙马紫金鞍,翠眊白玉羁。照耀双阙下,知是襄阳儿。

这三首诗,有两首亦属艳情。这些"西曲"从内容到形式似乎与"吴声"无甚区别,大约只是演唱时声调不同。"西曲"兴起较晚,沈约在《宋书·乐志》中还说它"不典正",大约亦指声调。这些"西曲"在南齐已经被上层社会所欣赏,到梁代更兴盛,有不少人仿作。后来《襄阳白铜鞮歌》成为文人们喜用的典故,这和梁武帝的诗显然有关。

梁武帝虽然是一个有一定成就的文人，并且和"永明体"的三位创始人谢朓、王融和沈约都有交谊，但对他们所提出的"四声说"很不理解。《梁书·沈约传》："（约）又撰《四声谱》，以为在昔词人，累千载而不寤，而独得胸衿，穷其妙旨，自谓入神之作，高祖雅不好焉。帝问周舍曰：'何谓四声？'舍曰：'天子圣哲'是也，然帝竟不遵用。"这件事日释空海《文镜秘府论·四声论》引刘善经的话说，梁武帝问的是朱异，朱异答以"天子万福"四字，梁武帝说："'天子寿考'，岂不是四声也。"这两段记载虽有出入，但梁武帝对"四声说"不很理解当为事实。不过，"四声说"起源很早，从晋代的李登《声类》、吕静《韵集》以"宫商"分别字的声调开始，已逐渐明确，刘宋范晔、谢庄都"识宫商"。梁武帝早年出入西邸，与沈约等人为友，也从那里接触到佛教及当时创制的"梵呗新声"；他还不是对音乐无知的人，恐怕不致像刘善经那样把"天子寿考"作为"四声"。他说"何谓四声"，重点恐在对"四声说"表示怀疑，所以别人说给他听，他还是"竟不遵用"。这也难怪，他早年已经习惯了古体诗，对声律的要求很难适应。以他的《捣衣》诗为例，"沉思惨行镳，结梦在空床"，"佳期久不归，持此寄寒乡"等句，犯的正是"上尾"病，第五字和第十字均平声；"中州木叶下，边城应早霜"二句，是"平头"病，正好第一字与第六字、第二字与第七字皆平声。这在讲究"四声"的新体中都是大忌。但这种声病，在沈约自己一些诗中也同样存在，而且那些新体的要求，本来不以此强求别人。不过因为新体一起，响应者不少，而梁武帝自己却难做到，不免对此有点歧视。梁武帝反对新体，也和他登上帝位后，凡文章与乐曲均求典雅有关。《隋书·音乐志上》记梁初宗庙乐曲，"其辞并沈约所制"，"普通中，荐蔬之后，改诸雅歌，敕萧子云制词"。其原因据《梁书·萧子恪附萧子云传》："梁初，郊庙未革牲牷，乐辞皆沈约撰，至是承用，子云始建言宜改。……敕答曰：'此是主者守株,宜急改也。'仍使子云撰定。敕曰:'郊庙歌辞,应须典诰大语,不得杂用子史文章浅言;而沈约所撰,亦多舛谬。'子云答敕曰:'殷荐朝飨,乐以雅名,理应正采五经,圣人成教。而汉来此制,不全用经典;约之所撰,弥复浅杂。臣前所易约十曲,惟知牲牷既革,宜改歌辞,而犹承例,不嫌流俗乖体。既奉令旨,始得发蒙。臣夙本庸滞,昭然忽朗,谨依成旨,悉改约制。"这说明萧子云奉敕改作,显然不仅是改去用牲畜做祭品的内容,还涉及文辞的典雅问题。以文学才能来说,萧子云显然不能与沈约相比,但梁武帝还是要改用萧作,这说明他当时要改变汉以来乐章的旧传统,一味追求雅正。这和他处处以孔子和佛的代言人自居的态度完全一致。他认为只有这样,才能显示他作为皇帝的"圣明"。他这种艺术趣味,其实并非完全出于真情,而多半是出于矫饰。因为梁武帝不光是皇帝,是佛教徒,而且他还是一个有七情六欲的人,一个野心勃勃的凶残好色之徒;此外他还是一个富于文学才能的作家,内心里自然不会爱好那些味同嚼蜡的道学说教。事实表明,在他现存作品中存在着两个尖锐对立的部分:前期作品显示着一定程度的才华,而后期作品却是一堆令人生厌的说教。这种矛盾完全可以从他斥责徐摛一事中看出来。据《梁书·徐摛传》,萧纲早年出戍石头,梁武帝问周舍有没有"文学俱长兼有行者"和萧纲朝夕游处,周舍就推举了徐摛。从此徐摛一直跟从萧纲。在萧纲做太子以后,梁武帝发现了徐摛文风的靡丽:"摛文体既别,春坊尽学之。'宫体'之号,自斯而起。高祖闻之怒,召摛加让,及见,应对明敏,辞义可观,高祖意释。因问五经大义,次问历代史及百家杂说,末论释教。摛商较纵横,应答如响,高祖甚加叹异,更被亲狎,宠遇日隆。"徐摛的诗现存者甚少,大抵为咏物之作。这种作品在宫体诗人的作品中,确有一定的比例,但它们毕竟还没有涉及艳情,决不会伤梁武帝提倡的"风化"。而梁武帝发怒,大约并非因为这些作品,而是徐摛确有艳诗,惜未流传。但话也得说回来,即使徐摛之作像萧纲等人的艳诗那样,梁武帝也无必要发怒。因为这些诗和前面所引梁武帝的《戏作》之类,实无多大区别。其实梁武帝内心里恐怕还是欣赏艳体的,所以最后因为徐摛有才华,对他的诗体轻艳不再计较,反而更为宠信。他对简文帝萧纲也很欣赏,说"此子,吾家之东阿(曹植)"。但是作为帝王,尤其是一个自命为佛教信徒的帝王,不能不摆出一副道貌岸然的面孔。显然,这只能说是矫饰。

第四章　梁武帝诸弟侄及梁武帝对他们的态度

第一节　梁武帝兄弟们的概况

据《梁书·太祖(萧顺之)五王传》载,萧顺之共有十个儿子,其中与梁武帝同母所生的有萧懿、萧敷和萧畅三人;同父异母的还有萧融、萧宏、萧伟、萧秀、萧憺和萧恢六人。此外,他还有几个堂弟:萧景、萧昌、萧昂和萧昱。他那些堂弟,也官至刺史、太守等职,但对梁朝的政局影响不大,只有萧景子萧勃在侯景之乱后据广州,不服从陈霸先,被陈所杀。关于他们的事迹可以从略。

梁武帝的同父兄弟中,萧懿在齐末被萧宝卷所杀,前面已经讲到过。萧融也是和萧懿一同被杀的。萧敷和萧畅在齐明帝建武中病死。萧懿、萧融、萧敷和萧畅在梁武帝即位之后,都被追封为郡王,有儿子袭封。其中萧懿之子萧渊藻和萧渊明,在历史上略有作用,其余几人都没有多少事迹可谈。萧宏等五人活到了梁朝,并受梁武帝不同程度的任用,他们的后人中也有一些人在不同的方面起过不同的作用。这些我们将在下文论述。

梁武帝那些死于他即位以前的兄弟四人中,只有萧懿在政治方面有一定的才能。关于他被杀,是否完全由于愚忠,恐怕未必,其道理在前面已经讲过。从他被杀前后的事实看,梁武帝至少不会没有预料到,而是为了争夺皇位,不能顾及兄长的安全。所以梁武帝称帝后,对他的后人还是较为厚待。萧渊藻天监元年就被任命为益州刺史,据《南史·梁宗室传上》载:"时邓元起在蜀,自以有克刘季连功,恃宿将,轻少藻①,藻怒乃杀之。"邓元起在梁武帝起兵时颇有战功,而此事梁武帝也不予追究。但萧渊藻后来变得很"谦退",任雍、兖等州刺史,政绩尚好。他并非将才,普通六年(525)曾和萧正德一起率兵北伐,萧正德弃军逃跑,他也不得不退兵,因此受过"免官削爵土"的处分。后来官至开府仪同三司、中书令。侯景之乱中,他在京口曾派儿子萧彧入援。侯景攻入台城后,他气愤感疾,不食而死。

萧渊藻之弟萧渊明在梁武帝末年曾任豫州刺史,侯景投梁时,梁军大举北伐,萧渊明上表要求统率军队,得到允许,就率兵向彭城前进。但他"谋略不出,号令莫行",听不进诸将意见,却也指挥不动他们,最后被东魏所败,本人被俘。萧渊明被俘后留居北方多年,直到江陵被西魏所攻克,梁元帝被杀,王僧辩、陈霸先立元帝子方智于建康后,北齐又派兵送他回南方做梁朝的君主。王僧辩起初不同意,后来在北齐的压力下,接受了他。他登上傀儡皇帝宝座没几天,陈霸先就杀了王僧辩,重新立萧方智,改萧渊明为太傅,不久病死。看来萧渊明其人尚无大恶,只是缺乏才能,被人任意摆布。

---

① 唐高祖名"渊",故《南史》讳"渊"字,凡萧渊藻、渊明均作"萧藻"、"萧明"。

第二节　萧秀、萧伟、萧恢和萧憺

梁武帝诸弟的情况不很一样。《梁书·太祖五王传》对他们一律称颂,然而《南史·梁宗室传》中记萧宏过恶甚多,他和其子萧正德都是促使梁朝衰乱的人物,因此要各设专节来论述。

萧秀(475~518)在梁武帝诸弟中排行第七。他十二三岁就死了生母,据说他很守孝道。南齐末,他们兄弟多居建康,隐藏在民间,梁武帝兵至新林,他才出来投奔乃兄。建康平定后,任南徐州刺史,梁武帝称帝后,封安成郡王。萧秀的为人根据《梁书》和《南史》记载,似乎并无过恶,而且在各地任刺史还略有善政。天监六年(507),他被任为江州刺史,《梁书》本传载:"及至州,闻前刺史取征士陶潜曾孙为里司。秀叹曰:'陶潜之德,岂可不及后世!'即日辟为西曹。"(《南史》略同)这时萧统只有七岁,后来萧统之编《陶渊明集》,为陶渊明作传,很可能是受到这位叔父的影响。萧秀在学术文化上亦有贡献。《梁书》本传说他:"精意术学,搜集经记,招学士平原刘孝标,使撰《类苑》,书未及毕,而已行于世。……故吏夏侯亶等表立墓碑,诏许焉。当世高才游王门者东海王僧孺、吴郡陆倕、彭城刘孝绰、河东裴子野,各制其文,古未之有也。"《南史》还提到"欲择用之,而咸称实录,遂四碑并建"。这说明萧秀为人确有其长处,否则不会四人所作碑文"咸称实录"。在这四人中,刘孝绰后来和萧统的关系颇为密切,有的史料说《文选》就是萧统和他一起编成的。陆倕曾任太子庶子、太子中庶子诸职,与萧统亦有很深的关系,他的《新漏刻铭》和《石阙铭》都被收入《文选》。萧秀命刘孝标编《类苑》一书,亦可注意。刘孝标即刘峻,因陈列关于锦被的典故,得罪梁武帝,因此失意落魄,萧秀能加以任用,这就不大容易,而且其书未完成已流行,亦说明其价值。梁武帝后来命人编《华林遍略》来抵销其影响,说明此书在当时已被不少人推崇。这也说明萧秀在学术文化方面有一定贡献。

萧伟(476~533)在梁武帝诸弟中排行第八,梁武帝到雍州,已预知齐代将乱亡,就把他和萧憺迎接到襄阳。梁武帝起兵后,就把雍州的军政要务托付给萧伟。在梁武帝的军队围困建康的同时,南齐巴东太守萧惠训、巴西太守鲁休烈起兵为萧宝卷进攻荆州,萧颖胄忧愤暴卒,就向萧伟求救。萧伟派萧憺率兵赴援,兵到,萧惠训子瑱等即降,因此齐和帝任命萧伟为雍州刺史。襄阳是梁武帝起兵的重地,又是出精兵的地方,梁武帝将如此重任交付他,说明了对他的信赖。梁武帝即位后,封他为建安郡王。天监四年(505),他调任南徐州刺史,次年又为丹阳尹,后又历任扬州刺史、中抚军、江州刺史诸职。到天监十一年,就因病要求辞官,此后改任左光禄大夫的闲职,增加俸禄养病,天监十七年改封南平郡王,死于中大通五年(533),比萧统还晚二年。萧伟为人喜救济穷乏,"常遣腹心左右,历访闾里人士,其有贫困吉凶不举者,即遣赡恤之"(《梁书》本传)。他这种性格和萧统经常派人周行闾巷、赈济贫困十分相近。这也很可能是萧统取法他叔父。据《梁书》说,萧伟"少好学,笃诚通恕。趋贤重士,常如弗及"。又说他"晚年崇信佛理。尤精玄学,著《二旨义》,别为新通。又制《性情》、《几神》等论,其义,僧宠及周舍、殷钧、陆倕并名精解,而不能屈"。《南史》甚至说他"朝廷得失,时有匡正","斯人斯疾,而不得助主兴化,梁政渐替,自公薨焉"。这话虽不无夸大,但说明萧伟在梁武帝诸弟中是比较正直而且较有才能的。

萧恢(476~526)在梁武帝诸弟中排行第九,梁武帝起兵时,他藏于建康民间,和萧秀一样,也是梁武帝兵到新林后出来迎接的。

梁武帝称帝后,封他为鄱阳郡王,曾任郢州、益州及荆州刺史。《梁书》和《南史》本传记载他的生平,似谈不上有什么政绩,死后却得"忠烈王"的美谥。在史籍的记载中,没有说他有什么过失或恶行,但《南史》说他"有男女百人"。仅这一点就足以说明他是个荒淫之徒。他死后,儿子萧范袭爵,并任卫尉卿、益州刺史诸职,后来出任雍州刺史,一时颇得时誉,"于是养士马,修城郭,聚军粮于私邸",当时梁武帝子庐陵王续在荆州做刺史,都督荆郢司雍等九州诸军事,与他不和,就启奏朝廷,说他要作乱。萧范也上启申辩,而武帝宽恕了他。但当时人还怀疑他要叛乱。当时萧统已死,梁武帝年老,诸王互相不服,被立为太子的萧纲与邵陵王萧纶更互相猜忌。萧范心中窃喜,认为梁武帝一死,诸王作乱,他就可以乘机夺取帝位(见《南史》本传)。太清元年(547),梁武帝为了配合侯景北伐东魏,曾想用他统率军队,被朱异劝阻,后改用萧渊明,改任他为南豫州刺史。侯景败后,他改任合州刺史,合州与侯景所据的寿阳接壤,他较早发现侯景有叛乱迹象,屡次上奏,却被朱异所抑。侯景之乱中曾派兵入援京城,台城陷落后,他弃合州至东关,向东魏乞援。魏人不救,反而占领合州,他只得逃奔盆城,后又与寻阳王萧大心火并,最后病死。他的儿子萧嗣则在与侯景部将任约作战时中箭而死。萧恢的儿子很多,他还有个孙子叫萧该,《隋书·儒林传》说萧该"少封攸侯。梁荆州陷,与何妥同至长安"。他作有《文选音义》一书。《隋书·经籍志》有"《文选音》三卷,萧该撰"。此书今佚。现在我们所见《文选》,主要是李善注本,李善的《文选》学出自由隋入唐的江都人曹宪。此外如公孙罗、许淹诸家注今亦散佚。这几家亦出于曹宪。《文选》"五臣注"的注音,据今人考证,系采用公孙罗注,那么萧该的《音义》,现在可能已全佚了。不过,萧该在荆州陷落时入长安,那么在北周一代和隋平陈之前,关中等地人所见到的《文选》当非曹宪所传之本。因此在《文选》

的流传方面,萧该应有一定的功绩。

萧憺(478~522)在梁武帝诸弟中排行第十,他是在齐末和萧伟一起到襄阳的。梁武帝起兵后,和萧伟一起留守襄阳,并且在援救荆州、平定萧颖的事件中有功。梁武帝平建康,齐和帝任命萧憺为荆州刺史,梁武帝代齐,加安西将军称号,封始兴郡王。据《梁书》和《南史》本传,他的政绩较好。二书中都载,他任荆州刺史还都后,荆州民众还有歌谣思念他。他死后,萧统还对为他服丧的问题叫官员讨论,此事刘孝绰提出了自己的意见,徐勉、周舍并同其意,后遂定为永准。萧憺儿子中较有名的是萧亮、萧映和萧晔。萧晔后封上黄侯。萧晔之子萧慤,侯景之乱后奔北齐,一直活到隋代。他有《秋思》诗,其中"芙蓉露下落,杨柳月中疏"二句为南朝入北文人颜之推、荀仲举、诸葛汉等人所称赏(见《颜氏家训·文章》)。邢劭为他的文集作序,说他的文"可谓雕章间出"(见《全北齐文》卷三)。在北齐至隋诗人中有较高声誉。

第三节 萧宏

在梁武帝诸弟中排行第六的萧宏(473~526)是一个很特殊的人物。《梁书·太祖五王传》中关于萧宏的传记不记他任何过恶,反而说他"宽和笃厚",甚至天监四年(505)他率军北伐在洛口大败的事竟也讳而不书,只说是"会征役久,有诏班师"。但《南史·梁宗室传上》对他的记载却与此截然相反。关于这种情况,恐怕只能用王鸣盛说的"大约如姚思廉辈修史,悉以当日史臣纪载为粉本"来解释。然而仍有可疑的是姚思廉已入唐朝,几经战乱,王氏所谓"当日史臣纪载"是否还保存着?即使尚在,姚氏作史记梁时事,已隔陈、隋二代,有何必要为萧宏讳？笔者颇疑《梁书》中这篇传记是姚思廉之父姚察所为。姚察早年仕梁，并随父到过江陵，可能见到梁代史臣原文，后来他由陈入隋，隋后期在洛阳作梁、陈二代之史，别无其他依据，遂据早年所见史臣原本。姚思廉作《梁书》，不敢变易其父旧作，就成了这种面目。其实姚思廉对萧宏并非毫无了解，他在传末"史臣曰"的议论中，对萧秀等四人"名迹"颇有褒扬，唯独不及萧宏，即是明证。

前面提到梁武帝曾说萧宏"愚"，这是为萧宏开脱。其实萧宏的表现不能完全用"愚"来解释。《梁书》本传载，齐末的萧遥光之乱，逼使梁武帝诸弟到东府受遥光控制，当时梁武帝在襄阳，对萧伟说："六弟（萧宏）明于事理，必先还台。"后来果如所料。这说明萧宏后来图谋作乱，另有原因。他想作乱杀害梁武帝，可能和他儿子萧正德的事有关。因为梁武帝早年无子，曾认领萧宏子正德为子。后来萧统出生以后，萧正德就只能还到他父亲名下。萧宏可能以此记恨梁武帝而生阴谋。《南史》本传说萧宏自洛口之败以后，"常怀愧愤，都下每有窃发，辄以宏为名，屡为有司所奏，帝每贳之"。这些"窃发"的事件当然未必都出于萧宏指使，但人们经常用萧宏的名义来制造祸乱，说明萧宏与梁武帝间已有尖锐的矛盾。他很可能在梁武帝登上帝位后，就因萧正德之事心怀不满，而洛口之败，又使他感到自己的地位每况愈下，才铤而走险，做出了图谋作乱的事。梁武帝所以没有严厉处罚，大约是深知萧宏其人远不足与自己较量。

从洛口的战役来看，萧宏在军事上确实很无能。在这场战争中，梁军显然占有优势，据《梁书·武帝纪中》记载，萧宏率兵北伐是天监四年（505）的十月。次年三月，魏宣武帝从弟元翼即率其诸弟来降，梁将刘思效又破魏军于胶水，接着原已降魏的南朝旧将陈伯之又自寿阳率部归降；同年五月，梁将张惠绍攻克宿预，梁军前锋又攻下了梁城，接着，韦叡攻克合肥，裴邃攻克羊石、霍丘；六月，桓和的前军又攻下了朐山。在这种节节胜利的形势下,萧宏作为主帅却使局面急转直下。《南史》本传载:"宏部分乖方,多违朝制,诸将欲乘胜深入,宏闻魏援近,畏懦不敢进,召诸将欲议旋师。"这时梁将中如柳惔、裴邃、马仙琕、朱僧勇、胡辛生等人都理所当然地起来反对,只有吕僧珍一人同意他的主张。当时诸将愤斥吕僧珍,而吕却说出了实情:他看出萧宏"非止全无经略,庸怯过甚。吾与言军事,都不相入。观此形势,岂能成功?"他认为萧宏既为主帅,"意不在军","深恐大致沮丧",反而不如全军撤退,保存实力。由于诸将反对,他不敢强行撤退,便停军不前,以致魏军笑他懦怯,送他妇女用的巾帼,并作歌曰:"不畏萧娘与吕姥,但畏合肥有韦虎(虎,指韦叡)。"吕僧珍为此叹息,认为如果不是萧宏而是萧憺或梁武帝的堂侄萧景做主帅,自己做辅佐,"中原不足平",现在却遭此羞辱。这时,梁将裴邃仍想进攻,萧宏竟下令说:"人马有前行者斩!"于是全军更加气愤,"军政不和",最后全军溃散,萧宏狼狈逃窜。一场大可取胜的战局就这样断送在萧宏手里,但等待着这位败将的却不是处分而是升官!这不能不说萧宏肆无忌惮地为非作歹,与梁武帝的纵容是分不开的。

萧宏败归以后,又包庇他小老婆的弟弟吴法寿随意杀人,因此一度被免去官职。他自然更加怨恨。于是就有了天监十七年(518)他指使人在骠骑航企图暗杀梁武帝的事。案发以后,梁武帝虽加以指责,却还是不了了之。这次暗杀阴谋的结果竟是他复为司徒和普通元年(520)升为太尉、扬州刺史及侍中。从《南史》本传看来,谋杀事件虽发生于天监十七年,而此前已有"窃发"的事以萧宏为名的情况,这说明萧宏自从洛口之败后,已不断地和梁武帝作对。所以即使在整个梁代最升平的天监年间,梁武帝的肘腋之间已潜伏着危机,他对此未必无所觉察,只是他自以为人才胜萧宏百倍,未加充分重视而已。《南史》本传所载萧宏的种种罪行实在令人发指,但其中有不少事例，梁武帝不但不在意，而且更觉放心。如：

> 宏以介弟之贵，无他量能，恣意聚敛。库室垂有百间，在内堂之后，关籥甚严。有疑是铠仗者，密以闻。武帝于友于甚厚，殊不悦。宏爱妾江氏寝膳不能暂离，上他日送盛馔与江曰："当来就汝欢宴。"唯携布衣之旧射声校尉丘佗卿往，与宏及江大饮，半醉后谓曰："我今欲履行汝后房。"便呼后阁舆径往屋所。宏恐上见其贿货，颜色怖惧。上意弥信是仗，屋屋检视。宏性爱钱，百万一聚，黄榜标之，千万一库，悬一紫标，如此三十余间。帝与佗卿屈指计见钱三亿余万，余屋贮布绢丝绵漆蜜纻蜡朱沙黄屑杂货，但见满库，不知多少。帝始知非仗，大悦，谓曰："阿六，汝生活大可。"方更剧饮，至夜举烛而还。兄弟情方更敦睦。

显然，萧宏所搜括的无非是百姓的膏血，像这种贪官本当严惩。但梁武帝对此毫无反感，却更高兴。因为只要萧宏没有私藏武器，对他的皇位不造成威胁，他就乐得不问不闻，免得有杀弟的恶名。至于萧宏搜括钱财给民众造成的痛苦，梁武帝并不关心。另一方面他越是敲骨吸髓地剥削人民，声誉就越坏，篡夺帝位的希望也越小，因此梁武帝反而对他更亲近了。

当然，梁武帝对萧宏也不会完全没有防备，他应知道宋明帝在宋孝武帝诸弟中"本为庸常被免"，后来却也做了皇帝。尤其是有一次梁武帝设三日斋，萧宏竟私通梁武帝之女永兴公主并密谋篡位之事，允许事成后以她为皇后。公主竟派两个僮奴假扮女装行刺，被守卫识破，供出了萧宏。这不能不有所警惕。不过像梁武帝这样玩弄权术的老手，自可不动声色暗中设防，没有对萧宏下手。他在萧统十五岁那年，就赶快为其举行冠礼，并且如《梁书·昭明太子传》所说：

"太子自加元服,高祖便使省万机,内外百司奏事者填塞于前。"当时梁武帝不过五十刚出头,并无大病,他所以急于叫一个十五岁的青年处理政务,正是要他锻炼才能,熟悉政事,免蹈宋、齐二代幼主被废弑的覆辙。他心里未尝不知萧宏有心学宋明帝刘彧,萧宏之子正德也处心积虑地想做齐明帝第二。所以天监、普通年间,梁朝政局表面上还算安定,骨子里却潜藏危机。萧统的太子身份,貌似巩固,暗下亦存在隐患。这一点年轻的萧统未必意识到,而老练的梁武帝是不可能没有觉察的。尽管萧宏死于普通七年(526),但萧正德尚在,祸根并未消除。

第四节　萧正德

　　萧宏诸子中,萧正德(?~549)排行第三,他的地位比较特殊。原来梁武帝早年无子,正妻郗氏只生了三个女儿。到了襄阳后纳妾丁氏,于和帝中兴元年(501)生下了萧统,这年梁武帝已三十八岁。在那个时代,三十几岁没有儿子就算很晚,要过继一个侄儿作嗣子是很平常的,因此曾认萧正德为子。① 当时梁武帝还不过是一个州的刺史,没有任何可虑之事。然而,后来事态却发生了变化。正是萧统出生的那年,梁武帝起兵反对萧宝卷,并于次年攻入建康,做了皇帝。

---

① 萧正德的年龄史无明文,但他比萧统要大是肯定的。他是萧宏的第三个儿子。如果按古人的惯例,十六七岁到二十岁即可结婚生子的话,第三子的出生可能在二十刚出头时。萧宏生于宋苍梧王元徽元年(473),到梁武帝纳丁贵嫔为妾那年(齐明帝永泰元年,498)已年二十六岁。梁武帝认领萧正德为子,应在纳丁贵嫔以前,此时萧正德已出生,那么萧正德至少比萧统要大五岁以上。

这样,萧统的出生就意味着萧正德丧失了皇位的继承权。果然,就在梁武帝登上帝位的当年,就立萧统为太子。萧宏眼看着自己至少能像南齐始安王萧道生那样毫不费力地让儿子做皇帝的幻想彻底破灭了。萧宏、萧正德父子所以长期与梁武帝作对,其根源盖在于此。所以萧宏的孙子萧贲,也极仇恨梁武帝,《南史》本传说他"专监造攻具,以攻台城,专为贼(侯景)耳目",结果连侯景也讨厌他,把他杀了。这一事例,充分说明帝位争夺的残酷性。

萧正德的为人,据《南史》本传说:"少而凶慝,招聚亡命,破冢屠牛,兼好弋猎。"他这种行径,本来不宜居高位,所以梁武帝当时,仅把他封为西丰侯,邑五百户(《梁书》本传),这自然不能满足他的欲望。《梁书》说他"自此怨望,恒怀不轨,睥睨宫扆,觊幸灾变"。

普通三年(522),他以黄门侍郎为轻车将军。这一年十二月,他逃奔北魏。① 奔亡时作《咏竹火笼》诗云:"桢干屈曲尽,兰麝氛氲销,欲知怀炭日,正是履冰朝。"到了魏境,自称是被废太子。当时南齐宗室萧宝寅在魏任尚书左仆射,上表魏孝明帝说:"岂有伯为天子,父作扬州,弃彼密亲,远投他国,不若杀之。"(《南史》本传)他在北魏不受重视,于是杀了一个孩子,假称自己儿子死了,在远处营造墓地,迷惑魏人,乘机逃归南方,向梁武帝叩头请罪,梁武帝又宽恕了他。

萧正德和他弟弟萧正则都是当时建康百姓的巨患,他们公开招

---

① 萧正德奔魏事,《梁书》本传云:"普通六年,以黄门侍郎为轻车将军,置佐史。顷之,遂逃奔于魏,有司奏削封爵。七年,又自魏逃归。"按:《南史》本传,正德于普通六年随豫章王萧综北伐,萧综降魏,正德弃军逃归,因此被削爵。若七年方归南,不应六年随萧综北伐。《梁书》往往记事时间有误。今从《南史》及《资治通鉴》卷一百四十九。又据《梁书·武帝纪下》,普通三年梁、魏无战事;《资治通鉴》记此事亦不云从军中出奔。

聚亡命之徒，肆行抢劫，黄昏时在路上杀人。后来萧正则杀了一个和尚，被流放到岭南，他在岭南阴谋作乱，被广州刺史元景仲所杀。但萧正德仍不改过。普通六年(525)，梁武帝又命他为轻车将军，跟着豫章王萧综伐魏。萧综降魏，梁军溃散，只有陈庆之一军独全，萧正德也弃军逃归。这一次遭到有关官员参奏，梁武帝已无法再公然宽容，就下诏数他罪状，指出他早年任吴郡太守时，就"杀戮无辜，劫盗财物，雅然无畏"。回建康后，又"夺人妻妾，略人子女"，杀害了徐敖，拐诱了王伯敖做妾。诏中还指出他奔魏及归来之事。诏书中说他弃军是"志欲覆败国计，以快汝心"，可能还有其他事实(并见《南史》本传)。于是削去封爵，流放到临海郡。但这完全是做个样子，半路就赦回建康，到大通元年(527)初，又恢复封爵。① 梁武帝这种宽纵，只能使他更加肆无忌惮。

萧正德回到建康以后，就和梁武帝的宠臣朱异结交。中大通三年(531)，萧统去世，梁武帝立萧纲为太子而封萧统诸子为王，朱异说萧正德"失职"，武帝次年竟封萧正德为临贺郡王，这已属滥封，而又任命他为丹阳尹、南兖州刺史诸职，任其到处为非作歹，把一个富饶的广陵弄到人吃人的悲惨境地。但对萧正德来说，无非丢弃官职，仍做他的郡王，而且对梁武帝更加仇恨，暗中"阴养死士，常思国衅"(《南史》本传)。到了太清二年(548)，侯景准备发动叛乱时，已知道萧正德的心思，派了个萧正德在北魏时的老相识徐思玉与他勾结，答应事成立他为皇位继承人，自然一拍即合。等到侯景叛军到达江边时，他竟备船迎接。这时梁武帝已八十五岁，尸居气余，对此毫无觉察，还任命他为平北将军，驻守朱雀航。他就把叛军领入宣阳门。

---

① 《南史》本传作"(普通)八年，复封爵"。按：普通八年即大通元年，改元在三月，则此事当在一、二月间。

侯景暂时立他做皇帝,改元正平。他以女儿嫁侯景,并且约定破城之后,不许保全梁武帝和太子萧纲的性命。但是侯景和他勾结,本来只是利用他,及台城陷落后,萧正德正想挥刀杀入宫中,却被叛军阻止。侯景不敢马上称帝,又恢复太清年号,降萧正德为侍中、大司马。萧正德后悔莫及,又秘密和鄱阳王萧范所遣援军联系,密信被叛军截获,萧正德因此被杀。而梁武帝萧衍也于宫城陷落后不久,忧幽郁愤,感疾而逝,时在太清三年(549)五月。

　　从萧正德的一生看来,其人并无多大能耐,不过是一个残忍狠毒的无赖。梁武帝早年不把萧宏和他放在眼里,虽然以国法而论是不容许的,而只要梁武帝那时头脑还清醒,对付一个萧宏或萧正德毕竟不会有多大困难。问题是梁武帝狃于早年的成功,尤其是北魏衰乱之后,更是自以为再无可虑之事,放松了警惕。到老年神志不清,左右又只有朱异等佞臣,于是梁朝就断送在萧正德这样无能之辈手中,这是梁武帝意料所不及的。像萧正德那样的人虽然说不上有什么才能,而以"废太子"名义投魏以及后来勾结侯景,都说明了他由于失去皇位继承权而疯狂报复,已经到了丧失理智的地步。他的存在自然是梁武帝和萧统的一大隐患,他的奔魏及公然抢劫等劣迹,都发生在萧统已被命处理许多政务之时,萧统对此不会不知道,有些事件可能还曾经过他的手处理。对此,我们也可以说,萧正德其人该是萧统一生中始终使他焦虑的人物。

第五章　萧统的生平

第一节　萧统的出生及其所受的教育

齐和帝中兴元年(501)亦即东昏侯永元三年,九月,萧统出生在梁武帝的襄阳宫邸中。这时年已三十八岁的梁武帝已经顾不上看到儿子出生,其于当年二月从襄阳东征,争夺皇位去了。母亲丁令光是梁武帝的妾,当时年仅十六岁。她祖籍谯国(今安徽亳州),世代居住襄阳,生于樊城,十四岁那年被梁武帝纳为妾。当时梁武帝的正妻郗氏尚在,丁令光小心谨慎地服侍她。但不久,郗氏就死了。① 丁令光在襄阳生下萧统的次年初,梁武帝就攻下建康,并把丁令光母子接到建康。当年四月,梁武帝登上帝位,接着封丁令光为贵嫔,立萧统为太子。这时郗氏早已死去,新皇朝的宫廷内务自然由丁令光主持,如果依据封建社会"母以子贵"的惯例,梁武帝完全可以宣布丁令光为皇后,这在一定程度上可以免去日后的许多矛盾。但他计不出此,而

---

① 据《梁书·后妃传》,郗氏是"永元元年八月殂于襄阳"的;又说丁氏"时年十四,高祖纳焉"。丁氏卒于普通七年(526),年四十二,以此推算,她十四岁即永元元年。据此,梁武帝纳丁氏的当年,郗氏就死了。

只立丁氏为贵嫔。

梁武帝不立皇后的原因,《梁书·后妃传》并无记载;《南史·后妃传》和《建康实录》卷十八则把原因归结为郗氏生前"酷妒忌",死后化为龙入于后宫井中的荒诞传说,实难置信。现在看来,梁武帝即位后不立皇后,恐怕与他的门阀思想大有关系。因为兰陵萧氏在东晋及宋代均不算望族;而高平金乡的郗氏在东晋则社会地位极高,曾产生过郗鉴、郗愔等名臣,并和琅邪王氏为婚姻,再加上郗氏之母是宋文帝的女儿,这样高贵的地位,确非丁令光所能比拟。问题在于梁武帝早年认领萧正德为子时,郗氏尚在,萧正德自可认为自己乃郗氏之子,属于"嫡出",而萧统、萧纲等人为"庶出"。根据封建宗法制的规定,"立嫡以长不以贤,立子以贵不以长"(《春秋公羊传·隐公元年》),他既为"长"又是"嫡",后来他奔魏时自称"废太子";侯景拉拢萧正德时也说"大王属当储贰"(《南史·梁宗室传》),都以此为借口。在萧统死后,梁武帝立萧纲为太子,据《南史·梁武帝诸子传》也说"帝既废嫡立庶,海内嚣嗜";邵陵王萧纶也认为此举是"时无豫章,故以次立"(同上)。其实萧统与萧纲同母,与萧综、萧纶还是不同的。如果当年丁令光正位为后,这些借口就难成立,尽管萧正德、萧纶仍有不满,至少不敢这样明目张胆。所以梁武帝的门阀观念在萧统健在时,已给他留下隐患;而在他死后就出现了《南史·梁宗室传》所载萧纲与萧纶的严重失和。最后萧誉、萧詧与元帝萧绎间的火并以及江陵的陷落,都不能说与此毫无关系。

尽管梁代皇族内部矛盾重重,但萧统本人似乎并未参与这些斗争。这当然和他从小被立为太子有关;此外他所受的教育,也使他对诸弟及宗室比较宽厚,至少没有谋害他人的言行。我们知道:当萧统呱呱坠地之日,梁武帝的大军已经连克寻阳、芜湖,逼近建康城下。此时梁武帝登上帝位,已只是时间早晚而已。所以当萧统出世之时,梁武帝字之曰"德施"。这两个字显然意味着要他日后继承帝位,德施于天下。从这个目的出发,萧统完全是按照一位讲仁义的"明主"来培养的。这并不是因为梁武帝真的变得仁慈起来,而是他笃信历来封建帝王的一套手段,叫作"逆取顺守",即取得政权时不妨使用阴谋和暴力;取得政权之后,却要使用"仁义"来笼络人心,帝位才能长治久安。这当然是梁武帝的打算,而对萧统本人来说,则未必有这种心机,他更倾向于笃信那些圣贤的说教。

萧统被立为皇太子时,还不过一周岁多,因为年幼,仍然住在宫内,虽有东宫官属,却都在永福省当值。据《梁书·昭明太子传》说,萧统三岁时就读《孝经》和《论语》,到五岁就能"遍读五经",而且能背诵。到天监五年(506)时,便开始到东宫居住,但年幼的萧统并不乐意,总留恋父母。梁武帝也知道他的心情,所以经常乘朝会之机,便留他在永福省,有时要三五天才回东宫。这说明萧统幼年时代,除了儒家经典的教养外,思想上较多地接受母亲丁令光的影响。丁令光出身民间,比较接近下层,因此为人善良。《梁书·后妃传》云:"贵嫔性仁恕,及居宫内,接驭自下,皆得其欢心。不好华饰,器服无珍丽,未尝为亲戚私谒。"她所生三子萧统、萧纲和萧续中,除萧续据《南史·梁武帝诸子》本传说他"耽色爱财,极意收敛"外,尚无大过恶;而作为当时的藩王,贪财好色亦为较普遍的现象,不能等同于那些阴险毒辣及杀人越货之辈。这说明萧统的性格,似更多地受到丁令光的影响,而与梁武帝不大一样。

萧统自幼聪慧,天监八年(509)时年仅九岁,就讲通了《孝经》大义。天监十四年就举行了标志着成人的冠礼。行冠礼之后,梁武帝就叫他参与政务,判断刑狱,他办事很合理,而且判案宽大,保全了不少人性命。他喜欢引纳才学之士,据屈守元先生考证,他的周围有十位"学士":张缵、张率、张缅、刘孝绰、到洽、陆倕、王筠、王锡、谢举和王规(见《文选导读》,巴蜀书社1993年版,第22页)。这十人虽都是当时很著名的学者和文人,恐未必同时在东宫。① 此外,曾在太子左右的还有:沈约曾为太子詹事;刘苞曾为太子太傅;周舍曾为太子洗马、太子右卫率;徐勉曾为太子右卫率、太子中庶子等职,"太子礼之甚重,每事询谋";明山宾为太子率更令;殷钧为太子家令,掌东宫书记,后又为太子中庶子;庾於陵为太子洗马;陆襄为太子洗马,迁中舍人,并掌书记;到溉为太子中庶子;到沆为太子洗马,管东宫书记;刘勰为东宫通事舍人;殷芸曾为昭明太子侍读,后又"直东宫学士省"。这些人物的学术和文艺才能也对幼年的萧统有着重大的影响。《梁书》本传称:"于时东宫有书几三万卷,名才并集,文学之盛,晋宋以来未之有也。"当时萧统虽然年轻,已能作诗,他除了诵读儒家的经典外,可能受梁武帝和丁令光的影响,也信仰佛教,阅读佛经,招引名僧,谈论佛理。《梁书》本传说他"自立二谛、法身义,并有新意",他的佛学主张,还保存在《昭明太子集》中《令旨解二谛义》和《令旨解法身义》二文中。

　　萧统的两篇佛学文章显然受了梁武帝的影响。我们知道梁武帝是笃信佛教的。《梁书·武帝纪下》说他:"兼笃信正法,尤长释典。制《涅槃》、《大品》、《净名》、《三慧》诸经义记,复数百卷。"但他虽热衷于讲解佛经,其实对佛教中不同的思想体系,并不很清楚。正如郭朋先生在《中国佛教思想史》中所说:"他可以序《涅槃》以说'有',注《大品》而谈'空'。"(福建人民出版社本上卷,第519页)萧统这两篇

---

① 所谓的"十学士",据傅刚《昭明文选研究》第三章第三节考证,其实是不存在的,他们虽都先后到过东宫,却并不都同时。正如南齐的"竟陵八友"一样,虽都出入西邸,并不同时。此外,曾出入东宫的实不止十人。这里仅就较为人熟知者举一些名字。

文章亦与此相仿。他的《论二谛义》的思想近于鸠摩罗什、僧肇所提倡的般若学,这一学派入南朝后渐趋衰落,至齐梁时,由于玄风复盛而再度兴起,南齐周颙作《三宗论》,讲的就是这种学说。萧统的《令旨解二谛义》谈的也是这个问题。他所谓"二谛"是指"真谛"和"俗谛",也叫"第一义谛"和"世谛"。所谓"真谛"或"第一义谛",指事物的本体,即"理",亦即所谓"彼岸世界";所谓"俗谛"或"世谛",指的是现象,即"事",亦即所谓"此岸世界"。萧统认为:"'真谛'、'俗谛'以定体立名;'第一义谛'、'世谛'以褒贬立目。"他认为"真者是实义,即是平等,更无异法,能为杂间";"俗者即是□集议,此法得生,浮伪起作";"真谛离有离无,俗谛即有即无"。这就是说:一切学说,都是由众多因缘形成的,所以有体,而实际上排除了众缘,其体就不可得,因此是"空"。但既已提出"空",就与"有"互相对立,仍有纷争。所以真谛应是"离有离无",也就没有纷争;而俗谛因为"有体",所以"即有即无",才有了纷争和执着。萧统依据《涅槃经》,认为"出世人所知,名第一义谛;世人所知,名为世谛";"世人所知,生法为体;出世人所知,不生为体"。这种理论,虽遭到隋代僧人吉藏等的批评,但在当时曾有许多著名僧侣和贵族参加论难,产生过较大的影响。

《令旨解法身义》主要是宣扬当时流行的《涅槃经》的学说。根据这一学说,认为"一切众生皆有佛性",通过修行,均可悟到"佛性"。所谓的"法身"说,是"佛性"论的一种补充。他们所谓"法身",本指佛的真身。萧统在此文中断言:"法身虚寂,远离有无之境,独脱因果之外。不可以知知,不可以识识,岂是称谓,所能论辨。"但他又认为"将欲显现,不容嘿然"。他解释说:"天竺云'达摩舍利',此土谓之'法身'。若以当体,则是自性之目;若以言说,则是相待之名。法者,轨则为首;身者,有体之义。轨则之体,故曰法身。"对于法身,他认为是很难说明的。"粗陈其体,是常住身,是金钢身",但"重加研核,其则不尔"。因为:"若定是金钢(喻其坚不可坏),即为名相;定为常住(永恒不变),便成方所。所谓常住,本是寄名;称名金钢,本是譬说。及谈实体,则性同无生。故云佛身无为,不堕法。故《涅槃经》说,如来之身非身,是身无量无边,无有足迹。无知无形,毕竟清静。无知清静而不可为无;称曰妙有,而复非有。离无离有,所谓法身。"这种说法,看来玄虚费解,其实是说明"法身"是一种无形体的精神性的东西,所以萧统之论,也正如郭朋先生说的"只能是有'法'而无'身'"(福建人民出版社本上卷,第597页)。萧统关于"法身义"的论点,也曾召集一些僧侣,加以论议,产生过一定影响。总的来说,他的佛学论文,正是适应着梁武帝兼尊《般若》、《涅槃》二经之说,根据自己的理解,加以发挥,但是否全合佛经的本意,却很难说,所以后来的佛教僧侣,对此亦有非难。总的来说,萧统的佛学著作数量不多,而他多数的文章主要体现的还是儒家思想。

萧统很重视儒家的礼制,普通二年(521),他叔父始兴王萧憺去世,按照旧制,太子地位特殊,不给旁系亲属服丧,一切和人来往信函等,都和平常一样。但萧统表示怀疑,命令当时的太子仆刘孝绰议论这事。刘孝绰认为应该在丧期内停止奏乐,书信中称"慕悼"。于是徐勉、周舍、陆襄等人都同意此议。萧统还认为"即情未安",下令再议,最后明山宾、朱异提议:在书信中自称"慕悼"的办法,应实行到服终的月份,于是定为永久的制度。从这件事可以看出,萧统还是笃信儒家的学说。这在他对梁武帝和丁令光实行孝道中也可以看得出来。此外,他对百姓的疾苦颇有同情,如上面说到的派心腹周济贫民等做法,显然是兼受儒家所谓"仁政"、"爱民"思想和佛教慈悲思想的影响。从他对叔父萧憺的态度和后来劝止梁武帝将在狱中赐邵陵王萧纶死的事(见《南史·梁武帝诸子传》)看来,他为人还是比较厚道,很少权诈,但生活在梁代皇族那种复杂环境中,如果真做了皇帝,是否能应付种种事变,却很成疑问。

第二节　萧统的思想性格

萧统自幼受母亲丁令光的熏陶,养成了谦和仁慈的性格,早年就通读儒家经典,兼受佛教影响,因此虽居太子之位,却远没有梁武帝那种老谋深算的权术。从现有的史料看来,梁武帝所用以笼络人心、巩固统治的"仁义道德"和"果报"等说,他倒是真正相信的。他有些表现,诚然是在履行儒家经典中的教义。如《梁书》本传云:"太子孝谨天至,每入朝,未五鼓便守城门开。东宫虽燕居内殿,一坐一起,恒向西南面台。宿被召当入,危坐达旦。"他弟弟萧纲在他死后作《昭明太子集序》,也提到了这种情况。他这种做法是效法《礼记·文王世子》:"文王之为世子,朝于王季日三。鸡初鸣而衣服,至于寝门外,问内竖之御者曰:'今日安否?何如?'内竖曰:'安!'文王乃喜。"《梁书》本传载,萧统在遭母丧后,"水浆不入口,每哭辄恸绝"。自遭丧至葬,"日进麦粥一升"。萧纲在《昭明太子集序》中也认为这是萧统的德行之一。这其实也是在履行《礼记·丧大记》中"君之丧,子、大夫、公子、众士皆三日不食","子、大夫、公子、众士食粥"的规定。这些规定在殷周时代是否实行过,本成疑问;从汉以来也不大有人照办,魏晋以后更由于蔑弃礼法而不再有人理睬,萧统却认真地做起来,这说明他对儒家的教义确实深信不疑。萧纲在《昭明太子集序》中又说到萧统:"垂慈恺弟,笃此棠棣,善诱无倦,诲人弗穷,躬履礼教,俯示楷模。群藩戾止,流连于终宴;下国远征,殷勤于翰墨。降明两之尊,匹姜肱之同被;纡作贰之重,弘临菑而共馆。"这是说他对诸弟的友爱。萧纲所说当亦非虚美,现在我们看到他写给萧纲、萧绎等人的信,也颇笃于兄弟之情。特别是梁武帝诸子中,互相防范和暗算之事甚多,而萧统则无此情况。从他对待诸弟的态度来推测,他在萧憺死后要讨论服丧问题,并且同意"服虽可夺,情岂无悲"的说法,也是真实的。他这种态度不仅是对待家人,而且也施于人民。《梁书》本传云:"普通中,大军北讨,京师谷贵,太子因命菲衣减膳,改常馔为小食。每霖雨积雪,遣腹心左右,周行闾巷,视贫困家,有流离道路,密加振赐。又出主衣绵帛,多作襦袴,冬月以施贫冻。若死亡无可以敛者,为备棺槥。每闻远近百姓赋役勤苦,辄敛容色。常以户口未实,重于劳扰。"在他死前一年所作的《止三郡民丁就役疏》(原见《梁书》本传)中说:"吴兴累年失收,民颇流移;吴郡十城,亦不全熟","即日东境谷稼犹贵,劫盗屡起,在所有司,不皆闻奏"。他深知"吏一呼门,动为民蠹",怕发动工役,妨害蚕农。这些都说明他经过十几年处理政务的工作之后,对当时的民生疾苦及官吏弊端,已颇有了解。他那种救助穷困百姓的做法,自然不能解决广大民众的贫困问题,但用心不能说不好,而且确也救助了一部分人。《梁书》本传记载,萧统逝世后,"京师男女,奔走宫门,号泣满路。四方氓庶,及疆徼之民,闻丧皆恸哭"。这恐怕亦不全是虚美。

  当然,作为一个太子,多年帮助梁武帝处理政务的萧统,在政治上亦未见有多少作为。这种情况似应具体分析。首先,历史上的"太子",一般只是皇位的继承者,虽有时被命处理日常政务,但大权仍在皇帝手中,所以很难自己做出多少重大决策。尤其像梁武帝这样过于自负而又贪恋权势的帝王,即使晚年萧纲做太子时,一切仍由他专断,何况萧统当时还比较年轻。其实萧统对自己的处境未必毫无觉察,像萧宏父子那些阴谋和不法行为他自然是知道的。然而他既无权力加以处置,而深受儒家"仁恕"、佛教"果报"等说教的影响,更不见得会考虑采取果断的措施。更可能的,倒是使他更产生许多疑虑和忧惧,于是就在一些隐逸之士的出世思想中寻求解脱。明代人张溥在《梁萧统集题词》中说:"浔阳陶潜,宋之逸民,昭明既为立传,又特序之。以万乘元良,恣论山泽。唐尧汾阳,子晋洛滨,若有同心。"正是看到了萧统作为太子,却十分景仰陶渊明的现象。确实,萧统在《陶渊明集序》中,自称"余素爱其文,不能释手,尚想其德,恨不同时",推崇可谓已极。文中提到"唐尧四海之主,而有汾阳之心;子晋天下之储,而有洛滨之志。轻之若脱屣,视之若鸿毛",表示他对帝位权势无所留恋。他认为其原因就在:"含德之至,莫逾于道;亲己之切,无重于身。故道存而身安,道亡而身害。"这说明他只有逃避到"道"这个领域之中,才得安身。这也正是面对种种险情而无法解救时的心态。他在论佛理的《令旨解二谛义》中,把人们的认识分为"真谛"和"俗谛"二种,"真谛"是"实义";"俗谛"是"世人所知","此法得生,浮伪起作"。他断言:"至于二谛,即是就境明义。若迷其方,三有不绝;若达其致,万累斯遣。"这些话看似玄虚,其实正是说自己把权势看作一种"俗谛",可以"轻之若脱屣,视之若鸿毛";而所要企求的则是"道"或"真谛",只有"道存",才能"身安"。事实上这根本做不到,像萧正德之流决不会因为他仰慕隐逸、笃信佛教而减轻对他的仇恨;梁武帝也不可能让自己的太子真的去做隐士或和尚。这一切无非是他处于苦闷之中自求解脱的幻想而已。不过,萧统当时恐怕确有羡慕隐逸的想法。例如:《梁书》本传载,他"泛舟后池"时,番禺侯萧轨向他建议奏女乐,他却咏左思《招隐诗》说:"何必丝与竹,山水有清音。"左思的《招隐诗》是提倡归隐的,和淮南小山《招隐士》用意相反。萧统咏此诗,多少表示他很喜爱这种情调。事实上他所编纂的《文选》也确已录入此诗。又如:《梁书·王筠传》记他和一些文人游宴玄圃时,"太子独执筠袖抚(刘)孝绰肩而言曰:'所谓左把浮丘袖,右拍洪崖肩。'"这两句诗,见于郭璞《游仙诗》,《文选》中亦加收入,说明也是萧统平素喜爱的作品。郭璞《游仙诗》据钟嵘《诗品》说"词多慷慨,乖远玄宗","乃是坎壈咏怀,非列仙之趣也"。萧统爱好这些诗,显然是自己的处境与诗的内容发生了共鸣。这种情绪也表现在他给人的书信中,如他的《与何胤书》,说何胤"耽精义,味玄理,息嚣尘,玩泉石,激扬硕学,诱接后进。志与秋天竞高,理与春泉争溢,乐可言乎! 岂与口厌刍豢、耳聆丝竹之娱者同年而语哉!"何胤是梁代著名的隐逸之士,萧统对他十分羡慕,这很能说明萧统向往隐逸,并非虚语,而是他确实想避开种种危险,去做何胤那样的隐士。事实上,就连这样他也不能如愿,最后不能不逃避到书本中去。在给萧纲的信中,他自称:"既责成有寄,居多暇日。殷核坟史,渔猎词林,上下数千年间无人,致足乐也。知少行游,不动亦静,不出户庭,触地丘壑。天游不能隐,山林在目中。冷泉石镜,一见何必胜于传闻;松坞杏林,知之恐有逾吾就。"这些话看似很乐观,其实却有悲观情调,他连山林之游亦难实现。如果说《世说新语·言语》中竺法深对刘恢说"君自见朱门,贫道如游蓬户"多少有些自我辩解的用意,而萧统此书,则更多是自我安慰了。

和这种轻视富贵相关的是他对各种享受都无多大爱好。《梁书》本传称:他"出宫二十余年,不畜声乐。少时,敕赐太乐女妓一部,略非所好"。萧纲《昭明太子集序》还谈到了他的居处器服,说他有不尚华奢的节俭之德。这大约与梁武帝及丁令光都爱节俭的影响有关,此外与他深受儒家和老庄等思想的教育也有很大关系。《南史·梁武帝诸子传》本传还说到萧纶在普通后期,有些疯疯癫癫的胡闹行为,被典签密告,梁武帝大怒,要在监狱中赐他自尽,被萧统劝住。其实萧纶当时只有十八九岁,作为一个纨绔子弟,其行为确实荒唐,但因此叫他自杀,亦未免太过。萧统的考虑还是有道理的。差不多同时期,萧统左右的刘孝绰和到洽闹起矛盾。刘孝绰恃才轻视到洽,时刘孝绰为廷卫卿,到洽为御史中丞,参奏刘孝绰过失,使之被免官。刘孝绰诸弟在荆、雍二州的,都写信攻击到氏家族,并写副本呈给萧统看,萧统为了避免扩大事态,都"命焚之,不开视也"。他不但对兄弟和士大夫们是这样,对待普通百姓也如此。《南史·梁武帝诸子传》说萧统"见在宫禁防捉荆子者,问之,云以清道驱人。太子恐复致痛,使捉手板代之。频食中得蝇虫之属,密置桦边,恐厨人获罪,不令人知"。这些都说明他仁恕的性格,似更像丁令光,与梁武帝不大一样。梁武帝后来虽大讲佛教的"果报"诸说,吃素奉佛,却对萧正德等人公然杀人越货的行为不予追究;更甚者如王鸣盛所提到的淮堰事件,死者十余万口,可见其所谓"慈悲"不过是一种骗人的伎俩。

第三节　萧统之死和他同梁武帝的关系

萧统死于梁武帝中大通三年(531)四月。关于萧统的死及其死前一段时间和梁武帝的关系,《梁书》本传和《南史·梁武帝诸子传》本传的记载颇有出入。《梁书》云:

(中大通)三年三月,寝疾。恐贻高祖忧,敕参问,辄自力手书启。及稍笃,左右欲启闻,犹不许,曰:"云何令至尊知我如此恶。"因便呜咽。四月乙巳薨,时年三十一。高祖幸东宫,临哭尽哀,诏敛以衮冕。谥曰昭明。

从这段记载看来,他和梁武帝之间似乎并无矛盾。但《南史》记载比《梁书》多出两个情节,一是他起病的原因:

三年三月，游后池，乘雕文舸摘芙蓉。姬人荡舟，没溺而得出，因动股，恐贻帝忧，深诫不言，以寝疾闻。武帝敕看问，辄自力手书启。及稍笃，左右欲启闻，犹不许，曰："云何令至尊知我如此恶。"因便呜咽。四月乙巳，暴恶，驰启武帝，比至已薨，时年三十一。

这段话似有可疑。首先，"芙蓉"是荷花，非三月间可采。其次，船翻落水和生病同样可以使梁武帝担心，为何隐瞒落水而说"寝疾"？其中恐有原因。那就是下面所说的"埋鹅事件"：

初，丁贵嫔薨，太子遣人求得善墓地，将斩草，有卖地者因阉人俞三副求市，若得三百万，许以百万与之。三副密启武帝，言太子所得地不如今所得地于帝吉，帝末年多忌，便命市之。葬毕，有道士善图墓，云："地不利长子，若厌伏或可申延。"乃为蜡鹅及诸物埋墓侧长子位。有宫监鲍邈之、魏雅者，二人初并为太子所爱，邈之晚见疏于雅，密启武帝云："雅为太子厌祷。"帝密遣检掘，果得鹅等物。大惊，将穷其事。徐勉固谏得止，于是唯诛道士，由是太子迄终以此惭慨，故其嗣不立。……欢（萧统长子）既嫡孙，次应嗣位，而（帝）迟疑未决。帝既新有天下，恐不可以少主主大业，又以心衔故，意在晋安王（萧纲），犹豫自四月上旬至五月二十一日方决。欢止封豫章王还任。（《南史·梁武帝诸子传》）

这段记载，前人颇疑其不足信。如明张溥云："《南史》所云埋鹅启衅，荡舟寝疾，世疑其诬。于是论昭明者断以姚书（《梁书》）为质矣。"（《梁萧统集题词》）现在看来，《南史》的记载言之凿凿，恐怕不全是捏造。不过这些话大抵出于传闻,如三月采莲花,就不合节候。"埋鹅"之事,却难否定。不过《南史》以此事解释梁武帝不立萧欢为太孙而立萧纲,大约出于附会。因为梁武帝立萧纲为太子的事,与南齐武帝在临死前想立萧子良如出一辙,而且《南史》也提到"恐不可以少主主大业"的话,这大约是梁武帝的主要考虑。从梁武帝对萧宏、萧正德以至早年的萧纶都能宽大对待看来,未必对萧统特别记恨。何况此事发生后,萧统还写了《止三郡民丁就役疏》,仍在议政,而梁武帝对此亦"优诏以喻焉",接受了他的意见,未加申斥。这说明萧统与梁武帝之间,可能因"埋鹅"之事发生过一些不快,但还不至于"心衔"和"其嗣不立"的地步。问题在于梁武帝当时的处境,颇有点类似于齐武帝晚年。齐武帝因为文惠太子萧长懋死去而立了太孙郁林王萧昭业,以封建宗法制的惯例来说,显然没有任何不妥。这一年齐武帝五十四岁,萧昭业年已二十一—①,但最后是齐明帝萧鸾在梁武帝帮助下夺取了天下,还杀害了齐高帝、武帝的子孙。再看中大通三年(531)萧统去世时,梁武帝已年六十七,而萧欢的年龄史籍虽无明文,但萧统卒年三十一,即使十五岁生子,萧欢也不会超过十六岁。在古代,人活到六十多岁已算高寿,梁武帝自然也不会预知自己活到八十多岁。何况当时梁朝皇室内部的隐患更甚于南齐,至少齐明帝还没有萧正德那样当过养子的名义,其篡夺皇位的活动也远没有萧正德那么明目张胆。除了皇室内部外,齐明帝还对齐高帝的功臣宿将如王敬则等有所顾忌;而在梁朝诸大臣中连这样的人物也不易找到。梁武帝在篡夺帝位方面是有经验的,齐明帝篡位主要就由他策划,现在轮到他做皇帝和物色继承人时,不会不考虑这些问题。他

---

① 萧昭业死于齐武帝死后一年(494),年二十二。以此上推,永明十一年(493),他被立为太孙时,年二十一。齐武帝也卒于是年。

正是想及早把萧纲立为太子,来维持其长安久治的愿望。自然,他也会考虑到,废去萧欢而立萧纲在皇族内部可能引起不和,而且广大民众对萧统也深有好感。所以《南史》说他"犹豫自四月上旬至五月二十一日方决"。在这将近两个月的时间中,梁武帝显然在权衡各方面的利弊和得失。他没有立萧欢为太孙,内心还是有所不安,因此立萧纲为太子前,先立萧统三个儿子:萧欢为豫章郡王,萧誉为河东郡王,萧詧为岳阳郡王;后来又封萧譥为武昌郡王,萧譬为义阳郡王。从萧统死后王筠所作的哀册文及萧纲所作的《昭明太子集序》说到萧统有"十四德"的话看来,他们对萧统还是倍加推崇。如果梁武帝至此还恨着萧统,王筠和萧纲是不敢这样做的。从这些迹象来看,萧统死前一个时期,虽然因"埋鹅"之事引起梁武帝不满,但大约还不会因此造成父子间严重的失和。

不过,《南史》中所载萧统得病经过及梁武帝在立储问题上的决定是由于"心衔"等说法,亦有其原因。在萧统死后,不少人对他很怀念,对武帝的决定很不满,因此才产生了种种猜测和传闻。李延寿正是采用了这些民间的传说。例如萧统得病,由于游后池落水,这未始没有可能,但说"摘芙蓉",似出传闻,因为三月里不可能有荷花。翻船落水得了病,也不无可能,"恐贻帝忧,深诫不言,以寝疾闻"可能是怕那些随从的人因此获罪,这和萧统一贯的做法如出一辙。从萧统要"辄自力手书启",怕梁武帝担心及病重还不敢告诉梁武帝看来,他们父子间感情还是较深的。至于梁武帝在立储问题上的决定,显然出于政治形势。但这个决定做出后,引起的问题很多。诸王不服气萧纲,尤其是萧纶更形于颜色,连萧范也产生了觊觎之心。这些在萧统生前,自然没有发生过。当时的人目睹这种局面而做出猜测,认为梁武帝不立萧欢而立萧纲是出于"心衔",也很可理解。至于李延寿记这件事,硬把"鹿子开城门"的民谣联系了起来,则纯是附会。

"鹿子开城门"的民谣,无非是民间男女恋情或少年游冶之事,与梁朝皇室的立储毫无关系。李延寿喜欢讲一些鬼神迷信的事,所以王鸣盛屡次批评李延寿"多疑神见鬼之言",此亦一例。但因为萧统确有"埋鹅"之事,遂有"心衔"之说,和这迷信故事混杂在一起,才使人们误以为梁武帝的立储关系到"心衔",恐非事实。

第六章 萧统诸弟及萧统与他们的关系

第一节 萧纲

在萧统诸弟中,简文帝萧纲(503~551)和萧统是一母所生,在萧统去世那年,他已年二十九岁,而且任过几任刺史,有一定的从政经历。从情理上说,萧统死后,梁武帝立萧纲为太子,也未必算很大的失误。但自从他被立为太子后,皇族内部的矛盾就日益激化,以致连敌国的檄文中也声称梁武帝"立废失所"(杜弼《檄梁文》)。这应该说是一种借口,其实梁皇朝内部矛盾早就存在,由于梁武帝对他的家族一味纵容,而且他的儿子和侄儿们又多出任诸州刺史,掌握着一定的军政实权,难免产生争权的野心。萧统健在之时,由于梁武帝的精力尚未变衰,他们还比较收敛,另外萧统在民众中也有较高的声望,所以这种矛盾尚未暴露。在萧纲被立为太子后,他们就可以利用不少人对萧统的怀念来谋取自己的利益。其实这未必是萧纲的过错。

从《梁书·简文帝纪》和《南史·梁本纪下》的记载看,萧纲其人并无显著的过失。在他被侯景所囚后,曾"题壁自序云:'有梁正士兰陵萧世缵,立身行道,终始如一,风雨如晦,鸡鸣不已。弗欺暗室,岂况三光,数至于此,命也如何!'"这些话在当时的历史条件下来看,恐不是假话。他做太子后,梁武帝也曾叫他处理过一些政务,但大权仍在梁武帝手中,对于侯景之乱和梁代的灭亡,很难归咎于他。

萧纲对萧统的态度似乎也比较好。萧统死后,他为萧统重编文集,在《昭明太子集序》中,他提出萧统有"十四德",后人认为并非虚美。据《梁书》说,他著有《昭明太子传》五卷。《南史·梁武帝诸子传》还记载:邵陵王萧纶为丹阳尹,因密告埋鹅事件的鲍邈之"与乡人争婢,议以为诱略之罪牒宫,简文追感太子冤,挥泪诛之。邈之兄子僧隆为宫直,前未知邈之侄,即日驱出"。据此来看,萧纲对萧统感情颇深。

历来评论萧纲的人都认为他的缺点在于文辞的"轻艳",但对他的文学才能则颇有肯定。《梁书·简文帝纪》云:"太宗幼而敏睿,识悟过人,六岁便属文,高祖惊其早就,弗之信也,乃于御前面试,辞采甚美。高祖叹曰:'此子,吾家之东阿(曹植封东阿王)。'"又说他"既长"之后"篇章辞赋,操笔立成";"雅好题诗,其序云:'余七岁有诗癖,长而不倦。'然伤于轻艳,当时号曰'宫体'"。萧纲的文风大约深受徐摛的影响。《梁书·徐摛传》云:

摛幼而好学,及长,遍览经史。属文好为新变,不拘旧体。起家太学博士,迁左卫司马。会晋安王纲出戍石头,高祖谓周舍曰:"为我求一人,文学俱长兼有行者,欲令与晋安游处。"舍曰:"臣外弟徐摛,形质陋小,若不胜衣,而堪此选。"高祖曰:"必有仲宣(王粲)之才,亦不简其容貌。"以摛为侍读。

考《梁书·简文帝纪》,萧纲"领石头戍军事"在天监八年(509),当时年仅六岁,这时他虽说早慧,毕竟会深受徐摛的影响。《梁书·徐摛传》又云:

摘文体既别,春坊尽学之。"宫体"之号,自斯而起。高祖闻之怒,召摘加让,及见,应对明敏,辞义可观,高祖意释。因问五经大义,次问历代史及百家杂说,末论释教。摘商较纵横,应答如响,高祖甚加叹异,更被亲狎,宠遇日隆。

这段记载似略有疏误,因为"春坊"乃太子所居,而照《梁书》本传,此事在中大通三年(531)前,当时萧纲尚未为太子。当时是中大通二年萧纲被征还建康以后的事。这时萧纲年已二十八岁,诗的风格业已形成,即使指责徐摘也无所用之了。不过萧纲的诗风受徐摘影响究竟有多大,亦可研究。徐摘的诗,今存五首,除拟乐府《胡无人行》外,均咏物之作,而萧纲今存的诗,有很大一部分是描写妇女体态的作品。这大约因为徐摘死于侯景之乱发生以后,徐摘之子徐陵当时被北齐强留于邺城,无人编集其遗作,因此连《隋书·经籍志》中亦无《徐摘集》之记载。值得奇怪的是徐陵编有《玉台新咏》一书,却没有收录徐摘之作。关于《玉台新咏》的编纂,一般都根据唐刘肃《大唐新语》卷三中的"先是,梁简文帝为太子,好作艳诗,境内化之,浸以成俗,谓之宫体。晚年改作,追之不及,乃令徐陵撰《玉台集》,以大其体"的说法。现代学者对刘肃的话虽不全信,却都相信《玉台新咏》与萧纲的关系。因为在《玉台新咏》中,对萧纲之作都称"皇太子圣制"。据国内外一些研究者考证,《玉台新咏》当编成于中大通六年(534)前后,那时徐摘之作应当是易于见到的,徐陵何以不收?这颇可玩味。现在看来,《玉台新咏》虽说"撰录艳歌",却未必每首都涉及男女之情,其中录谢朓、沈约诸人的咏物诗亦复不少,即使徐摘没有写过男女之情,当亦非无诗可录。这个问题尚待进一步探索。使我们发生兴趣的倒是萧纲所写的关于男女之情的诗,和梁武帝早年一些诗的题材不无相通之处。因此梁武帝为什么会对徐摛发怒、"加让"？恐怕未必仅由于诗的形式、技巧问题。当然，在诗的形式和技巧方面，萧纲和徐摛的诗风与梁武帝颇有区别。梁武帝是不懂得"四声"，不善于作永明以来新体诗的，但从萧纲的诗看来，不但更近于"永明体"，而且在声律上的讲究，似更甚于永明作家。在这个问题上，萧纲并不讳言这一点，他在给萧绎的信中说："至如近世谢朓、沈约之诗，任昉、陆倕之笔，斯实文章之冠冕，述作之楷模。"现在我们看《玉台新咏》所选谢朓、沈约的诗，与《文选》大相径庭。《玉台新咏》所收大抵属于新体，内容主要为艳情及咏物；《文选》所录多近古体，题材亦偏于写景及朋友赠答之作。这说明萧纲的文学思想与萧统颇有不同。如萧统批评陶渊明《闲情赋》，正好与萧纲之偏爱艳情诗背道而驰。当然，两人的艺术趣味亦非截然对立，据《颜氏家训·文章》记载，萧纲亦喜爱陶渊明作品，这和萧统又相近似。笔者在《从〈文选〉和〈玉台新咏〉看萧统和萧纲的文学思想》一文(《燕京学报》第四期)中曾认为萧统作为皇太子，更注意文学对于风化、政教的作用，这和梁武帝称帝后出于巩固统治的需要相合；而萧纲的文学思想却与梁武帝早年的文学活动相近，"反映的则是作为人和文学家的梁武帝"。

不过，梁武帝是一个善于矫饰的人，他既不同于萧统，也不同于萧纲。萧统从小是作为一个太子来培养的，受儒家正统思想影响很深，不管儒家的礼教有多少不合理或虚伪的成分，而萧统对这种说教却是真诚地相信的；萧纲作为一个藩王，梁武帝对他的教育和培养就不像对萧统那样严格。梁武帝把萧纲比作曹植，应该说多少吐露了他对萧纲的期望。事实上萧纲在某种程度上也确有点像曹植。他在一些问题上率性而行，可以不很考虑那些礼法的束缚。即使在教育他儿子时，也比较坦率。在《诫当阳公大心书》中，他公然说："立身之道与文章异,立身先须谨重,文章且须放荡。"这里所说的"放荡"就是指不受拘束,真实地写出内心的感受。这种"放荡"显然包含着两个方面,一是可以不拘礼法,直抒胸臆,事实上萧纲自己作诗也是这样。他可以写作《戏赠丽人》、《美人晨妆》这样的艳诗,甚至可以写出内容不健康的《娈童》那样的诗而无所顾忌。另一方面,他在艺术风格上力求创新,反对一味模仿古人特别是五经的成规。在《与湘东王书》中,他说:"未闻吟咏情性,反拟《内则》之篇,操笔写志,更摹《酒诰》之作,迟迟春日,翻学《归藏》,湛湛江水,遂同《大传》。"这显然和宗经复古的文学思想公开对抗。这时萧纲已被立为皇太子,而且还有人在反对他,他却毫不掩饰地说出了自己的观点。从这个角度来看,他自称"弗欺暗室,岂况三光",大约不是假话。当然,梁代皇族和士大夫们长期养尊处优所造成的一些不良习气,如留恋声色等在他身上也有所反映。

萧纲其人在政治上可能并无多大才能。《梁书》盛称他在襄阳时"拓地千余里"之功,其实当时是北魏衰乱之际,他率领梁代最精锐的士卒北伐,取得一定的成功也不必作过高的评价。至于后来的"侯景之乱",他当时并无实权,亦不应尸其咎。

第二节 萧绎

在萧统的几个弟弟中,排行第七的萧绎(508~554)因讨平侯景而登上了帝位,史称梁元帝。萧绎在梁武帝诸子中地位比较特殊。他的生母据《梁书》和《南史》的《后妃传》都说本姓石,会稽余姚人。最初被南齐始安王萧遥光纳为妾,遥光作乱失败后,被萧宝卷没入宫中。梁武帝攻入建康后,以她为"采女",亦即宫女,地位很低。据

《南史·梁本纪下》载,萧绎的出生完全出于偶然:"既而帝母在采女次侍,始褰户幔,有风回裾,武帝意感幸之。"同书《梁武帝诸子传》则云:"始元帝母阮修容得幸,由丁贵嫔之力,故元帝与简文相得,而与庐陵王(萧续)少相狎,长相谤。"至于丁令光怎样为阮氏得幸出力,现在已不可考。但有一点是肯定的,阮氏的年龄比丁令光要大十一岁,生萧绎时已年三十四岁①,只是生了萧绎,才被封为"修容",列于"九嫔"之列。再加上他"初生患眼,高祖自下意治之,遂盲一目"(《梁书·元帝纪》),这种生理的缺陷,也使他的心理与别人不大一样。

萧绎在侯景之乱前,曾任会稽太守、丹阳尹,荆州、江州等地的刺史。太清元年(547)即侯景发动叛乱前一年,被任为使持节、都督荆雍湘司郢宁梁南北秦九州诸军事、镇西将军、荆州刺史。在侯景之乱发生后,正如庾信在《哀江南赋》中所说"但坐观于时变,本无情于急难",并没有派兵去拯救建康。这时邵陵王萧纶和侯景苦战,失败后又再次召集兵力入援;萧统之子河东王萧誉率兵入援,军至青草湖,台城已陷,梁武帝下诏回军;岳阳王萧詧率襄阳精兵和萧绎会合,准备入援,萧绎却怀疑他,叫他单独进军(见《周书·萧詧传》);梁武帝第八子武陵王萧纪远在蜀地,听到侯景攻陷台城的消息,立即"移告诸州征镇,遣世子圆照领二蜀精兵三万,受湘东王绎节度"。而萧绎却命萧圆照"且顿白帝,未许东下"。及至梁武帝死讯传到萧纪那里,萧纪立即领兵要东下报仇,而萧绎又劝止他,自称可以消灭侯景,又给另一封信说:"地拟孙、刘,各安境界;情深鲁、卫,书信恒通。"(《南史·梁武帝诸子传》)这显然是还想坐观成败,不想出兵征讨。但后

---

① 《梁书》和《南史》本传认为阮修容卒于大同九年,年六十七。中华书局标点本《南史》据王鸣盛《十七史商榷》卷五十九引萧绎《金楼子》说是大同六年,据此上推,她生于宋昇明元年(477)。

来他和萧纪火并后,却又把"侯景乱,纪不赴援"的罪名加在对方头上。在对待和侯景力战,失败后退到郢州,企图重整旗鼓的萧纶时,他更是不肯放过,《南史·梁武帝诸子传》说:"元帝闻其盛,乃遣王僧辩帅舟师一万以逼纶。纶将刘龙武等降僧辩,纶遂与子踬等十余人轻舟走武昌。"但萧绎还派徐文盛追击他。最后,萧纶为西魏所击败俘虏,并被杀死,投尸江岸。还是岳阳王萧詧派人收尸,将萧纶安葬在襄阳。在梁武帝的八个儿子中,萧统、萧绩、萧续三人死于侯景之乱以前;萧纲死于侯景之手;萧综早已投奔北魏;剩下萧纪、萧纶都死于萧绎之手。此外萧统之子萧誉也被萧绎杀死,萧詧也险遭毒手,这问题下文详谈。

萧绎和侯景乱前已死去的萧续关系也很坏。原因是萧绎于普通七年(526)任荆州刺史,到中大通五年(533)被调回建康,任"安右将军、护军将军","领石头戍军事",接替他的是萧续。《南史·梁武帝诸子传》云:"元帝之临荆州,有宫人李桃儿者,以才慧得进,及还,以李氏行。时行宫户禁重,续具状以闻。元帝泣对使诉于简文,简文和之得止。元帝犹惧,送李氏还荆州,世所谓西归内人者。自是二王书问不通。及续薨,元帝时为江州,闻问,入阁而跃,屦为之破。"

萧绎为了争夺帝位,是不惜用一切残酷手段的。侯景废黜萧纲后,曾一度立萧统的孙子萧栋为傀儡帝,但当年就废萧栋自立。在萧绎派王僧辩去平侯景时,行将出发,王僧辩问萧绎:"平贼之后,嗣君万福,未审有何仪注?"萧绎说:"六门之内,自极兵威。"王僧辩说:"平贼之谋,臣为己任,成济之事,请别举人。"于是萧绎竟吩咐朱买臣在攻入建康后下手,将萧栋溺死于水中。萧绎在和萧纪作战中屡次战败,就在监狱中放出侯景的旧部任约、谢答仁,授以官职,令其带兵去打萧纪(《南史·梁武帝诸子传》);为了消灭萧纪,他还联合西魏,"与魏书曰:'子纠,亲也,请君讨之。'"宇文泰看了说:"取蜀制梁,在兹一举。"(《资治通鉴》卷一百六十五)于是西魏就出兵袭取成都,萧纪后方被占领,在峡口被萧绎所败。但从此蜀中成了西魏的地方。可见后来萧绎之被西魏所灭,是他自取的。

萧绎为人善于矫饰。《梁书·元帝纪》说:"世祖性不好声色,颇有高名。"其实萧绎是否真的不好色,从上面讲到的李桃儿事件中就很清楚。他对萧纪可以求救西魏,派遣侯景余党来打击,而另一方面又写了一封假惺惺的信去欺骗,而实际上早已布置部下,一定要把萧纪杀死。即使对梁武帝和萧纲,如果萧绎能及时出兵东下,并与上游诸王团结一致,全力赴救,台城未必会陷落。其实萧绎坐观成败,并且阻止萧纪等出兵,其目的正在于借侯景之力去杀梁武帝和萧纲,以便他出来收拾局面,登上皇帝的宝座。如果说梁武帝好用权诈,在襄阳起兵时,只是顾不了萧懿和萧融,还未必有意置二人于死地;萧绎的奸诈,则在有意识地使父兄陷于死地,以达到自己的目的。如果说梁武帝阴狠毒辣的话,他对自己的兄弟子侄,还有某些温情;萧绎则为了帝位,不惜牺牲一切人的性命。只是他的军事和政治才能远不及乃父,结果便亡于西魏,自己亦无好下场。庾信在《哀江南赋》中悲叹"以鹑首而赐秦,天何为而此醉",其实这全系萧绎自取,完全不能说是"天醉"。

萧绎杀死了萧誉,借西魏之力消灭了萧纶和萧纪,又平定了侯景,正在志得意满之时,有人劝他还都建康,他犹疑不决。他所以不想还建康的原因,表面上看是因为建康的残破和一些江陵籍官员的劝阻。但更深层的原因恐为他在长江上游已很不得人心。他在侯景之乱发生时,不积极赴救,后来攻入建康,据《梁书·王僧辩传》载,"时军人卤掠京邑,剥剔士庶,民为其执缚者,袒衣不免。尽驱逼居民以求购赎,自石头至于东城,缘淮号叫之声,震响京邑,于是百姓失望"。正在这时候,西魏太师宇文泰已下决心对萧绎发动攻击。承圣三年(554)十月,西魏大将于谨率领五万大军开到襄阳,和梁岳阳王萧詧会合,向江陵进攻,十一月,就攻破江陵。萧绎把自己所藏及平定侯景后从建康迁来的图书十四万卷全部烧毁,于是出城向西魏军投降,最后被西魏军处死。从此长江上游都并入西魏,只在江陵一地保留一个由萧詧称帝的"后梁",成为西魏及后来北周和隋的附属国。从此南朝的疆域已缩小到今湖北中部以东。梁皇朝只剩下王僧辩等人在建康拥立的萧绎之子敬帝萧方智,其政权也只存在了二年,就被陈霸先所取代,梁朝就此灭亡。

萧绎不但为人善于矫饰,连在文学方面也同样如此。从他现存的诗赋看来,他的文风其实和萧纲一样,可以归入"宫体诗人"之列。萧纲在给他的信中称:"文章未坠,必有英绝,领袖之者,非弟而谁?"可见在萧纲心目中,两人属于同一流派。《颜氏家训·文章》讲到颜之推的父亲颜协时说:"吾家世文章,甚为典正,不从流俗;梁孝元在藩邸时,撰《西府新文》,讫无一篇见录者,亦以不偶于世,无郑卫之音故也。"这都说明萧纲、颜之推均认为萧绎是属于轻艳的新体一派。但他决不像萧纲那样坦率。在《金楼子·立言》中,他认为"曹子建、陆士衡,皆文士也,观其辞致侧密,事语坚明,意匠有序,遣言无失,虽不以儒者命家,此亦悉通其义也"。在《内典碑铭集林序》中,他又说:"能使艳而不华,质而不野;博而不繁,省而不率;文而有质,约而能润;事随意转,理逐言深。所谓菁华,无以间也。"这一段话,几乎像是从萧统《答湘东王求文集及〈诗苑英华〉书》中抄来的。但萧统那样笃信儒家教义的人,说类似的话是完全可以理解的;至于萧绎那样写艳情诗赋的作家则有欠真诚。他的文风既同于萧纲,而在裴子野死后,他为裴子野作墓志,却说裴子野的文章"比良班马,等丽卿云",与萧纲之说裴氏"全无篇什之美"完全相反。这些都说明他对文学所发表的言论与其创作实践并不一致,即使在文学思想方面,他也颇有矫饰,和萧统、萧纲很不一样。

第三节　萧纶和萧纪

萧统的诸弟中排行第六的邵陵王萧纶(507？~551[①])和排行第八的萧纪(508~553)的事迹,从《梁书》和《南史》的记载看来,疑问甚多,而且两书的记载出入也甚大,都需要仔细探讨。

萧纶的生母据《梁书·高祖三王传》说是"丁充华","充华"乃妃嫔的名称之一,其人生卒年、姓名及籍贯均不可考。《梁书》本传称他"少聪颖,博学善属文,尤工尺牍"。在《玉台新咏》中收有他的诗三首。史籍中记他早年过恶甚多,其中主要是普通五年(524)在南兖州[②]和中大通四年(533)在扬州刺史时事。普通五年,萧纶年约十六岁,还不太懂事,梁武帝把一方大权交给他,显然是不适当的。他在南兖州的表现据《南史》记载云:

> 在州轻险躁虐,喜怒不恒,车服僭拟,肆行非法。遂游市里,杂于厮隶。尝问卖鲩(鳝)者曰:"刺史何如?"对者言其躁虐,纶怒,令吞鲩以死,自是百姓惶骇,道路以目。尝逢丧车,夺孝子服而着之,匍匐号叫。签帅惧罪,密以闻。帝始严责,纶不能改,于是遣代。纶悖慢逾甚,乃取一老公短瘦类帝者,加以衮冕,置之

[①] 萧纶享年数,各本《梁书》作三十三。中华书局标点本引钱大昕《廿二史考异》曰:"按纶被害在大宝二年辛未,距天监十三年甲子始封之岁已三十八年矣,史称年三十三必误也。且梁武诸子,纶次居六,元帝次居七。元帝生于天监七年,纶既长于元帝,最少亦当四十四五岁矣。"其说是,今从之。

[②] 《南史》作"南徐州",今从《梁书》。

高坐,朝以为君,自陈无罪。使就坐剥褫,捶之于庭。忽作新棺木,贮司马崔会意,以辒车挽歌为送葬之法,使妪乘车悲号。会意不堪,轻骑还都以闻。帝恐其奔逸,以禁兵取之,将于狱赐尽。昭明太子流涕固谏,得免,免官削爵土还第。

萧纶这些过失在当时人看来,自然十分严重,因为涉及了对梁武帝的诅咒及不敬,所以梁武帝要逼他自杀。不过从现在看来,他除了逼使"卖鲴者"吞鲴死一事涉及人命外,都不过是小孩子胡闹,并无必要叫他自杀,萧统的劝阻显然是对的。从这件事看,梁武帝对待家属犯法确实没有原则,萧宏丧师辱国,他不处分;萧正德公然杀人越货,抢夺妇女,他也可不了了之;而对萧纶的无知胡闹,却偏要处死,恐怕是因为冒犯了他自己。相反地,萧纶在后来一次的过失比这次要严重得多,《南史》记其事云:

> 中大通四年,为扬州刺史。纶素骄纵,欲盛器服,遣人就市赊买锦采丝布数百匹,拟与左右职局防阁为绛衫、内人帐幔。百姓并关闭邸店不出。台续使少府市采,经时不能得,敕责,府丞何智通具以闻,因被责还第。恒遣心腹马容戴子高、戴瓜、李撤、赵智英等于路寻目智通,于白马巷逢之,以槊刺之,刃出于背。智通以血书壁作"邵陵"字乃绝,遂知之。帝悬钱百万购贼,有西州游军将宋鹊子条姓名以启,敕遣舍人诸昙粲领斋仗五百人围纶第,于内人槛中禽瓜、撤、智英。子高骁勇,逾墙突围,遂免。

这一次,萧纶确实无法无天,被梁武帝囚禁了三十天,但不久又恢复封爵。萧纶对梁武帝立萧纲为太子颇有不满,《南史·梁武帝诸子传》云:

初,昭明之薨,简文入居监抚,纶不谓德举,而云"时无豫章,故以次立"。及庐陵之没,纶觖望滋甚,于是伏兵于莽,用伺车驾。而台舍人张僧胤知之,其谋颇泄。又纶献曲阿酒百器,上以赐寺人,饮之而毙。上乃不自安,颇加卫士,以警宫内。于是传者诸相疑阻,而纶亦不惧。武帝竟不能有所废黜,卒至宗室争竞,为天下笑。

《南史·梁宗室传下》说:"时武帝年高,诸王莫肯相服。简文虽居储贰,亦不自安,而与司空邵陵王纶特相疑阻。纶时为丹阳尹,威震都下。简文乃选精兵以卫宫内。兄弟相贰,声闻四方。"这种事,显然是有的,但当时争夺继承权的诸王,恐不光是萧纶。至于萧纶想谋害梁武帝的事,是否有所夸大,也很难说。因为萧绎在一些著作中,对他兄弟们的过失,常有捏造或夸大。例如《梁书》说萧纪"不赴援",就不合事实。《梁书》、《南史》都可能受其影响。另外,萧纶对梁武帝重用萧纪,也有所不平。这说明萧纶过失甚多。然而在侯景之乱发生后,萧纶的表现却几同二人。无可否认的是:萧纶毕竟不是将才,在军事上没有经验。据《梁书》本传:

侯景构逆,加征讨大都督,率众讨景。将发,高祖诫曰:"侯景小竖,颇习行阵,未可以一战即殄,当以岁月图之。"纶次钟离,景已度采石。纶乃昼夜兼道,游(旋)军入赴。济江中流风起,人马溺者十一二。遂率宁远将军西丰公大春、新淦公大成等,步骑三万,发自京口。将军赵伯超曰:"若从黄城大道,必与贼遇,不如径路直指钟山,出其不意。"纶从之。众军奄至,贼徒大骇,分为三道攻纶,纶与战,大破之,斩首千余级。翌日,贼又来攻,相持日晚,贼稍引却,南安侯骏以数十骑驰之。贼回拒骏,骏部乱,贼因逼大军,军遂溃。纶至钟山,众裁千人,贼围之,战又败,乃奔还京口。

这一战役多少是出于萧纶意外的,如果不是萧正德暗中勾结侯景,把叛军引过江来,梁兵至少在江边还可支持一段时间,这样形势就大有不同。问题是叛军业已攻到建康附近,萧纶急忙回兵援救京城,这无可指责;至于渡过长江时遇风,人马溺死,就不免有些夸张了。到了钟山,初战告捷后,如能持重,记住梁武帝"当以岁月图之"的办法,也许不致战败。但萧纶急于求成,反而使全军溃散。这也难怪,萧纶未经战阵,而与他一起的像萧大春、萧大成还是孩子。在战败之后,他再次和萧大连入援;又败,就转至郢州,力图再举。这时萧绎却不以侯景为意而一味攻打河东王萧誉于长沙。萧纶去信劝阻,认为"若自相鱼肉,是代景行师,景便不劳兵力,坐致成效,丑徒闻此,何快如之",这封信可谓深明大义,却遭到了萧绎拒绝。萧纶仍努力整军,准备再举讨伐侯景,又被萧绎逼迫,只得轻舟遁逃。最后竟被西魏所攻杀。萧纶死,"百姓怜之,为立祠庙"(《梁书》本传);他死后连西魏大将杨忠也感到后悔,"使以太牢往祭殡焉"(《南史》本传)。后来陈霸先代梁之后,据《南史·陈本纪下》载,陈朝还为他立庙,"祠以太牢",这不能不说是殊礼。因为历史上像汉光武帝祭西汉大功臣萧何、霍光也仅用"中牢"(羊豕);而陈代祭前朝藩王,却用"太牢",这也说明陈霸先对萧纶的崇敬。《南史》本传中说道:

纶任情卓越,轻财爱士,不竞人利,府无储积。闻有辄求,即得即散,士亦以此归之。初镇京口,大造器甲,既涉声论,投之于江。及后出征,戎备颇阙,乃叹曰:"吾昔造仗,本备非常。无事涉疑,遂使零散。今日讨抄,卒无所资。"

这可见萧纶前期的过失,有些可能出于谣传或别人对他的猜测。至于后期的萧纶,不管是后朝还是敌国都一致崇敬。唯一例外的是萧绎,竟给他加上"怠政交外曰携"的谥号。其实萧纶既未勾结西魏和北齐,也不能说他"怠政",从史实来看"携"字加给萧绎,倒也合适,可惜轻了一些。

萧纪(508~553)的事迹在《梁书》和《南史》中的记载颇有不同。《梁书》把他和萧正德放在同卷中,斥为"叛国"者,实属冤枉。从《梁书》本传看来,姚思廉作这篇传记,在不少篇幅中用了萧绎对他的诬蔑之辞。如传中纪年用"太清五年"的话,乃萧绎不承认萧纲"大宝"年号之故,实际上是大宝二年(551)。因此说他"及太清中,侯景乱,纪不赴援。高祖崩后,纪乃僭号于蜀",对他早年的事迹说得十分简略。据《南史》本传说,他"少而宽和,喜怒不形于色,勤学有文才",很早就当上扬州刺史,梁武帝在诏书中加上几句话,说他清廉慎勤,后来任益州刺史,能团结少数民族,"开建宁、越巂",受到表彰。在侯景之乱中,"纪乃移告诸州征镇,遣世子圆照领二蜀精兵三万,受湘东王绎节度",可见他既非"不赴援",也肯服从萧绎的指挥。后来军队没有开出三峡,就被萧绎阻止。由于蜀中交通不便,消息不免误传,当萧绎的军队平定侯景后,他儿子萧圆照谎报说:"侯景未平,宜急征讨。已闻荆镇为景灭,疾下大军。"这样他才急于进军,并且称帝。于是就和萧绎打起仗来。萧绎为了对付他,竟勾结西魏攻他的后方,萧纪腹背受敌,当然失败了。但兵败后的萧纪,还对萧绎抱有幻想。原因是此前萧绎曾给他一封信,大谈"兄弟之情",而与此同时,早已下令部下杀死萧纪。萧纪还要求"送我一见七官",得到的回答却是:"天子何由可见。"于是萧纪和他的几个儿子全死在萧绎手里。萧纪当时出兵东下,其动机正如他自己所说:"七官文士,岂能匡济。"而他自己是"便骑射,尤工舞稍"的人。他也能诗,《玉台新咏》录其诗四首。这样的人物,萧绎自然更容他不得。

第四节　萧绩、萧续和萧综

萧统的第四弟萧绩和第五弟萧续的年龄,《梁书·高祖三王传》记载恐有误。萧绩卒于大通三年(529),年二十五,当生于天监四年(505);而萧续卒于中大同二年(547),年四十四,当生于天监三年(504)。这样萧续应长于萧绩,现在已难确考。萧绩据说是董淑仪所生,《梁书》本传说他"寡玩好,少嗜欲,居无仆妾,躬事俭约,所有租秩,悉寄天府"。《南史》亦无异辞,其人可能确如所载,可置勿论。萧续与萧统、萧纲都是丁令光所生,曾任雍州、荆州等地的刺史,据云他"少英果,膂力绝人,驰射应发命中。武帝叹曰:此我之任城(曹彰)也。尝驰射于帝前,续中两獐,冠于诸人。帝大悦"(《南史》本传)。《南史》本传说他"多聚马仗,蓄养趫雄,耽色爱财,极意收敛,仓储库藏盈溢"。他死时叫参军谢宣融送给朝廷金银器千余件,梁武帝始知其富。但正如谢宣融说的,他有毛病,却不隐讳。他任荆州刺史时,曾报告了萧绎私自带李桃儿离荆州的行为,所以萧绎恨之入骨。"耽色爱财"大约是当时藩王的通病,此外他大约并无特殊过恶,不然萧绎是不会不加以宣扬夸大的。

在萧统诸弟中排行第二的萧综(502~532)的身份颇有疑问。《梁书》本传云:"初,其母吴淑媛自齐东昏宫得幸于高祖,七月而生综,宫中多疑之者。及淑媛宠衰怨望,遂陈疑似之说,故综怀之。……每高祖有敕疏至,辄忿恚形于颜色,群臣莫敢言者。恒于别室祠齐氏七庙,又微服至曲阿拜齐明帝陵。然犹无以自信;间俗说以生者血沥死者骨,渗,即为父子。综乃私发齐东昏墓,出骨,沥臂血试之,并杀一男,取其骨试之,皆有验,自此常怀异志。"萧综降魏后,由萧宝卷弟宝寅为他改名赞。《魏书》亦有传,断言他是萧宝卷之子,说:"其母告之以实,赞昼则谈谑如常,夜则衔悲泣涕,结客待士,恒有来奔之志。"这问题从现有的史料看来,很难作结论,不过似以他为萧宝卷子的可能性较大。

  萧综在梁处心积虑地想投奔北魏。《南史》本传说他"常于内斋布沙于地,终日跣行,足下生胝,日能行三百里",并多次要求到边境上去立功。普通六年(525),魏将元法僧降梁,梁武帝派萧综督众军权镇彭城,他就弃军奔魏,拜见魏安丰王元延明,并到洛阳,为萧宝卷服丧。入北后,他被封为高平郡开国公、丹阳王,授司空。后来萧宝寅叛魏,他害怕,逃向白鹿山,在河桥被捉住,北魏朝廷认为他与萧宝寅无干,加以慰勉,让他娶了北魏孝庄帝姊寿阳长公主。后来孝庄帝杀尔朱荣,尔朱兆等叛乱,攻入洛阳,尔朱世隆陵逼公主,公主不从,被害;萧综化装成和尚逃向长白山,又向白鹿山逃去,至阳平病死,年三十一①。萧综死后,北魏把他和公主合葬于嵩山,而梁朝却派人偷走他的棺木,与梁武帝诸子安葬在一起。萧综在北魏亦无多大事迹可述,但他的文学才能较高,所作《听钟鸣》、《悲落叶》两首诗,《梁书》所载,与《艺文类聚》所载颇不同(《听钟鸣》见卷三十,《悲落叶》见卷八十八)。可能萧综作成后又经修改。《梁书》所载显然经过删节,不及《艺文类聚》所载完整。据《梁书》,说是他不得志而作,但未言写作时间,《洛阳伽蓝记》卷二记萧综作《听钟歌》三首,在降魏以后,其说较可信。

---

① 《魏书》云"时年三十一",是。《梁书》说萧综于大通二年(528)为北魏所杀,年四十九,情节和年龄均误。

第七章　萧统的后人

关于萧统的后人，《梁书·昭明太子传》全无记载，只有第二子萧誉在《梁书》中有传，却因被萧绎杀害，所以和萧纪一样，被与萧正德置于同一卷中。现在我们根据《南史》等史籍，可以考知萧统的妻子姓蔡，大约出于济阳蔡氏，从东晋以来亦为南渡望族。她比萧统后死，但在大宝二年(551)侯景废萧纲，一度立萧栋时，她已死去。萧统的儿子，现在尚可考出的有五人：欢、誉、詧、譬、譼。这五人并不都是蔡氏所生，萧统还有个妾龚氏，是萧詧的生母。在萧统五个儿子中，有两人没有事迹可考。据《梁书·武帝纪下》载，大同三年(537)，三月，"立昭明太子子譬为武昌郡王，譼为义阳郡王"。同年七月，"义阳王譼薨"。又中大同元年(546)，七月，"以武昌王譬为东扬州刺史"；同年八月，"东扬州刺史武昌王譬薨"。这两人可能尚未成年。

第一节　萧欢和萧栋

萧统的长子萧欢(？~540)在《梁书》中无传，只在《梁书·武帝纪下》说到他死于大同六年(540)十二月，死时任江州刺史，爵豫章王。但《南史·梁武帝诸子传》中对他略有记载，据云：在萧统死前，萧欢任南徐州刺史，在京口(今江苏镇江)，萧统死后，梁武帝派中书舍人臧厥赶到京口接萧欢还都,萧欢在崇正殿"解发"临哭。又说到"欢既嫡孙,次应嗣位,而迟疑未决"的事。关于梁武帝的立储问题,我们在前面已经讲过,主要并不是恨萧统,而是"恐不可以少主主大业"。但他这种打算,别人未必了解。据《资治通鉴》卷一一五载,梁武帝做出这决定后,朝廷内外人士都觉得不合规矩。当时周舍的侄子周弘正为司议侍郎,就上书萧纲,劝他谦让,不要接受。萧纲没有听取。这一决定在萧统诸子中,自然也引起不满。据《周书·萧詧传》说,萧詧心中就常怀不平。萧欢本来应该做太孙的,既然不得继位,可能也有不平,只是史书对他没有记载。前面说过,萧统去世那年,萧欢最多十五六岁,那么他死去时也不过二十四五岁。但他有三个儿子:萧栋、萧桥和萧樛。见《南史·梁武帝诸子传》。

萧栋(?~552)是萧统之孙,萧欢子。《梁书》对他亦未立传,只有《梁书·简文帝纪》中提到大宝二年(551)八月,侯景"矫为太宗诏,禅于豫章嗣王栋";《梁书·元帝纪》载,承圣元年(即大宝三年)三月,"宣猛将军朱买臣密害豫章嗣王栋,及其二弟桥、樛,世祖志也"。这几句话虽简略,但指出萧栋之死是出于萧绎的主意,这是合乎事实的。关于萧栋,《南史》记载较详:

> 栋字元吉。及简文见废,侯景奉以为主。栋方与妃张氏锄葵,而法驾奄至,栋惊不知所为,泣而升辇。及即位……于是年号天正,追尊昭明太子曰昭明皇帝,安王(萧欢)为安皇帝,金华敬妃蔡氏(萧统妻)为敬皇后,太妃王氏(萧欢妻)为皇太后,妃(张氏)为皇后。未几,行禅让礼,栋封淮阴王,又二弟桥、樛,并锁于密室。景败走,兄弟相扶出,逢杜崱于道,崱去其锁。弟曰:"今日免横死矣。"栋曰:"倚伏难知,吾犹有惧。"

这里提到的杜崱,本为萧詧部将,后被萧绎诱降,随王僧辩讨侯景。杜崱虽然背叛萧詧(他的事下文还要谈到),但对萧栋这样身不由己的人,还多少有些怜悯心。但对他的命运,萧绎早已做好安排,那就是对王僧辩说的"六门之内,自极兵威"八字。这一点,萧栋多少已有些预知,所以对他弟弟说了"倚伏难知"的话。果然,萧绎部将朱买臣按照萧绎的吩咐,把萧栋诱骗上船,溺死在水中,还杀了他两个弟弟。萧栋本是个无权无势的人,在侯景攻入建康后,他已落到自己种菜的地步,称帝一事,全出侯景强迫。但他是萧统的嫡孙,本来应当是皇位继承人,再加上萧统在京城百姓心目中有很高声望,所以萧栋虽为侯景所立,而王僧辩仍称他"嗣君",认为杀害他就像三国时成济杀死魏高贵乡公曹髦一样是"弑君"。可越是这样,萧绎越认为对他称帝有威胁而要置诸死地。据庾信《哀江南赋》说,萧纲在台城失陷后,"以爱子而托人",即托付萧绎。其实萧纲有四个儿子到了江陵。后来有三人在西魏平定江陵时死于战乱,只有萧大圜被作为人质送往西魏,后来入仕周隋,得以善终。如果江陵不被攻克,萧绎做稳了皇帝,那么萧纲诸子也都难得寿终的!萧大圜在北周著有《梁旧事》三十卷。另外,萧纪有子名圆肃,成都被西魏攻克时,随萧扮降西魏,入周至隋文帝开皇四年(584)方卒,著有《淮海乱离志》四卷。现在我们还能知道一些梁末皇室内部的事情,大多依据《南史》,而《南史》中有许多《梁书》所不载的史事,很可能就采自二书。

第二节 萧誉

萧统的次子萧誉(?~550),普通二年(521)封枝江县公;中大通三年(531),萧统死后,改封河东郡王;曾任宁远将军、石头戍军事,又任琅邪、彭城二郡太守；大同三年（537），任南徐州刺史。太清二年（548），梁武帝任命他为湘州刺史，取代张缵，改任张为使持节、都督雍梁北秦东益郢州之竟陵司州之随郡诸军事、平北将军、宁蛮校尉。张缵起初认为取代自己的是邵陵王萧纶，结果却是萧誉，他看不起萧誉，认为萧誉年轻，因此州府迎接和招待萧誉的礼很薄。萧誉很生气，到了长沙，托病不见张缵，还检查州府各种事务，留着张缵不许其离开长沙。正在这时候，侯景举兵叛乱，萧誉整装出发去援救京城。这时荆州的萧绎也出兵救援，军至郢州的武城。张缵就派人送急信给萧绎，说是：“河东已竖樯上水，将袭荆州。”萧绎连忙回到江陵，从此与萧誉失和。张缵乘机抛开部下，"单舸赴江陵"，萧绎就派使者谴责萧誉，并且索要张缵的部下。萧誉已放张缵的部下去了江陵（见《梁书·张缵传》）。在萧绎和萧誉的嫌隙问题上，《梁书》的记载似乎强调是张缵从中挑拨。这正如萧绎杀萧纪、和萧誉失和一样，前人都归咎于别人从中挑拨，似乎杀萧纪是由于萧纪之子圆照谎报军情，萧誉反对萧绎是由于张缵从中挑拨（见下），这些都是从表面上看问题。的确，萧誉和萧纪都至死不悟，认为是出于"误会"，只要见到萧绎，就能被赦免。这说明了一些缺乏政治斗争经验的人，到死也不会看穿阴谋家的真面目。其实像萧栋那样毫无权势的人，并无张缵那样的坏人挑拨，萧绎在出兵之际，也已安排杀机，何况掌握一州军政的萧纪和萧誉？不过，萧誉在事先确实毫无觉察，据《南史·张弘策附张缵传》载，萧誉在江口接到梁武帝的退兵命令以后，本欲回长沙，但想等萧绎到来谒见后再回去。这也是很自然的，因为湘州军政本归萧绎督察，而侯景之乱既已发生，半途议和，究竟应怎样对付，萧誉自然应该和萧绎商量。但萧绎心中有鬼，早已赶回荆州去了。在回去的途中还扣留了萧懿过继给萧融的孙子信州刺史萧慥，怀疑他与萧誉、萧誉通谋而在江陵加以杀害。接着又派使者指责萧誉，索讨张缵部下。萧誉受了委屈,自然不服气,正好萧绎又派周弘直去湘州,调发他的粮草和军队,萧誉自然不肯服从,使者三次往返。萧绎就派儿子萧方等率兵去打湘州,结果反被萧誉打败,萧方等战死。于是,萧绎又派鲍泉去征伐萧誉,这次萧誉屡战失利,只能退守长沙城中死守。在十分危急的形势下,萧誉只能向叔父萧纶和弟弟萧詧求救。萧纶以为侯景尚在,不当自己火并,去信劝萧绎停止,萧绎加以拒绝,萧纶十分伤感,叹道:"天下之事,一至于斯!"左右听到的无不流泪。萧詧则率领两万军队及骑兵千人进攻江陵,并对萧绎的使者说明,如果萧绎停止进攻萧誉,他也退兵。这时萧詧部将杜岸、杜崱等叛降萧绎,萧詧只得撤回襄阳。萧誉已经势穷力竭,萧绎又派王僧辩来代替鲍泉攻城,日夜急攻,萧誉事急想突围,但部下的将领慕容华却把王僧辩领进城内,抓住了萧誉。萧誉还想见萧绎说明自己冤枉,但萧绎早已下令不许。萧誉就被杀害,并"传首荆镇"。后来萧绎攻下建康,又杀了萧欢三个儿子。这样,萧统的后代只剩下了岳阳王萧詧一支。

第三节　萧詧与后梁

萧统的第三子萧詧(519~562)字理孙,亦即后梁宣帝。他因为称藩于西魏、北周,因此《梁书》和《南史》均未立传,他的事迹见于《周书·萧詧传》。这篇传记,实际上还包括他的儿孙及群臣,实为后梁政权的全部历史。后来李延寿作《北史》述后梁国的始末,基本上亦同《周书》。

据《周书》本传称,他"幼而好学,善属文,尤长佛义。特为梁武帝所嘉赏"。普通六年(525),他才七岁,就被封为曲江县公;中大通三年(531)萧统去世,他刚十二岁,进封岳阳郡王。他在梁代曾任宣惠将军,知石头戍事,又任琅邪、彭城二郡太守,东扬州刺史。中大同元年(546),任雍州刺史。他认为襄阳是梁武帝创业的地方,天下无事可以树立根基,发生战乱又可以图功业,就努力治理,施恩于百姓,境内政治比较修明。太清二年(548),梁武帝以萧詧之兄萧誉为湘州刺史,代替张缵,结果张缵就在萧绎和萧誉、萧詧之间进行挑拨,造成了仇隙。这时,萧詧因侯景叛乱,派司马刘方贵沿汉口南下,援救都城。刘方贵暗中和萧绎勾结,要袭击襄阳,尚未发动,萧詧有事召刘方贵,刘方贵怀疑阴谋泄露,就占据樊城叛变。萧詧派兵进攻樊城,刘方贵就向萧绎求救。萧绎假装派张缵去襄阳,而暗中救援刘方贵。张缵刚到襄阳,萧詧已攻克樊城。张缵到后,萧詧既知张缵的所作所为,自然不肯受代,把他安排在西城,准备对他下手。张缵害怕了,又密请萧绎召回自己;萧绎召张缵,萧詧不放。于是萧詧部下杜崱、杜岸等劝张缵在西山聚众反对萧詧,而杜岸等又去告诉了萧詧,萧詧就急忙逮捕了张缵。正当张缵在襄阳耍弄阴谋时,萧绎在湘州围攻萧誉很急。萧詧抓到张缵后,就率军攻江陵以救萧誉。但中了反间之计,部下将领杜岸叛变,回军偷袭襄阳,被城中发现,由蔡大宝辅佐萧詧母龚氏登城拒守,正好萧詧赶到,击败并消灭了杜岸。这时,萧詧内部屡遭叛变,形势孤危,又有萧绎的步步进逼,才于太清三年(549)归降了西魏,自称藩属。他这一行为其实是无可深责的。事实上当时割据南北方的几个政权,只有西魏内政修明,国力日盛。萧詧在势穷力竭的条件下,已无其他办法,而且如果他不归降西魏,也难免落得萧纶、萧纪的下场。这时,萧绎果然派柳仲礼率兵来犯,萧詧不得不向西魏求救。西魏将领杨忠战胜并俘虏了柳仲礼,并且攻克了汉水以东一带地方。承圣三年(554)即西魏恭帝元年,西魏于谨率军伐江陵,萧詧率兵配合,克江陵后,西魏帮萧詧在江陵建立了后梁国,而把襄阳收入西魏版图。西魏驻兵于江陵西城,名为助后梁防守,实际上也防备后梁叛变。

萧詧对西魏而言,称"梁王",在后梁国内则称皇帝。

当西魏平定江陵时,萧詧的将领尹德毅曾劝萧詧设计袭杀于谨和西魏军队,然后招降王僧辩,回建康称帝,但萧詧没有听从。后来江陵百姓被掳入关,又失了襄阳,萧詧十分忧愤,悔不听尹德毅的话,作了篇《愍时赋》。他在位八年,于北周保定二年(562)死去,年四十四。他著有文集十五卷(《隋书·经籍志》作十卷),另有《华严》、《般若》、《法华》、《金光明经》等佛经义疏四十六卷。后梁国是萧统之后,萧詧去襄阳时可能携带《文选》赴任,所以在隋平陈以前,《文选》很可能已传入关中地区。现在我们见到的《文选》,五臣注比李善注多出乐府一首,尤其现藏台湾省的宋陈八郎刊本篇目次第亦不全同。这是否以后梁流传之本为依据,已难于确考。

萧詧死后,由他儿子萧岿(542~585)继承梁王之位,是为后梁明帝。萧岿在位时,陈将华皎、戴僧朔投降北周,周武帝派卫公宇文直和华皎等一起伐陈,被陈将吴明彻所败,陈朝占领了后梁的长沙、巴陵等地。周武帝灭北齐,萧岿到邺朝见周武帝。周武帝死后,隋文帝执政,北周将领尉迟迥、王谦、司马消难等起兵反对隋文帝,想叫萧岿与他们合作,萧岿加以拒绝。拒绝的原因显然是因为他明知尉迟迥等不能成功。隋文帝代周后,他把女儿嫁给隋文帝儿子晋王杨广,亦即后来的隋炀帝。萧岿在位二十三年,死于隋开皇五年(585),年四十四。萧岿亦能文,据《周书·萧詧传》,他也有文集及关于《孝经》、《周易》的著作及《大小乘幽微》等书。

萧岿死后,由他的太子萧琮继位,在位两年,到隋文帝开皇七年(587),隋文帝召萧琮入朝长安,派崔弘度率兵戍守江陵,这时他的叔父萧岩和弟弟萧瓛等怕隋文帝掩袭他们,就和一些居民逃奔陈朝,于是隋文帝撤销了后梁国,以萧琮为柱国,封莒国公。后梁一共存在了三十三年。此后萧琮一直在隋朝做官,很受隋文帝重用,但和贺若弼交谊很深。贺若弼于隋炀帝大业三年(607)被杀,萧琮亦因有"萧萧亦复起"的童谣被废,不久死于家中。他的儿子萧铉,颇受隋炀帝宠爱,大业十四年(618)宇文化及在江都(今江苏扬州)作乱,杀隋炀帝,萧铉也被杀。

第四节　隋炀帝皇后萧氏

隋炀帝的皇后萧氏,史籍未载其名,她是萧岿之女,因为是二月份生的,在江南被认为犯忌讳,所以由叔父萧岌收养。萧岌死后,又寄养在舅舅张轲家。隋文帝为儿子杨广向萧岿求亲,萧岿占卜的结果中,只有她吉利,于是就嫁给了杨广。杨广当时封晋王,在平陈之役中还立了功,因此逐渐产生了夺取皇位继承权的想法。这时隋文帝和独孤皇后对萧氏的印象都较好,因为萧氏"性婉顺,有智识,好学解属文,颇知占候"(《隋书》本传);独孤皇后也说她"亦大可怜,我使婢女,常与之同寝共食"(《隋书·文帝四子传》)。这些在萧氏未必有意,但客观上却更促使隋文帝与独孤皇后下了改易太子的决心。杨广即位,立萧氏为皇后,杨广出去巡游,她一直随从。她见到炀帝多恶行,心知不对,却不敢直谏,曾作《述志赋》来寄托其忧虑。赋中有"夫居高而必危,虑处满而防溢。知恣夸之非道,乃摄生于冲谧。嗟宠辱之易惊,尚无为而抱一。履谦光而守志,且愿安乎容膝。珠帘玉箔之奇,金屋瑶台之美,虽时俗之崇丽,盖吾人之所鄙"(见《隋书》本传)句。赋中表示蔑视富贵,有明显的老庄思想成分;"且愿安乎容膝"句,出于陶渊明《归去来辞》。这些话的思想,和曾祖萧统《与何胤书》、《陶渊明集序》的思想倾向很有相同之处。这篇赋较少华丽的辞采,风格与萧詧《愍时赋》亦相类似。这说明萧统后人的文采风流到她手里尚未消失。

后来,她随从杨广到了江都,这时臣下人人想造反,有宫人知道后告诉了萧氏,萧氏允许她向杨广奏明,杨广大怒,说:"不是你该说的!"就把宫人杀了。后来又有人听说宿卫士兵要谋反,向萧氏报告,萧氏说:"天下事一朝至此,势已然,无可救也。何用言之,徒令帝忧烦耳。"(《隋书》本传)大业十四年(618)宇文化及等作乱,杀了杨广,还是萧氏出主意撤去床和席子作棺木收尸。宇文化及杀杨广后,引兵北上,还裹胁萧氏和隋炀帝臣下们一同向长安进发,在黎阳为李密所败,遂守魏县,又被窦建德消灭于聊城。这样,萧氏就留居洛州,正好隋朝的义城公主先嫁突厥,突厥处罗可汗派使者来迎接萧后。从此,萧氏又在突厥住了多年,直到唐太宗贞观四年(630)打破突厥,又把萧氏依礼迎归长安,萧氏后来死于长安。《隋书·后妃传》评萧氏云:"萧后初归藩邸,有辅佐君子之心。炀帝得不以道,便谓人无忠信。父子之间,尚怀猜阻,夫妇之际,其何有焉!"对她并无谴责。看来隋炀帝的种种罪行,萧后很难说有多少责任。

第五节 萧铣、萧瑀和入唐以后的萧氏

前面我们讲过,萧詧在归降西魏、北周时,本属无奈,而北周方面也明知这个情况,在江陵驻兵,名为助防,实亦防范萧詧。因此萧詧颇为愤愤不平,最后因此得病死去。这种心情,他的儿孙们未始不知道,但迫于形势,他们中像萧岿和萧琮对周、隋都显得很恭顺。但另一部分人如萧岩和萧瓛就不同了。他们在隋文帝撤销后梁国时,就投奔了陈朝,并且在陈亡后还和隋朝对抗,最后被杀。即使是萧琮,内心中也有不服。据《隋书·外戚·萧琮传》,入隋后他嫁了一个堂

妹给钳耳氏,杨素的哥哥杨约笑他,他说,以前我已嫁妹于侯莫陈氏。杨素说:"侯莫陈氏是鲜卑族,钳耳氏是羌族。"他说:"鲜卑和羌有什么不同,没听说过。"这多少说明他对出身六镇军人的人仍有种族情绪,只是不敢公然反抗。

萧岩和萧瓛在隋初被杀,萧岩的孙子萧铣从小很贫困。隋炀帝因为知他是萧詧曾孙,对萧后来说是堂侄,所以授他以罗川令的官职。大业十三年(617),岳州校尉董景珍、雷世猛及旅帅郑文秀、许玄彻、万瓒、徐德基、郭华和沔州人张绣等同谋起兵反隋,推董景珍做首领。董景珍自以为出身寒微,缺乏号召力。他认为萧铣是梁朝后代,"宽仁大度",有梁武帝的遗风,应推他为首领。于是众人就找到萧铣。萧铣答书说:"我之本国,昔在有隋,以小事大,朝贡无阙。乃贪我土宇,灭我宗祊,我是以痛心疾首,无忘雪耻。今天启公等,协我心事,若合符节,岂非上玄之意也。吾当纠率士庶,敬从来语。"即日就召到数千人(见《旧唐书·萧铣传》)。他起兵五天,就有几万人来归附。但他部下诸首领主张不一致,一度溃散。他于是公然自称梁王,连陷好几个郡,人马到四十多万。于是迁都江陵。唐高祖武德元年(618)唐朝派夔州总管赵郡王李孝恭率兵讨伐萧铣,攻克通、开二州。萧铣内部互相残杀,兵势衰落。武德四年(621),李孝恭和李靖又从夔州出发攻打萧铣,进逼江陵。萧铣自知已处绝望境地,称"天不祚梁",只有投降,免得伤害民众,便向唐军投降,并对唐军说:"当死者唯铣,百姓非有罪也,请无杀掠。"李孝恭把他囚禁起来,送往长安。唐高祖亲自数责他的罪,他回答说:"隋失其鹿,英雄竞逐。铣无天命,故至于此。亦犹田横南面,非负汉朝。若以为罪,甘从鼎镬。"唐高祖杀了他。死时年三十九,从初起至灭亡共五年。

萧铣起兵反隋,当然是想恢复祖先的基业,这种动机自然不值得肯定,但他的行动和唐高祖一样,确是"隋失其鹿,英雄竞逐",其灭亡本非由于道义方面的是非,而完全决定于力量的强弱。但唐高祖所以赦免王世充,而必须杀死萧铣亦有其原因。因为王世充论个人才能和曾经拥有的实力,都大于萧铣,但一旦溃败,他这样一个西域胡人对人们并无号召力。至于萧铣,毕竟是梁朝之后,在当时,会有较大影响,所以唐高祖只能把他杀掉。至于《新唐书》本传说他"大抵盗仁义,诡世乱俗者,圣人所必诛",未免是以成败论人。萧铣和唐高祖都是隋代官员,都是想夺天下,在今天看来是无所谓是非的。

和萧铣相反,萧瑀(574~647)虽也经历了隋、唐的易代,其经历则和萧铣完全不同。从辈分说,他比萧铣长一辈,在萧岿诸子中年龄较小。隋文帝开皇三年(583),被萧岿封为新安郡王。他姐姐嫁隋晋王杨广时,他随着到了长安。他早年很好学且善于文章,还深信佛教。曾作过《非辩命论》反驳梁刘峻的《辩命论》,以为"人禀天地以生,孰云非命,然吉凶祸福,亦因人而有,若一之于命,其蔽已甚"(《旧唐书》本传)。此文为柳顾言、诸葛颖等人所称赏。隋炀帝被立为太子,他被授太子右千牛之职。炀帝即位后,迁尚衣奉御、检校左翊卫鹰扬郎将。这时忽然得病,他不想医治,想因此归隐,受到萧后指责,逐步升到银青光禄大夫、内史侍郎。因为是皇后之弟,很见委重,但由于说话时不合炀帝之意,就逐渐被疏远。

大业十一年(615)隋炀帝到雁门郡,突厥始毕可汗率领了几十万骑兵袭隋炀帝,包围炀帝于雁门城中。萧瑀就向隋炀帝进计,向出嫁突厥的义成公主告急,又提出停止伐高丽的建议。突厥退兵后,隋炀帝又想进攻高丽,反而说突厥成不了气候,萧瑀就来恐吓他,其事不可饶恕,隋炀帝把萧瑀贬为河池郡守。他在河池颇有政绩。唐高祖平定长安后,送信招降他,他就归降,被授官光禄大夫、民部尚书,封宋国公。唐高祖代隋后,他官内史令,许多政务都交他办理。历任尚书右仆射、中书令等要职。唐太宗即位后,又任尚书左仆射。这时唐太宗任用房玄龄、杜如晦,对萧瑀疏远,他就上封事说这事,唐太宗从此对他的偏狭有所认识。但还是肯定他在武德年间没有支持李建成、李元吉,说他"此人不可以厚利诱之,不可以刑戮惧之,真社稷臣也"。还送他诗,有"疾风知劲草,版荡识诚臣"(见《旧唐书》本传)之句。他经常在唐太宗面前说房玄龄等人"朋党比周,无至心奉上"。唐太宗对他指出:"人不可求备,自当舍其短而用其长。"这样时间长了,唐太宗就讨厌他。

有一次,他向唐太宗要求出家,唐太宗答应了,他又反悔,说不能出家。后来终于被贬为商州刺史。贞观二十一年(647),征还,得病死去。萧瑀之子萧锐,娶唐太宗女襄城公主,官至太常卿、汾州刺史。萧瑀有个哥哥萧璟,武德中官至黄门侍郎,迁秘书监,贞观中卒。萧瑀还有个侄儿萧钧,贞观中任中书舍人,高宗永徽二年(651)为谏议大夫,兼弘文馆学士,又为太子率更令,显庆(656~660)中卒,著有《韵旨》二十卷、文集三十卷。萧钧的兄子萧嗣业,早年曾随萧后到过突厥,贞观九年(635)回都,曾任鸿胪卿,兼单于都护府长史;唐高宗调露元年(679),突厥反叛,萧嗣业战败,因此被流放岭南而死。

从上述情况来看,萧统的后人在隋唐之际,颇多显贵。根据《新唐书·宰相世系表》,唐代姓萧的宰相共十一人,除唐中宗、睿宗时的萧至忠是和齐、梁同祖的萧思话之后,宣宗时的萧邺是萧统的伯父萧懿之后外,其他九人全是萧统的后代。此外,兰陵萧氏在唐代做官的人还很多,完全可称得上是一个世代簪缨之族。他们的家谱自然对人们有很大影响。因此即使颜师古辨之于前,李延寿和之于后,而直到宋代欧阳修、郑樵等人对萧氏是萧何和萧望之之后的说法仍深信不疑。这是与他们家族的社会地位有密切关系的。

下篇 萧统的文学活动和文学思想

第八章 以萧统为中心的天监、普通年间文学思想和创作

第一节 齐梁文学思想和创作

一

齐梁文学思想和创作的主要特征是"新"和"变"。梁萧子显在《南齐书·文学传论》中说:"习玩为理,事久则渎,在乎文章,弥患凡旧。若无新变,不能代雄。"萧子显此话既代表了以萧纲为首的新变派文学观,又是对汉魏以来文学发展的历史总结。事实也的确如此,新变的口号虽是齐梁文人提出的,但自建安以来,作家创作大体是以此作为目标的。比如曹丕在汉末公开提倡"文章乃经国之大业,不朽之盛事",当其时,这一思想是非常具有震撼力的。因为传统的观点仍是建功立业,视辞赋为小道。曹植在《与杨德祖书》中就说:"辞赋小道,固未足以揄扬大义,彰示来世也。昔扬子云,先朝执戟之臣耳,犹称壮夫不为也。吾虽薄德,位为藩侯,犹庶几戮力上国,流惠下民,建永世之业,流金石之功;岂徒以翰墨为勋绩,辞赋为君子哉!"曹丕

以文章之事与经国相比,自然是新思想。至于西晋,陆机又提出"缘情绮靡"的诗歌主张,这又是对"诗言志"传统的挑战,朱自清先生称它是第一次铸成的"新语"①。在创作上,陆机也立意创新。他在《文赋》中说"谢朝华于已披,启夕秀于未振","虽杼轴于予怀,怵他人之我先",表明他对构思立意和遣词造句的追求。他的创作实践也证实了这一点,臧荣绪《晋书》说他是"天才绮练,当时独绝,新声妙句,系踪张、蔡"。曹丕、陆机所开创的文学新观念,在魏晋以后产生了极大的影响,当时的批评家无不以"新"和"变"作为品评的标准。如梁钟嵘《诗品》用"丽典新声,络绎奔会"来评价谢灵运的诗歌,沈约在《报王筠书》里则宣称:"古情拙目,每伫新奇。"他所谓的"古情",应当是指宋以前的诗歌;所谓的"新奇",即他在同篇所说的"声和被纸,光影盈字"以及他在《报刘杳书》中说的"辞采研富,事义毕举,句韵之间,光影相照"。沈约是齐梁时期文坛领袖,他这两封信当然起到了导向的作用。

魏晋以来对"新"的肯定和追求,其实是建立在对"变"的理解基础之上的。"变"的思想,自先秦以来,即与"正"相对而受到批评。如《诗经》就有正风、变风、正雅、变雅之分,而音乐的新声变曲更是受到批评的。这种观念自魏晋以来发生了变化,葛洪《抱朴子》明确提出今胜于古的观点。他在《抱朴子·钧世》中说:"且夫《尚书》者,政事之集也,然未若近代之优文、诏、策、军书、奏议之清富赡丽也;《毛诗》者,华彩之辞也,然不及《上林》、《羽猎》、《二京》、《三都》之汪濊博富也。"葛洪这里将辞赋与经书相比,已属不易,而其所得结论却是经书不如辞赋,这种观点是很了不起的了。之所以有这样的观点,与葛洪对"变"的看法有关。在同篇中葛洪说:"古者事事醇素,今则莫

---

① 见《诗言志辨》,《朱自清全集》第六卷,江苏教育出版社1990年版。

不雕饰,时移世改,理自然也。"葛洪认为今之所以竞为雕饰,是因为时世变化的原因,而这种雕饰是胜于古之醇素的,这是对"变"的充分肯定。晋以后,正视世变则文变的事实,已为史学家所接受。沈约在《宋书·谢灵运传论》中叙述了自汉至宋的文学史发展,就是以"变"作为其立论的基础。他说:"自汉至魏四百余年,辞人才子,文体三变:相如巧为形似之言,班固长于情理之说,子建、仲宣以气质为体,并标能擅美,独映当时。是以一世之士,各相慕习。原其飙流所始,莫不同祖《风》、《骚》。"沈约认为汉魏以来四百余年的文学发展,总体看来有三个变化:司马相如的时代以形似为特征,班固的时代擅长说理(《两都赋》的《东都赋》基本上是一篇论说文字,与西汉叙写风物的大赋不同),建安诸子则以气骋词。尽管是各不相同的变化,但追溯其源流,都是继承了《风》、《骚》的基本精神。和沈约同时的江淹在《杂体诗序》中也表达了相似的看法,他说:"夫楚谣汉风,既非一骨;魏制晋造,固亦二体。譬犹蓝朱成采,杂错之变无穷;宫商为音,靡曼之态不极。故蛾眉讵同貌,而俱动于魄;芳草宁共气,而皆悦于魂,不其然欤?"江淹认为楚汉、魏晋,本来就是不同的风貌,都具有动人的艺术魅力,但后世之人往往贵远贱近,不能正确看待,而滞于所迷,妄议是非,这是不对的。所谓"贵远贱近",也就是"贵古贱今"的意思。应该说到了江淹、沈约时代,作家、批评家大多数都已接受了"变"的事实,而肯定了当代的创作,但也仍然有一些批评家对今人提出了尖锐批评。比如梁裴子野在《雕虫论》中对刘宋以后的文学基本上持否定态度。他说:"宋初迄于元嘉,多为经史。大明之代,实好斯文。高才逸韵,颇谢前哲;波流同尚,滋有笃焉。自是闾阎少年,贵游总角,罔不摈落六艺,吟咏情性。学者以博依为急务,谓章句为专鲁。淫文破典,斐尔为功。无被于管弦,非止乎礼义。深心主卉木,远致极风云,其兴浮,其志弱,巧而不要,隐而不深。讨其宗途,亦有宋之遗风也。若季子聆音,则非兴国;鲤也趋庭,必有不敦。荀卿有言:乱代之征,文章匿采。斯岂近之乎!"从裴子野的批评看,他是主张教化说,对文学的"无被于管弦,非止乎礼义"表示不满,又以"文章匿采"为"乱代之征",这是很落后的意识了。综观齐梁之际的文学思想,裴子野的观点并非主流,当时主要的意见还是承认"变"的,只是对于如何变,有不同的看法。概括起来,主要表现为"新变"和"通变"两种。

所谓"新变",就是以新为变,齐代最引人瞩目的新变理论和创作,是以沈约、谢朓为代表的永明体。《梁书·庾肩吾传》说:"齐永明中,文士王融、谢朓、沈约,文章始用四声,以为新变。"永明是齐武帝年号,但永明文学的兴起,却与竟陵王萧子良有关。永明年间,以萧子良为中心形成的文学集团,开展过许多次大规模的文学活动,永明文学倡导的声律理论,也诞生在这种背景中。陈寅恪先生甚至以为,永明的四声之说就是永明七年二月二十日,竟陵王萧子良大集善声沙门于京邸,造经呗新声的结果。① 四声的发明,或说是沈约,或说是周颙,二人都著有论四声的专著,但似乎要以沈约的影响大一些。沈约在《宋书·谢灵运传论》中就宣称:"至于高言妙句,音韵天成,皆暗与理合,匪由思至。张、蔡、曹、王,曾无先觉;潘、陆、颜、谢,去之弥远。"这个说法是把发明权完全据为己有了。所以就在当时,就有人对此表示异议(见陆厥《与沈约书》)。由于资料所限,四声的发明情况到底如何,现在已不好判断了,但我们关心的是永明年间这场声律讨论对文学发展所具有的意义。其实,诗歌创作中对声律的探索,是由来已久的了,陆机《文赋》就说过:"其会意也尚巧,其遣言也贵妍。暨音声之迭代,若五色之相宣。"这说明陆机对诗歌中的声律,是

---

① 见《四声三问》,载《金明馆丛稿初编》,上海古籍出版社1980年版。

有着非常明确的意识的。值得说明的是,陆机《文赋》所提出的"诗缘情而绮靡",并不仅限于文辞的华美,"绮靡"一词包含有声韵流丽的美感要求。《文心雕龙·时序》在叙述了西晋作家人才实盛之后总结说:"并结藻清英,流韵绮靡。"这里明以"绮靡"指声韵。除了刘勰,南朝批评家在使用这一词语的时候,似乎也都指声韵。如沈约《答甄琛书》:"作五言诗者,善用四声,则讽咏而流靡。"(《文镜秘府论》天卷《四声论》引)又释慧皎《高僧传·经师传论》说:"咏歌之作,欲使言味流靡,辞韵相属。"这里的"流靡"即指辞韵相和。这些材料说明当初陆机在提出"缘情绮靡"的时候,即包含了声律的内容。当然,陆机的声律与沈约的四声,还是有着本质的不同的。无论如何,沈约的四声理论,为诗歌创作做了具体的规定,促进了诗歌的近体化。

  永明的诗歌理论和创作是当时文坛上的一个大事件,在朝野都造成了广泛的影响。这一者是因为组织者是当时最有影响力的竟陵王萧子良,二者是因为永明年间的一流诗人都参加了这一文学集团。《梁书·武帝纪》记:"竟陵王子良开西邸,招文学,高祖与沈约、谢朓、王融、萧琛、任昉、陆倕等并游焉,号曰'八友'。"我们注意到,这八个人,除了谢朓、王融在齐末被杀外,其余六人都入梁朝,成为萧衍的要臣,并且对新朝代的文学活动做出了重要的贡献。竟陵八友以外,史书所记参与声律理论讨论的其他作家,还有周颙、刘绘、陆厥等人,也都是当时的大诗人。永明体正是经过这么一批作家的自觉努力,最终取得了成功。

  在永明诗人以外,还有一位张融,《南齐书》本传说他"文辞诡激,独与众异"。他也是一位有意识追求新变的作家,他认为文无常体,但以有体为常(《门律自序》),在《戒子书》中自称:"吾文体英绝,变而屡奇。"这些都能看出他颇以新变自负。张融的新变,既有文体上的,也有音律上的。《南史·刘绘传》记:"永明末,都下盛为文章谈义,皆凑竟陵西邸,绘为后进领袖。时张融以言辞辩捷,周颙弥为清绮,而绘音采赡丽,雅有风则。"这个材料说明张融也参加过永明声律理论的讨论,所谓"言辞辩捷",主要指口谈中注意音韵与修辞的效果。南朝声律说的讨论与魏晋以来玄学清谈中的口谈、诵读有很大关系,《颜氏家训·文章》引沈约说:"文章当从三事:易见事,一也;易识字,二也;易诵读,三也。"这里的"易诵读",主要着眼于作文要明白晓畅,不用难字拗句,不用僻典,但这个提法实得益于魏晋以来诵读中对声律美感的体会,而由永明声律理论的提倡者沈约说出来,更能说明问题。张融的"言辞辩捷"却是得自家传,张氏重视音辞之美起自张融的伯父张敷。《南史·张邵附张敷传》说敷"善持音仪,尽详缓之致,与人别,执手曰:'念相闻。'余响久之不绝。张氏后进皆慕之,其源起自敷也。"现在读这"念相闻"三个字,似乎也听不出什么余响,但在当时却能引起那么大的轰动。这固然是时代久远、音韵殊隔所致,也还是与诵读"音仪详缓"的把握有关,否则,同样是南朝人,为什么别人就读不出这味道,而且还要作为家声流传后人?张融的父亲张畅,也是一位诵读大师,少时与张敷齐名,同传记他与北魏李孝伯对言:"孝伯辞辩亦北土之美,畅随宜应答,吐嘱如流,音韵详雅,风仪华润。孝伯与左右人并相视叹息。"张融生活在这样的家庭里,自然是继承了家风,所以他说自己"不隤家声"。朱季海《南齐书校议》于"(周)颙音辞辩丽,出言不穷,宫商朱紫,发口成句"下议说:"观此知当时音韵之字,不独用诸文章。又当时有文句之学,所谓'宫商朱紫,发口成句',亦其一耑乎?"又引《武十七王传》史臣曰"帝王子弟……韶年稚齿,养器深宫,习趋拜之议,受文句之学"作证。朱氏是以文句之学指"宫商朱紫,发口成句",如果是这样的话,可知南朝已将应对嘱辞作为一门学问来学习了,这当然对声律说讨论起到了促进作用。

　　以上的事实说明齐永明年间的文学新变是一种极普遍也极深入的思潮,它的影响不仅表现在参与新变的作家身上,风气所及,士庶无遗,钟嵘《诗品序》说:"今之士俗,斯风炽矣。才能胜衣,甫就小学,必甘心而驰骛焉。于是庸音杂体,人各为容。至使膏腴子弟,耻文不逮,终朝点缀,分夜呻吟,独观谓为警策,众睹终沦平钝。"于此可见当时在新变思潮影响下的风气。

二

　　与永明年间的新变同调,梁大同年间以萧纲为代表的新一朝代诗人,再次掀起了新变的思潮。这一次新变自以萧子显《南齐书·文学传论》说得最为明白,所谓"若无新变,不能代雄"。那么他们代雄的新变内容是什么呢? 这就是以萧纲为主的宫体诗写作。《隋书·经籍志》说:"简文之在东宫,亦好篇什。清辞巧制,止乎衽席之间;雕琢曼藻,思极闺房之内。后生好事,遂相放习,朝野纷纷,号为宫体。"从《隋志》的批评看,宫体诗的主要内容是"衽席"和"闺房",而这内容又是以"清辞巧制"和"雕琢曼藻"来表现,其诗风也就是《梁书》所称的"轻艳"了。集中反映宫体诗面貌的是萧纲让徐陵所编的《玉台新咏》一书,从此书所收作品看,也并不完全如《隋志》所批评的那样。当然,唐人有一种说法,说是萧纲晚年悔其少作,故命徐陵编《玉台新咏》以张大其体(见刘肃《大唐新语》),因此《玉台新咏》并不能如实反映宫体诗的面貌。虽然如此,就梁代流传下来的一些宫体诗看,也还是有一些风格比较清疏的作品的。比如萧纲的《夜望单飞雁》:"天霜河白夜星稀,一雁声嘶何处归? 早知半路应相失,不如从来本独飞。"这是一首七言小诗,写寡妇(或鳏夫)在清冷的秋夜中凄凉的情感,哀怨动人。作者以单飞的大雁寓写中途失去伴侣的人生悲痛,构思精巧,情思依然,这在七言小诗诞生之初,更是难能可贵。对宫体诗的评价,不是本文所要涉及的,但无论如何,这是萧纲在做太子之后,在京城有计划、有纲领地掀起的一次文学新变。公元531年,太子萧统病逝,萧纲被征入朝,立为太子。这种恩遇对萧纲来说,应该是有些意外。因为按照常礼,萧统死后,该由长子萧欢继嗣,事实上萧统四月去世,萧衍的确沉思了很长时间,最后还是立了萧纲,这对萧纲既是难得的机遇,所以也就未免春风得意,而雄抱满怀了。因此他进京城后不久,就在《与湘东王书》中痛陈他对京师文风的不满。他说:"比见京师文体,懦钝非常,竞学浮疏,争为阐缓。"这里所说的"京师文体"何指呢?萧纲没有明说,但同一集团中的萧子显在《南齐书·文学传论》中曾经指出当时的文章有三派,即谢灵运、鲍照以及应璩、傅咸三家,谢、鲍都是宋元嘉年间诗人,在南朝诗坛影响甚巨,从现存的史料记载看,谢、鲍体当时颇为后进所学习,而齐梁一些批评家则往往对这种现象进行批评。如《南史》卷三十三载武陵昭王萧晔学谢灵运体,受到高帝萧道成的批评,说是"康乐放荡,作体不辨有首尾",劝萧晔学习潘岳和陆机。但说应璩和傅咸也是当时有影响的一派,未免令人疑惑,因为还没有什么资料表明这二家在南朝造成了多大的影响。因此有的人根据萧子显批评的内容,认为他所批评的应该是指颜延之。但问题是萧子显如果要批评颜延之的话,有什么必要去指应璩和傅玄呢?他没有理由避开颜延之嘛!在这一点上,萧子显似乎有意在躲闪着什么。其实认为萧子显意在批评颜延之,还不如说他意在任昉、王融。钟嵘《诗品序》说:"颜延、谢庄,尤为繁密,于时化之。故大明、泰始中,文章殆同书抄。近任昉、王元长等,词不贵奇,竞须新事。"这是指在永明末所出现的以任昉、王融为代表的使事用典之风。这时当是齐末梁初,萧子显如欲批评,自然应指任、王。至于为什么萧子显笔下留情,可能与任昉已是本朝作家,而萧纲集团的批评还有所讳避有关。我们再看萧纲的批评。萧纲说:"吾既拙于为文,不敢轻有掎摭。但以当世之作,历方古之才人,远则扬、马、曹、王,近则潘、陆、颜、谢,而观其遣辞用心,了不相似。"在这里,萧纲指出当时的写作都以汉、魏、晋作家为模拟对象,那么他所说的"今之文体"是否指当时出现了模拟汉、魏、晋作家的派别呢?综观萧纲的意思,主要是为他"吟咏情性"的文学思想张目,即要重视自己的感受,不要妄拟古人,这也还是从"文变代雄"的立场出发,而并非是他"今之文体"所说的具体内容。萧纲又说:"又时有效谢康乐、裴鸿胪文者,亦颇有惑焉。"这应该是"今之文体"的内容之一,也大致与萧子显所言三派相符。谢灵运体已如上述,所谓"裴鸿胪体",即指裴子野体。裴子野文学思想比较保守,他持教化说,反对新变,对宋以后文学基本持否定态度。据《梁书》本传记载,裴子野普通七年(526)受诏作《敕魏文》,深受高祖赏识,"自是凡诸符檄,皆令草创。子野为文典而速,不尚丽靡之词,其制作多法古,与今文体异。当时或有诋诃者,及其末则翕然重之"。据此,裴子野的"古体"一派似曾流行于普通七年以后。因此,萧纲将其视为可批评的"今之文体"之一是有理由的。但在萧纲的评论里,仅有谢、裴二家,并不合乎梁天监、普通乃至大同年间的文学实际。事实上,若论文学影响,自然属永明文学影响最大,萧纲的批评本应针对永明体的。但其实不是,萧纲对永明体一直很欣赏,他在《与湘东王书》的最后说:"至如近世谢朓、沈约之诗,任昉、陆倕之笔,斯实文章之冠冕,述作之楷模。"这四个人都是永明文学的代表作家,而萧纲却在同一封信中称其为"文章之冠冕,述作之楷模",可知永明体也不是他批评的对象。这样一来,萧纲所指就很明确了,即指乃兄,也就是刚去世的太子萧统。从梁天监至普通年间(502~527),京师文学确以萧统为中心,形成了一个不同于永明文学的面貌。正是基于这个原因,萧纲甫至京城,立刻就要组织新的文学集团,提倡新的文学思想,变新新的诗歌,这一封信就是在这样的背景下,带着这样的目的写给湘东王萧绎的。

那么萧纲新变的思想主要有哪些内容呢? 首先他明确表示反对文学宗经。他说:"未闻吟咏情,反拟《内则》之篇;操笔写志,更摹《酒诰》之作;迟迟春日,翻学《归藏》;湛湛江水,遂同《大传》。"(《与湘东王书》)不惟不须宗经,即前代优秀作家作品,也不可学而不能变化。他说:"但以当世之作,历方古之才人,远则扬、马、曹、王,近则潘、陆、颜、谢,而观其遣辞用心,了不相似。若以今文为是,则古文为非;若昔贤可称,则今体宜弃。"(《与湘东王书》)在最后的选择句中,作者对今体的肯定是很明显的。为什么呢? 因为当世作家学习前人,未能把握前人"遣辞用心",就是说徒有其貌,而未能变化,正如张融所说,便会"因循寄人篱下"。萧纲以为"吟咏情性"乃是诗歌的主旨,这就须写眼前的生活,即如"迟迟春日"、"湛湛江水",而不须翻拟经诰,这样才能创新。在《答张缵谢示集书》中,萧纲具体描绘了诗歌应表现的内容:"至如春庭落景,转蕙承风;秋雨且晴,檐梧初下;浮云生野,明月入楼。时命亲宾,乍动严驾。车渠屡酌,鹦鹉骤倾。伊昔三边,久留四战,胡雾连天,征旗拂日。时闻坞笛,遥听塞笳。或乡思凄然,或雄心愤薄,是以沉吟短翰,补缀庸音。寓目写心,因事而作。"这些"寓目写心,因事而作"的内容,便是"吟咏情性"的诗歌所要表现的。观其所写,涉及自然与社会生活,但目的不在反映现实,而是"寓目写心",表现感物而动的情性。从萧纲的创作实践看,他选择了宫体题材作为自己"寓目写心"说的表现内容,至如"时闻坞笛,遥听塞笳"的边塞题材,所占比重并不多。南朝文人基本生活于"杂花生树,群莺乱飞"(丘迟《与陈伯之书》语)的江南水乡,但对边塞立功的向往确也为一些诗人所描绘,如鲍照、吴均等人的作品,又不仅仅是向往,有许多内容还是他们的亲身体验。因为南北朝对峙,他们都曾亲临前线,所以称这些作品为南朝的边塞诗也还是符合事实的。尽管南北朝对峙地带没有什么"坞笛"、"塞笳",这些词语明显从汉人著述中抄来,但诗歌重在想象,边塞风物名词的加入,自然增添了粗犷、雄豪的气象。唐朝诗人虽然亲眼见证了大漠边塞的风光,他们的边塞诗写作,却多少借鉴了南朝诗人的写法。萧纲此文对于边塞生活的描绘,其实并非虚言,他虽也称得上"生于深宫之中,长于妇人之手",但内心深处还是对刻石立功极为向往的。《全梁文》卷十一录他《答湘东王庆州牧书》一篇,说:"虽心慕子文,申威涿郡,意存士雅,慷慨临江,而不能遂封狼居之山,永空幕南之地,逐北聊城,追奔瀚海,必欲卷绶避贤,辞病收迹。"因为有这样的"雄心",所以才列入"寓目写心"的内容。

萧纲很重视"寓目写心",在《劝医论》(《全梁文》卷十一)中又加以强调,他认为作诗"则多须见意,或古或今,或雅或俗,皆须寓目,详其去取,然后丽辞方吐,逸韵乃生"。"寓目写心"说的提出,反映了新变派对新鲜的现世生活感受的重视。由此,我们便可了解沈约"古情拙目,每伫新奇"、郑铿"新歌自作曲,旧瑟不须调"(《和阴梁州杂怨》),以及刘缓"不信巫山女,不信洛川神,何关别有物,还是倾城人"(《敬酬刘长史咏名士悦倾城》)的思想渊源了:他们的审美本是建筑在"寓目"和现实享受的基础之上的。在这一文学思想背景下,以萧纲为中心的宫体诗写作便完全贯彻了这一新变思想。这一集团中的徐陵又为此编辑了一部《玉台新咏》,在此书《序》中,徐陵屡屡使用"新曲"、"新声"、"新诗"、"新制"等词语,正如这部诗集名称一样,表现了对"新"的肯定和追求。

所有这些内容,都是建立在萧纲"吟咏情性"的基础之上的。他批评谢灵运也是因为谢客的"酷不入情",在《答新渝侯和诗书》中他夸赞萧暎的诗是"性情卓绝,新致英奇"。所谓"性情卓绝",据萧纲的介绍是"双鬓向光,风流已绝;九梁插花,步摇为古。高楼怀怨,结眉表色;长门下泣,破粉成痕。复有影里细腰,令与真类;镜中好面,还将画等"。这正是宫体诗的特征,可见萧纲的"吟咏情性",即指此类。

与萧纲相呼应,萧绎在《金楼子·立言》篇中提出了他对"文"的看法:"至如文者,惟须绮縠纷披,宫徵靡曼,唇吻遒会,情灵摇荡。"以"摇荡"标情性,就与前人的抒情、缘情有了区别。抒情也好,缘情也好,都在于表达,而"情灵摇荡"却是品味,所以宫体诗人提出"吟咏情性"(萧纲《与湘东王书》)。抒情、缘情的手段并非纯审美的,"吟咏情性"却是纯粹的审美经验。因此"吟咏情性"便要求题材的非政治性、情感的通俗性。萧绎《闲愁赋》对此作了明确的描述,他说:"情无所治,志无所求,不怀伤而忽恨,无惊猜而自愁。玩飞花之入户,看斜晖之广寮。虽复玉觞浮椀,赵瑟含娇,未足以祛斯耿耿,息此长谣。"所谓"情无所治,志无所求",表明了对传统情志内容的否定。从以下描述看,他追求的完全是个人的闺愁别绪,倒与初期词的情绪一致。由此我们可知宫体诗人"情"的基本内涵了。

三

齐梁时期文学思想与创作,大致如上所述,这也就是一般文学史研究者所注意到的永明文学和宫体文学,但是仅此两个文学现象并不能将这一个时期的文学发展脉络联结起来。在上文的叙述中,我们可以看出,从永明文学到宫体文学,这中间有三四十年时间,即以萧统为中心的文学思想和创作活动的活跃期,这种文学思想也即萧纲甫入京师就进行讨伐的"今之文体"的核心所在。那么由永明文学到以萧统为中心的文学活动,是怎样发生的?萧统的文学集团在怎样的背景中开展活动的呢?应该说梁初文学直接受到永明文学的影响,永明文学的代表作家如沈约、任昉、范云在天监初年仍然有文学活动,一些年轻的作家如刘孝绰、王筠等都是在他们的教导和提携下成长的,并且沈约还担任过太子萧统的老师。但是我们更注意到,这一时期这些作家的思想状态乃至诗风,与永明年间相比都发生了变化,年轻的作家没有完全继承永明诗风,而是在新的朝代里提出了新的文学思想。这一切是如何发生的呢?我们有必要对永明后期文学作一番考察。

我们知道永明文学集团的形成,与竟陵王萧子良有着密切的关系,而萧子良则卷入了齐末的政治纷争,不久以忧卒。齐明帝即位后,立即对这个集团中的人进行清洗,先是沈约于永明末出守东阳(见沈约《与徐勉书》),继而范云出为零陵内史,谢朓出为宣城太守。从此以后,随着政治形势的恶化,永明诗人都程度不等地卷入了斗争的旋涡,其中当以谢朓所陷最深,终于在永元元年(499)被下狱诛死。因此,从永明末以迄齐末,永明诗人恐怕再也不会有如永明年间那样的文学雅集了。谢朓在《酬德赋序》中说,建武二年(495)出守宣城时,沈约曾赠五言诗,他没有回复;建武四年(497)出为南东海太守,沈约又有赠诗,但他仍然未作回复。虽然如他所说或因病,或"迫东偏寇乱",但身处险恶处境中的诗人或是没有心绪,或是为避猜嫌,恐是主要原因。事实上在建武五年(498)就发生了他"启(王)敬则反谋"的事件。关于谢朓告发岳丈王敬则之事,当以曹融南先生的分析最为得理:"谢朓在这事上所表现的懦怯畏葸,勉求避祸,确无庸置辩。但他面对的是一个'性猜忌多虑'、'雄忍'而善'用计数'的'严能'之主,得位之后,正时刻严防异己,南徐州密迩京畿,处在他眉睫之下;为防范王敬则,并先已明授亲信而'素著干略'的宿将张瓌为平东将军、吴郡太守,恰可以拊南徐州之背。所以,谢朓的举动,确是

'实逼处此',有所不得已的。"①谢朓是王敬则女婿,齐明帝却让他居南徐州,于平东将军张瓌的监视之下,正如王敬则所说:"东今有谁?只是欲平我耳!"(《南齐书·王敬则传》)因此张瓌的"平东"既防王敬则,也防谢朓。处在这种形势下的谢朓,一向又畏谗怕祸,既没有心绪,也不敢多与永明集团的朋友来往了。

  谢朓在齐末的遭遇基本上也能反映出永明诗人的处境,随着这种身世境遇变化,他们在这一时期的创作也发生了变化。以谢朓为例,从内容上看,他在西邸雅集时所作多为咏物诗,体裁也多符合"新变体"特征,而荆州以后的作品则较多地带有身世之感,体裁也向长篇鸿幅发展。他的一些具有真情实感受到后人赞赏的代表作品,也主要是指产生在这个时期的这一类作品,如《暂使下都夜发新林至京邑赠西府同僚》、《始出尚书省》、《晚登三山还望京邑》、《观朝雨》、《宣城郡内望》等都是。沈约的情况也差不多,他在齐末所写的新体诗远不如永明年间多。因此从这种情况看,我们说以"新变体"为特征的永明文学,其实能概括永明二年至永明九年(484~491)的创作。从永明九年开始,随着谢朓的西去,永明文学的核心人员"竟陵八友"实际上已经解散;而从永明十一年开始,随着王融被杀,又次年萧子良以忧卒,竟陵文学集团亦告解体。此后,政治斗争日趋复杂激烈,昔日的文友,为了各自的政治利益,亦纷纷背弃故主,寻找新靠山,如谢朓、萧衍就都投靠了明帝萧鸾。就在这种情况下,永明"新变体"诗风悄悄地发生了变化。首先反映在体裁上,即以五言八句为主的新体诗减少;其次诗风转以"清怨"为特征,沈约与谢朓可以代表。钟嵘《诗品》评价沈约说:"观休文众制,五言最优。详其文体,察其余论,固知宪章明远也。所以不闲于经纶,而长于清怨。"其实这个评价只

---

① 曹融南《谢宣城集校注·前言》,上海古籍出版社1991年版,第3页。

符合沈约的后期作品,他在永明年间的诗歌并不清怨。那些以咏物、赠答等应酬性作品构成的新变体,都以歌颂为主,自然没有清怨的情绪。只是到了建武元年(494)他被外放为东阳太守以后,清怨诗风才成为鲜明的特征。以后由于昔日"八友"的关系,他得以接近萧衍,并成为新王朝的功臣,官封梁尚书仆射。但由于他志望台司未能如意,而心有怨言,他在《郊居赋》中说"伊吾人之褊志,无经世之大方",很明显是怨词。因此,从齐末至梁天监中,沈约的诗风都以清怨为特征。沈约如此,谢朓更突出。他虽然投靠萧鸾,但他毕竟是一介文人,不像萧衍具有雄心大志,可以驾驭得住局势;而是畏谗忧祸,进退维谷,内心非常矛盾痛苦。他这一时期的作品主要抒发"由于仕途艰险、政争残酷而萌发的萦心禄位又寄想栖隐的矛盾心情"①,因此虽文思清绮而诗情哀怨。

　　沈约、谢朓都是永明文学的代表作家,对诗歌的声律化都投入了极大的热情,而他们能够突破前人樊篱,获得声誉②,也正由于他们的新变体写作。既然如此,为什么在建武以后不再全力写作新体诗了呢?这一现象正说明了新变体在当时的局限。永明新变体诗主要发生于永明二年至九年(484~491),其内容也以咏物和赠答等应酬作品为主,这就表明新变体在刚开始的时候还只适合表现情感肤浅以应酬为主的内容。这一方面因为永明作家对声律的协调把握还不能自由运用,对表达真感情的内容难以在新变体中使用;另一方面新体诗的讨论产生于承平时代的王府之内,而永明年间的统治者已十

---

① 曹融南《谢宣城集校注·前言》,第9页。
② 《南齐书·谢瀹传》记:"世祖(齐武帝)尝问王俭:'当今谁能为五言诗?'俭对曰:'谢朓得父膏腴,江淹有意。'"这说明齐初沈约尚未有诗名,他的得名晚在永明年间。

分明显地表示出对新体诗歌的喜爱,比如齐武帝萧赜喜爱《西曲歌》,并且仿而作《估客乐》;又如竟陵王萧子良与诸文士造《永平乐》十曲,这样由统治者倡导的新诗风,一开始就确定了写作的对象以应酬内容为主。但当永明末年政治形势发生变化,作家的境遇改变、体会加深时,新体诗还没有来得及积累相应的艺术经验,因此传统古诗形式即成为抒情的主要体裁。

沈约、谢朓诗风的转变并不是孤立的现象,建武年间政治形势的变化,引起了整个诗坛的变化。永明年间以能文与沈约能诗齐名的任昉,这时却想以诗超过沈约。《南史·任昉传》说他:"既以文才见知,时人云'任笔沈诗'。昉闻,甚以为病。晚节转好著诗,欲以倾沈,用事过多,属辞不得流便,自尔都下士子,转为穿凿,于是有才尽之谈矣。"①这说明任昉晚年写诗以使典用事为特色,想以此超过沈约。这个故事很有意思,任昉本不以诗名,他不如沈约也是不争的事实,但他到了晚年,却聊发意兴,想改变这种情况,超越沈约。问题是为什么任昉会有这样的想法呢?我以为这与永明末年诗风的变化有关。永明年间的新体诗写作,任昉未能擅名,但他并未想到要超过沈约,可能与他不如沈约娴于声律有关;至于永明末年,诗风变改,沈约、谢朓等人由新体转向古体,任昉则以事典入诗,因为这是他的强项。使事用典之风据钟嵘说始于颜延之、谢庄,其后的宋大明(457~464)、泰始(465~471)年间,文章殆同书抄。由宋入齐,承其风者有王融、任昉,钟嵘说:"近任昉、王元长等,词不贵奇,竞须新事。尔来作者,浸以成俗,遂乃句无虚语,语无虚字,拘挛补衲,蠹文已甚。"从这

---

① 钟嵘《诗品》亦有类似的说法:"彦升少年为诗不工,故世称沈诗任笔,昉深恨之。晚节爱好既笃,文亦遒变,善铨事理,拓体渊雅,得国士之风,故擢居中品。但昉既博物,动辄用事,所以诗不得奇。少年士子,效其如此,弊矣。"

个批评看,任昉、王融竞用事典,是从永明末年开始的,所以说是"近"。这股用事用典的风气,从齐末开始,一直漫延到梁代,史书所记沈约与萧衍争知栗有几事,以及萧衍召人编《华林遍略》等事都发生在梁代,说明这一时期的君臣都以博物博事自炫。

以上是齐末建武年间诗风变改的基本情况,沈约与谢朓是永明年间代表作家,同样也是建武年间的代表作家,他们的诗风影响并带动了齐末诗坛;与他们略有不同,任昉在永明年间不能说是写诗能手,他在齐末以来却成为领风气的代表诗人,他倡导的使事用典之风,影响了齐末乃至梁初的很长一段时间。这就是齐永明至建武年间文学发展变化的真实状态,构成了梁代前期年轻作家思想状态和文学创作的背景,对我们了解梁天监、普通年间的文学思想和创作,具有十分重要的意义。

第二节　萧统中心的形成

一

梁天监元年(502),萧统两岁,被立为太子,萧衍为立官属,当时一些有名望的人如范云、王暕、褚球等都入东宫任职。其后东宫官属几经选择,如天监六年(507)诏革选家令,天监七年(508)诏革选中庶子(见《文献通考》卷六十),名德之人多入东宫,如沈约任太子少傅即是。南朝时东宫官属为四海瞻望(参见《宋书·王敬弘传》),与西晋已有不同(《晋书·阎缵传》记缵上表陈选择东宫师傅,宜选寒苦之士)。《梁书·庾於陵传》载:"旧事,东宫官属,通为清选,洗马掌文翰,尤其清者。近世用人,皆取甲族有才望。"因此萧统东宫可谓会聚一时名贤。不过在第一阶段,萧统还很年幼,以他为核心的文学集团还没有形成,因此这一时期文学活动仍然以由齐入梁的作家为主,诗风也与建武以来的古体一脉相承。由齐入梁的作家有沈约、范云、任昉、陆倕、萧琛,再加上萧衍、谢朓、王融,这是永明文学集团中的"八友"阵容。除此以外,王僧孺、柳恽也是永明文学集团中人;至于在宋、齐年间擅名的江淹,到了梁代已经是"江郎才尽",不再有什么创作了。以上的人员虽然都出自永明集团,但经过了建武年间的变化,不仅诗风已有改变,而且事实上他们在梁初诗歌创作的热情也不如以前了。如萧琛,他曾说自己早年有三好:音律、书、酒,但年长以来,三好废弃了两好,唯有书籍不衰。这里的"音律"主要是指音乐,恐怕也包含有声律的内容,因为他是竟陵八友之一,早年曾经参加过永明声律的讨论,与谢朓等都有唱和,这说明到这时萧琛已不再写诗了。还有一些作家入梁以后不久就去世了,如范云死于天监二年(503),在新朝代中并没有来得及展现新面貌。不过值得我们注意的是作为代表作家的沈约和任昉创作上的变化。与永明、建武年间相比,沈约在新朝代中的写作并没有付出很多的热情,他主要写一些郊庙歌辞以及应酬的作品,但就是这些应酬作品也与永明年间不同了。永明年间的应酬作品以五言八句、十句短篇为主,这是典型的新变体;而梁初则以七言的民歌体为主了,比如《江南弄》、《四时白纻歌》诸诗都是。这个变化当然与梁武帝喜爱西曲歌有关,只是这样一来,永明体的影响就受到了限制。与沈约不同,梁初似乎是任昉的创作高潮期。从现存作品看,任昉的诗歌绝大部分写于这一个时期,其中以《文选》所录的《出郡传舍哭范仆射》最为有名。此诗为悼念范云而作,诗中说"结欢三十载,生死一交情",可见二人感情的深厚。值得注意的是,这一首诗并不像钟嵘所批评的那样"动辄用事",从形式上看,是典型的古体,用字也不避重复,与永明年间的诗歌大有区别。但就是这样的诗歌却被萧统选入《文选》,说明这一种诗风是被萧统集团认可了的。任昉以笔札名世,因此《文选》选录他的文章多达十七篇,诗歌却仅有两首入选,而这两首诗歌又都写于天监年间,这一者说明任昉晚年诗歌确有成就,二者恐更说明了建武以来诗风的变化,引起了梁天监、普通年间文学思想观念的改变。正是在这个背景里,任昉萌发了在诗歌上超过沈约的念头。若以梁初诗歌论,说任昉赶上甚或超过沈约,也有一定的道理。从这一点说,任昉对萧统文学集团的影响可能要比沈约大。

沈约、任昉除了以变化了的诗风影响诗坛外,还把精力放在培养文学新人上。提携新人是永明作家的优良传统,如沈约、范云、任昉、谢朓等都曾提拔过许多新人。泊入梁以后,除了谢朓早死以外,沈约、范云、任昉更注重对年轻人的奖掖和提拔,如任昉在任御史中丞以后,刘孝绰、殷芸、到溉、刘苞、刘孺、刘显、刘孝仪、陆倕、到洽、张率等车轨日至,号曰"兰台聚";而沈约对王筠激赏的故事,更是有名。像萧统文学集团中的刘孝绰、王筠等就都得到他们的赞扬和提携。以上这些年轻作家基本都是萧统文学集团中人,这一个事实说明了萧统文学集团的形成背景,这个文学集团后来所提出的文学思想和创作上表现的特色,都与这个背景有关。

随着年轻作家的成熟和新文学集团的崛起,沈约、任昉亦渐入老境,任昉先于天监七年(508)死去,至天监十二年(513),沈约也终于带着遗憾离开了人世。沈约的逝世,标志着一个时代的结束和另一个新时代的开始,这就是以萧统为中心的文学集团的开始。

二

天监十四年(515)正月,萧统于太极殿加元服,以萧统为中心的文学集团正式开展了文学活动。关于萧统的文学集团,后人传有

"十学士"之说,宋人邵思《姓解》(1035年刊成,《古逸丛书》本)于"弓"部"张"字、"刂"部"刘"字与"到"字、"阜"部"陆"字、"一"部"王"字下分别说:"张缵、张缅为昭明太子及兰台两处十学士"、"刘孝绰为昭明太子十学士"、"到洽为昭明太子十学士"、"陆倕为梁昭明太子十学士之一"、"王筠为梁昭明太子十学士"。这个记载引起了研究者的注意,今人屈守元先生在此处所记七人的基础之上,又根据《南史·王锡传》记载,增加了王锡、谢举、王规三人,合起来正符十人之数。① 然邵思之说并不可信,他的根据是《南史·王锡传》:"时昭明太子尚幼,武帝敕锡与秘书郎张缵使入宫,不限日数。与太子游狎,情兼师友。又敕陆倕、张率、谢举、王规、王筠、刘孝绰、到洽、张缅为学士,十人尽一时之选。"这一记载显然与《梁书》不一样,当是附会之辞。从十人的行履看,不存在一起出为萧统东宫学士的可能。因为从《梁书·王锡传》及《梁书·张缵传》看,此事应发生在天监十四年(515)。《梁书·王锡传》记:"(锡)十四举清茂,除秘书郎,与范阳张伯绪(缵)齐名,俱为太子舍人。丁父忧,居丧尽礼。服阕,除太子洗马。时昭明尚幼,未与臣僚相接。高祖敕:'太子洗马王锡、秘书郎张缵,亲表英华,朝中髦俊,可以师友事之。'"王锡十四岁时是天监十一年(512),其后丁父忧到服阕要到天监十四年(515)始被任太子洗马。但据《梁书·张缵传》记,缵起家秘书郎,时年十七,这时应是天监十四年。缵在秘书郎任上"数载",才迁太子舍人,因此《梁书·王锡传》说锡天监十一年就与张缵俱为太子舍人的记载有误。实际上是王锡服阕后任太子洗马,与时为秘书郎的张缵同为萧统友。张缵转太子舍人还要在天监十四年(515)"数载"之后,假使是三年的话,也得到天监十七年(518),张缵才迁为太子舍人。不管怎么说,天监

---

① 《文选导读·导言》,巴蜀书社1993年版,第22页。

十四年(515)萧统加元服之后的确设置了学士,《梁书·王筠传》所记萧统执王筠袖抚孝绰肩的故事也发生在这一年。如果说萧统东宫设置了学士,并且开始了文学活动,如《梁书·昭明太子传》所说"引纳才学之士,赏爱无倦,恒自讨论篇籍,或与学士商榷古今;间则继以文章著述,率以为常",这当是事实,但如果一定要标出"十学士"之名,恐是附会。因为这十人之中张率天监十四年并不在京师。《梁书·张率传》记张率天监年间的仕履是:天监四年(505)父忧去职,至七年敕召出,八年晋安王萧纲戍石头,以率为云麾中记室。天监十三年(514),萧纲出镇荆州,复以率为宣惠谘议,领江陵令。自此以后,张率一直随萧纲在外,从天监八年(509)张率为萧纲僚属,前后共十年,待其还都任太子仆时,已经是天监十八年(519)了。此外,刘孝绰天监十三年出为安西安成王萧秀记室,随府在郢州,因此"十学士"之说实际是不存在的。①

"十学士"之名虽无,萧统与诸学士的文学活动却实际存在着。《梁书·殷钧传》记:"东宫置学士,复以钧为之。"又《梁书·明山宾传》:"普通四年(523),迁散骑常侍,领青冀二州大中正。东宫新置学士,又以山宾居之,俄以本官兼国子祭酒。"据此,萧统东宫置学士似始于普通四年。又据《梁书·王规传》记:"敕与陈郡殷钧、琅邪

---

① 关于"十学士"问题,曹道衡以为陆倕《以诗代书别后寄赠诗》或可觅得一些线索。陆诗大约作于天监十四年(据《梁书·简文帝纪》及《梁书·陆倕传》),诗中寄赠者九人,其中"率更"为明山宾(时为太子率更令)、"殷弟"当为殷钧、"伏子"为伏暅或其子伏挺、"吏曹"为刘孺(时为尚书吏部郎)、"议曹"为刘显(时为议曹郎),其余如"比部"、"建德"、"记室"待考。又"刘兄"亦未知何人,年长于陆倕,恐非刘孝绰,因为刘孝绰较陆倕年少。以上九人加上陆倕正为十人,或为当时流传"十学士"之说的依据。此说可为参考。

王锡、范阳张缅同侍东宫,俱为昭明太子所礼。湘东王时为京尹,与朝士宴集,属规为酒令。规从容对曰:'自江左以来,未有兹举。'特进萧琛、金紫傅昭在坐,并谓为知音。"这事发生在王规丁父忧之后,规父骞普通三年(522)卒,南朝服忧为二十七个月,则此事当为普通五年、六年间事。这也与时为金紫光禄大夫的傅昭身份相合(傅昭普通五年为金紫光禄大夫)。但称萧琛为特进,恐是误记,因为萧琛至大通二年(528)才加特进。为什么不可能是大通年间事呢?这是因为湘东王萧绎在普通七年(526)已解丹阳尹,此事只能在普通七年以前。这样萧统东宫置学士,史书有记载者为普通四年以后事。

然而萧统置学士决非如此之晚,《梁书·王筠传》记:"昭明太子爱文学士,常与筠及刘孝绰、陆倕、到洽、殷芸等游宴玄圃,太子独执筠袖抚孝绰肩而言曰:'所谓左把浮丘袖,右拍洪崖肩。'其见重如此。"这里明以王筠、刘孝绰、陆倕等人作为学士看待。此事当发生在萧统加元服,即天监十四年之后。其实南朝时学士无定品亦无定员,与唐以后不同。东宫官属以文义被引用,大概都可称学士。不独太子,诸王亦可置学士,如《梁书·张率传》载:"天监初,临川王已下并置友、学。"又如萧纲在雍州以庾肩吾等十人为高斋学士,后人并由此附会为萧统的十学士。萧统加元服以后,在东宫常与学士讨论篇籍,商榷古今。《梁书·昭明太子传》说:"于时东宫有书几三万卷,名才并集,文学之盛,晋、宋以来,未之有也。"在这样的背景里,萧统东宫学士起到了领导文学创作潮流的作用。从史书的记载看,东宫学士的核心人物当是刘孝绰、王筠。据《梁书·刘孝绰传》记:"孝绰辞藻为后进所宗,世重其文,每作一篇,朝成暮遍,好事者咸讽诵传写,流闻绝域。"又《梁书·王筠传》记筠:"少擅才名,与刘孝绰见重当世。"东宫学士为天下瞩目,尤其是东宫学士的文学活动形成于天监十四年,即昭明太子加元服之后,其时老一代永明体诗人多已谢世,能够领导潮流的自然就是刘孝绰、王筠他们了。

天监十四年(515)刘孝绰、王筠并已三十五岁了,他们成名很早,尤其是刘孝绰,少年时即被称为神童。他的父亲刘绘,曾预竟陵王萧子良西邸之游,也是永明体诗人,《南史》说他"音采赡丽,雅有风则"。刘绘对声律理论应当很精通,而且具有批评意识,《诗品序》说他曾想著《诗品》,批评当时创作的混乱状态,可惜未能完成。刘绘的创作与批评意见应当影响到刘孝绰。除他父亲之外,他的舅舅王融是"竟陵八友"之一,对声律更有造诣。钟嵘《诗品序》记录了王融对于声律的一些意见,并说他想作《知音论》,"未就而卒"。王融对刘孝绰也尽栽培之事,在孝绰很小的时候就同车载他以适亲友,多加提携。而刘绘、王融的诗歌同志沈约、任昉、范云也都对他青睐有加,由此可以看出刘孝绰的文学思想及写作都与永明体有着密切的关系。与刘孝绰相同,王筠也"少擅才名",他出身于琅邪王氏,其从叔即是王融。从史料记载看,永明诗人中以沈约最为欣赏王筠。《梁书·王筠传》记:"尚书令沈约,当世辞宗,每见筠文,咨嗟吟咏,以为不逮也。尝谓筠:'昔蔡伯喈见王仲宣称曰:"王公之孙也,吾家书籍,悉当相与。"仆虽不敏,请附斯言。自谢朓诸贤零落已后,平生意好,殆将都绝,不谓疲暮,复逢于君。'"但谢朓是沈约的知己,其创作才能深为沈约所叹服。自谢朓、王融等人死后,沈约一直感受着寂寞的悲哀,他创作的《怀旧诗》九首就是这种情感的流露。当他于晚年得识王筠之后,竟能产生这样的兴奋,可见王筠的确继承了永明体的诗脉。同传还记王筠读沈约的《郊居赋》,音律正符合沈约的要求,把这位老诗人激动得"抚掌欣抃"。他说:"知音者稀,真赏殆绝,所以相要,政在此数句耳。"这都说明王筠深得永明声律的三昧了。从以上材料看,刘孝绰、王筠这两位萧统集团中的核心人物,都与永明作家具有极深的渊源关系。但是直到天监十四年刘、王二人三十五岁之前,他们在文坛上并没有造成如他们父辈那样的影响,甚至连永明诗人津津乐道的声律理论,也未见有特别的宣传。这恐怕与建武年间以来诗风已经改变,文学思想也产生了变化有关。比如产生在天监年间钟嵘的《诗品》,就对声律理论持批评态度。这当然与钟嵘本人的思想有关,但若结合建武以来诗风变化的情况看,恐也并不一定是钟嵘个人的意见。萧琛所称晚年摒弃声律的话很值得我们注意,这说明随着诗风的改变,人们对声律理论的热情已经衰减。以刘孝绰为例,从他现存的诗歌看,天监十四年以前的作品多以长篇为主。如《上虞乡亭观涛津渚学潘安仁河阳县诗》、《太子泖落日望水诗》、《酬陆长史俥诗》、《答何记室诗》等,都是古体长篇。此外以代表萧统集团文学主张的《文选》为例,据刘跃进在《昭明太子与梁代中期文学复古思潮》一文中分析,《文选》所收"竟陵八友"的诗,四句无一首,八句仅有四首,较多的是十句、二十句的诗;而后来的《玉台新咏》所收,四句诗却有四十八首,八句诗有三十二首。再从律句和押韵方面考察,《玉台新咏》所收诗歌也都比《文选》所选在声律方面更为考究[①],这说明萧统文学集团对永明声律理论是有不同的看法的。

从建武以迄天监前期,萧统文学集团就在这样的文学背景中渐渐成长起来,至天监十四年以后,随着萧统中心的形成,新的文学主张和新的诗风就由这些新一代作家公开提出来了。

第三节 天监、普通年间的文学思想和创作

以萧统为中心的文学集团开始了属于他们这一代文学家的文学

[①] 《文选学论集》,赵福海主编,时代文艺出版社1992年版。

活动，公开宣扬他们文学主张的主要是刘孝绰《昭明太子集序》和萧统的《答湘东王求文集及〈诗苑英华〉书》，虽然以萧统为中心的文学集团正式活动开始于天监十四年(515)，但这两份文件却晚至普通三年(522)以后。这也说明经过了一段时间的创作实践，文学思想才逐渐成熟。刘孝绰《昭明太子集序》当作于普通三年，因为文中有"粤我大梁二十一载"的话。《梁书·刘孝绰传》记："太子文章繁富，群才咸欲撰录，太子独使孝绰集而序之。"这一记载与刘孝绰的《序》是相符的。《序》中表达其文学主张的话是："窃以属文之体，鲜能周备。长卿徒善，既累为迟；少孺虽疾，俳优而已。子渊浮靡，若女工之蠹；子云侈靡，异诗人之则；孔璋辞赋，曹祖劝其修今；伯喈笑赠，挚虞知其颇古；孟坚之颂，尚有似赞之讥；士衡之碑，犹闻类赋之贬。深乎文者，兼而善之：能使典而不野，远而不放，丽而不浮，约而不俭，独擅众美，斯文在斯。"这段话前半部分表达了刘孝绰对辨体的认识，与曹丕《典论·论文》所说"唯通才能备其体"的观点相似，刘孝绰这里是赞扬萧统具有通才，诗、赋、书、铭、七、表等皆能曲尽文情。萧统是否通才暂置不论，刘孝绰这里提出了他的文学主张是"典而不野，远而不放，丽而不浮，约而不俭"。典和野、远和放、丽和浮、约和俭，分别是四对相近的概念，刘孝绰强调前者，反对后者，表达了一种比较折衷的文学观。以"典"和"野"说，"典"指典正，"野"指质朴，《论语·雍也》有"质胜文则野"的说法，说明"野"指质过于文。在六朝人眼里，典正不华丽，便容易流于野。钟嵘《诗品》评左思是"文典以怨……虽野于陆机，而深于潘岳"，可见左思的"野"是由"典"带来的。萧统《答湘东王求文集及〈诗苑英华〉书》中说"文典则累野"，指出了"典"和"野"之间的关系。再以"远"和"放"为例，"远"应该指作文不能太拘谨，"放"则有"放荡"的意思，与萧纲提倡的"文章且须放荡"意思相近。刘孝绰这里提倡要"远"而不"放"，文学主张与萧纲不同。根据刘孝绰的这个文学主张,可见他的理想与永明诗人(如沈约的"古情拙目,每伫新奇")和宫体诗人都有区别,而较趋近于折衷。

和刘孝绰观点相同,萧统在同一年所写《答湘东王求文集及〈诗苑英华〉书》中也表达了同样的主张。他说:"夫文典则累野,丽亦伤浮,能丽而不浮,典而不野,文质彬彬,有君子之致。"这个观点很明显与刘孝绰完全一致。

从以上两份文件可以看出,萧统、刘孝绰旨在崇尚文质彬彬的温厚雍容风格。《颜氏家训·文章》以何逊与刘孝绰作比较,说明了当时的风尚:"何逊诗实为清巧,多形似之言;扬都论者,恨其每病苦辛,饶贫寒气,不及刘孝绰之雍容也。"扬都指建康,即梁时的都城,这个议论反映了当时人不喜欢"清巧"、"形似"的风格,这恐与天监年间安康、祥和的政治有关。刘孝绰帮助萧统编《古今诗苑英华》,仅收何逊两篇,一方面固然是他的忌嫌心理,另一方面也还因为何逊诗风不合当时的审美要求。从颜延之的话看,对何逊诗的批评,并不是刘孝绰一个人的意见,颜延之本人也持批评态度,所以说"实为清巧",表明"清巧"的诗风不好。这个批评很能反映时代文学思想的改变,因为从刘宋以来,"清巧"和"形似"一直是诗坛的主流。永明体在以四声裁诗的同时,描写上也以"清巧"和"形似"为主要特征,事实上何逊的诗风也与永明体一脉相承,因此扬都论者对何逊的批评,实际上已寓含有对永明体的批评。这一文学要求的形成,是与萧统、刘孝绰等人的提倡有关的。

除了上述两份文件外,以萧统为中心的文学集团的文学主张还主要反映在《文选》一书中。《文选》选录从周秦以迄齐梁一百三十多位作家的作品,是现存最早的一部文学总集。由它的去取精当,的确做到了如萧统所说的"集其清英"(《文选序》),因此自隋唐以来就形成了影响深远的"《文选》学"。《文选》一书在后世产生的影响,从另一个侧面说明了萧统文学思想的历史合理性。萧统在《答湘东王求文集及〈诗苑英华〉书》中有这样一段话:"往年因暇,搜采英华,上下数十年间,未易详悉,犹有遗恨。而其书已传,虽未为精核,亦粗足讽览。"这里的"诗苑英华"就是指《古今诗苑英华》,萧统很明显表示对它的不满意。为什么呢?这有两种可能,一种是当时的文学思想还不成熟,编辑也不精当,故留有遗恨;另一种可能则是《古今诗苑英华》一书并非萧统所编,他的文学主张和编辑思想没有得到贯彻,所以他不满意。《古今诗苑英华》从何时开始编辑,没有明确的记载,但它在普通三年(522)以前已经完成是没有问题的,因为有萧统的信可以作证。又萧统在信中说是"往年因暇",我想一两年以前恐不可称"往年",细绎语气,似乎时间已经很长了,其书已在外面流传,因此《古今诗苑英华》应该在普通元年以前,很可能是在天监年间编成。从《梁书》的有关记载看,天监十四年(515)以后,萧统与东宫学士经常讨论篇籍,商榷古今,那么编辑图书应该是这以后的事,这也与萧统信中所说"谭经之暇,断务之余"相符。只是这个时候,萧统还是个十来岁的少年,文学思想的不成熟是必然的,因此《古今诗苑英华》一书可能全由刘孝绰编纂。由于这个原因,当时人才把此书径称为刘孝绰所著。比如《颜氏家训·文章》就说刘孝绰"又撰《诗苑》",这里的"诗苑"即指《古今诗苑英华》,这是一证;二证是唐人刘孝孙《沙门惠净〈诗苑英华〉序》(《全唐文》卷一百五十四),称惠净"自刘廷尉所撰《诗苑》后,纂而续焉",刘孝孙所编为《诗苑英华》,既是对刘孝绰的续,则见刘孝绰的《诗苑》就是《古今诗苑英华》。由这些材料可以见出《古今诗苑英华》的确是刘孝绰所编。如果这是事实的话,萧统对《古今诗苑英华》不满意,与他没有直接参与编纂有关。基于这一事实,普通三年以后编纂《文选》,萧统自然不会全由刘孝绰一人操作了。

　　与《古今诗苑英华》相反,萧统对《文选》表示极为满意,这从《文选序》可以看出。唐人元兢说:"萧统与刘孝绰等撰集《文选》,自谓毕乎天地,悬诸日月。"(《文镜秘府论·南卷·集论》引)元兢这里首先提出《文选》是萧统与刘孝绰共同编纂的,与对《古今诗苑英华》的提法不同(颜延之、刘孝孙径提为刘孝绰所编),这也证明了萧统的确参加了《文选》的编纂。不过元兢说萧统和刘孝绰自称可以"毕乎天地,悬诸日月"并非事实,这本是《文选序》中的话:"若夫姬公之籍,孔父之书,与日月俱悬。"明指周、孔之书,而非指《文选》。然细一想,唐人敢于把此语定为萧统对《文选》的评价,其潜意识中一定大量接受了萧统看重这部书的信息,所以很自然地就把这一句话与《文选》联系起来了。那么萧统对这部书的满意主要指哪些方面呢?这当然与《文选》的最基本性质——作品选本有关。《文选序》说:"自姬汉以来,眇焉悠邈,时更七代,数逾千祀。词人才子,则名溢于缥囊;飞文染翰,则卷盈乎缃帙。自非略其芜秽,集其清英,盖欲兼功,太半难矣。"很明显,《文选》不是一般的选本,而是在周秦以来将近千年的文章中选择出精华文萃,所谓"略其芜秽,集其清英",这应该是萧统的满意所在。与《古今诗苑英华》相比,萧统在编纂《文选》时,重新修改了体例,其中之一是将作家作品的下限定为天监十二年(513),它反映了萧统企图对前人文学进行总结的愿望。① 《文选》对《古今诗苑英华》体例加以修改的第二点,就是由单一的诗选变为赋、诗、文等符合文学内容的各体文选。就此说来,萧统的"遗恨"或许也含有对诗和文分开编集(萧统在天监年间集古今典诰文言编《正序》十卷,又集五言诗之善者为《文章英华》二十卷,《古今诗苑英华》二

---

① 参见傅刚《论〈文选〉的编辑宗旨、体例》,《郑州大学学报》1997年第6期。

十卷)的不满,因为既是文学总结,当然不应限于诗,这样才更全面而具有权威性。要说明的是,萧统对《古今诗苑英华》虽然不满意,似并不否定,他编《文选》仍然让刘孝绰协助,便是明证。但《文选》从编辑宗旨到体例的许多变化,说明了他们文学思想的成熟过程。

  《文选》编辑的基本思想,见于《文选序》,萧统在叙述了文学的由质及文的发展以后说:"盖踵其事而增华,变其本而加厉;物既有之,文亦宜然。随时变改,难可详悉。"这段话表明了萧统所持的进步的文学史观,这是他对文学的基本态度。关于《文选》的选录标准,一般认为是《文选序》所说"若夫赞论之综缉辞采,序述之错比文华,事出于沉思,义归乎翰藻"几句,阮元《书昭明太子〈文选序〉后》说:"昭明所选,名之曰文,盖必文而后选也。经也,子也,史也,皆不可专名之为文也。故昭明《文选序》后三段特明其不选之故。必'沉思'、'翰藻',始名为文,始以入选也。"①朱自清先生据此说:"这样看来,'沉思'、'翰藻'可以说是昭明选录的标准了。"②将"沉思"、"翰藻"理解为《文选》的选录标准,我们以为是偏颇的。因为萧统这两句话本是针对史书中的赞、论、序、述等文体而言,若说它是《文选》选录标准的内容之一,是正确的,但决不就是这标准的全部内容。

  《文选》所体现的文学思想,应该根据它收录作家作品的实际情况来分析,因为《文选序》的简单叙述还不能完全反映出萧统对作家作品的评价。《文选》共收文体三十九类,主要分赋、诗、骚、文四部分。这四部分所表现的体例却不一样,除骚收录《楚辞》以外,赋主要限在刘宋以前(唯一的例外是江淹,但他的两首作品《别》、《恨》二赋均作于刘宋末他被黜为建安吴兴令时),似乎表现出详远略近的特

---

① 《揅经室三集》卷二,《丛书集成初编》本。
② 《〈文选序〉"事出于沉思,义归乎翰藻"说》,《国学季刊》六卷四号。

点,这一点与诗比较接近。诗的部分虽然收录了齐梁作品,但比重不大,也是详远而略近。文的部分相反,比较看重当代作品,表现出远近并重的特点。从收录的作品看,赋的部分收录了先秦作家一人,作品四首;西汉作家四人,作品八首;东汉作家八人,作品十二首;魏作家四人,作品四首;西晋作家七人,作品十五首;东晋作家二人,作品二首;宋作家四人,作品五首;梁作家一人,作品二首。其中以先秦和东晋、梁最少,而以两汉和西晋最多,这个事实说明萧统对古代赋的评价明显高于近代。再看诗的情况,诗共收起汉迄梁一百五十五位诗人,三百三十九首诗歌,其中汉代七人,三十四首;建安七人,五十八首;正始三人,二十五首;西晋二十四人,一百二十六首;东晋四人,十首;宋十一人,一百五十首;齐三人,二十四首;梁六人,五十三首。从这个数字可以看出《文选》收录西晋作家作品最多,其次为刘宋,再其次为建安。又根据作家入选作品的数量以及他们所占类别多少等综合考察,前十名分别为:1.陆机;2.谢灵运;3.曹植;4.颜延之;5.鲍照;6.潘岳、左思;7.谢朓;8.王粲;9.沈约;10.陶渊明。这里前三名的顺序恰与上面三个阶段顺序相符,这不能说是巧合,只能说明晋、宋和建安时代的作家作品是受到萧统他们的高度评价的,代表了萧统文学集团在天监、普通年间的理想。至于代表着永明诗歌理想的作家谢朓和沈约,分别被排在第七位和第九位,这个事实反映了萧统对永明体的态度。与诗和赋不同,《文选》选文的体例比较注重当代。统计结果表明,《文选》共收录三十五种文体,七十六位作者,一百六十一篇文章(陆机《演连珠》五十首按一首计算),其中先秦两位作家两篇作品,西汉十四位作家二十六篇作品,东汉六位作家九篇作品,三国十四位作家三十四篇作品,西晋十五位作家二十六篇作品,东晋五位作家六篇作品,宋七位作家十八篇作品,齐四位作家七篇作品,梁七位作家二十九篇作品。从这个数字看,西汉、东汉、三国、西晋、宋、梁入选作品都不少,这个结果不能用详近或详远来概括。如果再仔细分析的话,这个"注重当代"其实是落实在任昉一个人身上的。我们替《文选》文类作者排了一个座次表,除任昉居首外,另一位作者沈约仅居第四位,见表:

座次	作 家
一	任昉(9,17)
二	班固(5,7)、陆机(6,7)
三	曹植(3,5)、潘岳(2,5)、颜延之(4,5)、范晔(2,5)
四	司马相如(4,4)、陈琳(3,4)、曹丕(2,4)、应璩(1,4)、傅亮(2,4)、沈约(3,4)
五	刘彻(2,3)、扬雄(3,3)、吴质(2,3)、王融(2,3)、刘峻(2,3)
六	邹阳(1,2)、东方朔(2,2)、王褒(2,2)、贾谊(2,2)、蔡邕(1,2)、孔融(2,2)、阮籍(2,2)、嵇康(2,2)、干宝(1,2)、谢朓(2,2)、陆倕(1,2)

(注:括号中的数字,前者表示类数,后者表示作品数量。)

从此表可以看出,居前三位的作者,除任昉外都是汉、晋、宋作者,梁代其余作者均瞠乎其后,不可望任昉之项背。因此《文选》文类注重当代,实际上是仅重任昉一人。梁代作品一共入选二十九首,任昉一人独占十七首。此外,他不仅入选作品多,而且所占的类别广泛,分布在九个类别中,其中有四个类别为他一人独占,即令、启、墓志、行状,这些都反映出编者对任昉在文学史中地位的肯定。任昉入选的比重远远超过了《文选》诗类对沈约诗歌的收录。在诗类中,沈约共入选十三首,占五类,从入选的数量排位,沈约居第八位;从所占类别排位,沈约居第五位,在这两方面沈约都不如在文类中处于第一位的任昉。这样说来,《文选》选文注重当代,主要是为任昉所做的安排。这个现象说明任昉在天监年间对萧统文学集团的影响是非常大的,在许多方面已超过了沈约。

第九章　萧统的文学活动

第一节　萧统与东宫学士

前文已经阐明,"十学士"当为妄说,但萧统与诸学士的文学活动却实际存在着。萧统的东宫学士,自然以刘孝绰、王筠为代表,此外如张率、陆倕、到洽、王锡、张缵、张缅等,都是中坚力量。

刘孝绰,幼聪敏,七岁能属文,称为神童。其父刘绘,是齐末诗人,钟嵘《诗品》置于下品,说他"词美英净"。刘绘曾参与永明体的讨论,《南史·刘绘传》说:"永明末,都下盛为文章谈义,皆凑竟陵西邸,绘为后进领袖。时张融以言辞辩捷,周颙弥为清绮,而绘音采瞻丽,雅有风则。"说明刘绘于音辞声韵颇有心得。据钟嵘《诗品序》说,刘绘有感于当时人人评诗、准的无依的混乱情况,曾想撰写《诗品》,但其文未遂,又见刘绘在理论批评上亦有想法。刘孝绰的舅舅是王融,"竟陵八友"之一,对刘孝绰赏异殊常,常与之同车适亲友,称:"天下文章,若无我,当归阿士(孝绰小字)。"当时的文坛领袖沈约、范云、任昉,在齐都是刘绘的文学同志,也都十分赏识刘孝绰。

萧衍甚至许他为"第一人"。① 天监初年,刘孝绰起家拜著作佐郎,作《归沐诗》以赠任昉,任昉回赠诗说:"彼美洛阳子,投我怀秋作。……讵谓蓁嗟人,徒深老夫托。……子其崇锋颖,春耕励秋获。"这样一些非同一般的奖饰,自然培养了刘孝绰的骄慢之性。史书说他"少有盛名,而仗气负才,多所陵忽,有不合意,极言诋訾"。他不仅对同僚如此,对待朋友也是如此,如他本与到洽友善,但同侍东宫,他自以为才优于到洽,每于宴坐,常嗤鄙到洽之文,于是二人交恶。刘孝绰既得罪这么多人,又不加检点,自然常贻人以口实。普通六年(525)刘孝绰由太子仆迁廷尉卿,携妾入官府,被任御史中丞的到洽参劾,说他"携少妹于华省,弃老母于下宅"。萧衍见奏,为隐其恶,改"妹"为"姝"。按,《南史》校勘记认为,上文既言"携妾入廷尉",则到洽奏之辞当为"携少妹",武帝为隐其恶,当是改"妹"字为"姝"字,因此校勘记认为"妹"、"姝"二字互倒,故于正文中因径改"姝"为"妹"字。《梁书》校记所疑亦同,但正文未加改动。然而"少妹"于"少姝"更为丑恶,武帝既隐其恶,怎么反而会改"姝"为"妹"呢?《南史》径改之例不可取。俞绍初《昭明太子萧统年谱稿》说:"今案到洽弹孝绰罪名为'名教隐秽',此实乃伤风败俗,不可告人者之谓也,史传称其'携妾入官府',似不足与此罪相值。又《南史·刘孝绰传》评云:'孝绰中冓之为尤,可谓人而无仪者矣。'则其为'名教罪人',史家已有定论。此事必别有隐曲,妹姝二字不宜轻改,存疑可也。"②此说较为有理。

刘孝绰品行有缺,但确有文才,所以萧衍、萧统乃至萧纲都常常

---

① 《梁书·刘孝绰传》载孝绰由上虞令还除秘书丞,萧衍谓舍人周舍曰:"第一官当用第一人。"
② 1995年郑州国际"文选学"讨论会论文。稿本。

予以回护。他被到洽参劾免职之后,萧纲、萧绎都曾加以慰问。萧衍更是几次派徐勉前去安抚,一次朝宴,萧衍将其写好的《籍田诗》让徐勉拿给刘孝绰看,使之先有准备,因此在其后的奉诏和诗时,作者数十人,而以刘孝绰最工。

刘孝绰与萧统的关系最为亲密,他协助萧统编辑《古今诗苑英华》、《文选》等诗文总集,又帮助萧统本人编辑文集。萧统对他既重视,也十分信任。《梁书·刘孝绰传》记载昭明太子起乐贤堂,使画工先图刘孝绰像。萧统文章繁富,东宫学士都想为他编集,但萧统独让刘孝绰编集为序。从他《序》中所言看,刘孝绰的文学思想与萧统是一致的,这也可能是萧统特别看重他的原因之一。

毫无疑问,刘孝绰是萧统东宫学士的领袖,他的诗文,现在看来似乎没有什么太大的特色,但在当时却具有很大的影响。《梁书》本传说他每一文成,朝成暮遍,流闻异域;又说他与何逊齐名,时称"何、刘"。前文我们已经说过,刘孝绰是十分自负且倨傲无礼的人,可能是与何逊齐名使他感到恼火,尤其这齐名还是"何"居"刘"前。因此,他不仅指摘何诗不成道理,而且在主持编纂《古今诗苑英华》时,仅收何逊两篇诗歌(见《颜氏家训·文章》)。不过从"何、刘"并称的现象,可以推测出这样的事实:一、并称的时间当发生在二人为同事的时候,即天监十三年(514)以后,二人同为安西安成王萧秀的幕僚之时;二、以刘孝绰与何逊并称,说明二人创作上的某些相近之处。刘孝绰今存诗七十首左右,大部分没有什么特色,与他当初的享名不太相符,明张溥《刘孝绰集题词》亦称:"书启表序,文采较优,诗乃兄弟尔。"但写与何逊同时的几篇作品,包括与何逊的唱和之作,还是颇为可读的。刘孝绰在当时的影响大于何逊,这说明刘孝绰的创作代表着天监、普通年间的诗歌理想。当时人对何逊的评价是"恨其每病苦辛,饶贫寒气,不及刘孝绰之雍容也"(《颜氏家训·文章》)。

这个"贫寒气",既指内容上的叹卑嗟贫,也指诗风上的清巧。与何逊不同,刘孝绰尽管在用字遣词上颇为工整,但如"吾生弃武骑,高视独辞雄"(《答何记室诗》)的豪气,却是何诗所缺乏的。此外,刘孝绰诗宗古体,篇幅宏长,从容用笔,没有局促之感,这就是"扬都论者"所评"雍容"的具体内容。何逊的遭遇是一个很奇怪的现象,他的诗歌受到沈约、范云以及萧绎的称赞和喜爱,却不受"扬都论者"的好评,说明萧统和刘孝绰在天监、普通年间倡导的诗风确与永明体有一定的区别。

东宫学士中,地位仅次于刘孝绰的,大概要算王筠了。王筠与刘孝绰一样,也是年少得名。据说他七岁能属文,十六岁时作《芍药赋》,文辞甚美。若论其家世,王筠是琅邪王氏,比刘孝绰的出身武门,又自不同。《梁书》本传载他《与诸儿书》论家世集说:"史传称安平崔氏及汝南应氏,并累世有文才,所以范蔚宗云崔氏'世擅雕龙',然不过父子两三世耳;非有七叶之中,名德重光,爵位相继,人人有集,如吾门世者也。"显赫的家世,对其子弟来说,既是深厚的背景,也是一种压力。所以高门子弟,或努力奋进,思振家声;或自暴自弃,逃避责任。王筠出自琅邪王氏,他是以承其家声自居的,但王氏自渡江以来,无不在政治上举足轻重,决非王筠所说的以人人有集为骄傲。这与刘宋以后王、谢等高门大族已屡受打击有关,他们不得不在文事上自矜了。所以王筠除尚书殿中郎时,人以为王氏过江以来,未有居郎署者,劝其不就,王筠却说:"陆平原东南之秀,王文度独步江东,吾得比踪昔人,何所多恨。"这是不得已之言了。

然而王筠的确具备文才,据《梁书》本传的记载看,他精通永明声律,所以深受沈约的欣赏。沈约作为一代辞宗,对后进多所奖掖,但对王筠确是发自真心的赏识。本传记沈约撰《郊居赋》,构思多时,尚未完成,将草稿拿给王筠看。当王筠将"雌霓连蜷"的"霓"读为"五激反"时,沈约抚掌欣抃说,我最怕人读为"五鸡反"之音了。在其他的地方,王筠所读也都深符沈约要求,因此沈约连连击节称赏说:"知音者稀,真赏殆绝,所以相要,政在此数句耳。"写的和读的,都是十分的精致了,由此可见王筠的确很精永明声韵。后来王筠将自己写的诗请沈约看,沈约立刻回信说:"览所示诗,实为丽则,声和被纸,光影盈字。"评价是非常的高了。不仅如此,沈约还向萧衍推荐说:"晚来名家,唯见王筠独步。"

王筠在东宫,亦深受萧统恩遇,本传称他与刘孝绰、殷芸、到洽、陆倕同游宴玄圃,萧统独执王筠袖抚刘孝绰肩说:"所谓'左把浮丘袖,右拍洪崖肩'。"说明萧统是把他和刘孝绰视为左右心腹的。王筠出身世族,亦以才名闻于当时,但为人却与刘孝绰不一样,本传说他"性弘厚,不以艺能高人",这与他的曾叔祖王僧绰相类①,亦是王氏入宋以后的家风了。中大通三年(531),昭明太子薨,王筠奉敕为哀策文,文辞甚美,为梁武帝所嗟赏。

王筠著述颇丰,史称他以一官为一集,自洗马、中书、中庶子、吏部、左佐、临海、太府各十卷,尚书三十卷,共一百卷。《隋志》著录有《太子洗马》十一卷、《中书集》十一卷、《临海集》十一卷、《左佐集》十一卷、《尚书集》九卷。此言十一卷者,是加目录一卷所致。《尚书集》原有三十卷,初唐时只有八卷了,另一卷是目录。从这个顺序看,王筠开始编集是在官太子洗马之时,其时当是天监十四年(515)左右,也正是萧统加元服之后。这说明王筠在这一时期的创作已经积累了至少有十卷的数量,从他一官一集的体例看,《太子洗马集》应该全是他官太子洗马时的作品,如果是这样的话,就非常有力地证明了以萧统为中心的文学集团活动,的确开始于这一时期。

尽管王筠生前创作甚丰,但流传后世的作品并不多。他的一官

---

① 《南史·王昙首附王僧绰传》称僧绰"深沉而局度,不以才能高人"。

一集,《隋志》和两《唐志》还著录了六部,至于宋代已经大都逸失了。王筠生前颇享声誉,但从其现存作品看,无论思想内容还是艺术特色,都不见有特别突出的地方。明张溥《王筠集题辞》说:"元礼笔法,似诗优于文。"相比之下,似乎他的诗比文略有特点,但文若《昭明太子哀策文》还是写得很具声情的,这大概是他和萧统之间在长期的君臣关系中建立了深厚的感情所致。哀策文大概是南朝兴起的一种新文体,与古义的哀体有了很大区别。挚虞《文章流别论》说:"哀辞者,诔之流也……率以施于童殇夭折、不以寿终者。建安中,文帝与临淄侯各失稚子,命徐幹、刘桢等为之哀辞。哀辞之体,以哀痛为主,缘以叹息之辞。"这是说哀辞主要用于童殇夭折者,如曹丕、曹植伤幼子,命徐幹等人作哀辞(今徐幹所作哀辞已失传,但《曹子建集》中有哀辞两篇),其后晋人潘岳有《金鹿哀辞》,是哀悼他的幼女的,亦合古义。但潘岳还有一篇《阳城刘氏妹哀辞》,是哀悼他妹妹的。刘氏妹事迹不详,但已出嫁与刘氏,当非幼童,如果是这样的话,潘岳所写哀辞已经突破古义,而施用于成人了。此外,潘岳不用哀辞之名,而用"哀文"悼念他的妻子,见《文选》卷五十八所载潘岳《哀永逝文》。从其文体看,全文采用骚体,与哀辞多用四言有所不同。潘岳的例子说明晋人已不遵古例了,到了南朝,这种泛用文体的现象大概愈加普遍,如《文选》所录刘宋颜延之的《宋文皇帝元皇后哀策文》和齐谢朓所写《齐敬皇后哀策文》便是。不过这两篇哀策文与潘岳的哀辞和哀文又稍有区别,特别是谢朓的那一篇,前半部分是四言,后面的部分却用骚体,看来是结合了哀辞和哀文两种写法。谢朓的文体写法为王筠所继承,而更显铺缛,《昭明太子哀策文》后半部分他连用七个"呜呼哀哉",抒发了生人的伤痛之情。全文正如作者自己所说是"属辞婉约,缘情绮靡"。

王筠的诗比文要好一些,其乐府诗是比较典型的南朝风味,有古体名而无其实。如他的《行路难》,用整齐的七言,又三次换韵,但没有规律,反映了七言乐府的嬗变过程。值得注意的是他的《楚妃吟》,显示了鲍照的影响。此诗按逯钦立标点是:

> 窗中曙,花早飞,林中明,鸟早归。庭前日,暖春闱。香气亦霏霏。香气飘,当轩清,唱调独顾慕,含怨复含娇。蝶飞兰复熏,袅袅轻风入。翠裙春可游,歌声梁上浮。春游方有乐,沉沉下罗幕。(《先秦汉魏晋南北朝诗·梁诗》卷二十四,第 2011 页)

从逯钦立的标点看,此诗三、五杂言句式,风格与鲍照的《代春日行》极为近似,与简文帝萧纲的宫体诗风也相似。萧纲存诗有《楚妃叹》,五言八句,或为王筠于萧纲入主东宫后和萧纲所作。① 王筠既一官一集,作品的分期应是很清楚的,但现存作品是辑佚所得,创作的时间已经多不可考了。但如《侍宴饯临川王北伐应诏》可以确定为天监四年(505)萧宏北伐时所作,这是王筠的早期作品。王筠起家为临川王行参军,而此诗称"饯",则可知王筠并未随军北伐。诗为四言,应诏之作,典雅而已。又如《寓直中庶坊赠萧洗马》,当是王筠任太子中庶子时当值所作,应当出于《中庶子集》,这是普通六年(525)之后的事。诗是与萧洗马的酬和之作,其中描写景物之句如"玉阶泫清露,铜池结秋潦。霜被守宫槐,风惊护门草",较为清警,这是王筠的特色。字词清警工丽,音韵谐靡,应该说是继承了永明体的传统。

---

① 《梁书·萧子显传》记谢嘏出守建安,萧纲于宣猷堂宴饯,并召时才赋诗。其后,萧纲与湘东王萧绎令曰:"王筠本自旧手,后进有萧恺可称,信为才子。"可见王筠在萧纲入主东宫后,还参加过一些公宴活动。王筠存诗有《奉和皇太子忏悔应诏诗》和《和皇太子忏悔诗》两首,即是和萧纲所作。

这种特色在王筠诗中还是比较突出的，尤其是一些很明显具有宫体特点的诗，如《和吴主簿诗六首》、《春游诗》、《望夕霁诗》等，在辞藻着色和音字选择上，都表现出刻意锻炼的痕迹。如《和吴主簿》的《春月二首》写道：

  日照鸳鸯殿，萍生雁鹜池。游尘随影入，弱柳带风垂。青鷁逐黄口，独鹤惨羁雌。同衾远游说，结爱久生离。于今方溘死，宁须萱草枝。

  苍葹心未发，蘼芜叶欲齐。春蚕方曳绪，新燕正衔泥。野雉呼雌雏，庭禽挟子栖。从君客梁后，方昼掩春闺。山川隔道里，芳草徒萋萋。

此诗刻画思妇的相思之情，用有双关意义的新春景物相衬映，细致委婉。这种写法对唐人应该是有影响的。诗中的"游尘随影入，弱柳带风垂"、"春蚕方曳绪，新燕正衔泥"二句，是比较具有巧思的。又如《春游诗》的"杨柳半藏鸦"，也都是前人诗中所见不到的写法。其他如《望夕霁诗》："连山卷乱云，长林息众籁。密树含绿滋，遥峰凝翠蔼，石溜正潺湲，山泉始澄汰。"与谢灵运、谢朓的诗非常相近。不过从这些诗的诗风看，很有可能是写于萧纲入主东宫之后。在他现存的诗歌中，写得比较好的大概要算《早出巡行瞩望山海诗》。此诗写个人的身世之感，引王粲的《七哀》其二和潘岳的《河阳县作》自喻，抒发诗人的怀归之思。这是王筠诗中较有意义的诗作，大概写于他出为临海太守时，其时正是昭明太子去世不久，王筠以萧统东宫旧人身份虽也参加了萧纲的一些活动，但最终仍然被放出京外，据本传载："在郡被讼，不调累年。"囿于史料，不知他为何被讼，但他的不得志是可以想见的，这首诗正是这种心情的写照。如此说来，王筠所存诸诗,大都是他后期所作,至于在萧统集团期间的作品,可能所剩不多,这未免是个缺憾。

陆倕,字佐公,吴郡吴人,江东世族出身。陆倕成名早,机缘亦巧,在永明年间因参加竟陵王萧子良的文学活动,而与沈约、任昉、谢朓、萧衍、萧琛等并称"竟陵八友"。"八友"之称见于《梁书·武帝纪》,但这"八友"是否为固定的文学集团,很值得怀疑。因为八人的年辈并不相等,即如陆倕,永明四年(486)他才十七岁,举为本州秀才,当他与张率前去拜访沈约时,沈约推荐给任昉说:"此二子后进才秀,皆南金也,卿可与定交。"由是任昉与陆倕结为忘年交。这说明陆倕与沈、任他们之间的关系并不平等。根据陆倕的经历,"八友"之聚最早也要到永明四年以后。永明五年萧子良正位司徒,于鸡笼山邸集学士抄五经、百家,"八友"大概即于此时相聚,而得名或亦在其时。《梁书·萧琛传》说:"高祖在西邸,早与琛狎,每朝宴,接以旧恩,呼为宗老。"可见萧衍是承认"八友"的说法的,同时萧衍对待沈约、任昉、萧琛等人和对待陆倕的态度也不一样。比如他呼萧琛为"宗老",又沈约可以与他争隶事多少,都见出他们之间的关系与陆倕不同。陆倕与"八友"中的任昉关系笃好,曾作《感知己赋》赠任昉。任昉亦以同题回赠陆倕,称为忘年之交。这是天监初年的事,可见陆倕在永明年间预身竟陵八友,实在有些不伦。据《南史》陆倕本传记载,天监三年(504)任昉为御史中丞,殷芸、到溉、刘苞、刘孺、刘显、刘孝绰及陆倕皆预其宴,时人号曰"龙门之游"。又《南史·到溉传》载:"梁天监初……(任)昉还为御史中丞,后进皆宗之,时有彭城刘孝绰、刘苞、刘孺、吴郡陆倕、张率、陈郡殷芸、沛国刘显及(到)溉、(到)洽,车轨日至,号曰兰台聚。"兰台即御史台,"兰台聚"之号不是虚传,陆倕自己在《赠任昉诗》中也提起这个名称。其诗说:"和风杂美气,下有真人游。壮矣荀文若,贤哉陈太丘。今则兰台聚,万古信为俦。任君本达识,张子复清修。既有绝尘到,复见黄中刘。"诗中所说"张子"当即张率,"到"则是到溉、到洽兄弟,"刘"或为刘孝绰,或即诸刘,由此已见陆倕与刘孝绰等是同一辈人。陆倕天监初年已进东宫,《梁书》本传记此事于其作《新漏刻铭》之后,《新漏刻铭》据原《序》,知作于天监六年。又据《梁书·到洽传》记:"(天监)七年,迁太子舍人,与庶子陆倕对掌东宫管记。"则见陆倕入东宫当在天监六年或七年的时候。从现有的史料记载看,陆倕工于为文,他在天监六年和七年所作《新漏刻铭》和《石阙铭》是其代表作,萧统录入《文选》。《新漏刻铭》,据李善注引刘璠《梁典》说:"天监六年,(武)帝以旧漏乖舛,乃敕员外郎祖暅治之。漏刻成,太子中舍人陆倕为文。"按,据《梁书》本传,陆倕为太子舍人在作《新漏刻铭》之后,这里称"太子中舍人"不确。从铭文所叙看,梁时所用宫漏是晋成帝咸和七年(332)魏丕所造,多违法席,所谓"积水违方,导流乖则,六日无辨,五行不分",因此梁武帝萧衍命造新漏。这本来是一般的应诏文字,但梁武帝值革命功成、万象更新之际,作新漏亦有新朝新气象的意思,《梁书·陆倕传》说:"是时礼乐制度,多所创革。"作新漏正是礼制创新的一个内容。陆倕体察圣意罕微,故此铭于"皇帝有天下之五载也,乐迁夏谚,礼变商俗,业类补天,功均柱地"处立意,以漏之"人神之制与造化合符,成物之能与坤元等契",歌颂武帝的政功。前人如晋陆机曾作有《漏刻赋》,孙绰作有《漏刻铭》,但陆倕则说:"陆机之赋,虚握灵珠;孙绰之铭,空擅昆玉。"批评他们的作品徒擅辞藻之美,正可以见出陆倕之意并不专以辞藻取胜,而以歌颂为主,所以这篇铭文很受萧衍的赏识。如果本传记载可信的话,正是这篇铭文,使他从临川王东曹掾任上转入东宫迁为太子中舍人。此铭写成后,萧衍改了一个字,即《序》的末句"乃诏小臣,为其铭曰"的"铭"字。李善注引《陆倕集》曰:"铭一字,至尊所改。敕书:'辞曰故当云铭。'"这是说原文作

"辞",但萧衍改为"铭",大概取其与题相符的意思。又据李善注引《陆倕集》,《序》中的"属传漏之音,听鸡人之响"的"鸡人"二字,为沈约所改,于此可见铭文上奏之后,武帝阅后又传与沈约等人看,沈约也有资格改动其中的字词。

《石阙铭》写于第二年,即天监七年(508)。与《新漏刻铭》相比,《石阙铭》更是歌颂文字。石阙较宫漏更具有政治意义,所谓"象阙之制,其来已远"。《周礼》有"县(悬)教象之法于象魏,使万民观教象"之说,言统治者以法令悬挂于阙上,使百姓知晓。后世虽不悬法,却用以纪官爵、功德等。陆倕此文从梁武帝起义兵写起,全面歌颂武帝禅齐的功绩。与《新漏刻铭》相比,《石阙铭》格局更为阔大,笔意纵横,文气贯通。如本文开篇说:"昔者(此从五臣本,李善本作'在')舜格文祖,禹至神宗,周变商俗,汤黜夏政,虽革命殊乎因袭,揖让异于干戈,而晷纬冥合天人,启基克明俊德,大庇生民,其揆一也。"以梁武革命与舜禹汤周的"应天地之运,开人神之谋,明用贤才,庇覆兆庶"(五臣注语)并举,便觉气象不凡,意境开阔。其后写梁武帝发举义兵,东讨齐昏,"帝赫斯怒,秣马训兵,严鼓未通,凶渠泥首。弘舸连轴,巨槛接舻,铁马千群,朱旗万里。折简而禽庐九,传檄以下湘罗。兵不血刃,士无遗镞,而樊邓威怀,巴黔厎定。"以四六句式排偶骈对,依贯而下,大气磅礴。使事用典,浑然无迹。"弘舸连轴,巨槛接舻"两句,虽用《吴都赋》之语,却与萧衍大军沿江东下的事情相符。这篇铭文较《新漏刻铭》笔意更为放恣,辞句也更严练,因此萧衍特有敕赠,说是"辞义典雅,足为佳作"。

与文相比,陆倕的诗未见有特色,倒是他的《以诗代书别后寄赠诗》,提供了一些史料。此诗当是天监十四年(515)五月出为晋安王萧纲长史时,与京城同好分别后所作。陆倕此次出都,昭明太子设宴饯送,《艺文类聚》卷二十九载萧子显《侍宴饯陆倕应令诗》说"储皇饯离送,广命传羽觞"可证。陆倕诗中提到的人还有率更,当为明山宾,时为太子率更令;殷弟当为殷钧;伏子当为伏挺;吏曹指刘孺,时为尚书吏部郎;记室即萧子显,其时任仁威记室参军。刘侯或当是刘显,大同中张缵在湘州刺史任上作《离别赋》,称"太常刘侯,前辈宿达",当即此人。赋中所叙张缵与刘侯的交往,有"昔相知于一定,逾盛衰乎二纪",一纪十二年,二纪之前当为天监十八年(519)左右。刘显长张缵近二十岁,故称前辈。又,何逊《刘博士江丞朱从事同顾不值作诗云尔》诗中有"刘侯务属书"句,此刘侯亦指刘显。刘显大同九年(543)去世,年六十三,是当生于齐建元三年(481),小陆倕十一岁,所以天监初年,陆倕称他为"刘郎"。又其中的"刘兄",亦未知何人,不大可能是刘孝绰,因为刘孝绰比陆倕年岁小。诗中既称"殷弟",则"刘兄"也应是实指。此外,刘孝绰天监十三年已出为安西记室,随府在外,不可能预宴送陆倕。其他如比部、建德,待考。诗中说:"追惟曩昔时,朝府多欢暇。薄暮尘埃静,飞盖遥相迓。李郭或同舟,潘夏时方驾。娱谈终美景,敷文永清夜。"这是回忆他们在京邑所进行的文学活动。陆倕的这个回忆,证明了在天监十四年确以萧统为中心,开展了一些文学活动,而且这个活动并不限于东宫学士,在京城任职的其他文人也可以参加。① 这个材料对研究萧统文学集团的形成和创作的开展,是有价值的。

张率,字士简,祖永,父瓖,都名贵当时。张永晓音律,他的从兄

---

① 陆倕天监十四年从尚书吏部郎任上出居晋安王长史,从本诗看,送的人大都是尚书省同事,或者昭明饯送,预宴者视与陆倕关系而定? 还有一种可能,即萧子显诗所记昭明饯送之事,与陆倕此诗所咏非同一次宴饯。陆倕的诗说:"俛俛从王事,缅舟出淮泗。朋故远追寻,暝宿清江阴。"从语气看,似乎不像是昭明太子的饯宴,而只是朋友们的送别。此事待考。

是张敷,史称"善持音仪,尽详缓之致"。这也成为张氏家风,张氏后进子弟都继承了这种传统。张率应当也精通此道,本传载其年十二能属文,常日限为诗一篇,稍进作赋颂。到了十六岁时,已经有近两千首左右了。他与陆倕年幼相善,曾一同去访沈约,适值任昉在座,沈约对任昉说:"此二子后进才秀,皆南金也,卿可与定交。"因与任昉友善。张率在齐时曾为太子舍人和太子洗马,入梁,为鄱阳王萧恢友,天监二年(503)迁司徒谢朏掾,于省当值时,曾撰《妇人事》一百卷,缮写后供后宫使用。天监四年三月,河南献舞马,与到洽、周兴嗣一同奉诏作赋,萧衍以张率与周兴嗣所作为工。天监八年(509),张率任晋安王萧纲云麾中记室,在萧纲王府前后共十年,至天监十七年(518)始还任太子仆。旋又迁司徒右长史、扬州别驾。普通元年(520),太子家令王筠以母忧去职,张率复迁职太子家令①,与中庶子陆倕、太子仆刘孝绰对掌东宫管记。普通三年(522)陆襄代张率为太子家令,张率迁黄门侍郎。其后又出为新安太守,秩满还都。大通元年(527)卒。

从张率的仕历看,他在萧纲王府的时间最长,所以在他死后,萧统与晋安王萧纲令说:"近张新安又致故。其人才笔弘雅,亦足嗟惜。随弟府朝,东西日久,尤当伤怀也。"这是把张率视作萧纲的属员了。

张率的作品有两篇赋和二十多首诗,赋以《河南献舞马赋》最为著名,《梁书》本传备载,但也不过是以舞马为符瑞的歌颂之作,逊于颜延之的《赭白马赋》。他的诗,主要是乐府,诗风却近于宫体,如他的《长相思》二首和《白纻歌》九首,前为杂言,后为七言,诗风轻靡,选入《玉台新咏》(宋刻《玉台新咏》收《白纻歌》二首)。张率诗歌选入《玉台新咏》的还有《远期》、《对酒》、《相逢行》等,可见他与宫体诗的渊源

---

① 此据俞绍初《昭明太子萧统年谱稿》。稿本。

还是很深的。张率在天监八年(509)入晋安王萧纲府,适徐摛、庾肩吾亦同时入府为萧纲的文学侍从兼启蒙师傅,这一年萧纲七岁,他后来说自己"七岁而有诗癖"(《梁书·简文帝纪》),正是他学诗的时候。事实上,宫体诗风本起于徐、庾二人,《梁书·徐摛传》说:"摛幼而学,及长,遍览经史。属文好为新变,不拘旧体。"可见徐摛在入萧纲府之前已具宫体诗风。比及入府,即以此教授正在学诗的萧纲,待萧纲长成,遂以萧纲为中心开始了后来称之为宫体诗的写作。张率与徐、庾同时入府,又在一起达十年之久,他的诗风就不能不受到影响了。因此,在昭明太子的东宫学士中,张率是比较特殊的一个。

萧统东宫学士中值得一提的,还有张缅、张缵、王锡、王规、到洽等。

张缅字元长,其父弘策,太祖张皇后从父弟。萧衍起义兵,多所策划,天监元年(502)东昏余党作乱遇害。张缅年十八起家秘书郎,出为淮南太守。萧衍先以其年少,恐他不娴吏事,后见其所办郡曹文案断决允惬,极为称赏,可见张缅颇具吏能。大约天监七年(508),张缅还都除为太子洗马。这是他第一次任职东宫,但时间很短,又再迁云麾外兵参军。云麾当指晋安王萧纲。据《梁书·简文帝纪》,萧纲于天监八年为云麾将军,知张缅亦当于八年迁职。他第一次任职于东宫的经历,《南史》略而不载,可见并不很重要。张缅第二次任职于东宫,是在他任武陵太守之后,《南史》本传称"还拜太子洗马、中舍人"。具体时间不详。按,《南史·王锡传》说:"武帝敕锡与秘书郎张缵入宫,不限日数,与太子游狎,情兼师友。又敕陆倕、张率、谢举、王规、王筠、刘孝绰、到洽、张缅为学士,十人尽一时之选。"前文已辨,这一记载并不准确,因为十人不存在一起出为东宫学士的可能。又据《梁书·王规传》记:"敕与陈郡殷钧、琅邪王锡、范阳张缅同侍东宫,俱为昭明太子所礼。湘东王时为京君,与朝士宴集,属规为酒令。规从容对曰：'自江左以来，未有兹举。'特进萧琛、金紫傅昭在座，并谓为知言。"此事如前所论，发生在普通四年（523）之后，则见张缅任职太子洗马、中舍人已在普通年间了。张缅第三次入东宫，已是大通元年（527）了，时为太子中庶子，但不久即迁御史中丞。张缅与昭明太子同一年去世，而先卒于昭明太子。具体时间不详，但张缅去世后，昭明太子亲往临哭，萧统于是年三月疾笃，四月去世，因此张缅之卒必在三月之前。张缅去世后，萧统与其弟张缵书有"自列宫朝，二纪将及，义惟僚属，情实亲友。文筵讲席，朝游夕宴，何不同兹胜赏，共此言寄"之语，张缅自天监六年（507）十八岁入东宫任职，至中大通三年（531）四十二岁去世，多次出入东宫，前后二十多年，故称"二纪"。又从"文筵讲席，朝游夕宴"看，张缅是参加了昭明太子的文学活动的。史称张缅有文集五卷，今仅《弘明集》存其一篇《答释法云书难范缜神不灭论》。

张缵，字伯绪，张缅弟。天监十四年（515）起家秘书郎，深受萧衍赏识。秘书郎一职，宋、齐以来为甲族起家之选，常例居职数十百日便迁任。但张缵固求不徙，欲遍读阁内图书。尝执四部书目说："若读此毕，乃可言优仕矣。"张缵这一读就是三年（据《南史》），天监十七年（518）方迁太子舍人，又转洗马、中舍人，并掌东宫管记。张缵与王锡齐名，《梁书》本传及《王锡传》都谈到此事。又据《王锡传》载："时昭明尚幼，未与臣僚相接，高祖敕：'太子洗马王锡、秘书郎张缵，亲表英华，朝中髦俊，可以师友事之。'"这是天监十四年萧统加元服之前的事，因为萧统加元服之后，"高祖使省万机，内外百司奏事者填塞于前"（《梁书》本传），就不得说是"未与臣僚相接"了。这说明张缵在天监十四年为秘书郎时，已奉敕入东宫为萧统之友。从史书记载看，张缵侍从东宫，仅此时期，后于太清二年（548）为萧统子萧詧所杀。张缵著有《鸿宝》一百卷，《隋志》著录十卷，属子书。文集二十卷，今存赋五篇并表、启、书等七八篇。其中当以大同九年（543）出任湘州刺史,述职经途所作《南征赋》最著名,《梁书》本传备载。赋叙其南楚山川地理风物及历史名胜,亦写其治湘的功绩,文辞详赡,多有可取。赋中有"登石渠之三阁,典校文乎六艺。振长缨于承华,眷储皇之上睿"句,是回忆他起家秘书郎及任职昭明太子东宫事。赋又说:"居衔觞而接席,出方舟以同济。彼华坊与禁苑,常宵盘而昼憩。思德音其在耳,若清尘之未逝。经二纪以及兹,悲明离之永翳。"这是回忆受到昭明太子赏重、衔觞接席、文咏相和的往事。至今虽经二纪,犹如清尘之未逝。字里行间蕴含着对昭明太子的深情。这是很不容易的,因为这时新太子萧纲入主东宫,树立新风气,以萧纲为主的文学集团声势逼人,而张缵也曾预萧纲的东宫盛集。又据《艺文类聚》卷二十九载庾肩吾《侍宴饯湘州刺史张续诗》(按:"续"当为"缵")及同书卷三十一载萧纲《赠张缵诗》,张缵此次出居外职,萧纲专门设宴饯送,但张缵却在这篇征行之赋中深切怀念故太子萧统,确可见出萧统的人格力量。

张缵存诗不多,有《大言应令》、《细言应令》两首,当应昭明太子之令,《艺文类聚》亦录萧统《大言》和《细言》诗。此外,张缵还有一首《侍宴饯东阳太守萧子云诗》,载《艺文类聚》卷二十九,当是大同七年(541)萧纲饯送萧子云出为东阳太守时应令所作。

王锡,其母是梁武帝妹,锡以外戚出身为梁武帝所赏。聪明好学,幼而警悟,年十四举清茂,除秘书郎,再迁太子洗马。时以昭明年幼,未与臣僚相接,高祖敕曰:"太子洗马王锡、秘书郎张缵,亲表英华,朝中髦俊,可以师友事之。"王锡十四岁时是天监十一年(512),其年父死丁忧,至服阕已是天监十四年(515),正是昭明太子加元服之时。据《南史》本传记载,高祖敕王锡与陆倕、张率、谢举等十人为学士,前文已有辨说,这个记载不准确,虽然如此,昭明太子天监十四年已置学士当是无可置疑的,并且也已组织了文学活动。昭明太子天监十四年正月加元服,这一年五月陆倕出任晋安王萧纲长史时,昭明太子宴饯陆倕,据陆倕《以诗代书别后寄赠诗》所记,参加者有明山宾、萧子显、刘显、殷钧、刘孺、伏挺等人。如果陆倕此诗与昭明太子饯宴是同一件事的话,说明昭明太子的文学活动并不限于东宫学士。

王锡存诗甚少,仅《艺文类聚》所载《大言应令》、《细言应令》两首,是和昭明太子之作。文存一篇,即《广弘明集》所载《宿山寺赋》,文辞清丽,体物浏亮。如"引含光之澄月,纳自远之轻烟"、"树陵危而秀色,烟出远而浮空",写薄暮中的山寺,较有情致。

王规,琅邪王氏。其祖王俭,齐太尉;父王骞,梁度支尚书,卒赠金紫光禄大夫。王规起家秘书郎,累迁太子舍人、太子洗马。天监十二年(513),改构太极殿,王规作《新殿赋》,史称"其辞甚工"。拜为秘书丞。历太子中舍人、司徒左西属、从事中郎。普通二年(521)萧纲出为南徐州刺史,高选僚属,引王规为云麾谘议参军。普通三年(522),其父王骞去世,王规丁忧去职。服阕,除中书黄门侍郎。普通六年(527)①,敕与殷芸(《梁书》作殷钧,与《南史》不同)、王锡、张缅同侍东宫,受到昭明太子的礼敬。王规门第既高,持礼亦严,《梁书》本传记湘东王萧绎为京尹(丹阳尹)时,与朝士宴集,让王规为酒令,王规从容对曰:"江左以来,未有兹举。"受到在座的萧琛、傅昭的赞许。又记当时萧衍的宠臣朱异曾在吃酒的时候以"卿"称王规,受到王规的批评,当然这是王氏子弟以门第矜人的表现。王规有文才,本传记普通六年高祖于文德殿饯广州刺史元景隆,诏群臣赋诗,同用五十韵。王规援笔立成,其文甚美,受到萧衍的嘉赏,即日便诏为侍中。按,据《梁书·武帝纪》记载,普通六年三月以魏假平东将军元景隆为

---

① 王骞卒于普通三年十月,南朝遵郑玄礼,服丧二十七个月,因此王规服阕当在普通六年正月。

衡州刺史,魏征虏将军元景仲为广州刺史,与《梁书·王规传》所言不合,当是《梁书·王规传》误。从这个仕历看,王规此次侍东宫,最早也只能是正月,至三月便迁为侍中,他为东宫学士时间只有两三个月。从此以后,王规大概没有回萧统东宫。至中大通二年(530),他又出为萧纲长史,萧纲立为太子后,他还入东宫任太子中庶子,他与萧纲的君臣之情似较萧统为深。大同二年(536)王规去世,萧纲出临哭,并与湘东王书说:"威明昨宵奄复殂化,甚可痛伤。其风韵遒正,神峰标映,千里绝迹,百尺无枝。文辩纵横,才学优赡,跌宕之情弥远,濠梁之气特多,斯实俊民也。一尔过隙,永归长夜,金刀掩芒,长淮绝涸。去岁冬中,已伤刘子,今兹寒孟,复悼王生,俱往之伤,信非虚说。"可见王规与萧纲的关系之深厚。

王规存诗亦仅《艺文类聚》所载《大言应令》和《细言应令》两首。《梁书》本传载有文集二十卷。今一文不存。

到洽,宋骠骑将军到彦之曾孙,将家出身。年少知名,早年受到谢朓的赏识,称他"非直名人,乃亦兼资文武"。任昉先与到洽二兄到沼、到溉友善,后见到洽,叹誉说:"此子日下无双。"因而有名于当时,与其从弟到沆齐名。天监初年,高祖萧衍问丘迟:"到洽何如沆、溉?"丘迟说:"正清过于沆,文章不减溉;加以清言,殆将难及。"高祖即召为太子舍人。曾御光华殿,诏到洽及到沆、萧琛、任昉侍宴,赋二十韵诗,萧衍以到洽为最好,赐绢二十匹。萧衍对任昉说:"诸到可谓才子。"任昉回答说:"臣常窃议,宋得其武,梁得其文。"到洽天监二年(503)迁司徒主簿,五年迁尚书殿中郎,七年迁太子舍人,与时任太子中庶子的陆倕对掌东宫管记,俄为侍读学士。天监九年,迁国子博士,奉敕撰《太学碑》。天监十二年,出为临川内史;十四年,入为太子家令,迁给事黄门侍郎,兼国子博士。天监十六年,迁太子中庶子。普通元年(520),以本官领博士。不久,入为尚书吏部郎。普通五年,复为太子中庶子,领步兵校尉,未拜,仍迁给事黄门侍郎,领尚书左丞。普通六年,迁御史中丞;七年,出为贞威将军、云麾长史、浔阳太守。大通元年(527)卒于郡,时年五十一。从上述仕历看,到洽一生历任要职,说明萧纲对他的信任。诚如谢朓所说,到洽兼资文武,颇具吏能。史书说他任尚书左丞时,"准绳不避贵戚,尚书省贿赂莫敢通"。又载他任御史中丞时,"弹纠无所顾望,号为劲直,当时肃清"。到洽与刘孝绰同是萧统近臣,二人初亦友善,同游东宫,但刘孝绰自以才优于到洽,每每于宴座嗤鄙到洽之文,因此二人结下深怨。应该说,这件事完全怪刘孝绰,史书载刘孝绰"仗气负才,多所陵忽,有不合意,极言诋訾",这说明刘孝绰为人比较尖刻。他嗤鄙到洽,一方面是仗气负才,另一方面则是与到洽争宠的表现。这次结怨的结果,是普通六年到洽参劾刘孝绰事件。据《颜氏家训·风操》说,江南诸宪司弹人,子孙三世不交通。到洽初欲弹刘孝绰,其兄到溉因与刘孝绰相善,曾苦苦相劝到洽而不得,因此去刘孝绰处涕泣告别。的确如此,刘孝绰被弹后,一方面四处申诉,一方面又通过在湘东王萧绎处任职的几个兄弟向萧绎诉其冤屈。《梁书》本传记刘孝绰免官之后,与诸弟书论到洽不平者十事,其辞皆诉到氏。又以别本呈寄萧统,但萧统不开视,并令烧去,盖亦其事太丑之故。萧统彬彬君子,不欲染目。

到洽去世后,萧统写给萧纲的信非常感伤,说:"明北兖、到长史遂相系凋落,伤怛悲惋,不能已已。去岁陆太常殂殁,今兹二贤长谢。陆生资忠履贞,冰清玉洁,文该四始,学遍九流,高情胜气,贞然直上。明公儒学稽古,淳厚笃诚,立身行道,始终如一,傥值夫子,必升孔堂。到子风神开爽,文义可观,当官莅事,介然无私。皆海内之俊乂,东序之秘宝。此之嗟惜,更复何论。但游处周旋,并淹岁序,造膝忠规,岂可胜说,幸免祇悔,实二三子之力也。谈对如昨,音言在耳;零落相仍,皆成异物,每一念至,何时可言! 天下之宝,理当恻怆。近张新安又致故,其人文笔弘雅,亦是嗟惜,随弟府朝,东西日久,尤当伤怀也。比人物零落,特可伤惋,属有今信,乃复及之。"(《梁书·到洽传》)这是一篇声情并茂的好文章,深得建安气骨。信中所提明北兖,即明山宾,梁代大儒,在东宫任职日久,深得昭明太子的敬重。陆太常即陆倕,张新安即张率。陆倕普通七年(526)卒,明山宾、到洽、张率都是大通元年(527)去世,真有曹丕所说的"徐、陈、应、刘,一时俱逝"(《与吴质书》)之叹。书中对到洽的评价也是非常中肯的。

在萧统东宫学士中,刘勰不能不提。虽然刘勰在当时并没有多少声誉,但由于《文心雕龙》一书在后世的影响,研究者乐于推阐萧统和刘勰之间的关系,并进一步论述《文心雕龙》一书对萧统编辑《文选》产生的影响。比如骆鸿凯先生《文选学·纂集第一》说:"昭明选文,或相商榷。而《刘勰传》载其兼东宫通事舍人,深被昭明爱接;《雕龙》论文之言,又若为《文选》印证,笙磬同音。是岂不谋而合,抑尝共讨论,故宗旨如一邪?"这种观点主要有两个依据,一是刘勰曾任萧统东宫通事舍人,深受昭明爱接,其论文主张不能不影响到萧统;二是《文心雕龙》在许多问题上(如文体分类、作家作品评价)与《文选》十分相近。刘勰于《梁书》及《南史》皆有传,据《梁书·文学传》称,刘勰早孤,家贫不婚娶,依沙门僧祐,居处十年,遂博通经论。这说明刘勰精通佛理,而他的老师僧祐是齐梁时著名高僧。南朝佞佛,僧人具有极高地位,这对于刘勰的入仕,应该是有帮助的。刘勰在天监初起家奉朝请,一般以为是沈约的推荐。其后临川王萧宏引为记室,其直接原因当是萧宏在僧祐处出入时结识了刘勰,所以才加以引用①,当然这与僧祐的推荐也不无关系。萧宏引用刘勰的另一个原因,恐怕与刘勰精通佛理有关。据《宋书·张敷传》记,刘义恭曾就太祖求一学义沙门,可见南朝诸王亦搜罗精通佛理者充幕府。大约在天监十三年(514),刘勰入东宫任通事舍人,《梁书》本传说:"昭明太子爱文学,深爱接之。"这是持有肯定刘勰影响过萧统观点的人的主要依据,其实本传这一记载,并不足以证明刘勰《文心雕龙》对萧统产生过影响。昭明太子爱接文士,史书多有记载,如《梁书·刘孝绰传》说"昭明太子好士爱文",《梁书·王筠传》说"昭明太子爱文学士"等,可知萧统爱接文学之士,对东宫所有学士都是如此,并非独对刘勰有所青睐。事实上,与其他学士相比,刘勰并不特别受到赏爱。参考其他传记,如王筠、刘孝绰、张率、殷钧、陆襄、到洽、明山宾、陆倕等,所受恩遇的程度是刘勰所不能比拟的,其中如张率、陆倕、到洽、明山宾等去世后,萧统都表示了深切的慰问。关于刘勰的卒年,一般的看法认为是普通二年(521)左右,这个时候距其离职东宫时间并不长,对他的逝世,却不见萧统有什么表示。即使根据有些人的看法,认为刘勰死于中大通四年(532)②,是时萧统已经去世,自然不能有所表示。但从现有的史料看,也不见刘勰与东宫其他学士之间有任何的交往;而其他人之间,无论是恩是怨,总有些酬和往来,这说明刘勰在东宫期间并不如后人所理解的那样,参加了多少文学活动。假使刘勰《文心雕龙》曾经影响到萧统《文选》的编辑的话,这种影响力绝非"深爱接之"一句就可以交代了事的。因为《文选》一书,是萧统非常看重的。自加元服以后,除了佐理政事以外,他"好士

---

① 参见杨明照《文心雕龙校注拾遗·梁书刘勰传笺注》,上海古籍出版社1982年版,第395页。
② 参见李庆甲《刘勰卒年考》,载《文学评论丛刊》第一辑(1978年12月)。

爱文"的一个主要表现,就是组织学士编撰文集。《梁书》本传说他:"引纳才学之士,赏爱无倦。恒自讨论篇籍,或与学士商榷古今;闲则继以文章著述,率以为常。"据史书记载,萧统所编书有《正序》十卷,《文章英华》二十卷,《古今诗苑英华》十九卷,《文选》三十卷,而以《文选》最为看重。唐人称萧统撰集《文选》,自谓"毕乎天地,悬诸日月"(《文镜秘府论》引元兢语),可见萧统对《文选》的态度。这样一本书的编辑,果如后人所说受到刘勰的影响,决不至于这样轻描淡写的。

认为《文心雕龙》影响了《文选》的第二个根据,是二书"选文定篇"大致相同。这一观点的主要证据是《文选》所录代表作家、作品与《文心雕龙》基本相同,比如《文心雕龙·诠赋》篇论述了"辞赋之英杰"[①]十家,而《文选》选录了八家,由此可见其影响。关于这一点,我们认为并不能构成其受影响的理由。因为这些作家、作品都是文学史上已有定评了的,对赋史进行讨论的时候,不可能不提到这些人;不仅刘勰、萧统要评、要选,别的人也会评选这些作家、作品。由于魏晋南北朝时期的总集大都失传,无可讨论它们选录作家、作品的实际情况,但在一些残存的评论中,仍可觇出当时的评论家对代表作家及作品的认定。比如沈约《宋书·谢灵运传论》叙述由汉至宋的文学发展所列举的作家,就都被刘勰、萧统所评选。日本学者清水凯夫教授甚至据此认为萧统《文选》是依照沈约《宋书·谢灵运传论》作为选录的标准。这种研究思路是很有意思的,清水凯夫教授反对萧统受刘勰影响的观点,却使用同一方法指认萧统受沈约的影响。这个事实说明,六朝人对汉魏以来代表作家、作品评述,不可作为判定

[①] 以下《文心雕龙》引文,皆据詹锳《文心雕龙义证》本,上海古籍出版社1982年版。

某个批评家文学思想的依据。其实不独沈约,早在东汉末年,王逸已经开出了先秦两汉代表作家的名单。《北堂书钞》卷一百《叹赏》引王逸《正部》说:"屈原、宋玉、枚乘、相如、王褒、扬雄、班固、傅毅,灼以扬其藻,斐以敷其艳。"王逸所提到的这些作家,《文选》均作为重要作家予以收录。又如《三国志·蜀志·郤正传》记郤正"性淡于荣利,而尤耽意文章,自司马、王、杨、班、傅、张、蔡之俦遗文篇赋,及当世美书善论,益部有者,则钻凿推求,略皆寓目"。这个文人名单与沈约、萧统、刘勰所录汉代代表作家基本相同。可见对代表作家的认定,并不是哪一个人的专利。设想萧统《文选》编选八代作家作品,必要依据刘勰或者沈约提供的名单,才能定其主次和去取,也未免太低估了编者的水平。

与以代表作家作品的选录作为判定编者文学思想的考察方法恰恰相反,我们完全可以采用根据非代表作家作品以及有争议的作家作品为考察的视角,批评家往往在这些方面产生歧异。仍以赋为例,刘勰于秦汉作家列举了十家,于魏晋列举了八家,刘宋以后,限于体例,不加评论,《文选》共选录五十二篇赋,于秦汉选录十三位作家二十四篇作品,于魏晋选录十三位作家二十一篇作品,刘宋及梁作家五人,作品七篇。这个数字超过了刘勰。一般说来,评论比选录要容易一些,涉及的作家作品可以多一些,而作品选由于篇幅的原因,涉及的作家作品可能要少一些。刘勰恰恰与萧统相反,这说明刘勰的评判标准很严,故肯定的很少。刘宋以后的作家可以不在考察范围之内,就秦汉魏晋的情况看,刘勰所评秦汉十位作家,萧统选录了八家,荀卿赋及枚乘《梁王菟园赋》不选,刘勰所评魏晋八家,萧统选了六家,徐幹、袁宏不选。这样,刘勰所评十八家,萧统选录了十四家,而萧统所选二十六家有十二家不为刘勰所评。尤其值得注意的是,《文选》"情"类所选宋玉《高唐赋》、《神女赋》、《登徒子好色赋》和曹植的

《洛神赋》，刘勰一概不加评论；他在论"辞赋之英杰"十家中提到的宋玉，只是指的《风赋》、《钓赋》二赋，即使这两篇赋，刘勰也是持批评的态度，称之为"宋发巧谈，实始淫丽"。那么对于《神女赋》等赋的态度也就可以知道了。至于曹植，他称引了魏晋八位作家，以为"赋首"，却不提曹植，可见对曹植的态度。

这是赋，再以诗为例。刘勰在对代表作家作品的评价上，与萧统基本是一致的，这当然是时代的主要评语，钟嵘《诗品》所表现的诗歌史观与他们也一致，即是明证。我们这里要考察的是有争议的诗人和作品。首先是关于五言诗的起源，这在当时即有不同意见。刘勰《文心雕龙·明诗》说："按《召南·行露》，始肇半章；孺子《沧浪》，亦有全曲；《暇豫》优歌，远见《春秋》；《邪径》童谣，近在成世；阅时取证，则五言久矣。"刘勰是以为五言诗早在《诗经》中就已经产生了。萧统却不然，《文选序》说："退傅有《在邹》之作，降将著'河梁'之篇，四言五言，区以别矣。""退傅"即指韦孟，他作有《讽谏诗》，是四言，《文选》收录入"劝励"类；"降将"即李陵，传说他作有《与苏武诗》，《文选》录其三首于"杂诗"类。萧统说"四言五言，区以别矣"，很明显是以李陵诗为五言诗的起源。

关于汉人五言诗真伪的认定，是刘勰与萧统的又一个明显不同。刘勰《文心雕龙·明诗》说："至成帝品录，三百余篇，朝章国采，亦云周备，而辞人遗翰，莫见五言，所以李陵、班婕妤见疑于后代也。"班婕妤有《怨歌行》。刘勰的观点应该是表示怀疑的，他先根据史料认为成帝时品录三百余篇，都不见五言，又以"所以"连接后人的怀疑，他自己很明显也是赞成这种态度的。与刘勰不同，萧统是作为真作而选录的。他先是在《文选序》中说"降将著'河梁'之篇"，又在《文选》中选录李陵《与苏武诗》三首及班婕妤《怨歌行》一首。此外，关于"古诗"，刘勰称"古诗佳丽，或称枚叔，其《孤竹》一篇，则傅毅之词"。

齐梁时应该流传有不少古诗,钟嵘《诗品序》说除去陆机所拟十四首之外,尚有四十五首,据刘勰所说,当时有人认为都是枚乘所作,但刘勰说《孤竹》一篇是傅毅的作品。这个看法与萧统不同,萧统取其十九首作为无名氏之作,录入《文选》,其中就有《冉冉孤生竹》一首。按,徐陵《玉台新咏》选录古诗中的九首,题为枚乘作,其中有八首在《文选》所录《古诗十九首》中,是徐陵的观点与刘勰所说"或称"相同。

认为《文心雕龙》影响了《文选》的又一个证据,是说二书在文体分类上大体相同。《文心雕龙》区分文体三十三类,加上《辨骚》所述"骚"体共三十四类,而《文选》是三十七类①,可见《文选》分类受到《文心雕龙》的影响。我们认为这个根据是很薄弱的。如果仅就分类的数目看,两书的确相近,但具体的文体名称、内容却有很大差异。除此以外,在对"文"的看法上,即刘勰与萧统在文学思想上,也都有很多不同。我们不妨以《文心雕龙》论文体部分与《文选》略作对照,以见二书的歧异所在。诗、赋已具论如上,此从《文心雕龙·颂赞》始。

《颂赞》:"至相如属笔,始赞荆轲。及迁史固书,托赞褒贬。"刘勰"赞"体包括史书的赞论,萧统则分为"赞"和"史述赞"二体,以示区分。

《哀吊》:"赋宪之谥,短折曰哀。哀者依也,悲实依心,故曰哀也。以辞遣哀,盖下流之悼,故不在黄发,必施夭昏。"刘勰"哀"体,仍取古义,以为"不在黄发,必施夭昏",此与萧统不同。《文选》所录三篇哀文:潘岳《哀永逝文》、颜延之《宋文皇帝元皇后哀策文》、谢朓《齐敬皇后哀策文》,全非"夭昏"。

---

① 《文选》分类有三十七、三十八和三十九三种说法,我们持三十九类观点,详见傅刚《论〈文选〉难体》(《浙江学刊》1996年第6期)及《〈文选〉三十九类说补证》(《文献》1998年第3期)。

《杂文》，按，刘勰以"对问"、"连珠"、"七"入"杂文"，萧统则逐一区分开来。又，《文选》"对问"类，仅录宋玉《对楚王问》一篇，至如刘勰所说东方朔《答客难》、扬雄《解嘲》，《文选》则入"设论"类。

同篇："详夫汉来杂文，名号多品：或典诰誓问，或览略篇章，或曲操弄引，或吟讽谣咏，总括其名，并归杂文之区。"按，《文选》下列"杂文"类，刘勰所论诸体如"诰"、"誓"、"篇"、"引"，萧统《文选序》中曾论述过，但未说是"杂文"。

《史传》、《诸子》二篇，这是刘勰与萧统文学思想上最大的不同，萧统《文选序》明言不收经、子、史，并且说"虽传之简牍，而事异篇章"、"方之篇翰，亦已不同"，这是不以经、子、史为文的观点。但萧统又说如子、史中的赞、论、叙、述，具有"综缉辞采，错比文华，事出于沉思，义归乎翰藻"的文学性，所以"与夫篇什，杂而集之"。这很符合后人的"大文学观"，是合于中国文学史实际的认识，这一点对后人的批评和编集等，影响都非常深远。

《论说》，按，刘勰包括的文体有"议"、"说"、"传"、"注"、"赞"、"评"、"序"、"引"等八类，但其中的"赞"已见于《颂赞》篇，"引"已见于《杂文》篇，如果二者有不同，刘勰本应该加以说明的，否则便有辨体不清之憾。在以上八体中，萧统是以"赞"、"序"单列一类。此外，刘勰"说"体所举李斯《谏逐客书》和邹阳《上书吴王》、《狱中上书自明》，《文选》都列于"上书"类。

《檄移》，刘勰以司马相如《难蜀父老》入于"移"类，萧统《文选》则单列"难"体以当之。

《封禅》，按，《文选》无"封禅"名，而以"符命"当之，收录文章有司马相如《封禅文》、扬雄《剧秦美新》和班固《典引》三篇，刘勰则并入《封禅》。

《书记》，按，《文选》亦有"书"体，但范围比《文心雕龙》所论要小,主要是朋旧之间使用的文体,而刘勰所论称:"夫书记广大,衣被事体,笔札杂名,古今多品。是以总领黎庶,则有谱、籍、簿、录;医、历、星、筮,则有方、术、占、式;申宪述兵,则有律、令、法、制;朝市征信,则有符、契、券、疏;百官询事,则有关、刺、解、谍;万民达志,则有状、列、辞、谚。"这个定义与萧统的定义有很大差别。又,刘勰同篇说:"迄至后汉,稍有名品,公府奏记,而郡将奏笺。"这是以"奏记"及"笺"都作"记"体,但萧统单列"奏记"和"笺"体,无"记"体。

以上大略比照《文心雕龙》与《文选》二书在文体分类上的一些区别,只较异同,不显优劣,可以看出二书虽然文体总类大致差不多,而其内容却有许多不同。这些证据足以说明萧统编《文选》,其文体分类,并未受刘勰的影响。至于萧统文体分类的依据,我们认为是来源于任昉的《文章始》,详见傅刚博士论文《昭明文选研究》。①

第二节 萧统的作品和《昭明太子集》

萧统的文学活动大概开始于天监十四年(515)加元服以后,刘孝绰《昭明太子集序》说:"地居上嗣,实副元首。皇帝垂拱岩廊,委咸庶绩,时非从守,事或监抚。虽一日二日,摄览万机,犹临书幌而不休,对欹案而忘殆。"从这个叙述看,萧统是在监抚之后开始的活动,或延纳侍讲、讨论经纪,或博逸清咏、并命从游。萧统在《文选序》中也说:"余监抚余闲,居多暇日,历观文囿,泛览辞林,未尝不心游目想,移晷忘倦。"这都是以监抚之年作为开始的。萧统的作品,流传下来的已不完整,且多杂有伪作。据逯钦立先生所辑,诗有二十六首

---

① 中国社会科学出版社2000年版。

(《先秦汉魏晋南北朝诗》)。又据严可均《全梁文》所辑,文有四十多篇。这其中有一些是残篇断句,还有一些是伪作。比如《全梁文》卷十九所载《与东宫官属令》"威明昨宵奄复殂化"篇,是萧纲《与湘东王令》悼念王规所作,文载《梁书·王规传》,严可均大概据明人所辑《昭明太子集》误辑。又比如诗,像《春日宴晋熙王诗》,有"国难悲如毁"句,逯钦立先生说:"诗言'国难'云云,当作于侯景乱梁以后,是时昭明已死,不得有诗。考梁元帝称制江陵,封简文帝子大圆为晋熙王,事见《周书·大圆传》。则此乃元帝之作,是时正值国难,诸王争位,故诗云云。"又如《晚春诗》、《林下作妓诗》、《拟古诗》("窥红对镜敛双眉")等诗,《玉台新咏》都题为萧纲作品,徐陵是萧纲东宫学士,自然他的说法是正确的。

萧统的作品,曾在普通三年(522)由萧统授命让刘孝绰编辑成集。据刘孝绰《昭明太子集序》说是十卷,但《梁书》本传却说他有集二十卷,《隋书·经籍志》及两《唐志》并同本传,这说明在普通三年之后,萧统又有不少作品问世。而这个二十卷,大概是萧纲所编。《艺文类聚》及《初学记》都载有萧纲《上昭明太子集别传等表》,又《萧纲集》载有《昭明太子集序》,都述其编纂《昭明太子集》之事,可见本传及《隋志》所载都是萧纲所编集,刘孝绰的十卷本,似乎未见有流传。萧纲的二十卷本《昭明太子集》,隋唐时还见流传,但到宋时已经失传了。《崇文总目》及《宋史·艺文志》、《直斋书录解题》都仅著录五卷,诚如《四库总目提要》说:"已非其旧。"五卷本据《天禄琳琅书目后编》卷六著录,有宋淳熙八年(1181)池阳郡斋刻本。其书有袁说友跋,称:"池阳郡斋既刻《文选》与《双字》二书,今又得《昭明文集》五卷,而并刻焉。"按《跋》中所称《文选》即尤袤所刻李善注本,《双字》即《文选双字类要》,题名苏易简撰。尤刻《文选》后有《跋》,称得袁说友助费,始得功成。池阳郡治所在贵池,梁时是萧统封邑。

尤袤说郡有《文选》阁,宏丽壮伟,但却无《文选》之书。有感于此,尤袤在袁说友的帮助下,刊刻完成这三部书,"以慰邦人所以尊事昭明之意云"。池阳所刻五卷本,大概流传不广,所以明人如张溥辑《汉魏六朝百三名家集》、张燮刻《七十二家集》,都辑自他书,而未见到本书。今传明嘉靖三十四年(1555)周满刻本,据周满《跋》,说是得于皇甫汸、杨慎、周复俊校,本书题杨慎、周满、周复俊、皇甫汸校。据《天禄琳琅书目后编》,池阳郡斋刻本藏于内府,近人刘世珩据以覆刻,今藏北京图书馆。

《昭明太子集》中的作品,《四库总目提要》有所辩证。《提要》所据为明叶绍泰刻本,六卷,诗赋一卷,杂文五卷。《提要》说:"诗中《拟古》第二首、《林下作伎》一首、《照流看落钗》一首、《美人晨妆》一首、《名士悦倾城》一首,皆梁简文帝诗,见于《玉台新咏》。其书为徐陵奉简文之令而作,不容有误。当由书中称简文帝为皇太子,辗转稗贩,故误作昭明。"按,《提要》所论诸诗,风格不类昭明,且如《名士悦倾城》等,皆当时唱和之作。《玉台新咏》卷七载萧纲诗一首,题为《和湘东王名士悦倾城》,则是兄弟间的酬和之作。又卷八载有刘缓一首《敬酬刘长史咏名士悦倾城》,刘长史据吴兆宜注,或为刘之遴,或为刘之亨,都曾任湘东王长史。据此则是刘缓酬和刘之遴(或之亨)所作,而刘之遴又是酬湘东王之作,总之都是以湘东王萧绎为中心而写作的一组唱和诗,与萧统是没有关系的。《提要》又说:"又《锦带书十二月启》,亦不类齐梁文体,其《姑洗三月启》中,有'啼莺出谷,争传求友之声'句,考唐人《试莺出谷》诗,李绰《尚书故实》讥其事无所出。使昭明先有此启,绰岂不见乎?是亦作伪之明证也。"按,《锦带书十二月启》,其风格确与昭明其他文字不类。萧统的文章,总体上崇尚淳雅,不事华辞,比如他的《答晋安王书》和《与晋安王令》,都是萧统文章中的名作,但都不像《锦带书》那样整饬藻丽。

不过以风格的认定来确定作者，总是十分危险的，由于年代久远，及判断上的主观性等原因，往往与实际相差甚远，因此，在没有十分明确的证据时，我们还是把这作品判给萧统。

萧统在短短的三十一年中，写作了二十卷文集，数量应该是不少的了。当然这中间也可能有一些别人的作品，如一些唱和之作，按照当时的编例，往往也附在本集中，萧统《答湘东王求文集及〈诗苑英华〉书》有"集乃不工，而并作多丽"句，对此，高步瀛解释说："并作，盖谓当时同作者。是知《昭明集》中，原附有他人之作矣。"①但这毕竟是少数。萧统作品，据现存的《昭明太子集》，有赋、诗、乐府、七、令、启、疏、序、议、赞、解、书、传等文体。事实上，萧统原集中的文体远不止这几种，据刘孝绰和萧纲的《昭明太子集序》看，还有表、铭、赞、碑等文体。先看刘孝绰的说法："至于宴游西园，祖道清洛，三百载赋，该极连篇。七言致拟，见诸文学。博逸兴咏，并命从游。书令视草，铭非润色，七穷炜烨之说，表极远大之才，皆喻不备体，词不掩义，因宜适变，曲尽文情。"刘孝绰这里所列文体有赋、七、书、令、铭、表以及七言诗等，再看萧纲所说："至于登高体物，展诗言志，金铣玉徽，霞章雾密。致深黄竹，文冠绿槐。控引解骚，包罗比兴。铭及盘盂，赞通图象。七高愈疾之旨，表有殊健之则。碑穷典正，每由则车马盈衢；议无失体，才成则列藩击缶。"萧纲这里所列文体有诗、铭、赞、七、表、碑、议等。此外，文中所说"控引解骚"，"引"是曲名，与萧统《文选序》所说"篇辞引序"的"引"应该相同。"骚"，恐即指仿骚体所作歌诗。"解"，《昭明太子集》中有《令旨解二谛义并问答》等，可以当之。"控"之于文体，其义未明。当然也许这句话中的"控"和"解"并非指文体，而是两个动词。以刘孝绰、萧纲二《序》，与《昭明太子集》

---

① 见高步瀛著《南北朝文举要》，中华书局1998年版，第245页。

合成观之,萧统所用文体多达二十二种,可惜多已失传,不能全面考察萧统的文学写作了。

第三节　萧统的诗文写作

萧统出生在一个擅长文学的家庭中,从小就受到熏陶,因此亦善于吟诗作文。《梁书》本传说他"每游宴祖道,赋诗至十数韵。或命作剧韵赋之,皆属思便成,无所点易"。萧纲和刘孝绰作《昭明太子集序》,都对萧统的文学才能倍加称颂。不过,萧统在文学方面的贡献主要在于编纂《文选》,不是诗文创作。

从《梁书》本传来看,前人论萧统的文学创作,似更看重他的诗。但以今天的眼光来看,他的诗才似乎并不突出,大部分存诗为参加佛会所作,诗中难免有歌颂梁武帝功德及宣扬佛理的说教。这些诗一般较讲究对仗,语言也较重辞藻,但未免有模拟古人的痕迹。他有些诗确能使用"剧韵",如《讲席将毕赋三十韵诗依次用》一首,使用入声屋韵作长诗,确有较大的难度,诗中使用佛经典故较多,难免艰涩,且有说教成分,很难吸引读者。他比较有特色的诗作当推《咏山涛王戎诗》二首。他在序中说:"颜生(颜延之)《五君咏》不取山涛、王戎,余聊咏之焉。"诗中对山涛和王戎颇有讥讽:

山公弘识量,早厕竹林欢。聿来值英主,身游廊庙端。位隆五教职,才周五品官。为君翻已易,居臣良不难。

浚充如萧散,薄莫至中台。征神归鉴景,晦行属聚财。嵇生袭玄夜,阮籍变青灰。留连追宴绪,垆下独徘徊。

他认为山涛虽曾入竹林七贤之列,后来却出来做司徒,应当职在"敬敷五教"(《尚书·舜典》),却并无多大作为。晋武帝统一中国后,据《晋书·何曾传》载,就不大考虑政治大事,只和群臣谈家常。山涛未予规谏,确也"居臣良不难"。这两句化用《魏鼙舞歌·为君既不易》典,反用其意,更见幽默。王戎号称有识见,却以聚敛钱财自晦行迹,以求保全自身。他眼看嵇康、阮籍那些耿直有志的友人多已死去,当有所感触。这两首诗语气很和缓,但多少流露出对梁代"朝野欢娱"的局面抱有忧虑。这两首诗都写得比较平易,未用华丽的辞藻,与颜延之《五君咏》类似,却不失婉而多讽的特点,不像颜作那样峻切。

他的《拟古诗》第一首:

晨风被庭槐,夜露伤阶草。雾苦瑶池黑,霜凝丹墀皓。疏条索无阴,落叶纷可扫。安得紫芝术,终然获难老。

这首诗除末两句外,全用对仗,而且很注意辞藻,但诗句似不太讲究声律,与永明作家不大一样,倒近于江淹等人之作,这也许是受了梁武帝的影响。因为梁武帝一些诗也注意辞藻和对仗,却不知四声。所以他的诗还有一些古气,这和他编《文选》时较多地采录潘岳、陆机、颜延之、谢灵运之作,而不收何逊、柳恽、吴均等人之作,恐怕有一些关系。但总的来说,他的诗才似不如梁武帝和萧纲,因此很少有为人们传诵之作。

和他的诗歌相较,他一些文似更能流露真情实感,且亦富辞采。如前引他写给何胤的信,就很能看出他的心态。他的文虽多有骈句,而并不刻意用典,显得平易自然,却能表达自己内心的活动。如《与晋安王令》中讲到明山宾等人的逝世时说:

但游处周旋,并淹岁序,造膝忠规,岂可胜说,幸免祇悔,实二三子之力也。谈对如昨,音言在耳;零落相仍,皆成异物,每一念至,何时可言!

这些话显然有效法曹丕《与朝歌令吴质书》的成分,然而"谈对如昨"数句,颇为亲切,骈散兼用,更能表达他对这几个人的思念之情。在齐梁骈文盛行之时,这种清新的文笔,可谓难得。

萧统的《答晋安王书》写到自己的生活情况时说:"吾静然终日,披古为事。泛观六籍,杂玩文史,见孝友忠烈之迹,睹治乱骄奢之事,足以自慰,足以自言,人师益友,森然在目。嘉言诚至,无俟旁求,举而行之,念同乎此。但清风朗月,思我友于,各事藩维,未克棠棣,兴言届此,梦寐增劳。"文中"清风朗月"一语,借用《世说新语》中简文帝司马昱所说"清风朗月,辄思玄度(许询)"的典故,但用得十分自然,令人不觉。他的《答湘东王求文集及〈诗苑英华〉书》是给萧绎的信,信中谈到了他的文学思想,我们在下文要谈,这里不赘。但萧统在信中也谈到了自己作诗文的情况,"吾少好斯文,迄兹无倦。谭经之暇,断务之余,陟龙楼而静拱,掩鹤关而高卧,与其饱食终日,宁游思于文林。或日因阳春,其物韶丽,树花发,莺鸣和,春泉生,暄风至,陶嘉月而嬉游,藉芳草而眺瞩。或朱炎受谢,白藏纪时,玉露夕流,金风多扇,悟秋山之心,登高而远托。或夏条可结,倦于邑而属词;冬云千里,睹纷霏而兴咏。密亲离则手为心使,昆弟宴则墨以情露"等语,写四季景色,睹物兴情、形诸笔墨的情况亦颇真切。这种用寥寥数语,简洁地写出了四时景色的手法,对后来欧阳修《醉翁亭记》用"野芳发而幽香,佳木秀而繁阴,风霜高洁,水落而石出者,山间之四时也"的写法,有明显的影响。

萧统的《陶渊明集序》更是他着意阐释陶渊明思想的文章。此文较之书信,更多骈句,但说理透辟,笔锋常带感情。如"处百龄之内,居一世之中,倏忽比之白驹,寄寓谓之逆旅。宜乎与大块而盈虚,随中和而任放,岂能戚戚劳于忧畏,汲汲役于人间。齐讴赵女之娱,八珍九鼎之食,结驷连骑之荣,侈袂执圭之贵,乐既乐矣,忧亦随之。何倚伏之难量,亦庆吊之相及。智者贤人居之,甚履薄冰;愚夫贪士竞之,若洩尾闾"。这段文字用形象的比喻,说明祸福相倚的道理,这种说理方法,切中肯綮而发人深省,笔调颇似《弘明集》中所载东晋人辩论佛理的著作。而在语言上又多使用陶渊明作品中常用的词汇,更显得亲切有味。他在文中称赞陶渊明说:"其文章不群,词采精拔,跌宕昭彰,独超众类,抑扬爽朗,莫之与京。横素波而傍流,干青云而直上。语时事则指而可想,论怀抱则旷而且真。加以贞志不休,安道苦节,不以躬耕为耻,不为无财为病。自非大贤笃志,与道污隆,孰能如此乎?"这段热情洋溢的赞语,已经不单是把陶渊明作为一个作家来评论,而是作为一个理想的人物来歌颂。因此这段文字本身就具有极强的感染力,是极好的抒情文章。

显然萧统在文学方面最大的贡献还在编纂选本,例如他早年就编有《正序》十卷、《文章英华》二十卷,后来又编了《文选》三十卷。他在《答湘东王求文集及〈诗苑英华〉书》中自称这部《诗苑英华》"上下数十年间,未易详备,犹有遗恨",可见他的要求比较严格,编书力求完善,后来所编《文选》在唐以后对历代诗文都有着极大的影响。

第四节　萧统的文学思想

萧统的文学思想主要反映在他的《文选序》和《答湘东王求文集

及〈诗苑英华〉书》中,此外如《陶渊明集序》等也都表示了对文学的看法。

《文选序》比较集中地表述了萧统的文学观和他对文体的认识。关于《文选序》,近年来有一种说法,即认为此序并非萧统所写,可能出自刘孝绰之手,根据是日本古写无注本《文选》卷一有标记云"太子令刘孝绰作之云云",似乎这篇《序》是萧统让刘孝绰所作。我们认为这一根据不可靠,因为这个写本据森立之说:"考字体墨光,当是五百许年前抄本。"(《经籍访古志》卷六)森立之所说的五百年前,当为日本的正平年代,即中国的元顺帝至正(1341~1368)前后,可见这标记当是后人所标,并没有原始史料根据,很可能就是从萧统让刘孝绰作《昭明太子集序》之事(见《梁书》、《南史》)误解而来,是不可相信的。应该说《文选》一书是萧统非常看重之书,而《文选序》正适以表达他对文学的看法,自不会让人代庖的。此外,《文选序》关于文体的叙述与《文选》的实际选录有一些差异,而《文选》的实际操作者却可能是刘孝绰,假如《文选序》是刘孝绰所作的话,那么书和序是不应该有不一致之处的。因此我们这里仍然将《文选序》视为萧统的作品,并据以分析他的文学思想。

《文选序》说:

式观元始,眇觌玄风。冬穴夏巢之时,茹毛饮血之世,世质民淳,斯文未作。逮乎伏羲氏之王天下也,始画八卦,造书契,以代结绳之政,由是文籍生焉。《易》曰:"观乎天文,以察时变;观乎人文,以化成天下。"文之时义远矣哉!

若夫椎轮为大辂之始,大辂宁有椎轮之质;增冰为积水所成,积水曾微增冰之凛!何哉?盖踵其事而增华,变其本而加厉。物既有之,文亦宜然。随时变改,难可详悉。

尝试论之曰:《诗序》云:"诗有六义焉:一曰风,二曰赋,三曰比,四曰兴,五曰雅,六曰颂。"至于今之作者,异乎古昔,古诗之体,今则全取赋名。荀、宋表之于前,贾、马继之于末,自兹以降,源流实繁。述邑居则有"凭虚"、"亡是"之作,戒畋游则有《长杨》、《羽猎》之制。若其纪一事,咏一物,风云草木之兴,鱼虫禽兽之流,推而广之,不可胜载矣。又楚人屈原,含忠履洁,君匪从流,臣进逆耳,深思远虑,遂放湘南。耿介之意既伤,壹郁之怀靡诉。临渊有怀沙之志,吟泽有憔悴之容。骚人之文,自兹而作。诗者,盖志之所之也,情动于中而形于言。《关雎》、《麟趾》,正始之道著;《桑间》、《濮上》,亡国之音表。故风雅之道,粲然可观。自炎汉中叶,厥途渐异。退傅有《在邹》之作,降将著"河梁"之篇,四言五言,区以别矣。又少则三字,多则九言,各体互兴,分镳并驱。颂者,所在游扬德业,褒赞成功。吉甫有"穆若"之谈,季子有"至矣"之叹。舒布为诗,既言如彼,总成为颂,又亦若此。次则箴兴于补阙,戒出于弼匡。论则析理精微,铭则序事清润。美终则诔发,图象则赞兴。又诏诰教令之流,表奏笺记之列,书誓符檄之品,吊祭悲哀之作,答客指事之制,三言八字之文,篇辞引序,碑碣志状。众制锋起,源流间出。譬陶匏异器,并为入耳之娱;黼黻不同,俱为悦目之玩。作者之致,盖云备矣。

余监抚余闲,居多暇日,历观文囿,泛览辞林,未尝不心游目想,移晷忘倦。自姬汉以来,眇焉攸邈,时更七代,数逾千祀。词人才子,则名溢于缥囊;飞文染翰,则卷盈乎缃帙。自非略其芜秽,集其清英,盖欲兼功,太半难矣。

若夫姬公之籍,孔父之书,与日月俱悬,鬼神争奥。孝敬之准式,人伦之师友,岂可重以芟夷,加之剪截?老、庄之作,管、孟之流,盖以立意为宗,不以能文为本,今之所撰,又以略诸。若贤人之美辞,忠臣之抗直,谋夫之话,辩士之端,冰释泉涌,金相玉振。所谓坐狙丘,议稷下,仲连之却秦军,食其之下齐国,留侯之发八难,曲逆之吐六奇,盖乃事美一时,语流千载,概见坟籍,旁出子史。若斯之流,又亦繁博,虽传之简牍,而事异篇章,今之所集,亦所不取。至于记事之史,系年之书,所以褒贬是非,纪别异同,方之篇翰,亦已不同。若其赞论之综缉辞采,序述之错比文华,事出于沉思,义归乎翰藻,故与夫篇什,杂而集之。远自周室,迄于圣代,都为三十卷,名曰《文选》云尔。

  凡次文之体,各以汇聚。诗赋体既不一,又以类分。类分之中,各以时代相次。

萧统的这篇序文中,涉及文学的许多问题。

首先是对文学的发展持肯定态度。他以椎轮为辂和积水为冰的自然之理,说明事物都是发展的、进步的,从而对文学的随时变改,由质朴而趋华美表示了肯定。这种进化的文学观,以一国之储君身份道出,在当时对文学的发展是起到好的作用的。此外,对文学史的叙述和评价,萧统也表达了许多独到的见解。他说:"至于今之作者,异乎古昔,古诗之体,今则全取赋名。"这是以赋出于古诗的六义,用的是班固的观点,所谓"赋者,古诗之流也"(《两都赋序》),这种看法在六朝时已不新鲜,如刘勰《文心雕龙·诠赋》也说:"然则赋也者,受命于诗人。"但我们注意到,萧统的这一表述,是在论述了文学应"踵其事而增华,变其本而加厉"之后的"尝试"之论,也即是说他把赋这种由诗体出、却与诗体不同的新体裁看作符合自然之理的进化,态度是肯定的。当然对赋的肯定,已不待六朝人表示意见了,但是汉魏乃至六朝人对赋的肯定,主要是指赋本身的艺术特点,而萧统这里,除此之外,还指体裁的新变,其着眼点有与时人不同的地方。

其次,在对诗歌起源的论述上,萧统也具有不凡的见解。他说:"自炎汉中叶,厥途渐异。退傅有《在邹》之作,降将著'河梁'之篇,四言五言,区以别矣。"萧统认为自韦孟作《讽谏诗》,是为四言诗之始,李陵作《与苏武诗》,是五言诗之始。李陵诗,后人已多辨为伪作,苏轼甚至批评萧统收入李陵诗,是浅陋之识。但李陵之诗,南朝人多有相信者,不止萧统一人。对南朝人来说,是相信和不相信的问题,而不是辨与不辨的问题,萧统、钟嵘可以相信,刘勰可以怀疑,这并不表示谁陋识谁不陋识。考辨真伪,还没有成为六朝人的学术课题。其实苏轼将李陵之诗判定是六朝人所作,这个识见也许比萧统还浅陋。因为李陵诗虽非产生于西汉,但决不可能晚于齐梁。刘宋时颜延之《庭诰》就曾提过李陵作品,如果是齐梁人所为,何以会为颜延之所知道?苏轼晚在宋代,尚且于作者时代不能明,又怎么能指责萧统的陋识呢?其实在萧统这里,李陵诗的真伪并不是主要问题,而是他将五言诗的起源定于西汉,这与保守的论者以为诗歌诸体都出于五经的观点相比,显然是非常卓越的见解。

第三,萧统对文学界限的划定,也表明其文学观的进步。他在论述《文选》选录作品的体例时明确指出,经、史、子不收,为什么呢?从他的论述看,对于经书,他只说因为这些书"与日月俱悬,鬼神争奥。孝敬之准式,人伦之师友,岂可重以芟夷,加之剪截?"没有明确说明经书是否合于文学,但对子书和史书,他则非常肯定地说前者"盖以立意为宗,不以能文为本","虽传诸简牍,而事异篇章",说后者"方之篇翰,亦已不同",萧统这里将经、子、史划出文学范围,准确地说是将文学从经、史、子中独立出来,这种对"文"的看法,通过编选作品表达出来,可能比简单地论述更具有意义。

第四,萧统对文的界限的划定,是体现在《文选》选录标准的论述中的,而《文选》选录标准的确定也与他对"文"的理解有关。关于

《文选》的选录标准,前人多以为是《文选序》中所说"综缉辞采,错比文华,事出于沉思,义归乎翰藻"一段文字,如阮元《书昭明太子〈文选序〉后》说:"昭明所选,名之曰文,盖必文而后选也。经也,子也,史也,皆不可专名之为文也。故昭明《文选序》后三段特明其不选之故。必'沉思'、'翰藻',始名为'文',始以入选也。"①朱自清先生据此说:"这样看来,'沉思'、'翰藻'可以说是昭明选录的标准了。"②将"沉思"、"翰藻"理解为《文选》的选录标准,我以为是偏颇的。因为很明显,萧统这一段说法,是针对子、史中的赞、论、叙、述等文体而言。萧统的意思是,他认为经、子、史与"文"不同,所以不录,其中的赞、论、叙、述等文体由于具备"综缉辞采,错比文华,事出于沉思,义归乎翰藻"的文学特点,所以又特加选录。萧统的这个表述,可以理解为这些内容符合他的选录标准,或者说是他选录标准的内容之一,但不可理解为就是其选录标准的全部内容。

第五,萧统在《文选序》中还用大量篇幅阐述了他对文体的认识,从其论述看,他基本上遵从魏晋以来的辨析文体成果,而又有所发展。如颂体,挚虞《文章流别论》说:"颂之所美者,圣王之德也。"这是根据《诗大序》"颂者,美盛德之形容,以其成功告于神明者也"的解释。颂的正体本以颂王德以告神明,但后来则用以颂一般的人,挚虞曾批评班固、扬雄等人的颂为变体。不过随着时代的发展,颂体发生变化是必然的,萧统所说"随时变改"也应包含文体的变迁在内。所以对颂体的定义,萧统仅用"游扬德业,褒赞成功"来概括了。再如戒体,萧统的"戒出于弼匡"遵从李充《翰林论》所说"诫诰施于弼违"(《太平御览·文部九》引);论体的"析理精微"源于陆机的

---

① 《揅经室三集》卷二。
② 《〈文选序〉"事出于沉思,义归乎翰藻"说》,《国学季刊》六卷四号。

《文赋》"论精微而朗畅";诔体的"美终则诔发"源于挚虞的《文章流别论》"嘉美终而诔集"。总的来说,萧统目的不在于给文体下定义,而在于利用前人的辨体成果,根据齐梁时期文体成立的事实,分体收录作品,从而达到辨析文体、指导写作的目的。

萧统在《文选序》中提到的文体有赋、骚、诗、颂、箴、戒、论、铭、诔、赞、诏、诰、教、令、表、奏、笺、记、书、誓、符、檄、吊、祭、悲、哀、答客、指事、篇、辞、引、序、碑、碣、志、状共三十六类,其中有的为《文选》所不收;有的为《文选》所收,又不入此《序》。《文选》不收的有戒、诰、誓、悲、引、碣等,《文选》实有其体而此《序》未加论及的有七、册、文、上书、启、弹事、难、对问等。其中考察到萧统序文用骈体写作的原因,为求简洁,可能书已包括了上书,论包括了史论,赞包括了史述赞,故此处未予统计。又有名异而实同的,如答客,吕延济注说是指东方朔《答客难》,又说指事是指《解嘲》之类。《文选》中这两类均入"对问"体。又篇体,高步瀛《文选李注义疏》引方廷珪《文选集成》谓指曹子建《美女》、《白马》、《名都》等篇。又引体谓指《箜篌引》。方氏为清代人,所解也未必正确,今引其说以为参考。《文选》未收的六种文体,据五臣注,确为当时所流行,如"悲",张铣注说:"盖伤痛之文也。"任昉《文章缘起》列有悲文,以蔡邕《悲温舒文》当之,可证萧统所说不误。

萧统《文选序》所举文体与《文选》实际收录文体不符的现象,应该值得注意,考虑到刘孝绰协助萧统编纂的事实,这种不符可以理解为萧统大概只在确定指导思想、制定体例等方向总体把握了此书的编纂,实际上的操作或由刘孝绰执行。如果这是事实的话,就又否定了《文选序》也由刘孝绰代笔的可能(日本白文古钞本《文选序》上有标注"太子令刘孝绰作之云云")。实际上,萧统已说得很清楚了:"余监抚余闲,居多暇日,历观文囿,泛览辞林,未尝不心游目想,移晷忘倦。"这样的话,只能由身为太子的萧统说出来,如果连一篇序文也要由人代笔的话,那史书及时人的赞美也就不好理解了。

由汉魏至于齐梁,文体的发展确实大备了,以任昉《文章缘起》为例,该书共收文体八十五类,可以见出当时各种文体活跃的情形。我们不妨把任昉的《文章缘起》与萧统的《文选序》和《文选》实际收录的文体作一比较。《文章缘起》所分文体分别是:三言诗、四言诗、五言诗、六言诗、七言诗、九言诗、赋、歌、离骚、诏、策文、表、让表、上书、书、对贤良策、上疏、启、奏记、笺、谢恩、令、奏、驳、论、议、反骚、弹文、荐、教、封事、白事、移书、铭、箴、封禅书、赞、颂、序、引、志录、记、碑、碣、诰、誓、露布、檄、明文、乐府、对问、传、上章、解嘲、训、辞、旨、劝进、喻难、诫、吊文、告、传赞、谒文、祈文、祝文、行状、哀策、哀颂、墓志、谏、悲文、祭文、哀词、挽词、七发、离合诗、连珠、篇、歌诗、遗、图、势、约。从任昉所收的文体看,基本上包括了萧统《文选序》和《文选》所收录的文体。特别是《文选序》提到而《文选》未收的六种文体,全部见于《文章缘起》。还有一些是名异而实同的,如《文章缘起》中的"解嘲"、"封禅文",分别是《文选》中的"设论"、"符命"。从以上的事实看,说萧统文体观受到任昉的影响,应该是有根据的。以《文选序》为例,萧统多依据于任昉。如说:"又少则三字,多则九言,各体互兴,分镳并驱。"五臣吕向注引《文始》说:"三字起夏侯湛,九言出高贵乡公。"《文始》即《文章始》,也即《文章缘起》,《隋志》著录称《文章始》,宋人称《文章缘起》(见北宋王得臣《麈史》)。可见萧统对三言、九言的理解与任昉相合。又如对四言、五言的认识,萧统说:"退傅有《在邹》之作,降将著'河梁'之篇,四言五言,区以别矣。"在《文章缘起》中,任昉也正是以韦孟《谏楚夷王戊诗》作为四言的起源,以李陵《与苏武诗》作为五言的起源。任昉此书,前人多讥其琐碎,引据不当,尤以篇名立体,而不知归类。但任昉意在追溯每体的起源,每一体中只能列举一篇文章。假使以一体包含数篇相近但不相同的文章,又只能列举一篇,就很难做到源流清楚了。以诗为例,任昉细分为三言、四言、五言、七言等,如果将这四种诗体合为一类,那三、四、五、七各言的第一篇起始就不知道了。因此,选本如《文选》,评论如《文心雕龙》,都可以做归类的工作,《文章始》却不可以,这也是体例所限。

从《文选序》对文体的认识,以及全文的结构顺序中,可以见出辨析文体的确是《文选》的一个主要编辑思想。《文选序》开门见山提出了编者的文学观,即"踵其事而增华,变其本而加厉"的进化论。观点提出后,萧统即叙述了《诗经》之后各文体的发展,然后总括一句:"众制锋起,源流间出",点出了"众制"和"源流"是他考虑的要点。其后作者称自己"历观文囿,泛览辞林",所观、所览是各文体的"文囿"、"辞林"。在这之后所论述的体例:不选经、子、史,但选其中的论、赞等,只是对前文的补充说明。也就是说,《文选》主要选录赋、诗、骚、文等各体"精英"文章,不录经、子、史等,但选其论、赞。为什么呢?"若夫姬公之籍"以后全是补充说明这个理由的。这就是《文选序》的结构。在这结构中,各文体的叙述,无疑是全文的主要内容,而"众制锋起,源流间出",是编者主要的着眼点。

《答湘东王求文集及〈诗苑英华〉书》是萧统表明其文学思想的又一重要文献。此书写于普通三年(522),湘东王萧绎来信索求《昭明太子集》和《古今诗苑英华》两书,萧统故有此复信。其中论述他对文的看法时说:"夫文典则累野,丽亦伤浮,能丽而不浮,典而不野,文质彬彬,有君子之致,吾尝欲为之,但恨未逮尔。"这段话是在赞扬萧绎来信之后提出的,是对其文学思想的正面阐述,而非一般的应酬文字。在这之后,萧统用大量篇幅描述他的文学活动:

吾少好斯文,迄兹无倦。谭经之暇,断务之余,陟龙楼而静拱,掩鹤关而高卧,与其饱食终日,宁游思于文林。或日因春阳,其物韶丽,树花发,莺鸣和,春泉生,暄风至,陶嘉月而嬉游,藉芳草而眺瞩。或朱炎受谢,白藏纪时,玉露夕流,金风多扇,悟秋山之心,登高而远托。或夏条可结,倦于邑而属词;冬云千里,睹纷霏而兴咏。密亲离则手为心使,昆弟宴则墨以情露。又爱贤之情,与时而笃,冀同市骏,庶匪畏龙。不如子晋,而事似洛滨之游;多愧子桓,而兴同漳川之赏。漾舟玄圃,必集应、阮之俦;徐轮博望,亦招龙渊之侣。校核仁义,源本山川。旨酒盈罍,嘉肴溢俎。曜灵既隐,继之以朗月;高春既夕,申之以清夜。(《四库全书》本《昭明太子集》)

萧统这段自述值得注意的是:一、他的写作是在"谭经之暇,断务之余",这表明文学活动在他的太子生涯中只是暇余之事,不可过度夸大编著等事在他生平活动中的比重;二、他的写作受到春夏秋冬四时景物的激发,强调外物对人心的感触,这一点自陆机《文赋》倡"遵四时以叹逝,瞻万物而思纷"以来,已备受作家和批评家的注意,萧统则用自己的创作体会印证了这一点;三、他强调东宫学士在其文学活动中所具有的重要作用。由于这封信是从湘东王求他的文集和《古今诗苑英华》谈起,因此,这番与东宫学士开展文学活动的描述,也就暗示了他的写作以及编事都与学士们有关。事实上他的文集是由刘孝绰帮助他编成的,而《古今诗苑英华》更是在学士们的帮助下完成的。

总看全文,他从萧绎求书之事谈起,引入他对文学的基本看法,又申述其写作和编撰的体会和经历,这些都可以看出萧统并非偶然谈起,而实际上是因题发挥,借以阐述其文学观。因此我们对他在这封信中表述的文学思想,应该加以特别的关注。此信的结尾有这样一句话:"又往年因暇,搜采英华,上下数十年间,未易详悉,犹有遗恨。"表示出他对《古今诗苑英华》的编辑不满意。他的这种不满意,既有体例方面的,也有编辑宗旨方面的,这一点,我们在下一章中还要谈到。我们知道,这封信写于普通三年(522),从他加元服正式从事文学活动以来,已经有七八个年头了,他的文学思想到这时已经成熟,那么在成熟之后提出的文学思想,实际上表明他在此以后的文学活动,是在这一种思想支配下开展的。因此我们认为,萧统从此年以后开始编辑的《文选》,应该是以这一封信所表达的文学观为指导的。这个值得注意的文学观就是本文开头所说"夫文典则累野"一段。从萧统所论看,他所满意的文学应该是不"野"不"浮"的,而"野"和"浮"则是由"典"和"丽"带来的。在六朝文学批评概念里,"典"和"丽"其实是两种标准,比较保守的如裴子野主张要"典",而新变派则主张文章要华丽,但我们看到,在萧统这里,却要求将这两种标准统一起来。在六朝人观念里,"典"近于"野",所谓"野",即质朴,如钟嵘《诗品》评左思是"文典以怨……虽野于陆机,而深于潘岳"。可见钟嵘认为左思文风的"野"是由"典"带来的。一般说来,南朝人更认同"丽",当时写作的文风和批评的态度都表明了这一点。然而萧统却认为,好的文章应该是"典"而不"野","丽"而不"浮",将两种相对说来对立的批评标准统一在一起,这是他与时人不同的地方。那么这种统一以后的风格应该是什么呢?萧统说是"文质彬彬,有君子之致"。这个标准与他后来在《文选序》中所说"风雅之道,粲然可观"相一致。

萧统的这一文学思想与刘孝绰《昭明太子集序》所表达的文学观是一致的。刘孝绰说:"能使典而不野,远而不放,丽而不浮,约而不俭,独擅众美,斯文在斯。"他这段话本是夸赞萧统文集所达到的境界,当然也就是刘孝绰认为最理想的文学作品了。刘孝绰《集序》也写于普通三年,但湘东王既然求文集,当然这编好的文集是有刘孝绰的序的,也就是说,萧统的信写于刘孝绰的序之后,那么,刘孝绰和萧统一致的文学观,究竟是谁影响了谁呢？也许并不存在谁影响谁的问题,而是君臣在长期的文学活动中,彼此互相交流认同所致。因为尽管萧统提出在后,但这"文质彬彬,有君子之致"更符合萧统的人格仪范。似乎只有他才能想到建构这样的文学理想。

除了上述两篇文献外,《陶渊明集序》也是一篇研究萧统文学思想非常重要的文章。陶渊明是中国古代伟大的作家,但他的价值在南朝时却没有得到充分的认识,以致钟嵘《诗品》仅评他为中品。虽然如此,我们仍然要说是钟嵘较早地发现了陶诗的价值。继钟嵘之后,对陶渊明的人品和文章进行全面评价的就是萧统。萧统既为陶渊明编集,又为陶渊明写传,同时在《文选》中选录了陶渊明八首诗和一篇文章。据北齐阳休之《陶潜集序录》说,陶渊明集先有两本行于世,一本为八卷,无序,一本为六卷,有序,然都"编比颠乱,兼复阙少"。萧统所编本亦为八卷,"合序目传诔,而少《五孝传》及《四八目》。然编次有体,次第可寻"。这是说萧统所编《陶渊明集》,超过了刘宋以来已行于世的两本,说明萧统对陶渊明作品的搜集和整理的确做了非常认真的工作,可惜萧统所编本已经失传。《隋书·经籍志》著录为九卷本,小字注称:"梁五卷,《录》一卷。"知所谓梁本即阳休之所说六卷本,是正文五卷加上目录一卷。至于《隋志》著录的九卷本,与阳休之所述三本以及阳休之所编十卷本都不相符,是萧统所编《陶集》,至隋已经佚失了。其后《旧唐志》著录五卷本,大概是梁时六卷本之遗。

萧统《陶渊明集序》,对陶渊明人品推崇备至。文章前半部分列举古代圣贤韬光遗世、以身存道的事例,以为陶渊明上继古德之证,下半部分述陶渊明道德人品之高以及文章之美。萧统说:

有疑陶渊明之诗,篇篇有酒。吾观其意不在酒,亦寄为迹焉。其文章不群,词采精拔,跌荡昭彰,独超众类,抑扬爽朗,莫之与京。横素波而傍流,干青云而直上。语时事则指而可想,论怀抱则旷而且真。加以贞志不休,安道苦节,不以躬耕为耻,不以无财为病。自非大贤笃志,与道污隆,孰能如此者乎?

余素爱其文,不能释手;尚想其德,恨不同时。故更加搜求,粗为区目。白璧微瑕者,惟在《闲情》一赋。扬雄所谓劝百而讽一者,卒无讽劝,何必摇其笔端?惜哉,亡是可也。并粗点定其传,编之于录。尝谓有能读渊明之文者,驰竞之情遣,鄙吝之意祛,贪夫可以廉,懦夫可以立。岂止仁义可蹈,爵禄可辞。不劳复旁游太华,远求柱史,此亦有助于风教尔。(《四库全书》本《昭明太子集》)

萧统的评价,首先指出陶渊明诗意不在酒,而是寄酒为迹,首次阐明了陶诗的思想价值,这是真懂陶渊明者。其次,萧统对陶渊明的诗文极加褒赞,他认为陶渊明的文章不同于流俗,辞采精拔有力,抑扬爽朗,无可比拟。其内容颇切时事,可指可想,而作者的志意怀抱,旷达真率。所以陶渊明的文章,风力感人,如干青云而直上。萧统的这个评价,即使在陶渊明的价值已被人充分了解的后代,也是非常高的了。我们可以与颜延之《陶征士诔》作一比较。颜延之是陶渊明生前好友,《宋书·隐逸·陶渊明传》和萧统的《陶渊明传》都说他在浔阳"与渊明情款"。陶渊明死后,颜延之满怀深情地写了一篇诔文,应该说他对陶渊明是比较了解的了,但我们读他的诔文,从头至尾都是对陶渊明人品的夸赞,而于其诗文,只一句"文取指达",据《文选》五臣刘良注说是"文章但取指适为达,不以浮华为务也",即是说陶文不尚浮华,这个评价当然不高。从这个比较里,我们可以知道萧统的确是目光如炬,这对于扩大陶渊明的影响,是起到了非常大的作用的。第三,萧统对陶渊明的《闲情赋》表达了批评意见。他认为是"白璧微瑕",甚至不具有扬雄所说的"劝百讽一"的写作目的。按,"闲情"这一题材大概起于东汉张衡的《定情赋》,其后蔡邕、王粲、陈琳、阮瑀、应场、曹植、张华等都有仿作。所谓"闲",即"防"、"止"、"正"的意思,所以陈琳、阮瑀的作品就叫作《止欲赋》,应场作品又叫《正情赋》,其写作意图很明显是要防闲私欲之情。但也与汉大赋的"劝百讽一"一样,作品要防闲的主题并未给人留下印象。倒是铺叙男女恋情的部分,很能够打动人。上述这些作品很多都已佚失,但其留存在一些类书(如《艺文类聚》和《北堂书钞》等)中的佚文,恰恰是铺叙私情的部分。这说明类书编者所关注的内容,与作者的主旨是相违背的,类书编者的这种态度,正代表了一般读者的心理状态。其实不仅是读者,即使是作者本人,对这种题材的写作,也表现出浓厚的兴趣。作者在写作过程中对私情部分体验之细腻,倾注感情之深,都使人对其所要闲止的出发点表示怀疑。古人也是人,尤其是作家,虽然长期受到礼的浸润,理智上对私情持批评态度,但这人之常情、真情却时时感动着作家本人,因而形诸笔墨,当然会成为一种阻遏不住的创作冲动。窃疑"闲情"题材的产生,正是这种人性之需的表现。作家使用这种堂而皇之的形式,抒发的却是个人长期受压抑的私欲之情。萧统去汉未远,以他这样的文学修养,怎能不知道由汉到魏晋以来这一写作题材的实际含义呢?因此,我们认为,正是因为萧统深知这一题材的真实意图,所以他才对陶渊明这篇作品作了否定。但由此我们也就更加了解萧统的思想,他的宽仁淳爱的人品、合符礼节的行为,支配着他对事物的看法。

  萧统不仅为陶渊明编《集》作《序》,还专门写了一篇《陶渊明传》(以下简称"萧《传》"。沈约《宋书》所立之传简称"沈《传》")。据其《陶渊明集序》(以下简称"《集》")说"并粗点定其传,编之于录",因知这篇萧《传》与《集》成于同时。在萧统之前,我们知道沈约《宋书》已经为陶渊明立了传,那么萧统为什么还要另外写一篇呢?二者又有什么区别呢?以萧《传》与沈《传》相较,我们发现二者大体相同,根据萧统所说"粗点定其传",可知萧统此文是有底本作依据的,其主要依据的当然应该是沈《传》。但萧统也并非照录沈《传》,而是有所增损,增损的部分可以考察出萧统的某些态度。首先是在传文的开头,萧《传》说:"陶渊明,字元亮,或曰潜,字渊明。"而沈《传》则曰:"陶潜,字渊明,或云渊明字元亮。"二书介绍时顺序不一致。按,陶渊明在自己作品中曾几次自称,如《晋故征西大将军长史孟府君传》说"渊明从父太常夔尝问耽"、"渊明先亲,君之第四女也",又《祭程氏妹文》"渊明以少牢之奠,俯而酹之",古人于尊亲前绝不可自称字,祭妹之文也不会称字,由此可见渊明非其字。① 但所传既有此说法,故记"或云"以示存疑。与沈《传》相比,无疑萧统更为审慎。

第二,萧《传》在"少有高趣"之后加上"博学,善属文,颖脱不群,任真自得"几句,突出传主学和文两方面,则陶渊明就不仅仅是因高逸之趣才受人关注了。这是对陶渊明文学成就的肯定。

第三,萧《传》较沈《传》多檀道济之事一段,檀道济馈以粱肉,渊明麾而去之。其事于檀道济不恭,恐檀氏后人不满,或为沈约删除的理由。

第四,萧《传》在任彭泽令后多出"不以家累自随,送一力给其子"及《与子书》一段。这一细节诸《传》(《宋书》及《晋书》)都没有记载,或可见渊明之真率通脱。

第五,萧《传》于颜延之造渊明饮,每往必酣饮致醉后多"(王)弘

---

① 参见袁行霈先生《陶渊明年谱汇考》,载《陶渊明研究》,北京大学出版社1997年版,第248页。

欲邀延之坐,弥日不得"两句。按,这一句插于此处颇觉突兀,因为前叙王弘欲识渊明而不得,此处突插王弘欲请颜延之而不得,前后文不相衔接,疑或为衍文。

第六,萧《传》多出周续之等人应檀韶之请,在城北讲礼以及陶渊明写诗嘲周续之一段。

第七,萧《传》在文末多出"其妻翟氏亦能安勤苦,与其同志"两句,突出陶渊明夫妇志同道合。

第八,萧《传》在陶渊明卒前多出"将复征命"四字。此事《宋书》、《晋书》并不载,结合陶渊明晚年的立身行事,可知此事不可信。萧统补入,恐与他储君的身份有关。

第九,萧《传》不取沈约关于陶渊明文章"义熙以前,皆书晋氏年号,自永初以来,唯云甲子而已"的说法。

总上九点,可以看出萧《传》的增损主要强调了两点,即突出陶渊明的人品和文品,而后者,则是沈《传》所忽视的。关于人品的评价,其实萧统与沈约也有不同,这主要表现在第七、八、九三点上。第七点萧统强调陶渊明的家庭和睦,夫唱妇随,这是其宽仁之想;第八点,萧统虽极力褒赞陶渊明的高逸之情志,但他身为太子,故以"将复征命"加在陶渊明身上;第九点,据沈约的说法,陶渊明与朝廷对抗太过强烈,故不取。事实上沈约所说也未必合于实际。总起来说,萧统既为陶渊明编《集》作《序》,又为其立《传》,其目的是以《集》证《传》,以《传》明《集》,正如他在《集序》最后所说:"尝谓有能读渊明之文者,驰竞之情遣,鄙吝之意祛,贪夫可以廉,懦夫可以立。岂止仁义可蹈,爵禄可辞。不劳复旁游太华,远求柱史,此亦有助于风教尔。"

第五节 萧统的编著

萧统养德东宫,政务之余,颇多留心艺文。这一点在他《答晋安王书》和《答湘东王求文集及〈诗苑英华〉书》中都说得很明白。在前信中他说:"既责伐有寄,居多暇日,敹核文史,渔猎词林,上下数千年间,无人致足乐也。……吾静然终日,披古为事。泛观六籍,杂玩文史,见孝友忠烈之迹,睹治乱骄奢之事,足以自慰,足以自信。人师益友,森然在目,嘉言诚至,无俟旁求。"在后一信中说:"吾少好斯文,迄兹无倦,谭经之暇,断务之余,陟龙楼而静拱,掩鹤关而高卧。与其饱食终日,宁游思于文林。"这都说明他是把读书作文作为自己活动的主要内容。的确,从《梁书》本传所记,可以看出萧统自加元服以来,"引纳才学之士,赏爱无倦。恒自讨论篇籍,或与学士商榷古今;闲则继以文章著述,率以为常"。这一段话常为研究者所引用,其实这个记载还有点语焉不详,所谓"讨论篇籍",到底包括哪些内容,史书没有说清楚。今见萧纲《昭明太子集序》有赞颂萧统十四德之事,于其写作记载颇详:"至于登高体物,展诗言志,金铣玉徽,霞章雾密。致深黄竹,文冠绿槐。控引解骚,包罗比兴。铭及盘盂,赞通图象。七高愈疾之旨,表有殊健之则。碑穷典正,每由则车马盈衢;议无失体,才成则列藩击缶。"谈到了萧统所写各种文体,这是可以补充史书之不足的。但我们也看到,萧纲将其著述之事置于可赞可颂十四德以外,是值得注意的。因为萧纲此时也是太子,对太子职事的轻重,自当分外清楚。从萧纲这篇序看,似乎著述之事,并不是太子之德的内容。这一点对于我们研究萧统的文学活动,及其在萧统生平事业中的地位,都是重要的参考。萧纲《昭明太子集序》所述十四德,从其排列顺序,大致可以看出作为太子的萧统,对待其一生事功,是有主有次的。艺文之事,的确如萧统本人所说是"断务之余"。此外,萧纲所叙,有许多不见于史书,是可补史书之阙。萧纲所列第一德是"有悦皇心",这是对梁武帝的态度,自然应置第一;第二德是对母亲丁贵嫔的态度,居丧过礼,这是孝道,故居第二;第三是为兄之德;第四是引纳贤人之德;第五是监抚之德;第六是治民之德;第七是吊死之德;第八是分东宫财与贫人之德;第九是不好声色之乐之德;第十是不好奢靡之德;第十一是深研释经之德;第十二是勤读书之德;第十三是搜集图书之德;第十四是"降贵纡尊,躬刊手掇"校书之德。对这十四德的叙述,有的可以与史传相印证,如他居丧过礼,本传所记其详:"贵嫔有疾,太子还永福省,朝夕侍疾,衣不解带。及薨,步从丧还宫,至殡,水浆不入口,每哭辄痛绝。"以致武帝萧衍宣旨劝其进食。萧统身体素强壮,腰带十围,至此竟减削过半。又如说他分财助人之事,《梁书·陆襄传》及《梁书·明山宾传》都有记载。关于不好声色之乐,本传记他出宫二十余年,不蓄声乐。番禺侯萧轨劝他在玄圃奏女乐,他咏左思诗"何必丝与竹,山水有清音"以对。还有一些是史传阙载的,据此可以补史传之不足。如第七德说他"起掩骼之慈",大概萧统曾有过敕令掩埋亡骨之事。又第十三、十四两德:搜集图书和校正图书,本传曾记"东宫有书几三万卷",未记这些书籍的由来,今据萧纲所说,是萧统多方搜集而来。萧纲说:"群玉名记,洛阳素简,西周东观之遗文,刑名墨儒之旨要,莫不殚兹闻见,竭彼缃缃,总括奇异,征求遗逸。命谒者之使,置籯金之赏。惠子五车,方兹无以比;文终所收,形此不能匹。"从这个记载看,萧统的收书,是有制度的。其所收之书范围广泛,周秦以来各种书简残册、诸子各家论述,都在其收藏之列。又置收书之使,悬以重金,这样大规模搜集图书的活动,对文化的保存,当然是功莫大焉。而史书竟然不载,是很可惜的。关于校正图书,史书同样不载,今观萧纲所说:"借书治本,远纪齐攸。一见自书,闻之阚泽,事唯列国,义止通人,未有降贵纡尊,躬刊手掇。高明斯辨,己亥无违,有识可风,长正鱼鲁。"萧统在整理文献上也做出了许多贡献,这也同样是值得重点指出的。

萧统的编著,《梁书》本传记有文集二十卷,《正序》十卷,《文章英华》二十卷,《文选》三十卷。关于文集,前节已有详论,兹处不赘。关于《正序》,本传说是古今典诰文言,此书《隋志》及两《唐志》不载,当已失传。《正序》的编撰时间不详,除《梁书》、《南史》及《建康实录》著录为萧统所作以外,不见有记载。俞绍初先生《昭明太子萧统年谱稿》系于天监十八年(519)①,属猜测之词,但也不无道理。从本传所记萧统著作看,没有《古今诗苑英华》一书,然昭明太子实有其书,一者见于他的《答湘东王求文集及〈诗苑英华〉书》,二者《隋书·经籍志》及两《唐志》均有著录。《隋志》著录为十九卷,当是佚失一卷,但两《唐志》著录又为二十卷,或为后来补齐。至于《文章英华》,《隋志》著录为三十卷,与《梁书》、《南史》、《建康实录》所载二十卷不同。该书于隋唐时已亡佚,两《唐志》亦不著录。从以上记载看,是否有二十卷本的《文章英华》,颇令人怀疑。因为萧统在《答湘东王求文集及〈诗苑英华〉书》里只提到《古今诗苑英华》,而不及《文章英华》,这有两种可能,一是《文章英华》的编成在此之后,所以萧统还无从说起;二是《文章英华》在此之前编成,或已经赠送了萧绎,所以萧绎、萧统都不再提起此书。比如萧统曾编有《正序》十卷,在这封信中也未提及。如果据此都说是此时还未编成,那么在普通三年(522)以后至普通六年(525)间,既要编《正序》,又要编《文章英华》和《文选》,似乎也不大可能。萧统在天监十四年(515)加元服之后,

---

① 1995年郑州国际《文选》学讨论会论文,稿本。

组织东宫学士王筠、刘孝绰等开展文学活动,《正序》及《文章英华》很可能在其时编成。俞绍初先生《昭明太子萧统年谱稿》便系于天监十八年(519)之上。但存在的疑问是,《梁书》等关于《文章英华》的记载,都说是二十卷,史传不是史志,所记应为原书卷数而不是现存的卷数。《梁书》的作者姚思廉实际是继承了其父姚察的未完成稿。姚察年十二因其学识而受到梁简文帝萧纲的礼接,入陈为秘书监、吏部尚书,陈灭入隋,诏授秘书丞,别敕撰梁、陈二史,颇受当世推重。因此《梁书》记载的二十卷不会有误。这样,与二十卷之说相合的,只有《古今诗苑英华》了。如果是这样的话,《隋志》著录的《文章英华》三十卷,的确令人怀疑。姚振宗《隋书经籍志考证》(《二十五史补编》本)便说:"案,《正序》十卷,本志不见,《文章英华》即《诗苑英华》,别见于后,此似合《正序》、《诗苑》为一编者。"但是,历史久远,资料散佚,轻易地否定《隋志》未免太主观。尤其在考察了萧绎著述的情形之后,我们判断时更要分外慎重。比如萧绎的著述,史书本传以及《隋志》等著录,事实上与他自己在《金楼子·著书》篇中记录的著作以及撰著的具体情形差别甚大。因此,对《文章英华》的判断在没有更确实的资料证伪下,还是应以《隋志》为依据。

依据《隋志》著录,《古今诗苑英华》和《文章英华》各是两部什么样的书呢?《隋志》在"诗"一类中先著录了《文章英华》,在"《诗英》九卷,谢灵运集"条下,《隋志》著录:"又有《文章英华》三十卷,梁昭明太子撰,亡。"此条之下著列"《今诗英》八卷",不题撰者。姚振宗《隋书经籍志考证》说:"案,此类从于昭明太子诸文中,似即《文章英华》之佚存本。"这个推测恐怕没有道理,因为此条之前的正条目是谢灵运的《诗英》,昭明太子的《文章英华》只是该正条中的注文,所以不能说是"从于昭明太子诸文中"。其实与此书相近的倒是萧绎的《诗英》,据《金楼子·著书》篇记载有《诗英》一帙十卷,萧绎注称"付琅琊王孝祀撰"。此书《隋志》及两《唐志》均未著录,或许这八卷本就是萧绎的佚书。在"《今诗英》八卷"条后,《隋志》又著录了"《古今诗苑英华》十九卷",题为"梁昭明太子撰"。按照《隋书·经籍志》的体例"离其疏远,合其近密",《文章英华》既附于谢灵运《诗英》之下,当与谢书同类,而与《古今诗苑英华》不同。否则,此书应该列于《古今诗苑英华》之下,而不应列于谢灵运《诗英》之下。谢灵运编有《诗集》五十卷,《隋志》注称"梁五十一卷",据钟嵘《诗品序》说"至于谢客集诗,逢诗辄取",似乎谢客此集为宋以前的全诗。但同条之下《隋志》注曰:"又有宋侍中张敷、袁淑补谢灵运《诗集》一百卷。"据此看来,谢灵运《诗集》还是经过了一定的挑选的,否则不会仅五十卷。至于《诗英》十卷,大概是从《诗集》中精选而成,与《隋志》同时著录的谢灵运《诗集抄》、《杂诗抄》相同。然谢灵运既已从《诗集》中重编了《诗集抄》十卷,为什么还会编《诗英》十卷呢?这两书肯定有区别。根据《文章英华》附于《诗英》条下的事实,我怀疑《诗英》是一部五言诗选集,与《文章英华》一样。在没有确凿证据的情况下,这两部书只好互为证明了。因此,《隋志》将《文章英华》附注于《诗英》之下,表示出与《古今诗苑英华》的区别,说明了前者是一部五言诗集,这与《梁书》等记载"五言诗之善者,为《文章英华》二十卷",在性质上相符。至于二十卷和三十卷的区别,姚振宗以为是《正序》十卷与《古今诗苑英华》二十卷合为一编的结果。这个推测没有道理,因为《正序》是"古今典诰文言"(《梁书·昭明太子传》),两者相合就不是诗集了,《隋志》不可能列于"诗"类。今人俞绍初先生似从此处得到启发,提出《文章英华》即《古今诗苑英华》,与《正序》合编为三十卷,即朱彝尊《书〈玉台新咏〉后》所说"昭明《文选》初成,闻有千卷,既而略其芜秽,集其清英,存三十卷,择之可谓精矣"的那部三十卷书。俞先生以为朱说可信,所谓"千卷"者为长编,三十卷者即

《正序》与《文章英华》的合编本,这是萧统最后编成《文选》的中间环节。朱彝尊此说,本出于宋吴棫《韵补》,《韵补书目》"类文"条说:"此书本千卷,或云梁昭明太子作《文选》时所集,今所存止三十卷。"但这一说法并没有详细的证据,因此对"千卷"之说,学界一般不予接受。且朱所说"三十卷",即指《文选》,而俞先生将它指定为《正序》和《文章英华》的合编本,再辗转论定《文选》由此编成,所论推测成分太多,难以令人信服。尤其是俞先生此说,避开了《隋志》著录的《文章英华》三十卷与《梁书》记载二十卷不同的问题,难以让人满意。据《隋书·经籍志序》,《隋志》著录图书,参阅了阮孝绪的《七录》,《隋志》小注中称梁时有而今亡的书,即依据的《七录》,那么关于《文章英华》三十卷的著录就是出于阮孝绪《七录》,对阮孝绪的话,我们就不能不相信了。因此,尽管《隋志》著录的《文章英华》还有许多疑点,我们也还只能相信它与《古今诗苑英华》是两部不同的书,即《文章英华》是一部五言诗集,《古今诗苑英华》则是杂言诗集。

《文章英华》,限于材料,对它的了解仅如上述,对《古今诗苑英华》则了解得多一些。首先我们知道刘孝绰也参加了编纂,由于他的工作,时人往往将此书归属于他,这一点,我们在上一节已经有过叙述。其次,此书编成于普通三年(522)以前,萧统在《答湘东王求文集及〈诗苑英华〉书》中说是"往年因暇"。我想,一两年之前恐不可称"往年",细绎语气,似乎时间已经很长了,其书已在外面流传,因此《古今诗苑英华》应该在普通元年(520)以前,很可能是在天监年间编成。对于此书,萧统并不十分满意,所以说是"犹有遗恨",这是为后来编《文选》张本。第三,《古今诗苑英华》所选的作家,我们知道的有晋王康琚和梁何逊。《文选》卷二十二王康琚《反招隐诗》题下李善注曰:"《古今诗苑英华》题云晋王康琚。然爵里未详也。"五臣注也说:"《今古诗英》题云晋王康琚,而不述其爵里才行也。"五臣所说的《今古诗英》即《古今诗苑英华》。关于何逊,见于《颜氏家训·文章》篇。从李善和五臣注,我们对《古今诗苑英华》的体例稍有了解,即此书于篇题下列有作者小传,说明其时代、爵里、才行等。如王康琚,编者标出其为晋人,但由于对他了解不多,故不述其爵里才行。因为其他的作家都有爵里才行,所以李善及五臣对此加以说明。《古今诗苑英华》的这一体例没有在《文选》中得到贯彻,是萧统、刘孝绰主动放弃,还是因为时间仓促没有来得及统一呢?我怀疑是后者,与《文选》对作家排列顺序也未及统一的情形相同。

　　《古今诗苑英华》收录何逊两首诗,应该是一个值得研究的问题。依据颜之推的说法是刘孝绰忌嫌何逊,所以才仅选他两首诗,他的这一做法,受到了时人的批评。但《古今诗苑英华》还收了何逊两首诗,为什么《文选》一首也未收录呢?对此,日本学者清水凯夫教授以为刘孝绰在编《古今诗苑英华》时忌避何逊的方针仍沿用于编《文选》,是刘孝绰的爱憎感情在起作用。也就是说由于刘孝绰对何逊的猜忌,到了编《文选》时更变本加厉地一首也不予选录了。[1] 这样的话,刘孝绰确如清水教授所说是缺乏公正思想、徇于私情的人了。反对清水凯夫教授这一观点的顾农先生,则强调《文选》不录何逊,主要是梁武帝嫌弃何逊,说过"吴均不均,何逊不逊"的话,作为《文选》编者的昭明太子体度父意,所以不录何逊。[2] 可见立论和驳论的双方都从编著的个人感情上考虑,其实,为什么不可以从《古今诗苑英华》和《文选》不同的编辑体例上考虑呢?

　　上文曾经说过,《古今诗苑英华》的编成大概在天监年间,而何逊

---

[1] 见《〈文选〉撰(选)者考》,载《六朝文学论文集》,清水凯夫著,韩基国译,重庆出版社1989年版。

[2] 参见《与清水凯夫先生论〈文选〉编者问题》,载《齐鲁学刊》1993年第1期。

的卒年,当在天监十七至十八年(518~519)①,因此,《古今诗苑英华》的编纂有可能在何逊去世以前,这样,该书收录何逊,说明它的体例是收录存者,这也与"古今"的"今"字相合。六朝时期的诗文总集有收录当代作家的体例,如萧绎的《西府新文》即是。《古今诗苑英华》收录生存者的体例,还有一个旁证,据《郡斋读书志》卷二十"续古今诗苑英华"条说,该书"辑汉武帝大同年中《会三教篇》至唐刘孝孙《成皋望河》之作,凡一百五十四人,歌诗五百四十八篇,孝孙为之序"。此书既是续《古今诗苑英华》,体例应当也一样。书中收录了刘孝孙的诗,而刘孝孙又为之作序,可见是收录当代生者的作品。那么《文选》的情况如何呢?《文选》的体例与此相反,不录存者,但若是下限定于普通七年(526)而不录何逊,也同样说不过去,因为这时何逊早已去世。据我们研究,《文选》原来编纂的体例,下限是天监十二年(513),以沈约为标志,后来因为刘孝绰的原因,又加选了刘孝标、徐悱和陆倕三人。② 按照天监十二年为下限的体例,《文选》不收何逊,则是十分正常的了。

从以上分析见出,《古今诗苑英华》与《文选》在体例上就有许多不同,《文选》将收录存者改为不录存者,以使得它更有权威性,也就是《文镜秘府论》所说"自谓毕乎天地,悬诸日月"。当然,在《文选》编纂的过程中,《古今诗苑英华》、《文章英华》已经做过的选篇工作,可能会作为基础和参考,但若说《古今诗苑英华》和《文章英华》的编辑就是为了编纂《文选》作准备,这不仅夸大了这两本书的作用,恐怕也夸大了编撰之事在昭明太子政治生活中的作用。

---

① 参见曹道衡《何逊生卒年问题试考》,《中古文学史论文集》,中华书局1986年版。
② 参见傅刚《论〈文选〉的编辑宗旨、体例》,载《郑州大学学报》1997年第6期。

第十章　萧统与《文选》

第一节　《文选》的编纂

《文选》是萧统用力最多、影响也最大的诗文总集。它上起周秦，下至齐梁，收录了一百三十多位作家的七百多篇作品，是现存最早的诗文总集。《文选》编纂始于何时，编成于何时，史无明文。《梁书》本传说萧统："所著文集二十卷；又撰古今典诰文言，为《正序》十卷；五言诗之善者，为《文章英华》二十卷；《文选》三十卷。"《南史》、《建康实录》所记相同，假使史书所述是按照萧统撰述的时间顺序的话，《文选》应是最后完成，而文集则是最早成书。考虑到文集属萧统本人撰述，而《正序》以下都是萧统的编著，因此这两者还应有所区分，即文集的编定时间和《正序》等的编撰时间不可并用这个顺序来推定。但编撰类著作《正序》、《文章英华》和《文选》三书的编辑时间，与这个顺序还是吻合的。

编辑图书，尤其是总集的编辑，是起于魏晋之际。《隋书·经籍志》认为晋挚虞《文章流别集》是第一部总集，《隋志》集部总论说："总集者，以建安之后，辞赋转繁，众家之集，日以滋广，晋代挚虞，苦览者之劳倦，于是采摘孔翠，芟剪繁芜，自诗赋下，各为条贯，合而编之,谓为《流别》。是后文集总钞,作者继轨,属辞之士,以为覃奥而取则焉。"这是说总集的产生,是因为作家作品繁多,作者阅读有困难,于是挚虞编为《文章流别集》。关于《文章流别集》是不是第一部总集,今人有所疑问。因为在挚虞之前,如魏应璩已编有《书林》八卷,而晋杜预也编有《善文》五十卷,此外如傅玄的《七林》,荀勖的《晋歌诗》、《晋燕乐歌辞》,陈寿《汉名臣杂事》、《魏名臣杂事》,荀绰《古今五言诗美文》,陈勰《杂碑》、《碑文》等都是总集。这些作品《隋志》都著录在总集之内,但作者仍然称挚虞的《文章流别集》是第一部,这就值得我们认真考虑《隋志》的意见了。《四库总目提要》说:"文籍日兴,散无统纪,于是总集作焉。一则网罗放佚,使零章残什,并有所归;一则删汰繁芜,使莠稗咸除,菁华毕出,是固文章之衡鉴,著作之渊薮矣。《三百篇》既列为经,王逸所哀,又仅《楚辞》一家,故体例所成,以挚虞《流别》为始。"据《四库总目提要》的说法,应璩、杜预等人所编,与王逸《楚辞》一样,仅哀集一体,又未作删汰选择。所以不成体例,对后人没有影响。不像《文章流别集》,后人以为覃奥而能取则,故当以《文章流别集》作为总集的开始。挚虞编纂《文章流别集》,时间不详,似可推测为其任秘书监时。因为编纂各体总集,需要大量图书,非据有国家藏书不可当此任。这就是说挚虞编纂《文章流别集》很可能出于秘书监职分要求,其后李充编《翰林论》,也是在著作郎任上。从这个意义上说,总集的产生,原来是与政府机构的职能相关联的。挚、李这两部书对后世影响都很大,《晋书·李充传》甚至说李充的《翰林论》被秘阁作为常制。晋以后,总集编辑形成了热潮,《隋志》著录了一百零七部,二千二百一十三卷,若合计亡书共有二百四十九部,五千二百二十四卷(包括魏晋所编)。从编者情况看,已不再限于秘书省官员。又不仅如此,除一般文人外,诸王乃至太子、皇帝也都编有总集。如《隋志》载宋明帝刘彧编有《诗集》四十卷、

《赋集》四十卷。这两部书可能是刘彧在藩时所编,《宋书》本纪载他在藩时曾编有《江左以来文章志》,《隋志》著录为三卷。据我们研究,这种《文章志》,也都是继承挚虞的体例,实即总集的作者小传。①刘孝标《世说新语》注引刘彧《文章志》颇夥,正是人物小传可证。这说明刘彧的《诗集》和《赋集》与其《文章志》其实是一部书,都编成于他在藩时。除刘彧以外,又如宋临川王刘义庆也编有《集林》二百卷。这些情况表明,诸王编书已由子、史而至于集部了。这种情形至齐梁更为显明,如梁武帝萧衍自己就编有《历代赋》十卷。正是在这样的背景里,萧统不仅编古今典诰文言,也编诗集与文集。

《文选》的编纂,见于《梁书》本传,萧统自己也撰有《文选序》,称"监抚余闲,居多暇日,历观文囿,泛览辞林",自周秦以迄梁代,"略其芜秽,集其清英",选为三十卷,名曰"文选"。这个说法很明显是以编者自居的。因此,从梁以来,史志及各目录学著作都将萧统视为《文选》的编者。但是这个观点近年来遭到了质疑,日本学者清水凯夫教授于1976年在《〈文选〉的编辑周围》一文中首先提出,《文选》的实际编纂者是刘孝绰,1984年他又在《〈文选〉撰(选)者考》一文中强调了这一观点。② 在中国,曹道衡、沈玉成先生在1988年国际"文选学"讨论会上所提交的论文《有关〈文选〉编纂中的几个问题的拟测》中,也提出刘孝绰协助萧统编纂《文选》的观点。③ 在清水先生的文章中,他主要是根据梁代抄书撰述的实际操作情况以及《文选》收录《广绝交论》来立论的。在关于梁代抄书撰述的分析中,作者指出:"记为撰者的皇帝、王公贵族不在担任实际撰录的文人之列。"以

---

① 参见傅刚《昭明文选研究》上编第一章第二节,中国社会科学出版社2000年版。
② 参见《六朝文学论文集》,清水凯夫著,韩基国译,重庆出版社1989年版。
③ 参见《昭明文选研究论文集》,吉林文史出版社1988年版。

此类推,《文选》的编者昭明太子也不属于实际撰者。关于《文选》收录《广绝交论》的分析,作者认为是刘孝绰为报复到洽而为。因为刘孝标的《广绝交论》是痛斥受过任昉好处的到氏兄弟对任昉后人不愿赡恤的忘恩行为。这两种根据,在作者1984年发表的《〈文选〉撰(选)者考》一文中又得到了强调。其实,刘孝绰参加《文选》的编纂,史料是有记载的,最早见于日释空海的《文镜秘府论·南卷·集论》:"或曰:晚代铨文者多矣。至如梁昭明太子萧统与刘孝绰等,撰集《文选》,自谓毕乎天地,悬诸日月。然于取舍,非无舛谬。方因秀句,且以五言论之。至如王中书(王融)'霜气下孟津',及'游禽暮知返',前篇则使气飞动,后篇则缘情宛密,可谓五言之警策,六义之眉首。弃而不纪,未见其得。"另一记载是宋王应麟《玉海》卷五十四引《中兴书目》所说:"《文选》昭明太子萧统集子夏、屈原、宋玉、李斯及汉迄梁文人才士所著赋、诗、骚、七……行状等为三十卷。"文末注云:"与何逊、刘孝绰等选集。"《文镜秘府论》引文下有"皇朝学士褚亮"的话,当是唐人无疑,王利器先生《文镜秘府论校注》引铃木虎雄之说以为"或曰"一段是元兢的《古今诗人秀句序》,唐人所距时代不远,其说值得考虑。至于南宋的《中兴书目》称何逊亦为编者,不知有何依据。普遍的意见是,《文选》下限止于普通七年(526),而何逊早已去世。所以对《中兴书目》的这一说法,学界一般持否定态度。

应该说清水凯夫教授提出了一个很有学术价值的问题,这为进一步研究《文选》的编辑状况、编者的文学思想等,都开辟了新的途径。不过在讨论这问题之前,我们必须对六朝时期由帝王署名编著之事,有一个正确的认识,即这种署名现象既不是随意的,也不是完全符合署名的事实的。从秦汉以来就有一种王侯养客编著的传统,像吕不韦著《吕氏春秋》、淮南王刘安著《淮南子》等,其实都是门客所造。但是我们也不能完全说吕不韦、刘安与他们署名的书没有关系。汉高诱《吕氏春秋序》说:"不韦乃集儒书(当作士),使著其所闻。"又《汉书·淮南王刘安传》记刘安"招致宾客方术之士数千人,作为《内书》二十一篇,《外书》甚众,又有《中篇》八卷,言神仙黄白之术,亦二十余万言"。这都表明二书的编著,是各在吕不韦、刘安的组织之下才完成的。对这一事实,当时人及后人也都十分明了,但仍分别著录为吕不韦和刘安,这是认可了他们的组织之功的。从吕不韦和刘安对其书的态度看,他们是非常看重的。吕不韦曾暴之咸阳门,悬以千金,赏其能有增损一字者,可见他的重视程度。从这一态度看,若说他在编著时,于思想内容乃至体例的制定等,都没有做过什么工作,恐怕是说不过去的。吕、刘集门客编书的传统为后来的王侯所继承,总的说来,他们都在组织编著上做过一些工作,甚至在发凡起例上可能也都躬自制定。除了这一种情况外,还有一种署名者亲自操笔,而不劳学士的编著方式,这在齐梁时更为明显。梁湘东王萧绎就是一个十分突出的例子。萧绎在《金楼子·立言》中明确反对学士代笔,他说:"裴几原问曰:'西伯拘而阐《周易》,仲尼厄而作《春秋》,孙子之遇庞涓,韩非之值秦后,虞卿穷愁,不违迁蜀,士嬴疾行,夷齐潜隐,皆心有不悦,尔乃著书。夫子实尊千乘,褰帷万里,地得周旦,声齐燕奭,豪匹四君,威同五伯,玳簪之客雁行接踵,珠剑之宾肩随鳞次,下帷著书,其义何也?殊为抵牾,良用于邑。'予答曰:'吾于天下,亦不贱也,所以一沐三握发,一食再吐哺,何者?正以名节未树也。吾尝欲棱威瀚海,绝幕居延,出万死而不顾,必令威振诸夏,然后度聊城而长望,向阳关而凯入,尽忠尽力以报国家,此吾之上愿焉。次则清酒一壶,弹琴一曲,有志不遂,命也如何。脱略刑名,萧散怀抱,而未能为也。但性过抑扬,恒欲权衡称物,所以隆暑不辞热,凝冬不惮寒著《鸿烈》者,盖为此也。'又问之曰:'子何不询之有识共著此书,曷为区区自勤如此?'予答曰:'夫荷旃被毳者,难与道纯绵之致密;羹藜含糗者,不足论大牢之滋味。故服绤绤之凉者,不苦盛暑之郁烦;袭貂狐之暖者,不知至寒之凄怆。予之术业岂宾客之能窥斯?盖以莛撞钟,以蠡测海也。予尝切齿淮南、不韦之书,谓为宾游所制。每至著述之间,不令宾客窥之也。'"萧绎如此重视自作书,在南朝诸王中也是很突出的,这也说明这一时期诸王编著,已倾向于躬亲操作了。因此像萧统编《文选》,不能说他仅是一个署名者,起码他在组织学士、制造体例等方面是做了许多工作的。从萧纲所述他亲加搜集和校勘图书的事看,像《文选》这样一部可以"毕乎天地,悬诸日月"①的文章总集,萧统应该是参与其事的。不仅如此,结合萧统普通三年(522)在给湘东王萧绎的信中所说对《古今诗苑英华》不满意的话,可知在那之后编纂的《文选》,其实已贯彻了萧统许多新的意见,因此曹道衡、沈玉成先生提出刘孝绰协助萧统编纂说,是更合乎事实的。

关于《文选》编纂的时间,史无明文,但根据不录存者的常例,当完成于普通七年(526)以后,因为《文选》中收录最晚的作家陆倕卒于普通七年。那么从什么时间开始编纂工作的呢?我们认为应该是在普通三年(522)以后至普通六年(525)这一段时间内开始的。为什么呢?因为普通三年萧统在《答湘东王求文集及〈诗苑英华〉书》中仅提到自己编成的《古今诗苑英华》和刘孝绰为他编成的文集,可见在此之前,还未开始《文选》的编选工作。而普通三年以后,萧统东宫新置学士(见《梁书·明山宾传》),于时王规、殷钧、王锡、张缅、明山宾,以及刘孝绰、到洽、王筠、殷芸等,都会聚东宫,正如饶宗颐先生

---

① 《文镜秘府论·南卷·集论》引"或曰"曰:"晚代铨文者多矣,至如梁昭明太子萧统与刘孝绰等,撰集《文选》,自谓毕乎天地,悬诸日月。"王利器先生引铃木虎雄以为"或曰"即唐人元兢《古今诗人秀句序》。见王利器校注本,中国社会科学出版社1983年版,第354页。

说:"是时乃东宫全盛时期,《文选》之编纂,或始于此时。"①大约在普通六年左右,《文选》初步编成,但还不是完稿,这个时候发生一些事件。普通六年,刘孝绰因携妾入官府,被到洽弹劾而免官,到大通元年(527)才起为西中郎湘东王萧绎谘议,又其后复为太子仆。② 就在刘孝绰被免官的第二年即普通七年(526)十一月,昭明太子萧统又丁生母丁贵嫔忧。按照礼制,如父亲在世,儿子遭母丧,应服孝一年,那么自普通七年(526)十一月至大通元年(527)十一月间,萧统服丧,自然不能主持《文选》的编纂工作。又据《梁书》记载,刘孝绰在中大通元年(529)年底也丁母忧,南朝三年丧依郑玄说为二十七个月,那么,刘孝绰服阕已是中大通四年(532)初了,而此时萧统已经去世。因此,普通七年以后,《文选》的实际编纂时间只能是大通元年(527)末至中大通元年(529)末这两年之间。一部三十卷的《文选》,选录范围上从先秦、下至齐梁,要在存世的数千篇作品中选出有代表性的七百多篇诗、文、赋等佳作,短短的两年时间,的确不够宽裕。很明显《文选》是在萧统原先编纂的诗文总集的基础之上进行的。唐代顾陶编《唐诗类选》,据他说,选录从唐初迄宣宗时诗歌一千二百多首,二十卷,费时达三十多年③,可见编辑总集的难度。萧统如果没有底本作基础,两年时间就能编好三十卷本《文选》,是不可能的。萧统在此之前编辑的诗歌总集有《古今诗苑英华》和《文章英华》,据我们的考察,前者当是各体诗歌总集,而后者当是五言诗总集。至于文集,则有《正序》十卷。不过本传说这是古今典诰文言,似乎是诏诰一类,属

---

① 《读〈文选〉序》,载《文辙》(上),台湾学生书局1991年版。
② 见俞绍初先生《昭明太子年谱稿》,稿本。
③ 见《唐诗类选序》及《后序》,载《全唐文》卷七百六十五,上海古籍出版社1990年版,第3527~3528页。

朝廷文书。据《隋志》著录，自魏晋以来，特别是刘宋以后，集录历代及本朝诏诰，似成风气。《隋志》所录当时存书就有十九部之多，其所著录的亡书则更是多达四十一部，不知萧统所编的《正序》，是否也是同一性质。《文选》列"诏"类，仅收录汉武帝两首诏文，似乎看不出有《正序》的影响。当然，这是我们认为《正序》是诏诰一类文集而作的判语，假使《正序》并不仅诏诰文字，也有其他文体，那它就为《文选》的编辑提供了散文部分的基础。诗、文之外，《文选》还有赋类，我们认为这是依据了萧衍所编的《历代赋》。

萧衍编《历代赋》，《隋志》著录为十卷，又此事亦见于《梁书·周兴嗣传》。《传》称："(天监)十七年，(兴嗣)复为给事中，直西省。左卫率周舍奉敕注高祖所制《历代赋》，启兴嗣助焉。"这说明武帝《历代赋》在天监十七年(518)已经编好，并命周舍和周兴嗣作注。如果《文选》从普通三年(522)以后开始编纂的话，《历代赋》正好可以为萧统所用。正是因为有这些诗、文、赋集作基础，所以《文选》能在很短的时间内完成。不过，毕竟由于普通六年以后发生了一系列事件，不能不影响到《文选》的编辑质量。比如《文选》编例是在同一类中按作家时代先后为序，但《文选》有一些误排的地方。这些失误，李善已经指出。如曹植《公宴诗》下李善注说："赠答、杂诗，子建在仲宣之后，而此在前，疑误也。"又左思《招隐诗》李善注："杂诗，左居陆后，而此在前，误也。"这样的例子还有不少，可见当初编辑时无暇审定。《文选》编辑中的粗略失误，前人多有辨正，可参见骆鸿凯先生《文选学·义例》篇。

第二节 《文选》的编辑宗旨和体例

《文选》一书为何而编？其实萧统《文选序》已透露出端倪。萧统说："余监抚余闲，居多暇日，历观文囿，泛览辞林，未尝不心游目想，移晷忘倦。自姬汉以来，眇焉攸邈，时更七代，数逾千祀。词人才子，则名溢于缥囊；飞文染翰，则卷盈乎缃帙。自非略其芜秽，集其清英，盖欲兼功，太半难矣。"这段话反映了萧统编辑《文选》的最基本的原因和目的：自周秦以来，数千年历史，文章诗赋，溢于缥囊，盈乎缃帙，不便于阅读；要略其芜秽，集其清英，总集文章之精华。这都与《隋书·经籍志》所述挚虞《文章流别集》的编纂原因相同，所谓"苦览者之劳倦"和"采摘孔翠，删剪繁芜"。应该说这个目的几乎是后代每一部总集的编辑宗旨，既然是大家共同遵守的编辑宗旨，也就不再为一本书所独有了。不过，同样是"采摘孔翠，删剪繁芜"，不同的选家，因批评标准不同，鉴赏能力不一，更受时代风气影响，选目会有极大差异，因而书的质量也不一样，因此萧统编《文选》是有集文章之精华的目的的。

除此之外，我们还注意到萧统在《答晋安王书》中说过这样一段话："昔梁王好士，淮南礼贤，远致宾游，广招英俊，非唯籍甚当时，故亦传声不朽。"这是以编辑文集为传声后代的目的。仅就留名青史、传声不朽而言，著述和编辑文集，都是文人非常看重的事情。《南史》记何法盛偷郗绍《晋中兴书》所说的话，很能代表文人的看法。他对郗绍说："卿名位贵达，不复俟此延誉。我寒士，无闻于时，如袁宏、干宝之徒，赖有著述，流声于后。宜以为惠。"一般的文人，无望于政治，故流名于后世的唯一手段便是著述，这大概是历代文人的共同目的。

何法盛正是在这种目的促使下,去偷别人的书。政治上能够立功的人,当然可以名传青史,但这些人似乎并不满足于政功,还是很努力地从事于文事。甚至于帝王,也颇留意文事,如梁武帝就亲自撰述许多著作,还编辑了《历代赋》等文章总集。帝王之著述当然与一般文人的撰述又不一样,他们并不需要依赖文事以传名,但文事则是他们政功的一部分,也可以说是点缀。尽管南朝时文学地位已经很高了,但仍不能与立功相比。以萧绎为例,萧绎在湘东王时曾作有《金楼子》,在《立言》篇中他曾说到过立言与立功的差别。他自述其上愿是"棱威瀚海,绝幕居延,出万死而不顾,必令威振诸夏,然后度聊城而长望,向阳关而凯入";他位为诸王,于天下已不贱,但仍"一沐三握发,一食再吐哺"者,"正以名节未树也",所以他才"隆暑不辞热,凝冬不惮寒",摒弃声色之乐而苦苦著书。从萧绎所述看,他是把立功作为上愿,立言作为其次的。这种观点并不新鲜,在魏太子曹丕高倡"文章乃经国之大业,不朽之盛事"(《典论·论文》)时,他的真实观点却是"唯立德扬名可以不朽,其次莫如著篇籍"(《与王朗书》)。与他的这一种观点相同,他弟弟曹植在《与杨德祖书》中也说:"吾虽薄德,位为藩侯,犹庶几勠力上国,流惠下民,建永世之业,流金石之功;岂徒以翰墨为勋绩,辞赋为君子哉!"萧绎与曹植身份一样,同样位为藩王,因此他也不甘于以篇籍留名。但为时事所限,只好汲汲于著书了。而萧统与曹丕一样,同是太子,故在给萧纲的信中可以说出借篇籍以传声不朽的话。也就是说,在萧统,编著之事是他养德东宫的一部分内容,而在萧纲和萧绎,上愿未遂,只好求其次,这两者是有区别的。因此,萧绎等人是要借著书以传名,萧统却未必出于这个目的,而是作为他全部政德的组成部分来看待的,是从属于其政治业绩的。此外,就曹丕、曹植以至萧绎等讨论的撰著之事而言,他们又将子书和文章辞赋区分开来,认为子书比辞赋更有价值。所以曹丕作

《典论》,曾集诸儒讨论,又抄写副本寄赠当时在东吴的张昭。萧绎也是如此,他作《金楼子》,自称是继孔子之后应五百年之期而生的圣人,这当然是太过夸大了。萧统作为太子,是不必要借编书以求传声于不朽的,但以编书来表达他对文学的意见却是可以的。也正是因为其将文学视为政绩的一部分,萧统对文学之事还是十分看重的。从萧统简短的生平看,文学活动在其太子生活中还是占有很大的比重的。正因为如此,萧统自加元服以后,恒与东宫学士讨论篇籍,编著文章,并且领导着天监、普通年间的文学批评和创作潮流。从上一章中关于萧统文学思想的讨论看,萧统对文学创作以及文学史,都有他自己独到的见解。这种见解除了在几篇书信和集序中表述以外,他更是通过编辑历代作品集来具体表现,而这应是《文选》编辑的主要宗旨。比如他对陶渊明评价很高,那是在《陶渊明集序》中专论陶渊明时表达的意见,那么在他整个文学史评价系统中,陶渊明占有怎样的地位呢?我们通过对《文选》收录陶渊明诗文的实际情况分析,比如从《文选》收录了陶渊明多少作品、收录什么样的作品等几方面考察,便很清楚地看到萧统的实际态度。《文选》是现存的第一部诗文总集,从这个现存事实说,它也就是第一部通过编选作品表达编者批评观的文学史。

除了表达批评态度外,我们还注意到《文选》存在通过分文体编选作品的体例,以作为当时辨析文体、指导写作的范文的编辑宗旨。我们知道,齐梁时期是文学批评和文学创作的高潮时期,其实,并不仅如此,齐梁时期还高涨着学习写作的热潮。《梁书·王承传》记普通年间"时膏腴贵游,咸以文学相尚,罕以经术为业,惟承独好之,发言吐论,造次儒者"。这个记载是符合事实的,如《诗品序》说:"故词人作者,罔不爱好。今之士俗,斯风炽矣。才能胜衣,甫就小学,必甘心而驰骛焉。于是庸音杂体,人各为容。至使膏腴子弟,耻文不逮,终朝点缀,分夜呻吟。"又如萧纲《与湘东王书》说时有学谢灵运、裴子野文体,以及萧子显《南齐书·文学传论》说当时流行三体的情形。然而学习者多,若无正确指引,必会造成混乱,所谓"庸音杂体",而妨害后生。正确的指引,一是指出各文体特点、规格,不要出现颂、赞相似的现象。《颜氏家训·文章》篇说"凡诗人之作,刺箴美颂,各有源流,未尝混杂,善恶同篇也",正是就文体而言;另一是以代表作家代表作品为榜样,学有楷模,不失正轨。《颜氏家训·文章》篇记邢子才、魏收向沈约、任昉学习,虽近于偷,但也说明了代表作家于学习者的重要性。学习写作,首先要辨清文体,而当时不仅一般的学习者,即使一些大作家,往往也会犯混淆文体的错误。刘勰《文心雕龙》对此有很多批评,值得参看。又如刘孝绰《昭明太子集序》说:"孟坚(班固)之颂,尚有似赞之讥;士衡(陆机)之碑,犹闻类赋之贬。"班固之颂类赞,陆机之碑类赋,这已成为当时人所共知的事实,如萧绎《内典碑铭集林序》也说:"班固硕学,尚云赞、颂相似;陆机钧深,犹闻碑、赋如一。"这句话中"尚云"和"犹闻"的主语,应是指批评的人。汉魏六朝时期,随着社会生活的丰富,应用文使用范围扩大,因而文体增多,但在开始的时候,各种文体界限并不十分清楚,所以会出现文体相混的现象。针对这个事实,作家除了发表批评意见外,还编选优秀作品集,以作为学习写作的范本,《文选》正是这一宗旨的最切实的体现者。

  《文选》这本书的编辑宗旨,与它的编辑体例是紧密相关的。谈到《文选》的体例,我们要特别注意萧统在《答湘东王求文集及〈诗苑英华〉书》中所说的一段话。他说:"又往年因暇,搜采英华,上下数十年间,未易详悉,犹有遗恨。"这里所说的英华即指《古今诗苑英华》,萧绎来信索要,故萧统谈到此书。据我们的调查,《古今诗苑英华》应是各体诗歌的选集,所谓"英华",即是精华,也就是萧统在

《文选序》中所说的"集其清英"的意思。但对这样一本书,萧统却称"犹有遗恨"。对此,我们认为有两个原因:第一,《古今诗苑英华》所选作品还不尽如人意,未能达到"集其清英"的目的。此书编成于普通三年以前,当时萧统还不满二十岁,文学观也未完全成熟,故所选作品有的不合于他后来的标准;《古今诗苑英华》等书虽挂名萧统,实际上可能主要由刘孝绰操作,萧统或者没有成熟的意见,或者有也未能贯彻进去,所以在普通三年(522)时,再回过头来审查这些书,感觉并不如他意。第二,"犹有遗恨"还可从体例等方面寻找原因。如前文分析,《古今诗苑英华》是古今作品兼收的选本,其中有卒于天监末年的何逊的作品,对这一体例,萧统可能不太满意,因为在表达了"犹有遗恨"之后而重新编选的《文选》便没有收录何逊的作品,下限也定于天监十二年(513),以沈约卒年为标志了。前一种解释也有道理,可惜还没有确实的证据,而后一种解释确实有《文选》不收何逊的事实依据。

萧统在总结了《古今诗苑英华》等书编纂经验的基础之上,重新修改了体例,其中之一是将作家作品的下限定为天监十二年(513),以沈约卒年为标志,反映了编者企图对前人文学进行总结的愿望。不过我们所见到的《文选》并非以沈约卒年为下限,沈约之后还有刘孝标、徐悱、陆倕三人的五篇诗文。对此,我们的意见是《文选》的体例最初定的是天监十二年,后因为刘孝绰的原因,在编定时增加了刘、徐、陆三人;即使如此,这三个人的作品也都是写作于天监十二年以前,所以还不能说是完全违反体例。说这三人作品的入选与刘孝绰有关系,一些学者已经谈得很深入了,有一定的道理。① 除了研究者所举证的材料外,我们还注意到这样一个事实,即萧统曾孙,唐代

---

① 参见清水凯夫教授的系列论文,见其《六朝文学论文集》,韩基国译,重庆出版社1989年版。

的萧瑀对刘孝标《辩命论》非同寻常的反对态度。《旧唐书·萧瑀传》载:"萧瑀……尝观刘孝标《辩命论》,恶其伤先王之教,迷性命之理,乃作《非辩命论》以释之。"萧瑀是萧统曾孙,如果《辩命论》确系萧统所选,他恐还不致作如此激烈的反应。他的这一举动是否含有某种动机呢?萧统的后代对《文选》极为维护,首先是萧统从子隋时的萧该为之作注,其后萧统六世孙萧嵩唐开元中以《文选》为先代旧业,而欲领衔注解《文选》,这都说明萧氏后人对《文选》的看重,如果不出于某种原因,萧瑀怎么会公然批驳《文选》中的作品呢?因此,我们怀疑这原因就在于刘孝标作品的入选,非出萧统本意,而是刘孝绰自作主张,萧瑀或许有为而发。

《文选》对《古今诗苑英华》体例加以修改的第二点,就是由单一的诗选变为赋、诗、文等符合文学内容的各体文选,这更符合《文选》的编辑宗旨。就总结的愿望说,当然不应仅限于诗,这样的总结才更全面而具有权威性;就辨析文体而言,应用文文体写作比单纯的诗和赋更具有难度,学习者也最需要范文作指导。因此,修改后的体例,更符合时代的需求。

《文选》的编辑体例,《文选序》有明确的说明,比如它认为什么可以收录,什么不可以收录,这表明了萧统对"文"的看法,我们在论述萧统文学思想时已经分析过,读者可参看。在对入选的文体作出规定以后,《文选》的实际操作体例是"凡次文之体,各以汇聚。诗赋体既不一,又以类分,类分之中,各(古钞本作'略')以时代相次"。所以《文选》是在每一文体之内,分为若干小类,每小类中又根据作家的时代先后排列顺序。由于有些作家的时代久远,难以确定孰先孰后,故编者用"略以时代相次"定例,因此我们认为日本古钞本的"略"字比"各"字更有道理。

第三节 《文选》的选录标准

《文选》的选录标准是学术界讨论较多的问题，一般都认为《文选》所说"若其赞论之综缉辞采，序述之错比文华，事出于沉思，义归乎翰藻"，就是这本书的选录标准。关于这一点，我们前文在论述萧统文学思想时，已经讨论过，指出这句话主要解释《文选》为什么收录子、史的赞、论、序、述等文章的原因，并不是讨论本书的收录标准，所以不能割裂开来理解。正确的说法应该是，萧统所说"综缉辞采，错比文华，事出于沉思，义归乎翰藻"，符合《文选》的选录标准，但并不就是选录标准。此外，萧统这些话语只是指文章的风格，在操作时是很难落实的。比如说哪一个作家的哪些作品符合这个标准呢？《文选》所选的诗文就是有辞采、有文华，"事出于沉思，义归乎翰藻"，而不选的作品就不是吗？以赋为例，《文选》所收赋大都是有定评的传世名篇，但也有些有定评的传世名篇并没有收录进去，比如东汉冯衍的《显志赋》是一篇受后人表扬的名赋，并对后代作家产生了很大影响，陆机的《遂志赋序》说："昔崔篆作诗，以明道述志，而冯衍又作《显志赋》，班固作《幽通赋》，皆相依仿焉。……《显志》壮而泛滥……衍抑扬顿挫，怨之徒也。岂亦穷达异事，而声为情变乎！余备托作者之末，聊复用心焉。"这里以冯衍《显志赋》作为抒情言志类小赋的开创者，说明这篇赋在赋史上是具有一定地位的。但《文选》不收此赋，难道它不合于"综缉辞采，错比文华"的标准吗？因此，《文选》的选录标准，应该还有更具体的规定，当然这样的规定是要通过对收录作品的实际状况进行分析，才能看得出来的。

除了萧统《文选序》被认为是选录标准外，近来日本学者清水凯夫先生在《〈文选〉的编辑目的和撰（选）录标准》一文中，提出了沈约《宋书·谢灵运传论》实际是《文选》选录标准的观点。支持清水教授这一观点的重要依据是沈约关于汉魏晋宋的文学史评价，这被认为是《文选》编辑所采用的标准。例如评价汉代作家，沈约《传论》说："自汉至魏四百余年，辞人才子，文体三变：相如巧为形似之言，班固长于情理之说，子建、仲宣以气质为体，并标能擅美，独映当时。"清水教授认为《文选》确是按照《传论》的主张收录作品，其中前汉司马相如，后汉班固，魏曹植、王粲的作品为多数，并分别给予其时代最高文人的评价。《文选》是以这三极的汉魏文人为中心，配合王褒、扬雄、张衡等人的作品，对其他各种文体选录其中有定评的名作而编辑的。又如两晋及刘宋的诗歌史，《传论》说："降及元康，潘、陆特秀。律异班、贾，体变曹、王。缛旨星稠，繁文绮合。缀平台之逸响，采南皮之高韵。遗风余烈，事极江右。有晋中兴，玄风独振，为学穷于柱下，博物止乎七篇，驰骋文辞，义殚乎此。……仲文始革孙、许之风，叔源大变太元之气。爰逮宋氏，颜、谢腾声。灵运之兴会标举，延年之体裁明密，并方轨前秀，垂范后昆。"清水教授认为，《传论》所高度评价的潘岳、陆机、颜延之、谢灵运，也正是《文选》收录作品最多的作家，于是他得出《文选》撰录诗的主要标准是《宋书·谢灵运传论》的结论。清水教授试图在南朝文学批评背景中寻找《文选》选录标准的想法，对我们的研究不无启发。不过他这一工作的结论，却没有说服力。因为《文选》的选录标准研究与萧统的文学思想研究不一样，对于后者，可以通过背景的描绘，寻找出影响到其思想形成的各种因素；但对于前者，在《文选》及其编者的范围之外，另寻一种与《文选》没有直接关系的标准，这在理论上站不住脚。我们不能设想编辑一本文选，编者自己没有标准而使用另外一套标准，却又不作任何说明，这在历史上的确没有先例。

清水教授依据《谢灵运传论》提出的这个观点,其实是没有说服力的。因为有公论的代表作家,并不能显现某一个批评家的文学思想。事实上,沈约所论的这些作家,当时其他的历史学家和文学批评家也同样论述过。如我们前文提到东汉王逸的《正部》、刘宋檀道鸾的《续晋阳秋》等,所评作家,与沈约所论基本相同。此外,如钟嵘《诗品》以曹植、陆机、谢灵运分别为"建安之杰"、"太康之英"、"元嘉之雄",而《文选》所收作家作品,也恰恰以这三个人最多。对此,我们只能说是南朝人对曹、陆、谢三人的文学地位认识一致,而不能说是萧统受钟嵘的影响,或者说钟嵘受萧统的影响吧!

讨论《文选》的选录标准,我们认为只能就萧统已经表露的文学思想去考察,一要根据《文选序》,二要根据萧统表达其文学观的一些书信,三要根据《文选》收录作家作品的实际情况。关于《文选序》,前文已作分析,这里我们想针对萧统的《答湘东王求文集及〈诗苑英华〉书》一文谈些看法。我们知道这封信写于普通三年(522),在信中萧统提出了"夫文典则累野,丽亦伤浮,能丽而不浮,典而不野,文质彬彬,有君子之致"的文学观。我们认为,这封信与以后的《文选》编辑有比较密切的关系。一、萧统对此前编辑的《古今诗苑英华》表示"犹有遗恨",实际上表明了他对以后编撰的态度;二、萧统的态度主要表现在两个方面:一是修改了《古今诗苑英华》的体例,二是发表了经过他深思熟虑后的文学思想,这表明这个文学思想将是他今后写作及编选作品的指导思想。因此我们有理由认为,萧统在这封信中表达的文学思想,就是《文选》选录标准的主要内容。以《文选》收录作家作品的实际情况来检验,二者是符合的。《文选》所选作品大都是传世名篇,当然是与萧统的选录标准符合的,但传世名篇所以能传世,说明是经过了历史的考验,受到历代读者、批评者的肯定;也就是说传世名篇的作品本身价值,其实是超越了批评家具体的批评标准的,所以它才能在不同的历史条件下,为持不同文学观的批评家所一致接受。就这个意义上说,研究批评家的文学观,仅据他对传世名篇的态度,显然是不够的。对《文选》选录标准的研究也是如此,我们除了注意《文选》选录名篇的态度,可能更为关注它对那些非名篇,或者说是非主流名篇(即不是在文学史上占有重要地位的作品)的态度。以它的诗歌部分为例,我们发现,萧统基本上不收汉乐府民歌及南朝乐府民歌(《文选》所收三首古乐府,更近于古诗,而与"感于哀乐,缘事而发"的汉乐府民歌不同),不收弥漫于南北朝诗坛的咏物诗,甚至基本不收女诗人作品(仅班婕妤一首)。此外齐梁以来的"新体诗",在《文选》中也没有得到明确的反映。这些都明显与萧统坚持"丽而不浮,典而不野,文质彬彬,有君子之致"的文学原则有关。

第四节 《文选》的分类

《文选》是按文体分类的,一共分多少类呢?根据现在的版本,如李善注系统的尤刻本,六家注系统的明州本、明袁褧覆宋本,六臣注系统的赣州本、建州本(《四部丛刊》影宋本),都是三十七类,所以便有人认为《文选》分类应该是三十七类。[①] 但近世以来,学者往往持三十八类说,骆鸿凯《文选学·义例第二》说:"《文选》次文之体凡三十有八,曰赋,曰诗,曰骚,曰七,曰诏,曰册,曰令,曰教,曰策文,曰表,曰上书,曰启,曰弹事,曰笺,曰奏记,曰书,曰移,曰檄,曰对问,曰

---

① 参见穆克宏《萧统〈文选〉三题》,载《昭明文选研究论文集》,吉林文史出版社1988年版。

设问,曰辞,曰颂,曰赞,曰符命,曰史论,曰史述赞,曰论,曰连珠,曰箴,曰铭,曰诔,曰哀,曰碑文,曰墓志,曰行状,曰吊文,曰祭文。"从骆氏的统计看出,他较上述各版本多增了"移"一体。据现存各版本,《文选》卷四十三是"书"体,收录有嵇叔夜《与山巨源绝交书》、孙子荆《为石仲容与孙皓书》、赵景真《与嵇茂齐书》、丘希范《与陈伯之书》、刘孝标《重答刘秣陵沼书》、刘子骏《移书让太常博士》、孔德璋《北山移文》共七篇文章。骆氏既标"移"体,说明最后两篇应与前五篇"书"体分开,单列一类。骆氏的说法根据当来自他的老师黄季刚(侃)先生,而黄氏又根据清人的成说。清胡克家《文选考异》卷八在"移书让太常博士"条下说:"陈云题前脱'移'字一行,是也。各本皆脱,又卷首子目亦然。"陈即陈景云,长洲(今江苏苏州)人,精通选学,为何焯门人,著有《文选举正》六卷,胡克家《文选考异》和梁章钜《文选旁证》多所征引。陈氏的意思是说在刘子骏《移书让太常博士》一文之前,脱掉了表明文类的"移"字。卷首的目录也是如此。这个说法为黄季刚先生所接受,在他《文选平点》的《目录校记》和卷五正文评点中,他都以"移"单独标类,并注明:"题前以意补'移'字一行。"(248页)他的门人骆鸿凯继承师说即以"移"列为一体,统计下来便是三十八类。值得注意的是,陈景云断《移书让太常博士》文前脱"移"字,以及黄氏所说"以意补"的"意",都没有说出具体的根据。细加揣测,估计他们的根据即是《文选序》所说:"凡次文之体,各以汇聚。诗赋体既不一,又以类分,类分之中,各以时代相次。"就是说,《文选》编排体例是每一类中文章各以时代先后为顺序排列,而据现存各版本,如尤刻本(中华书局1974年影印)、四部丛刊本(中华书局1987年影印),刘子骏《移书让太常博士》一文居然排列在刘孝标《重答刘秣陵沼书》之后。刘歆(子骏)是西汉人,刘孝标是梁人,时代相差这么远,编者不可能不知道,可见此处的确是脱了一个标明类目的"移"字。这就是陈、黄的依据。

这一依据是有道理的,胡克家又据以去考证欧阳坚石的《临终诗》。按,欧阳建的《临终诗》在卷二十三,尤刻本、明州本、四部丛刊本均以之列于诗类"咏怀"中。"咏怀"共选三位作家作品:阮籍《咏怀》十七首、谢惠连《秋怀》一首、欧阳建《临终诗》一首。显然,按照萧统《文选序》体例,欧阳建不应排列在谢惠连之后。因为欧阳建是西晋人,永康元年(300)被杀;谢惠连是刘宋时人,元嘉十年(433)卒,现存版本的排列肯定有误。胡克家《文选考异》卷四说:"案,此不得在谢惠连下,当是《临终》自为一类。尤、袁、茶陵各本皆不分,盖传写有误。又案,俗行汲古阁本反不误,乃毛自改之耳,非别有本也。"这里所说的尤即南宋尤袤刻本,袁即明袁褧覆宋本,茶陵即元陈仁子刻本。

依据于《文选序》,对《文选》分类作出判断,这是前人的研究成果,这一成果应该是正确的。对此,我们找到了版本依据。一是日本古抄白文二十一卷本,一是南宋绍兴三十一年(1161)陈八郎刻五臣注本。这两个本子既证实了"临终"是诗中的小类,与"咏怀"相同,也证实了"移"确为独立的文体,与"书"、"檄"相同,陈、黄等人的判断不误。这样,《文选》的分类就不是三十七类,而是三十八类。

但是,问题并没有结束,因为依据同样的理由,《文选》卷四十四"檄"类中司马长卿(相如)《难蜀父老》一文,无论如何不应排列在钟士季(会)的《檄蜀文》之后。司马相如是西汉人,而钟会却是曹魏时人,这两人都是名人,照理是不应出错的。因此,《难蜀父老》一文也应单独标类,即"难"与"移"一样,都是《文选》中单独的文体。这样,《文选》实际文体类目就应该是三十九类了。

最先提出这一观点的,是台湾的游志诚博士,参见游文《论〈文选〉之难体》①。他的主要依据是陈八郎本《文选》。该本是国内现存最完整的五臣注本。它不仅在卷四十四中标出了"难"体,也在卷四十三中标出了"移"体,在卷二十三中标出了"临终"子目,后两种一一都与清人推断相合。其实,在现存的版本中,并不是没有这样著录的。比如明末毛晋所刻汲古阁本《文选》,也都标出了"移"、"难"和"临终"。但为什么没有引起人们的注意呢?我们从胡克家对汲古阁本的态度可以了解其原因。前引胡氏《文选考异》称汲古阁本为"俗行",原来,自清初以来,学者并不注重汲古阁本,认为毛氏臆改处太多,故其本不足为据。比如章学诚《文史通义》对《文选》有过批评,其中提到司马相如的《难蜀父老》一文,说:"《难蜀父老》亦设问也;今以篇题为难,而别为难体,则《客难》当与同篇,而《解嘲》当别有'嘲'体,《宾戏》当别为'戏'体矣。"章实斋此处在批评《文选》分体不当,"淆乱芜秽"。暂不论章氏的批评有无道理,值得注意的是,从他的批评里知道他所依据的本子中,"难"是作为一体的。那么章氏依据的是哪一种版本呢?根据清代《文选》版本的递藏情况,能够将"难"标为文体的,大概只有汲古阁本。对于章学诚将"难"作为文体论述的话,骆鸿凯《文选学》并没有用心揣测黄季刚先生"意"的来源、进一步思考"难"是否可以立体,就简单地予以否认说:"《难蜀父老》,《文选》本入檄类。章氏谓别为难体,语失检。"简单地说汲古阁本不可相信,未免过于生硬,汲古阁本虽然臆改较多,但并非没有依据。从毛氏藏书来看,他收藏的宋版《文选》有李善注、五臣注、六臣注等多种版本,他标"移"、"难"二目,应该是有版本依据的。尤其这

---

① 台湾成功大学魏晋南北朝文学与思想学术研讨会论文,后收入作者《昭明文选学术论考》,台湾学生书局 1996 年版。

种标目完全符合《文选序》所述编辑体例，又有什么要怀疑的呢？

除了汲古阁本以外，朝鲜正德年间所刻五臣注《文选》（今藏成均馆及日本东京大学），也与陈八郎本一样标出"移"、"难"二体。此本经校核，与陈八郎本不是同一系统，而与现存杭州猫儿桥钟家刻本两残卷（今藏北京图书馆和北京大学图书馆）相同，证明其底本即是杭州本。这样，宋代两种五臣注本都将"移"、"难"作为独立的文体著录，这是值得我们重视的。

更要算铁证的要属《文选集注》提供的证据。《文选集注》是清末董康在日本称名寺发现的写本，原有三十二卷，现存二十余卷，1918年罗振玉曾据以影写十六卷行世，题称"唐写文选集注残本"。这是国内学者所见较多的本子，但罗氏影写并不完整，与日本京都大学影印本相比，不仅没有印足二十三卷，即使同一卷中也脱漏甚多。如卷八十五罗本仅有嵇叔夜《与山巨源绝交书》和孙子荆《为石仲容与孙皓书》，而卷八十五下全脱。又如卷七十三，罗本仅有曹子建《求自试表》和《求通亲亲表》，日本影印却自诸葛孔明《出师表》起。能够说明问题的是卷八十八所载的司马长卿《难蜀父老》，但在罗本中脱漏了题目，因而不可考查"难"是否单独列类。同时在罗本所拟总目录中，罗振玉根据现行刻本《难蜀父老》列于"檄"类的事实，也想当然地在卷八十八目录下题写"檄"字，使人误以为《文选集注》中的《难蜀父老》也是置于"檄"类的。这其实是罗氏未见全本所引起的错误。事实是在此文之前还有陈孔璋《檄吴将校部曲文》（脱题目）和钟会的《檄蜀文》，恰恰就在《檄蜀文》的末句"各具宣布，咸使知闻"下，连写一"难"字。在"难"字下《集注》引陆善经注说："难，诘问之。"然后换行，题写"难蜀父老"，再换行，题"司马长卿"，这分明表示"难"体的确单独列类。

值得说明的是，《文选集注》所集为李善注、五臣注以及《文选钞》、《文选音决》和陆善经注，似以李善注为底本。这个事实说明唐代的李善注也是以"难"作为独立的文体的。至此,"移"、"难"二体是否单独列类,应该不再有争议了吧。至于有的人根据现存各种宋版李善本、六臣本、六家本,如尤袤刻本、明州本、赣州本、建州本等都列三十七类的事实,来否定"移"、"难"单独立体,那其实是不了解这几种版本的实际面貌所造成的。简单地说,尤袤刻本并不能如实反映李善本原貌,其可靠性还有待于查明它出自何种底本而定;至于六臣本和六家本,其实它们出自一种底本,即北宋元祐九年(1094)二月秀州州学本。这是第一个五臣与李善合并注本,其后的六家本(即五臣在前,李善在后)如广都裴氏刻本、明州本,即据其重雕;又其后,六臣本(即李善在前,五臣在后)如赣州本、建州本,又据六家本重雕,只不过是将五臣与李善的前后次序调换了一下。由此可知,是六家和六臣的底本秀州本在合并时漏掉了"移"、"难"二体,因此其后依其重雕的各刻本也同样漏掉了这两类,这就是为什么现在所见各宋本都标三十七类的原因。①

除了上述现存各版本所提供的证据外,我们还可以根据宋人的记载来证实这个问题。其一是南宋晁公武《郡斋读书志》卷二十著录李善注《文选》六十卷,说:"右梁昭明太子萧统纂。前有序,述其所以作之意。盖选汉迄梁诸家所著赋、诗、骚、七、诏、册、令、教、策秀才文、表、上书、启、弹事、笺、记、书、移、檄、难、对问、议论、序、颂、赞、符命、史论、连珠、铭、箴、诔、哀辞、碑、志、行状、吊、祭文,类辑之为三十卷。"其二是南宋王应麟《玉海》卷五十四引《中兴书目》曰:"《文选》,昭明太子萧统集子夏、屈原、宋玉、李斯及汉迄梁文人才士所著赋、诗、骚、七、诏、册、令、教、表、书、启、笺、记、檄、难、问、议论、序、

---

① 关于这一问题可参见傅刚《文选版本叙录》,载《国学研究》第五卷,北京大学出版社1998年版。

颂、赞、铭、诔、碑、志、行状等为三十卷(与何逊、刘孝绰等选集)。李善注析为六十卷。"其三是宋章如愚《群书考索》前集卷十九《书目门》"文选"条说:"昭明太子萧统集子夏、屈原、宋玉、李斯及汉迄梁文人才士所著诗、赋、骚、诏、册、令、教、表、书、启、笺、记、檄、难、问、议论、序、颂、赞、铭、箴、策、碑、志、行状等为三十卷。唐李善注析为六十卷。"章氏所记全同《中兴书目》,当从其抄出。从宋人的记载看,"难"的确是作为独立文体的。尤其值得注意的是,《郡斋读书志》著录的是李善注本,它证明了在陈八郎本的五臣注之外,当时流传的李善单注本也有"难"体。其次,《郡斋读书志》著录较详细,只漏掉了"辞"、"史述赞"和"论"三类。它著录的顺序也基本与今本《文选》相符,除"箴"、"铭"颠倒以及个别文类名称略有出入(如"文"类写为"策秀才文"、"奏记"省略为"记"、"设论"误为"议论"、"哀"类写为"哀辞"、"吊文"省略为"吊")外,应该就是照原文抄下来的目录。

以上是宋人所见《文选》著录"移"、"难"二体的证据,这样,我们可以说《文选》的文体分类,既不是三十七类,也不是三十八类,而应该是三十九类。

那么,《文选》著录难体有什么历史依据呢?就汉魏六朝文体发展的历史看,"难"作为一种文体,是有著录的。以《后汉书》、《三国志》、《晋书》、《世说新语》为例,大概有这样一些记载:

1.《后汉书·贾逵传》:"(逵)著经传义诂及论难百余万言,又作诗、颂、诔、书、连珠、酒令凡九篇。"

2.《三国志·吴书·薛综传》:"(综)凡所著诗赋难论数万言。"

3.《晋书·卢钦传》:"(钦)所著诗赋论难数十篇。"

4.《晋书·皇甫谧传》:"(谧)所著诗赋诔颂论难甚多。"

5.《晋书·王接传》:"(接)撰……杂论议诗赋碑颂驳难十余万言。"

6.《晋书·虞预传》:"(预)所著诗赋论难数十篇。"

7.《晋书·孙盛传》:"(盛)并造诗赋论难复数十篇。"

8.《世说新语·文学》注引《中兴书》说阮裕:"甚精论难。"

以上史书的记载说明"难"从东汉以来就已作为独立文体被著录。其中多与"论"并列而称"论难",但也有一例称"难论",一例称"驳难",这说明"难"并非依靠"论"而存在。

史书之外,在魏晋六朝一些文章总集中,"难"也被当作单独的文体。这主要见于李充的《翰林论》和任昉的《文章缘起》,其他一些专书如《文章流别论》等因失传而难以考察。李充《翰林论》佚文有一条关于"难"的评论:"研核名理而论难生焉。"这表明《翰林论》著录了"难"体文章。任昉的《文章缘起》共收八十四类文体,其中有"喻难"一体,以司马相如《喻巴蜀檄》和《难蜀父老》两文为代表。

以上所论,可以说明《文选》著录"难"体是有非常充分的版本依据和文献依据的,因此,《文选》的文体分类,应该是三十九类。①

需要说明的是,我们认为《文选》分体为三十九类,主要是对"移"和"难"二体所做的调查,根据《文选序》的体例规定以及对古写本、钞本、五臣注本的考察,证实了"移"和"难"确实在《文选》原本中被单独列类,这样加上尤刻本所列的三十七类,实际应是三十九类。但是,我们也注意到,现在所见到的五臣注本、陈八郎本和朝鲜正德年间刻本,虽然列有"移"、"难"二体,但却都又缺"符命"和"史述

---

① 关于"难"体的具体讨论,参见傅刚《论〈文选〉"难"体》,载《浙江学刊》1996年第6期。

赞"二体,这样,五臣注本所标类目其实也是三十七类。这难免让人产生怀疑:是否《文选》本为三十七类,只是李善注本和五臣注本标类不同而已? 虽然根据《文选序》的体例规定,"移"、"难"、"符命"、"史述赞"四体都应单独列类,但也许萧统当初编辑《文选》时,因时间仓促,未能最后统稿,以致留下这样一些体例上的小毛病。① 由于萧统底本标三十七类,因此在传抄过程中,抄写者或脱掉"移"和"难",而为李善所本;或脱掉"符命"和"史述赞",而为五臣所本。我们不同意这样的猜测,因为唐写《文选集注》残卷是标出了"难"体的,而这是以李善注为底本,可见唐时李善注是有"难"体的,这表明李善本原也并非三十七类,而应是三十九类。同时我们认为五臣注本原也是有"符命"和"史述赞"二体的,今见法藏敦煌写本(伯2525号)于班孟坚《述高纪一首》题上明标"史述赞"。此卷末标有"文选卷二十五"字样,知为三十卷本,表明它可能是萧统原本,也可能是五臣注本,这个事实也否定了五臣本是三十七类的说法。所以我们仍然坚持《文选》是三十九类的观点。

第五节 从《文选》选文看萧统的文学思想

萧统的文学思想除了在几篇书信中有所表达以外,他更通过《文选》的编纂,具体地表示他对文学史和作家作品的评价。《文选》共收周秦以来八代一百三十多位作家、七百多篇作品,写作文体涉及三

---

① 关于《文选》的编辑,参见俞绍初先生《〈文选〉成书过程拟测》(《文学遗产》1998年第1期)及傅刚《〈文选〉的编者及编纂年代考论》(《中国社会科学院研究生院学报》1997年第1期)。

十九种,时间之长,范围之广,入选作品之典范,都是令人赞叹的。它的编选,应该说在许多方面是符合读者需求的。可能正是由于这个原因,它的出现,使魏晋以来编辑的其他选集逐渐失传,《文选》的经典性获得了读者的一致认可。时至今日,我们更加需要依靠《文选》来研究中古时期的文学史。这种依靠一方面表现为文学文献的利用(《文选》保存了大量的作品),一方面表现为批评思想的考察。学术界似乎对前者更为注重,而对后者却有所忽略。其实在某种意义上,后者可能更为重要。因为《文选》一书是萧统批评思想的具体体现,收录在书中的作家作品,已经成为萧统批评思想的组成部分,它的表现形式虽然是作品选,但本质上却是一部文学批评史。一千多年来的《文选》学研究,往往关注它作为文献载体的价值,而忽略了它作为文学批评史的价值。

《文选》分三十九种文体收录作品,但大类上可分为赋、诗、骚、文四类,分别可以看出萧统对赋史、诗史、散文史以及对楚辞的具体评价。

一、赋选

《文选》以赋置于篇首,这种安排曾引起后人的非议。章学诚《文史通义》说:"赋先于诗,骚别于赋,赋有问答发端,误为赋序,前人之议《文选》,其显然者也。"根据他的观点,赋是不应该排在诗体之前的。这种考虑大概出于赋作为文学体裁产生于汉代的事实,而诗与楚辞都产生在赋之前,所以不应该将赋放在篇首。我们认为,这恰恰反映了萧统对文学史的看法。尽管诗歌产生在赋之前,但这诗歌却是被后人视为"经"的,这就与后世的诗体有了区别。尤其在萧统的编辑体例里,"经"的内容是不收录的,事实上《文选》所收的诗,基本是汉以后产生的新体诗。至于楚辞,其实是独立于诗和赋以外的一种文体,虽然南朝时刘勰也说过"然赋也者,受命于诗人,拓宇于楚辞"的话,但在目录学分类上,楚辞是作为独立的一类编于别集和总集之前的。梁阮孝绪《七录》即做了这种安排,《隋书·经籍志》也照搬这一体例,后来的史志因之而不改。为什么会出现这一种特别的体例呢?《四库全书总目提要》说:"盖汉魏以下,赋体既变,无全集皆作此体者。他集不与楚辞类,楚辞亦不与他集类。体例既异,理不得不分著也。"这是说楚辞已成为独立的文体了,不可与其他文体并列。所以才独立成类,别为一门。阮孝绪是梁人,他的观点代表了当时人对楚辞与赋、诗关系的认识。楚辞既然独立于诸体之外,那么它与诗、赋之间的关系就不存在先后顺序的问题了。

  以赋为首的体例,并非创自萧统,汉魏以来的目录学分类都是如此。比如《汉书·艺文志》的《诗赋略》,先列屈原、陆贾、孙卿、客主四类赋,然后才是歌诗。这种排列影响了后人,如《隋书·经籍志》也是以赋列在诗之前。由于历史的原因,这一时期的总集和别集都已失传,不可考察它们的原貌如何,但根据史志的目录分类,我们怀疑可能是以赋置于篇首的。《三国志·曹植传》记载,曹植死后,明帝曾为他编集,该传载明帝诏曰:"撰录植前后所著赋、颂、诗、铭、杂论百余篇,副藏内外。"这应该是《曹植集》的原貌,正是以赋居篇首。

  《文选》共收录五十二篇赋,时代从先秦到梁,但事实上齐代无作品入选,梁代仅江淹一家,而且江淹的两篇赋《恨赋》、《别赋》都作于刘宋之时。基于这个事实,我们认为《文选》选赋的体例可能是以刘宋为下限。如果是这样的话,则《文选》选赋体例与诗、文实有不同。为什么会这样呢?我们怀疑《文选》赋的底本可能是萧衍的《历代赋》。据《隋书·经籍志》,萧衍《历代赋》共十卷,而《文选》所选赋,在三十卷本中恰好也是十卷,卷数是吻合的。另外《历代赋》既称"历代",其体例大概是不收当代作品的,这与《文选》的下限定于刘宋也相吻合。我们知道,萧统编《文选》的时间很仓促,其诗、文部分都有自己早年所编集的底本为依据,唯独赋没有编过,要在很短的时间内完成这么大分量的编辑工作,以其父的《历代赋》为底本应该是最好的选择。这也是《文选》中赋的体例不同于诗、文的主要原因。

《文选》收录的赋大都是传世名篇,但也不是没有自己的选择标准的。据我们统计,《文选》收录历代赋的情况是:先秦作家一人,作品四首;西汉作家四人,作品八首;东汉作家八人,作品十二首;魏作家四人,作品四首;西晋作家七人,作品十五首;东晋作家二人,作品二首;刘宋作家四人,作品五首;梁作家一人,作品二首。从这个统计看,《文选》收录最多的是两汉和两晋的作家作品。两汉的作家作品收录得多,与我们的文学史评价是相符的,而西晋的作家作品的收录情况就与今人的认识有分歧了。此外,再从入选作家的情况看,入选作品最多的作家是潘岳,共有八首,比居第二位的宋玉、张衡多出一倍,显示出编者对潘岳在赋史中地位的充分肯定。从《文选》收录的实际情况看,有许多地方与我们的认识大有偏颇。比如对魏晋文学的评价上,我们一般是对建安文学肯定的多而对晋代文学批评较多,但南朝人似乎更重视后者。又比如对作家的评价,我们往往对作家的文学史地位笼统下判语,《文选》则根据不同文体类别和题材类别而做出不同的评价。如曹植,我们认为他是建安文学最优秀的代表作家,这个评价其实涵盖了曹植各体文学写作,但是《文选》不然,它对曹植的赋似乎评价不高,因为仅选其一首《洛神赋》,还是置于最末的一类"情"类中的。萧统对类别次序的安排是有用意的,李善解释说:"《易》曰:'利贞者,性情也。'性者本质也,情者外染也,于是最末,故居于癸也。"我们知道,两汉时对性和情是有区分的,认为性是"人之阳气,性善者也",情则是"人之阴气,有欲者"(《说文解字》)。张衡在上疏陈事时说:"夫情胜其性,流遁忘返。"这都认为情是有害的东西。东汉末年荀悦《申鉴·杂言下》设为时人说："或曰：人之于利，见而好之，能以仁义为节者，是性割其情也；性少情多，性不能割其情，则情独行为恶矣。"看来萧统的儒家观念都是以情为私欲，应该以性割情。但魏晋以后，由于玄学思潮的影响，个人私情受到了充分的关注和尊重，作家不仅放笔抒写，批评家更是高倡"缘情绮靡"（陆机《文赋》）、"情灵摇荡"（萧绎《金楼子·立言》），这是《文选》在赋中列"情"类的理论依据。不过，虽然"情"在魏晋以后受到了重视，但萧统毕竟是具有正统思想的太子，他的文学观也是主张"文质彬彬，有君子之致"，因此他虽然在《文选》赋类中安排了"情"类，而仍然将其置于最末。这样的话，萧统对曹植《洛神赋》仅作为一般的情赋看待，与宋玉的《高唐赋》、《神女赋》、《登徒子好色赋》诸赋等同，这个评价是不高的。这个事实表明，萧统对曹植赋作并不欣赏，因此评价不高。萧统这种根据作家不同文体写作所做的不同评价，对我们今天的文学史研究是一个启发，也是一个批评，应该引起我们的注意。萧统的这种批评观是贯穿于《文选》一书的，以下我们在诗和文的分析中仍然会论到这一点。

《文选》赋共分十五小类，分别是"京都"、"郊祀"、"耕籍"、"畋猎"、"纪行"、"游览"、"宫殿"、"江海"、"物色"、"鸟兽"、"志"、"哀伤"、"论文"、"音乐"、"情"。这是我们所能见到的最早的对作品内容进行分类的意见。当然这并不是萧统的创例，以类相从，其实是从汉魏以来所使用的通例。如魏曹丕所编《皇览》就是"随类相从"，又如第一部总集《文章流别集》，也是"类聚区分"。不过《皇览》可能是根据题材分类，而《文章流别集》则是按文体分类。[①]《文选》是两种方法并用，全书分为三十九种文体，是继承了《文章流别集》体例，但

---

① 欧阳询《艺文类聚序》："《流别》、《文选》专取其文，《皇览》、《遍略》直书其事。"

在赋和诗中又基本按题材分类,这又是从《皇览》以来的传统。可惜《文选》之前的类书、总集都已散亡,遗文残句,已不可睹其原貌。

《文选》赋的这十五个分类,显然不是按照题材产生的先后安排顺序的。唐人李善称"情"因为与"性"之本不同,故安排在最末,说明唐人也已看出其分类顺序与产生先后无关。事实上题材的产生时间是很难判断的,因为分类本身就有争议,哪些作品列入哪些类别,皆因人而异。比如王粲《登楼赋》明写作者"心凄怆以感发兮,意忉怛而憯恻"的忧伤情怀,《文选》却入于"游览"类,而不是入于"哀伤"类。这样看来按照题材类别的重要程度安排,是《文选》赋类(诗与文也是如此)的编辑体例。从这十五类的内容看,大致上可分为四种,即与帝王生活、活动有关,与人的行旅有关,与自然物色有关及与人之情志有关。与帝王生活、活动有关的题材有"京都"、"郊祀"、"耕籍"、"畋猎"几类,其中"畋猎"类中潘岳《射雉赋》所写是他个人的活动,与帝王无关,是一个特例。与人的行旅有关的有"纪行"、"游览"、"宫殿"几类。其中"宫殿"一类照道理应该属于与帝王生活有关的题材,因本类收录王延寿《鲁灵光殿赋》和何晏《景福殿赋》两篇,鲁灵光殿是鲁恭王所造,景福殿是魏明帝所造,都是帝王之殿。前一篇是王延寿游鲁灵光殿所作,从这个角度说,可以算作与人的行旅有关的内容,但后一篇是何晏奉明帝命所作,是颂扬景福殿的作品,与前一篇不同,故此类置于"京都"之下也是合适的。按,宫殿题材可说是与汉赋同时诞生的,据《汉书·枚皋传》记载,汉武帝曾让枚皋作《殿中赋》和《平乐馆赋》,可见宫殿赋一开始就产生于帝王生活中,《文选》将其作为一种题材列类,有理由列于"京都"之下。与自然物色有关的有"江海"、"物色"、"鸟兽"几类,与人的情志有关的有"志"、"哀伤"、"论文"、"音乐"、"情"几类。这一类中其实"志"、"哀伤"和"情"属于一类,而"论文"、"音乐"属于一类,但编者对"情"是有保留的,所以置于最末,这种安排使得编排体例有些凌乱。在这十五种题材中,萧统独以"京都"为首,说明他对这个题材的看重,那么萧统以"京都"为首的依据何在呢?我们以为这与"京都"题材中"五都赋"的地位有关。所谓"五都赋"即张衡的《二京赋》和左思的《三都赋》,"五都"合称,见于东晋孙绰。《世说新语·文学》记孙绰说:"《三都》、《二京》,五经鼓吹。"刘孝标注说:"言此五赋是经典之羽翼。"《隋书·经籍志》总集部载有《五都赋》六卷,可见当时人已将张、左五赋合为一书。京都赋写作最早当推扬雄的《蜀都赋》,但建立规矩,对张、左等人产生影响的自然是班固的《两都赋》。孙绰之所以只称《三都》、《二京》而没有提到《两都》,应当是口谈便利的原因,其实应该是包括了班固《两都赋》的。也正是这个原因,史志著录也将"京都"题材列在首位,如《隋书·经籍志》在赋总集之后,即以《五都赋》列在各赋之前。

萧统的十五类题材,大体上概括了汉魏六朝赋的内容。但从其每类所系作品看,有些未必完全合于类题。比如我们以上提到的王粲《登楼赋》,可能更合于"哀伤"类;又如贾谊《鵩鸟赋》,史书明言"谊自伤悼",应列入"哀伤"或"志"类,但《文选》却列入"鸟兽"类,不惟不合,而且也贬低了贾谊此赋的思想意义。再如《洛神赋》,此赋托与神女不遇,主旨在抒发曹植黄初以后郁闷不得志的忧伤,而《文选》却作为一般的情赋。但是所有这些我们认为不妥当的编排,都是我们后人的认识,是不能作为历史事实来进入讨论状态的。研究文学史也许更应该在历史事实的基础上,探寻事实产生的条件和原因,而不是简单地批评。《文选》分列十五类来概括汉魏以来赋作的题材内容,以及每一类所选的作品,也许不合于后人的观念,但却是萧统等人的认识。我们的任务是弄清楚产生这种认识的历史事实,而不是以自己的认识来取代萧统的认识。从萧统对上述诸赋的类别安排看，似乎他重视的是外在形式，甚或只是据题目归类，比如《鹏鸟赋》题目有鸟，因而归入"鸟兽"；而《登楼赋》因登楼而归入"游览"。这种编例简单，但却易于操作，它省去了辨析文章思想内容的过程，而辨析文章的思想内容是一件非常复杂的事，往往因人而异，所以结果可能并不准确，这可能是萧统采取简单编例的原因。此外，古人对文章的理解与今人往往有异，比如陶渊明的《闲情赋》，后人以为寓有寄托，但萧统却认为是"白璧微瑕"（《陶渊明集序》），这是把《闲情赋》只作为一般的私情作品来理解了。对作品的理解不同，也是萧统系赋入类与今人不同的主要原因。即如《洛神赋》，六朝人似乎是把它作为情赋理解的，东晋的顾恺之作《洛神赋图》即从此处着笔，所以萧统也就把它归入"情类"。此赋大约在中唐以后更被人附会为和甄妃有关，南宋尤袤刻本《文选》李善注在"曹子建"下引"《记》曰"一段文字，称曹植在汉末求甄妃未遂，曹操回与曹丕，曹植心不能平。至黄初中，曹植朝京师，时甄妃已死，文帝曹丕示以甄妃玉镂金带枕，曹植见而感泣，曹丕因将此枕见赠。曹植朝会后还渡洛水，甄妃现形，并自荐枕席。曹植因作《感甄赋》。这个故事荒诞不稽，除尤刻本外，其他各本都没有这条注文，因此后人怀疑是尤袤所加。这当然是冤枉了尤袤，因为尤袤刻书也是有底本的，比如在他之前的姚宽在《西溪丛语》中就引用过这条注文，说明不是尤袤所为。不过，除尤刻本外，各本虽不载这条注文，但在此赋"动朱唇以徐言，陈交接之大纲。恨人神之道殊，怨盛年之莫当。抗罗袂以掩涕兮，泪流襟之浪浪"下，各本（包括北宋国子监本）都有这样的注文："此言微感甄后之情。"这分明是说《洛神赋》与甄妃有关系了。但这条注文的真实性还有待分辨，《太平广记》卷三百一十一"萧旷"条载萧旷遇洛神女，称陈王曹植曾为她作《感甄赋》。这个故事出于《传记》，当是中唐人所作。晚唐诗人李商隐《无题》诗说："贾氏窥帘韩掾少，宓妃留枕魏王才。"

这里提到宓妃留枕,当是受到了《传记》的影响。又晚唐的陆龟蒙《自遣诗三十首》之三说:"座上不遗金带枕,陈王辞赋为谁伤?"明指文帝示枕之事,可见这个故事在晚唐时已广泛流传了。从唐人所题看,似乎也都还是将《洛神赋》作为一般的情赋,盛唐时期的李白是如此(《感兴六首》"陈王徒作赋,神女岂同归"),晚唐的李商隐也是如此(《东阿王》"君王不得为天子,半为当时赋洛神")。如此看来,萧统将《洛神赋》作为一般的情赋,和当时乃至唐人的看法都是相符合的。

二、诗选

《文选》"诗"类共收一百五十五位诗人,四百三十九首作品,按题材分为二十四小类①。这二十四个小类,基本按题材区分,但最末几类如"乐府"、"挽歌"、"杂歌"、"杂拟",按我们现在的文体观点看,却不是题材,而应是诗歌的体裁。即如"乐府",刘勰《文心雕龙》明确把它从诗歌中独立出来,单列一体。又在刘勰之前的沈约,在《宋书·自序》中论列沈林子和沈亮的著述时,都以乐府作为独立的文体,与诗、赋等并列。这在当时大概是比较先进的辨体观念了,因为当时还有许多人是把乐府与诗混同看待的。除萧统以外,如任昉《文章始》解释"乐府"说:"古诗也。"再如钟嵘《诗品》品评五言诗,也将乐府作为品评对象。曹操所作尽为乐府,钟嵘将他置于下品;又王粲《七哀》是乐府题目,钟嵘说它是"五言之警策也"。萧统的文体观受任昉影响较大,所以他没有像刘勰那样将乐府从诗中区分开来,而是作为诗中的一类。

---

① 尤刻李善本作二十三类,五臣注本作二十四类。二本的区别是:五臣本以卷二十三欧阳建"临终"别立一类,与"咏怀"相区分;尤本则以"临终"入于"咏怀",系于谢惠连《秋怀诗》之下。

从《文选》所列二十四小类的题材看,有几个是与赋的题材类名相同或相似的,如"哀伤"、"游览"等。其他从性质上看相似的如诗中的"咏怀"、"行旅"、"郊庙"和赋中的"志"、"纪行"、"郊祀"。除此之外,《文选》诗、赋题材分类上还有近二十个不同的类名,这说明什么问题呢?最好的解释是诗、赋体既不一,描写内容当然有所不同,但同是相同性质的如"行旅"和"纪行",为什么不能使用相同的名称呢?这个事实或许说明,《文选》的编纂由东宫学士分体裁分类别完成,编赋和编诗、编文同时进行,因此各体裁中题材类别的区分和命名,都由自己决定。我们注意到,《文选》赋类的题材类名,大都是根据作品内容所做的规定,有点像类书的区分。但在诗中,类名往往根据某一篇作品的篇名而定。如"补亡"、"述德"、"公宴"、"咏史"、"百一"、"游仙"、"招隐"、"反招隐"、"咏怀"、"临终"等,都本是某一作家的作品题目。此外,这些类别除"公宴"、"咏史"外,又往往是小类,甚至以一位作家的作品构成一类,如"述德"、"百一"、"反招隐"、"咏怀"、"临终"都是这样。

《文选》选诗具体地表明了萧统对作家作品及对汉魏六朝诗歌发展史的评价,这个评价与同时代批评家的观点有同有异。最重要的是,萧统的许多评价与我们今人的观点不同,而他在选本中表现的批评思想,对我们的文学史研究,也具有指导意义。从《文选》所收诗歌的实际看,列在前十位的诗人分别是陆机、谢灵运、曹植、颜延之、鲍照、潘岳与左思、谢朓、王粲、沈约、陶渊明。这个排列顺序是根据作品入选数量、作家所占题材类别及作家在每一类别中所占的地位来统计的,因此较能客观反映萧统的评价。萧统的这个评价与当时的批评家如刘勰、钟嵘基本一致。如排在前三名的诗人陆机、谢灵运、曹植,正是钟嵘《诗品》所说的"太康之英"、"元嘉之雄"和"建安之杰"。这一事实也说明这些诗人在梁时已经取得了公认的评价,所以各家的品评相差不多。在萧统所列的这十一个人(潘岳和左思并列第六位)中,陶渊明情况有些特殊。在前面的文字中,我们介绍了陶渊明在梁时被认识的过程,不仅萧统对他评价极高,萧纲、萧绎等也都表示了非常认同的意见。钟嵘虽然把陶渊明置于中品,但对他的评价却是很高的。至于刘勰,一般人都认为《文心雕龙》不评陶渊明,是刘勰无视陶诗价值的表现,其实我们认为这是囿于《文心雕龙》的体例。因为《文心雕龙》对刘宋以后诗人不加品评,而在南朝人眼里,陶渊明是宋人,而非东晋作家。不论刘勰对陶渊明持何种态度,《文心雕龙》不评陶渊明是不能作为证明某种观点的依据的。

从整体上看,萧统对汉魏以来诗人的评价与时人的品评没有什么太大的区别,但是,我们注意到,萧统的评价不是笼而统之的。以排列第一的陆机为例,由于《文选》分类选诗,陆机的这种第一的地位其实只表现在某些题材类别中。比如在"赠答"和"乐府"中,陆机都占首位,但在其他类别中就不是这样了。比如"公宴"类,颜延之占首位;"咏史"类,左思占首位;"游览"类,谢灵运占首位;"哀伤"类,潘岳占首位。这也就是说,在这些题材类别的写作中,陆机并不是最好的诗人。他的突出成绩主要反映在"赠答"和"乐府"两类题材中。再以谢灵运为例,《文选》选其诗四十首,他占首位的题材类别是"游览"和"行旅",这两类都与山水有关,可见萧统是承认谢灵运在山水诗写作中的特殊贡献的。

考察萧统的分类品评,我们发现,他关于谢朓的评价与后人的认识不同。在后人的眼里,谢朓是继谢灵运之后的山水诗人,但在《文选》中,最符合山水诗定义的"游览"类,谢朓却仅有一首诗入选,数量还不如颜延之和沈约,这是很令人惊奇的。《文选》选录谢朓二十一首诗,没有在任何一类中占居首位,入选最多的类别是"杂诗"和

"行旅"。所谓"杂诗",李善注说:"杂者,不拘流例,遇物即言,故云杂也。"说明"杂诗"的特征是"不拘流例,遇物即言",也就是说它不像其他二十三类诗那样有一定的体例。五臣注说:"兴致不一,故云杂诗。"又取杂咏杂感之意。至于《文镜秘府论·论文意》说:"杂诗者,古人所作,元有题目,撰入《文选》,《文选》失其题目,古人不详,名曰杂诗。"并不符合原意。《文选》收录有主名"杂诗"的诗人共十五位,不能说"古人不详"。即以谢朓为例,谢朓此类入选八首,全是明标题目的,或为和人,或为当值,或睹物兴感,但主题都深寓作者感慨,也即五臣注所说的"兴致不一"。至于"行旅",涉及山水题材,但与纯写山水的"游览"类实有不同。五臣李周翰注说:"旅,舍也,言行客多忧,故作诗自慰。"这在本质上与"杂诗"也是相通的,不过是通过记叙宦旅风物来抒写个人忧思而已。看来萧统并不是把谢朓作为山水诗人看待的,而是把其作为抒发感慨的诗人对待的。也许这才是谢朓在诗歌史中的真实地位,萧统这种通过题材来品评作家真实作用和地位的批评观,对我们不无启发。

与赋的编选体例不同,《文选》选诗已兼顾当代,如齐代收录三人、二十四首诗歌,梁代收录六人、五十三首诗歌,显示了编选者对当代诗歌的关注。就《文选》对各代诗歌选录的实际看,萧统所收作家作品以西晋和刘宋两代最多,其次才是建安。这个结果与三个阶段的代表诗人陆机、谢灵运、曹植的排列顺序一样,不能说是巧合。对西晋和刘宋的高度评价,说明这两代文学对齐梁创作产生了重要影响,这是我们的文学史研究所要加以重视的地方。

三、文选

《文选》文类共收录三十五种文体,七十六位作者,一百六十一篇文章(陆机《演连珠》五十首按一首计算)。文类的收录在体例上与诗类又有不同,即更表现出对当代作家作品的重视,前人称《文选》在体例上有详近略远的倾向①，其实只有文类略为符合，但仍不能说是"略远"。事实上《文选》选录齐代四位作家七篇作品、梁代七位作家二十九篇作品，分量的确不小了，但是我们同时看到，《文选》选录西汉十四位作家二十六篇作品，选录三国十六位作家三十四篇作品，选录两晋十五位作家二十六篇作品，和齐、梁相比，无论作家还是作品都不少，怎么可以说是"略远"呢？此外，所谓梁代作品二十九篇，任昉一人就占了十七篇，若说"详"的话，也详在任昉一人身上。任昉是齐梁时期最大的散文作家，当时与沈约合称"沈诗任笔"，这是说沈约长于写诗，任昉长于为文。据说任昉不满于这个说法，晚年因而倾力于写诗，想在诗歌上也超过沈约。不管任昉的诗歌写作是否超过了沈约，但在天监初年，他倡导的以事典入诗的诗风，的确造成了很大的影响。不过，任昉最大的成就和影响仍然表现在散文，尤其是应用文写作上。《梁书·任昉传》说："昉雅善属文，尤长载笔，才思无穷，当世王公表奏，莫不请焉。"任昉既精于为文，又著有辨析文体的著作《文章始》。他对文体起源的一些看法，影响了萧统编辑《文选》，因此《文选》重点选录任昉的作品，是不奇怪的。

　　《文选》收录三十五种文体，基本采用由上及下、由生及死的顺序。比如诏、策、令、教、文（策秀才文），是朝廷文书，反映了由上及下的关系；表、上书、启、弹事、笺、奏记等，则是臣下奏御之文；从书、移、檄、难至箴、铭，是社会生活中各种应酬等文体，是生者之间的文字；最后几种文体诔、哀、碑文、墓志、行状、吊文、祭文等，则专门用于死者。《文选》以文体为据收录作家作品，这本身带有辨体的目的，但在许多文体中萧统不仅选录了与文体本义有异的文章，而且大量选录文体体制规格、风格都有很大变化的齐梁作品。像令、策秀才文、启、

---

① 骆鸿凯《文选学》，中华书局1989年版，第34页。

弹事、墓志、行状等文体,萧统只取齐梁作品,表明了萧统在这些文体中以当代作家作品为典范的思想,这是与刘勰不同的地方,也是值得我们注意的。

四、《文选》选文对文学史研究的启发

以上关于《文选》赋、诗、文的分析,基本可以见出萧统对文学的评价。总的看来,萧统与南朝其他批评家没有太大的差别,比如对汉魏六朝代表作家的认同,对优秀作品的确定和评价,基本都是一致的,这是从总貌上得出的结论。然而,当我们研究的触角深入到不同的文体,或相同文体的不同类别上时,就发现以往研究的结论,竟有许多尚须重新认识或需加以修正的地方。这主要表现在以下几个方面:

(一)汉魏六朝作家的成就、地位并不是笼统的,而是分别表现在不同文体领域中。以潘岳、陆机为例,潘、陆齐名,然而孰优孰劣,在当时乃至后世一直都是有争论的问题。这个问题仅靠对争论双方的审美趣味以及争论发生的历史背景来分析,似乎还不足以说明问题。但在《文选》所选二人不同文体作品的统计分析中,则一目了然。《文选》诗歌类选录陆机五十二首作品、潘岳九首作品,这说明陆机在诗歌创作领域中的成就是远远超过潘岳的。再看赋类,陆机入选作品仅有两首,而潘岳有八首,居赋类之首,这又说明潘岳在赋作中的成就超过了陆机。再观文类,陆机入选七首,其中《演连珠》五十首全部入选,潘岳则入选五首,少于陆机。当然,入选作品的一二首之差还不足以说明问题,但陆机的七首作品,分布在六类文体中,而潘岳仅占两类文体,这说明潘岳的散文写作起码不如陆机驰骋的领域宽广。因此,这个比较还是能够说明问题的。虽然上述比较说明陆机较潘岳更为优秀,但是由于散文文体种类不同,这个结论也不能妄下。因为潘岳尽管在连珠体、序、论、表等中没有陆机突出,他在哀诔中的才能却又是陆机所不可比拟的。刘勰说潘岳"贾余于哀诔"（《文心雕龙·才略》），可见这也是时人的共识。

汉魏六朝时期，由于文笔之辨，形成了笔不如文的价值判断，因而，诗歌后来居上，其地位超过了散文，甚至也超过了辞赋，这样，一些在诗歌中擅场的诗人，就奠定了在文学史中的地位；批评家对他们的作用、地位的判定，往往依据于诗歌中的评价而涵盖其他文体的创作。反之也是，一些在散文等文体中卓有成就的作家，由于其诗名不扬，后人的批评往往便会大打折扣。前者如曹植，后者如任昉。曹植的诗歌地位自不待言，钟嵘将他与陆机、谢灵运分别标为建安、太康、元嘉三个历史时期的诗歌领袖，这一地位使得曹植成为魏晋南北朝文学史上最杰出的作家。当然，曹植的散文也卓有成就，《文选》收录五篇，列在第三位。但是从《文选》赋类看，曹植仅入选一首《洛神赋》，列在最后一类"情"类中，与有争议的宋玉作品排在一起。这说明曹植在赋文学史中的作用和地位，并没有得到当时人的认可。其实曹植是十分重视作赋的，他生前曾亲自编选自己的赋集七十八篇，称为《前录》，在《自序》中他说："余少而好赋，其所尚也，雅好慷慨，所著繁多。虽触类而作，然芜秽者众。故删定别撰，为《前录》七十八篇。"据此知曹植所著赋实不止七十八篇，如果他编《前录》之后还有赋作的话，那作品数量还要加多。问题是，曹植这么多赋作，竟然没有在当时的文坛上产生过影响。不仅《文选》，刘勰《文心雕龙·诠赋》篇所称"魏晋赋首"的六个作家，也没有提到曹植，可见当时对曹植的赋评价并不高。但是，这个事实，长期以来却被曹植的诗名所掩盖，后人对他进行总体评价时，都没有注意到这一点。

再如任昉，从《文选》的统计可以看出，他是文类入选作品、所占文体最多的一位作家，应该说这是真实地反映了任昉在当时文坛上的影响和所处的地位的。他的散文写作对后世产生了极大的影响，为散文文体的发展做出了贡献。但是由于他不擅于诗，这竟掩蔽了他的散文成就，从而影响到对他文学史地位的评价，以文学史著作而言，民国以来一两百种文学史几乎都没有任昉的专节，这还是很能说明问题的。

从对《文选》分体、分类选录作品的统计还可以看到，即使同一种文体，比如诗，作家的成就也并非表现在各种题材上。像谢灵运，《文选》录其诗四十首，其中"游览"类收录九首，"行旅"类收录十首，名列该类之首，这与后世称其山水诗人的评价相符，说明山水诗的写作的确是大谢诗歌成就的主要方面。除此之外，谢灵运在其他题材中就不占优势了。因此在对谢灵运诗歌进行全面评价时，应该充分考虑这一事实。类似谢灵运这样的情况提醒我们的文学史研究，必须对历史事实调查清楚，才能避免片面、偏颇的结论。通过调查历史事实，我们还会发现，一些沿用长久的历史评价，原来与事实并不尽相符。如谢朓，长期以来都将他与大谢并论为山水诗人，但从《文选》的选录情况看，他入选最多的类别既不是"游览"，也不是"行旅"，而是"杂诗"，这说明萧统对谢朓的评价没有定位在山水诗上。这个观点将为我们重新研究谢朓提供重要的历史依据。

（二）汉魏六朝作家在当时的地位与后人的评价往往不一致。从《文选》选录的作品看，有一些在后世评价不高的作家，在当时却具有十分重要的地位，如陆机、颜延之、任昉，甚至应璩等人。陆机在魏晋南北朝无疑是最有影响、也最有地位的作家之一，他在诗歌中所获得的荣誉超过了曹植和谢灵运，直至唐代，官修《晋书》，唐太宗竟亲自为他撰写传论，称他是"远超枚、马，高蹑王、刘，百代文宗，一人而已"。这个评价可谓非常高。但自宋代以后，陆机就开始受到了批评，并且每况愈下，这一状况一直持续到今天。最近，才陆续有人对陆机进行历史复位,重新考察他在文学史中的作用。当然,文学史的发展规律表明,许多在当时荣极一时的作家,其作品价值并不一定高;相反,一些在当时备受冷落的作家,作品却具有永恒的价值。我们认为,文学史研究与一般的作家作品选不同。作品选往往依据于编选者的价值观对作家作品进行择优汰劣,它可以仅仅根据作品的价值(符合编选者时代的价值)操作,但文学史研究却不同,研究者不仅依据于作家作品在后世拥有的地位,还必须研究它在作家生活的时代所具有的实际地位。因为价值是一个历史概念,不同时代有不同的价值观,这或多或少地会影响研究者的判断,这是其一。其次,什么是有价值?我们以为,一个作家在历史上产生过影响,曾经成为一代或数代人学习的榜样,这就是有价值。历史的发展具有割不断的特性,这就是传统,当一个作家对后来者产生影响时,他就对文学做出了贡献,这贡献就溶进文学史发展的洪流中,成为传统的一个部分。因此,当我们研究古代作家时,必须对作家在当时的地位、成就、影响进行认真、慎重的调查,切不可以后世的价值判断简单地强加给历史。由此,我们认为文学史研究必须注意以下两点:

1.必须尊重历史事实,对原发事实要有充分的了解,要有自己的调查、分析,不可人云亦云,更不可随意解释。比如《文心雕龙》不评陶渊明,向来认为是刘勰轻视陶诗的结果,与南朝整体文风有关。其实事实并非如此,陶渊明未入《文心雕龙》,完全是该书不评宋人的体例所限。在南朝人眼里,陶渊明是宋人,而非东晋作家。后人不了解这个事实,多喜欢在陶诗与六朝文风不合之上做文章;更有甚者,从当时的士庶对抗上深挖根源,结果是距事实越来越远。又比如前人所说《文选》选文是详近略远,今人不加验证就作为结论使用,这都是对史实不加调查的结果。

2.对古人的观点,必须弄清楚其依据,然后才能谈到批评。比如后人批评《文选》所列诸文体的不当，实在是不了解《文选》的依据何在。问题就在这里，这是一种极坏的批评风气，批评者根本不愿去了解被批评对象的出身依据，仅凭自己的主观见解而随意批评。这种批评既不尊重被批评者，也不尊重自己，因此是一种两方面都不负责任的态度。然而，当今学术界竟然有不少这样的不良作风，真心地希望我们古代文学研究者能够抵制它，而坚持一种认真、负责、实事求是的研究态度，这是我们从《文选》研究中生发出来的一个感想。

第六节 《文选》的流传及影响

《文选》编成后不久，萧统就陷入了"埋鹅事件"，再不久即病逝，这个事件自然会影响到《文选》的流布。即使如此，《文选》仍以它高于其他选本的价值，受到当时人的重视和喜爱。《太平广记》卷二百四十七"石动筩"条记："(北齐)高祖尝令人读《文选》，有郭璞《游仙诗》，嗟叹称善。诸学士皆曰：'此诗极工，诚如圣旨。'动筩即起云：'此诗有何能，若令臣作，即胜伊一倍。'高祖不悦，良久语云：'汝是何人，自言作诗胜郭璞一倍，岂不合死？'动筩即云：'大家即令臣作，若不胜一倍，甘心合死。'即令作之，动筩曰：'郭璞《游仙诗》云：青溪千余仞，中有一道士。臣作云：青溪二千仞，中有两道士。岂不胜伊一倍？'高祖始大笑。"按，这条材料出隋侯白《启颜录》，当不致有误。北齐高祖高欢武定五年(547)去世，说明在这之前《文选》已经传至北朝。萧统于公元531年去世，至公元547年仅十六年，而《文选》已经传至北齐，可见流传速度之快，亦可见《文选》在当世已受人瞩目。北朝情况如此，南朝应该更为关注这本选集，可惜没有材料进一步证实这一点。

《文选》传至隋代,由萧统从子萧该为作《音义》。萧该博学,尤精《汉书》,撰有《汉书音义》,其作《文选音义》,则有树立家学的目的。萧该此书,《隋志》著录为《文选音》三卷,两《唐志》则著录为《文选音义》十卷。萧该注《文选》,实开《文选》学先河。但萧该的《文选》学似乎没有流传下来。据《隋书·儒林传》记,萧该在荆州陷落后,与何妥同至长安,后仕隋为国子博士。萧该精《汉书》,著有《汉书音义》和《文选音义》,咸为当时所贵。据此,可知萧该是在长安时作《文选音义》,而且随他学习的人也还不少,可是现有的资料却未见他有什么传人。但这却是一个值得研究的问题,比如说五臣本《文选》,其正文与李善本颇多歧异,那么他们使用的底本有什么根据呢?我们颇怀疑五臣的底本可能就出自萧该。黄季刚先生《文选平点》说:"顷阅余仲林《音义》,考其旧音,意非五臣所能作,必萧该、许淹、曹宪、公孙罗、僧道淹之遗。"又说:"余所称旧音,乃六臣本音、汲古阁本音不在善注中者,称为旧音,或旧注音。五臣既谫陋,亦必不能为音,今检核旧音,殊为乖谬,而直音、反切间用,又绝类《博雅音》之体,纵命出于五臣,亦必因仍前作。"①按,余仲林即余萧客,清初人,著有《文选音义》一书。又黄氏所说"僧道淹",即许淹。据黄氏所说,五臣所注之音,大皆继承前人,而非如他们所说的自具字音。我们怀疑五臣所依据的《文选》音,可能就是萧该的《文选音义》,他们所依据的三十卷底本,也同样出于萧该。当然这还只是猜测,还有待进一步发掘史料来证明。

　　《文选》形成"学",是在隋末唐初,创始人是曹宪。曹宪曾经仕隋为秘书学士,聚徒教授,诸生数百人。撰有《文选音义》十卷,早已失传,不知曹宪之学与萧该有无关系。《旧唐书·儒林传》说此书甚

---

① 《文选平点》,黄侃评点,黄焯编次,上海古籍出版社1985年版,第3页。

为当时所重,"初江淮间为《文选》学者,本之于宪。又有许淹、李善、公孙罗,复相继以《文选》教授,由是其学大兴于代"。曹宪不仅撰有《文选》研究专著,又带出一批研究《文选》的学生,因此造成了《文选》大大兴盛于当时的景况。据两《唐志》记载,曹宪的这些学生也都有《文选注》专书,如许淹有《文选音义》十卷,李善注《文选》六十卷,公孙罗注《文选》六十卷,又《音义》十卷。这些专书除李善注本外,都已失传了。但二十世纪初,在日本发现了唐写本《文选集注》残本,此书原为一百二十卷,今所存不过二十余卷。《集注》以李善本为底本,依次录《钞》、《音决》、五家本和陆善经本。据《日本国见在书目》记载,公孙罗有《文选钞》五十卷,《文选音决》十卷,因此后人都认为《集注》所载《钞》和《音决》,都是公孙罗的书,其实这是个误识。因为《集注》卷四十七曹子建《赠徐幹诗》有"《钞》曰:罗云从此以下七首,此等人并子建知友云云"的话,可见《钞》非公孙罗所撰。《文选集注》的编辑年代不可知,大约在唐末宋初。由于此书在中国历史上未见任何著录,只是在日本发现,以致前人怀疑是否出自日本人之手。但这个结论显然不确,因为这个写本避唐讳,应该是唐人所为。1974年台湾学者邱棨鐊发表文章,指出在第六十八卷发现有"荆州田氏藏书之印"及"博古堂"钤记,荆州田氏即北宋著名藏书家田伟,其藏书堂号"博古堂",由此可证这个写本曾经为田伟所藏,亦可证《集注》的编成在田伟之前。① 此本如果出自唐人之手的话,是很有意义的,因为据现存的材料,李善注本在唐代似乎不大受欢迎。六臣注《文选》载玄宗的话说:"比见注本,唯只引事,不说意义。"即批评李善本。晚唐李匡义《资暇录》说:"世人多谓李氏立意注《文选》,

---

① 见《今存日本之〈文选集注〉残卷为中土唐写旧藏本》,载台湾"中央日报"1974年10月30日第10版。

过为迂繁,徒自骋学,且不解文意,遂相尚习五臣。"李匡乂是批评世人习五臣的不良风气的,不过从他的话里,可以看出当时人多习五臣而非李善。但是就是产生在这样背景里的《文选集注》,却以李善注为底本,说明李善本还是受到有识之士的重视的。唐代大诗人白居易《偶以拙诗数首寄呈裴少尹侍郎》诗说:"《毛诗》三百篇后得,《文选》六十卷中无。"这里说的六十卷《文选》,或即为李善注本,因为五臣注本是三十卷,这也说明白居易所读的《文选》,很可能就是李善注本。

《文选》在唐代深受读书人的欢迎,一些大诗人、大作家都曾深入学习过《文选》。近人李审言曾撰有《杜诗证选》和《韩诗证选》文章,说明杜甫、韩愈的写作都深受《文选》沾溉,这是坚确不移的事实。杜甫有两首诗论到《文选》,一是《水阁朝霁奉简严云安》"呼婢取酒壶,续儿诵《文选》";一是《宗武生日》:"诗是吾家事,人传世上情。熟精《文选》理,体觅彩衣轻。"这两首诗一是让儿子诵读《文选》,一是说熟精《文选》理与写诗之间的关系,都证明杜甫受到《文选》的深刻影响。唐代另一位大诗人李白也非常看重《文选》,《李太白集注》引《酉阳杂俎》记:"李白前后三拟《文选》,不如意,悉焚之,惟留《恨》、《别》赋。"可见李白对《文选》所下的功力之深。除了这些大作家外,唐代士子也都把《文选》作为必读书。比如二十世纪初发现的许多敦煌写本《文选》,从字体看,有好有劣,亦可见阅读的人水平参差不齐。此外还有一篇《西京赋》,是唐高宗永隆年间弘济寺僧所写,则见《文选》的流传更是深入道俗了。韩愈《李郱墓志》说郱:"年十四,能暗记《论语》、《尚书》、《毛诗》、《左氏》、《文选》,凡百余万言。"(《全唐文》卷五百六十三)这里以《文选》与经书相提,作为士子必诵之书,已说明唐时的风气。《文选》与经书并论,早在唐玄宗开元时就是如此了,据《旧唐书·吐蕃传上》记,开元十八年(730)吐蕃使奏称金城公主请赐《毛诗》、《礼记》、《左传》、《文选》各一部，玄宗令秘书省写与之。金城公主远嫁吐蕃，所索书以《文选》与经典同请，亦见《文选》在当时所居的地位，并见其书远播异域、影响深远的情形。唐人不仅读、诵、抄写《文选》，还兴起一股不大不小的注释风潮。除了上引几家注本外，据《玉海》卷五十四引《集贤注记》说："开元十九年三月，萧嵩奏王智明、李元成、陈居注《文选》。先是冯光震奉敕入院校《文选》，上疏以李善旧注不精，请改注。从之。光震自注得数卷。嵩以先代旧业，欲就其功，奏智明等助之。明年五月，令智明、元成、陆善经专注《文选》，事竟不就。"又刘肃《大唐新语》所记亦相类似。按，开元十九年之前《文选》的注本已有曹宪、公孙罗、许淹、李善及五臣等，但冯光震上疏仍以李善为说辞，说明当时仍以李善注影响最大。而玄宗在吕延祚上《进五臣集注文选表》时，曾加以奖赏，称为好书，为什么还要批准冯光震的改注呢？这或许说明唐人对当时流行的各家注本都不满意，都有自己的注释体例。今见敦煌写本有两种出于李善、五臣之外的注本，一是俄藏标孟01452号①，起自束广微《补亡诗》注至曹子建《上责躬应诏诗表》；一是日本永青文库藏纯注本，起自司马相如《喻巴蜀檄》至司马相如《难蜀父老》注。此外，天津艺术博物馆藏《文选注》，起自赵景真《与嵇茂齐书》注，至孔德璋《北山移文》注，是与永青文库藏本内容相连的前半部分断片。这两种注本的出现，可以帮助我们了解唐代注释《文选》的一般面貌。

《文选》流传以后，应该说对其他的总集是一个冲击。由于《文选》在选文定篇上的权威性，以及它拥有了大量注本，人们遂将阅读

---

① 俄藏敦煌文献中有关《文选》的写本有四种，1993年12月，上海古籍出版社与俄罗斯科学院东方文学研究所圣彼得分所合作，双方同时出版《俄藏敦煌文献》，该书于所藏文献重新编号，原孟01452号写本重新标为Φ242号。

的注意力渐渐集中固定在这本书上，使得其他选集逐渐失去读者群，而慢慢佚失了，这当然是非常可惜的事情。除了对总集造成冲击外，《文选》对别集也有一定冲击。读者阅读目的原本是以精华文章为主，从这个角度说，《文选》足以满足读者的要求。我们看到唐初的一些类书，已经以《文选》取代别集的名称了。比如《艺文类聚》卷八十二"芙蕖"条引刘桢、江淹、谢朓等人的诗，不称引诗人，而径称"《文选》曰"。如"芙蓉散其华"本出自刘桢的《公宴诗》，《艺文类聚》却径称"《文选》曰：芙蓉散其华"。又如"神飙自远至，左右芙蓉披"出自江淹《杂体诗》，"鱼戏新荷动"出自谢朓的《游东田》，而都称出自《文选》。这样在很大程度上取消了别集的独立性，也冲淡了别集的影响。由唐至宋，总、别集的大量散佚，当然与时代的动乱有关，但经典选本的冲击，也是一个重要因素。宋代以后，重编前代别集，有许多只能依靠《文选》等书，这一方面固然显示了《文选》作为历史文献的价值，另一方面也说明这些经典选本在流传过程中已经无意中造成了别集的散亡。

《文选》至宋代，在读书人中造成了更大的影响。陆游《老学庵笔记》卷八说："国初尚《文选》，当时文人专意此书，故草必称王孙，梅必称驿使，月必称望舒，山水必称清晖。至庆历后恶其陈腐，诸作者始一洗之。方其盛时，士子为之语曰：《文选》烂，秀才半。"这是宋代以辞科取士所造成的。又据郑文宝《南唐近事》说："后主壬申张佖知贡举，试'天鸡弄和风'。佖但以《文选》中诗句为题，未尝详究。有进士白云：'《尔雅》翰天鸡，䳚天鸡，未知孰是？'佖大惊，不能对，亟取《尔雅》检之，一在《释虫》，一在《释鸟》，果有二，因自失。"按，"天鸡弄和风"出于谢灵运《于南山往北山经湖中瞻眺诗》。《文选》既为考试题目，当然引起读书人重视。宋人对《文选》的精熟程度，可能比唐人有过之而无不及。举一例可概其余，比如修《新唐书》的宋祁,小名"选哥",尝自称手抄《文选》三过,这确可与李白的三拟《文选》比肩。

《文选》不仅是读书人学习辞章的重要书籍,它的体例也对后代总集的编纂产生了极大影响。《文镜秘府论》引"或曰"①说:"梁昭明太子撰《文选》,后相效著述者十有余家,咸自尽善。"说明仿效《文选》编集者很多。仿效之名,或曰"续",或曰"拟",如《新唐志》载有孟利贞《续文选》十三卷、卜长福《续文选》二十卷、卜隐之《拟文选》三十卷,都是赓续《文选》之作。这个事实说明后人已把《文选》作为选本的典范来看待,又不独集部,即唐以后的类书也参照过《文选》的体例。唐初所编《艺文类聚》序说:"《流别》、《文选》专取其文,《皇览》、《遍略》直书其事,文义既殊,寻检难一。爰诏撰其事,且文弃其浮杂,删其冗长,金箱玉印,比类相从,号曰《艺文类聚》。"表明此书兼取前代类书和总集的体例,事居于前,文列于后,于总集中只取《文章流别集》和《文选》,亦见《文选》的地位。据史料记载,唐人编集,或续或拟,于《文选》以外搜括文章,都以《文选》为根据(参见《玉海》卷五十四"唐文府"条及"唐太和通选"条),说明《文选》已成为后人编辑文集的范本。再后来如北宋初所编《文苑英华》,体例基本按照《文选》,又以《文选》所选诗文迄于梁代,故此书即起自梁末,取上续《文选》之意。

宋以后,《文选》影响日深,广、续之文,代有制作,如明人刘节有《广文选》、周广治有《广广文选》等等。此外各种评点本也纷纷问世,构成了中国古代文章评点的重要内容。此外,自五代以后,由于雕版印刷术普及,《文选》的刊刻促进了该书的流传,这当然加深了《文选》学的影响。在有刊板之前,《文选》的流传要靠写、钞本。这

---

① 按,此即殷璠《河岳英灵集序》,载《文苑英华》卷七百一十二。

样部帙庞大的书,抄写起来总是不方便的。更重要的是,写、钞本流行期间,会大大地损伤原貌。因为,抄写《文选》,多数是为了自己的学习,抄写者的水平不一,往往导致抄写者会对原有的注释采取增删的态度。这样,《文选》在流传过程中就不可避免地距离原貌越来越远。大致说来,这样的破坏有两个方面。一是正文。既是抄写,难免会出现错误,抄漏、抄错是经常发生的;此外,抄写的人并不一定用规范的楷书,有行也有草,这样辗转流传,后来者往往辨认错误而以讹传讹。比如胡克家刻本李善注,卷三十一江淹《杂体诗》中所拟东晋孙绰的诗,题目误为"张廷尉",很显然这里的"张"字是"孙"字之误。这样的例子很多,因此,后人研究《文选》,是要考虑到这种情况对《文选》的损害的。二是注文。注文的增删,比正文更多,这是可以想象得到的。因为抄写者水平有高有低,有的人可能会对一些他认为很浅的注解删除不抄,还有的人会觉得李善或五臣注还有可以补充的地方,因此会将补充之注标在一旁,这样,等到后人刊刻的时候,就分不清楚哪是原注,哪是后人增加之注,就会一起刻入《文选》。比如尤刻本卷十九《洛神赋》,题下注文引了"《记》曰"一段文字,说曹植此赋本是怀念甄妃所作,并说原名为《感甄赋》,后来被魏明帝曹叡改为《洛神赋》。这段注文不见于其他的刻本,很显然不是李善的原注,而是后人妄增的文字。总之,现有的《文选》与原貌之间是有差距的,其注文表现为累积地增加,这都是由于写、钞本阶段不定型所致。刻本出现以后,应该说基本定型了,因增删而导致文本变形的机会减少了。所以说刻本的出现,不仅促进了《文选》的传播,加深了影响,也保证了《文选》本身的质量。不过由于存在以上所说的情形,这给后人的学习和研究带来了新的课题。研究《文选》的注释,品评其真伪优劣,鉴别版本异同等等,都成为《文选》学的重要内容。比如,南宋尤袤在刊刻了李善本之后,又专门写了一卷《李善与五臣同异》,

对比说明李善本和五臣本的不同之处。不过以现存南宋五臣本残卷与尤刻本相校,发现尤袤的这一工作还是比较粗糙的,有许多不同的地方都没有指出来。

李善作注的体例和五臣有非常大的不同,这一点在吕延祚上《文选注表》时就指出来了。吕延祚说李善作注是"忽发章句,是征载籍,述作之由,何尝措翰?使复精核注引,则陷于末学,质访旨趣,则岿然旧文,只谓搅心,胡为析理。臣惩其若是,志为训释……相与三复乃词,周知秘旨,一贯于理,杳测澄怀,目无全文,心无留义,作者为志,森乎可观"。吕延祚这里当然是攻击李善,不过也说明了他们是两种注释体例。对李善和五臣这两种不同的注,从唐代以来就存在有争议。有的赞成李善,有的赞成五臣,争论非常激烈。大致说来,从唐至北宋前期,世重五臣而轻李善,但自北宋后期以迄当代,李善受到了空前的重视,而五臣则受到了比较多的批评。唐人的态度,可以从唐玄宗对吕延祚上表的敕文中看出。唐玄宗说:"朕近留心此书,比见注本,唯只引事,不说意义,略看数卷。卿此书甚好。"可见唐玄宗是批评李善注而赞扬五臣注的。唐玄宗的态度应该是代表了当时人的观点的,或者说是至少对当时的读书人产生了影响,所以唐末李匡乂《资暇录》也说"世人多谓李氏立意注《文选》,过为迂繁,且不解文意,遂相尚习五臣"。这说明唐人喜用五臣本的原因是他们串解了文意,而李善只注出处,不能满足一般读者的要求。这样看来,唐代的读书人是多读五臣本《文选》的。这种态度一直持续到北宋,北宋仁宗天圣四年(1026)沈严为平昌孟氏所刻五臣本《文选》序言中说:"制作之端倪,引用之典故,唐五臣注之审矣。可以垂吾徒之宪则,须时文之掎摭,是为益也,不其博欤!"①事实上,《文选》的最早刊刻本也是五臣本,五代时蜀毋昭裔贫贱时曾向别人借阅《文选》,其人有难色,毋昭裔因而发愿说,等到将来贵时,一定要将它刻板以遗学者。后来毋昭裔仕蜀为宰相,果然实践了诺言。与五臣注本相比,李善本的刊刻要晚得多。据《宋会要辑稿》记,李善本的最早刊刻,是在北宋真宗景德四年(1007)八月,可惜这次刊板并未完成即毁于宫火。其后到了仁宗天圣三年(1025)才又开始校勘刊印,至天圣七年(1029)雕造完成,天圣九年(1031)进呈。李善本的刊刻,表明了世人对它的重视,但在当时似乎仍然以五臣本为主。北宋哲宗元祐九年(1094)秀州州学第一次将五臣与李善本合并在一起,仍然是以五臣本为主,这个顺序的本子被称为六家本,以别于后来的六臣本。这表明一直到北宋后期,五臣本仍然拥有重要的地位。

南宋以后,李善本渐渐取代了五臣本的地位,大约在绍兴三十二年(1162)由赣州州学刊刻的六臣本《文选》,将秀州本以五臣本为主改为以李善本为主,就是说,秀州本是将五臣注放在前面,李善注放在后面,而赣州本则将这个顺序颠倒了一下,将李善注放在前面,五臣注放在后面,即所谓的六臣本②,这表明世人开始将学习的重心放在李善注之上了。从此以后,李善注越来越受到重视,而五臣注却受到了越来越多的批评,以致南宋以后,似乎未见有五臣本的刊刻。即

---

① 按,沈严此《序》见韩国奎章阁本《文选》,是书乃据北宋元祐九年(1094)秀州学合并六臣注本翻刻,秀州本早佚,且不见于藏书家著录。关于奎章阁本情况,参见傅刚《文选版本序录》,载北京大学中国传统文化研究中心编《国学研究》第五卷,北京大学出版社1998年版。
② 赣州本是不是第一个将李善注置于前面的还不敢肯定,但起码在赣州本时已经流行六臣本了。

使宋刻五臣本,保存也越来越少了。到现在,国内似乎仅台湾藏有一部陈八郎刻本,是建刻。至于南宋杭州刻本,则只有两残卷存世。

对五臣的批评,最早大概是在唐末李匡乂的《资暇录》和丘光庭的《兼明书》中。李匡乂说:"(五臣)所注尽从李氏注中出,开元中进表,反非斥李氏,无乃欺心欤!"李氏又举例说明五臣随便改易文字,如曹植乐府诗《名都篇》"寒鳖炙熊蹯"句,五臣擅改"寒"为"炰"。又如曹植《七启》"寒芳苓之巢龟,脍四海之飞鳞"句,五臣亦改"寒"为"搴"。五臣作注参考李善是不争的事实,不过如李匡乂所举数例,恐未必就是五臣所为。以《七启》中此字为例,作"搴"字的并不始于五臣,在他们之前的《文选钞》已写作"搴",并解释说:"搴,取也。"又《文选音决》虽作"寒"字,但注称:"或作搴。"① 则见五臣是有依据的,而不是随意轻改。其实五臣注并不仅仅参考李善注,在他们之前的《文选钞》、《文选音决》乃至萧该、曹宪等人的《文选音》,都曾有参考。② 这些注本后世都已佚失不传了,后人无从考五臣注的来历,所以常常将五臣视为始作俑者,五臣因此遭受了许多批评。丘光庭的《兼明书》与李匡乂相同,也是批评五臣的浅陋无识。但在唐代五臣备受重视,因此李、丘二家的意见似乎在当时并没有引起多大的注意。这种情况直到北宋苏轼对五臣展开批评之后,才开始有所改变,对五臣的批评和对李善的赞扬都多起来了。苏轼是大文学家,他的话在当时是具有权威性的,他说李善的《文选注》"本末详备,极可喜,五臣真俚儒之荒陋者也,而世以为胜善,亦谬矣"。因此自苏轼批评了五臣之后,世人开始重视起李善注,并且逐渐了解了李善注所具有的文献价值。这也是有历史原因的,因为到了宋代,唐以前的许多

---

① 见唐写本《文选集注》卷第六十八,罗振玉 1918 年影写本。
② 详见傅刚《俄藏敦煌写本 Φ242 号〈文选注〉发覆》,《文学遗产》2000 年第 4 期。

文献多已失传，而李善注却保留了不少前代的文献，这对于后人来说，当然是十分难得的事。李善注的这一种价值，到了今天，更加显示出其重要性，我们研究汉魏六朝文学，除了要依靠《文选》外，同时在很大程度上更要依靠李善的注。此外，唐人距汉魏六朝不远，一些当时习用的语言、读音等，已经不甚清楚而需加以注释，至于今天，这种注释更是我们阅读《文选》所不能离开的了。不过，就这一点说，五臣注也是具有价值的。虽然五臣不注出处，但他们能够串释文意，对于不熟悉汉魏六朝语言的后人来说，有助于进一步阅读文献。因此对于李善注和五臣注的优劣，作为今天的研究者是应该以科学的态度区别对待的，而不应盲目陷入古代学术的门户之见中。

应该说从宋代以后，李善注已经成为《文选》学的一个重要内容，对李善注的订正、补充和梳理，都是前代学者用力甚多的地方，这以清代的研究为代表。如何焯《义门读书记》、陈景云《文选举正》、余萧客《文选音义》、汪师韩《文选理学权舆》、孙志祖《文选李注补正》、王煦《文选李注拾遗》、胡克家《文选考异》、朱珔《文选集释》、梁章钜《文选旁证》、胡绍煐《文选笺证》等，都是《文选》学研究的重要著作，显示了清代《文选》研究的重要成就。

总的说来，《文选》一书及其所代表的文章风格，被视为封建社会的文学典范，因此在二十世纪初的"五四运动"中，曾作为新文学革命的讨伐对象被声讨过。当时著名的口号是"桐城谬种，选学妖孽"，这造成了以后的几十年里，几乎无人研究《文选》的局面，并因此导致了在当今的《文选》学研究中，中国学者在一些方面已经落后于国外学者的难堪境地，这也是我们需要进行学术反思的地方。

第七节　二十世纪《文选》学研究

《文选》学自隋唐以来,已成为中国古代学术的主要内容之一,研究《文选》的著作可谓是汗牛充栋。其实《文选》的影响不仅仅体现在学术研究上,它更重要的影响还是体现在对中国古代文学创作上。古代作家学习并师法《文选》,在前节所提到的李白、杜甫、韩愈等唐代大作家的创作中,已十分清楚地看到了,唐以后,这种学习的风气愈加浓厚,以《文选》为学习八代文学的标本。张之洞《书目答问》说:"国朝汉学、小学、骈文家,皆深《选》学。"这是指清代而言,事实上唐代以来的文学家和批评家往往以学《文选》为口号,因此到了"五四"时期,新文学运动便以《文选》学和桐城派作为讨伐的对象。1917年7月,《新青年》杂志第3卷第5号"通讯"一栏发表了钱玄同致陈独秀的信,信中说:"惟《选》学妖孽所推崇之六朝文,桐城谬种所尊崇之唐宋文,则实在不必选读。"这就是后人习惯所说的"选学妖孽,桐城谬种",这遂成为"五四"新文学运动向封建旧文学宣战的口号。应该说这样的口号在当时的背景里具有非常重要的革命意义。陈独秀在1917年2月《新青年》上发表《文学革命论》,明确提出:"推倒雕琢的阿谀的贵族文学,建设平易的抒情的国民文学;推倒陈腐的铺张的古典文学,建设新鲜的立诚的写实文学;推倒迂晦的艰涩的山林文学,建设明了的通俗的社会文学。"唯有推倒旧的才能建立新的,历史的发展进程也证明了这一点。辛亥革命从政治上结束了封建时代,"五四"文学革命则从文化上结束了它。陈独秀、钱玄同等文学革命先辈们以敏锐的感觉意识到了这一点,他们的文学革命业绩是不朽的。关于钱玄同所提的这个口号,其实还有现实的背景在内,它与当时北大新旧两派阵营的对峙有关。我们知道,北京大学前身是京师大学堂,自1860年开办京师同文馆便开始酝酿了。1898年正式成立京师大学堂,但至1900年因八国联军入侵而遭到破坏。1902年京师大学堂恢复,由张百熙(字野秋,长沙人,早年担任过光绪皇帝侍读)任管学大臣。张聘吴汝纶(字挚甫,桐城人)为大学总教习。吴接任后不久因病卒于原籍,张又荐副教习张筱甫为总教习,严复任京师大学堂译书局总办,林纾任副总办。张筱甫字鹤龄,"阳湖派"古文家;严复亦师吴汝纶,为古文家。1912年姚永概任北京大学文科学长,姚本人也是桐城派,同时的桐城派教授还有马其昶、汪凤藻等人,因此桐城派在北大文科占据着优势。这种情况到了1914年夏锡祺代姚主持北大文科以后才有改变。夏引进章太炎一派学者,如黄侃、马裕藻、沈兼士、钱玄同等,他们先后到北大文科任教。这一派注重考据训诂,以治学严谨著称。1916年蔡元培任北大校长;1917年1月13日,他聘请陈独秀任文科学长,11月李大钊因章士钊之荐来北大任图书馆主任;1920年8月,鲁迅正式受聘为北大兼职讲师。1917年底胡适来北大讲授"中国哲学史"。至此,北大形成了新旧两派。从以上北大历任教授成员的组成看出,桐城派在北大的确造成过很大的影响,而章太炎一派虽然不像桐城派那样保守,但这一派恪守旧学传统的倾向还是很明显的,其中的黄侃更是以精《文选》学闻名。钱玄同本是章太炎弟子,也本是旧派阵营中人,但他却从旧阵营中冲出,对桐城派和《文选》学口诛笔伐。新文学运动对旧文学传统的讨伐,影响深远,以致自"五四"以后,《文选》已成为腐朽文学的标志,学者闻而生畏,已鲜有研习了。这是中国二十世纪《文选》学研究未能取得更多成绩的主要原因。虽然如此,我们看到以黄侃(季刚)为代表的《文选》学研究仍然在艰难的环境中延续着古老的传统,并且取得了优秀的成绩。黄季刚被章太炎称为近代"知选学者",

他对《文选》研究颇深,手批圈点,卓见迭出。黄氏死后,他的侄子黄焯据其批点的《文选》,重新整理,编辑成书,后由上海古籍出版社1985年出版,署名《文选平点》。季刚先生深精经、史、文字、音韵、训诂之学,所作圈点评笺,都具有真知灼见。如本书卷四评江淹的《杂体诗·颜特进》"巡华过盈瑱"句说:"'巡'与'循'通,'循'读'循省'之'循',犹言巡省荣华之遇。六朝造语多未必合本训,当以意求之。……案此'巡华'亦其方物也。何焯云'巡华未详所出',案'巡华'与别本上之'承荣'对,亦一意耳,初无所出。"解释"巡华"二字,可谓卓见。又如卷五推论李陵《答苏武书》作伪时间说:"此殆建安以后人所为,而尤类陈孔璋,以其健而微伤繁富也。刘知幾以为齐梁人作,则非也。《太平御览》四百八十九引此篇,谓出《李陵别传》。详别传之体,盛于汉末,亦非西汉所有也(西汉人有别传者,惟东方朔及陵,皆后人所为)。《类聚》三十八有苏武《报李陵书》,全是俪词,恐苏、李往复诸书,尚未必一时所伪托。"所论有据,虽未必定是陈琳所作,但据别传体产生的时代作推论,较为合于实际。除此之外,黄季刚先生特别重视古文的诵读,所谓"口到",据黄焯先生所作《后记》说:"回思四十年前,先从父尝取《选》文抗声朗诵,焯窃聆其音节抗坠抑扬之势,以为可由此得古人文之声响,而其妙有愈于讲说者。盖今所录圈点之文,率先从父昔之所喜而讽诵者,虽朗诵之音节不可得传,而其得古人文之用心处,则可于此觇之矣。"这一点是昔之学者的长处,而今之学者多已失之,季刚先生的这些圈点,可供后学者细细揣摩。据黄焯先生《文选平点后记》说,黄季刚先生评点《文选》事在壬戌夏日,当时为1922年,距钱玄同高呼"选学妖孽"的1918年,仅四年。

　　黄季刚先生之后对《文选》做出卓越贡献的当数高步瀛,高氏著《文选李注义疏》一书,力图对李善注进行仔细的清理。"在本书中,凡涉及古代典章制度的问题,他都能标举众说,择善而从。对于一些有不同说法、而限于史料尚难判定是非的问题,他也源源本本,加以辨析。尤其难得的是,李注所引的许多古书,往往仅举书名,而《义疏》则对现存的典籍都一一覆核,说明见某书某篇或某卷。凡已佚的古书,也多能从类书或其他典籍中征引佚文加以印证或考定原委。凡李注引文与今本或类书所引文字有所出入,也一一作了校勘,并加按断。"①高氏作《义疏》的缘由,据其《叙》中说是有鉴于李善注文在后世屡遭羼乱、改窜,"精神面目皆已失真。而缀学之士,虽力为杷梳,终不能复其本元,斯则可为太息者也"。这说明他的目的是要恢复李善注原貌。应该说高氏在他那个时代凭借其深厚的学养才力,又充分利用了所能够使用的材料,阐明义例,区分鉴别,尽其能力使久已被羼乱的李善注得以渐近原貌。这些成就都是学术界所共鉴的事实。可惜高步瀛因病逝世,计划中的六十卷,仅完成八卷,这是《文选》学研究的一大损失。②

黄、高的《选》学研究,都还是继承清代乾嘉学风,但在材料的选择上,能够注意使用新发现的写、钞本,显示了新的研究倾向。除了黄、高以外,也还有一些学者对《文选》开展研究,如刘盼遂的《文选校笺》、《文选篇题考误》,徐英的《文选类例正失》,祝文白的《文选六臣注订讹》等,就《文选》原文篇题、编辑体例以及六臣注的疏误,进行批评。就总的研究倾向看,这些课题都还属于传统《选》学的内容。当然所谓传统云云,是就其方法而言,但毕竟是新世纪的学术研究,研究者以专题论文的形式,集中讨论问题的态度,都已和旧《选》学有了区别。1936年中华书局出版了骆鸿凯的《文选学》一书,标志着

---

① 参见曹道衡、沈玉成《文选李注义疏点校前言》,中华书局1985年版,第2页。
② 高氏此书解放前曾由北平文化学社排印出版,1985年经曹道衡、沈玉成点校,中华书局重又出版。

《文选》研究的新开端。学术界对本书的评价是"第一次从整体上对《文选》加以系统、全面的评介,作者不仅对《文选》自身的纂集、义例、源流、体式有独到的见解,还对如何研读《文选》指出了门径"。因此认为它是"新选学"的开山之作。① 《文选学》分纂集、义例、源流、体式、撰人、撰人事迹生卒著述考、征故、评骘、读选导言、余论等十个专题,及"文选分体研究举例"、"文选专家研究举例"等附录,就《文选》学所涉及的理论问题,进行了系统的研究探讨。骆鸿凯先生是黄季刚先生的学生,精于古文字、声韵、训诂及《楚辞》、《文选》之学,早年治学特重家法,于《文选》崇昭明之旨趣而尊李善之诠注。② 这种态度于书中分明可见,但一部"新选学"的开山之作,却由旧学方法作支撑,正显示了学术传统的正常嬗递过程。

骆鸿凯所进行的新研究,并不是孤立的,在这前后对《文选》的体例、编者等属于后来所称"新选学"内容的探讨,也有所进行。较有影响的如 1946 年朱自清在《国学季刊》六卷四号发表的《〈文选〉序'事出于沉思,义归乎翰藻'说》,分析"沉思"和"翰藻"的含义和当时使用的情况,指出它作为《文选》收录标准的实际内容。另外一篇值得注意的文章是何融的《〈文选〉编撰时期及编者考略》,发表于 1949 年《国文月刊》76 期。在这篇文章中,作者提出《文选》并非萧统一人编纂,而是在东宫学士的帮助下完成的;其次,作者还对《文选》的编纂时期作了大致的推定,认为当在普通三年(522)至普通七年(526)之间。这些观点都是十分有价值的,它直接开启了"新选学"的研究课题。

---

① 见许逸民《再谈选学研究的新课题》,载《文选学论集》,时代文艺出版社 1992 年版。
② 见马积高为《文选学》所撰《后记》,中华书局 1989 年版。

本世纪前半叶的《文选》研究，还有一项重要的内容，即由于《文选》写、钞本的发现带来的《文选》版本研究上的突破。所谓写、钞本主要是指本世纪初发现的敦煌写本和日本发现的早期钞本。敦煌写本多产生于唐代，还有一些是可能产生于六朝时期，当然距《文选》的原貌最近，在某些方面具有的价值是宋以后的刻本所不能比拟的，这对研究萧统《文选》原貌以及李善注、五臣注原貌，都十分重要。敦煌出土的《文选》写本，主要集中在法国，是由伯希和在敦煌盗劫而去的。此外匈牙利人斯坦因也盗劫一部分，今藏英国伦敦不列颠博物院；又俄国人奥登堡也在1914年至1915年组织一个"俄国新疆考察队"盗劫了一部分，今藏俄罗斯圣彼得堡亚洲研究中心。1917年罗振玉《鸣沙石室古籍丛残》曾影印了四种《文选》写本，罗振玉、刘师培、蒋斧等都作有提要，对写本的文献价值做了初步研究。这部分写本的公布，大大地促进了《文选》学研究，为许多学者提供了便利。如后来高步瀛作《文选李注义疏》，就使用了敦煌写本；而日本的斯波六郎博士作《文选诸本的研究》，也都以这些作为唐代《文选》的主要材料。在这些写本中，比较令人注意也最为珍贵的是唐代永隆年间弘济寺僧所抄写的《西京赋》，这是李善注本。永隆是高宗年号，当为公元680年至681年，此卷卷末有"永隆年二月十九日"字样，当是永隆二年(681)，因为永隆改元是在八月，既称二月，当是永隆二年无疑。永隆二年上距李善《上文选注表》的显庆三年(658)仅二十三年，而下距李善卒年武后永昌元年(689)尚有八年，说明弘济寺僧抄写《西京赋》时，李善犹在，于此可见这个写本的珍贵。应该说这个写本是接近李善注原貌的，今人的研究也正是从这一点出发，将它作为李善注原貌来校订刻本李善注的。高步瀛如此，斯波六郎也是如此，今人饶宗颐并以与日本所传唐写本《文选集注》、《四部丛刊》影宋本、胡克家刻本等进行详尽的比勘，进一步探究唐代李善注《文选》的原貌及独具的文献价值。本世纪初关于《文选》写本的利用,限于条件,主要是罗振玉所影印的几种,此外如1938年日本学者神田喜一郎所编《敦煌秘籍留真》①及1947年陆志鸿整理的《敦煌秘籍留真新编》②也在不同程度上为学术界所利用。至于俄藏敦煌文献,则直到1993年以后,才由中俄两国学者共同携手编辑出版③,其中珍贵的写本,新版编号为Φ242号起束广微《补亡诗》注迄曹子建《上责躬诗表》,是一种出于六臣注以外的注释,对于研究唐初《文选》注提供了样本。

除了敦煌写本以外,东邻日本也陆续发现了许多写、钞本。写本如产生在唐代的《文选集注》,这是一个未见于本国任何史料记载的写本,原藏于日本金泽称名寺,清末董康首先发现,随即报告日本政府,而被列为国宝。④《集注》原书为一百二十卷,集李善、五臣、陆善经、《音决》、《钞》等书,其中后三种现在都已佚失,而李善和五臣的注也与后世刻本存有许多差异。毫无疑问,《集注》本的发现,对研究唐代《文选》学以及探求李善、五臣原貌,都具有十分珍贵的价值。此本在1918年由罗振玉先生最先影印,共十六卷,题为《唐写文选集注残本》。罗氏影印本并不完全,而且所印各卷也多有脱漏。1935年,日本京都大学文学部又以《影旧钞本》名义印了二十三卷,1942年完

---

① 日本昭和十三年小村写真制版所京都影印暨铅印本。

② 1947年台湾大学照相版本。

③ 《俄藏敦煌文献》,俄罗斯科学院东方研究所圣彼得堡分所、俄罗斯科学出版社东方文学部、上海古籍出版社编,上海古籍出版社1993年至1997年出版。

④ 董康《书舶庸谭》卷八:"小林询大阪某会社属介绍收购上海某君所藏《文选集注》之结果。《文选集注》者,吾国五代时写本,除六臣外,兼收曹宪等注,即六臣注亦较通行本为长。以分卷计之,当有一百廿卷。森立之《经籍访古志》言金泽称名寺有零本,余于光、宣之际,偕岛田前往物色之,得卅二卷。曾以语内藤博士,白诸政府,列入国宝。"

成,是比较完全的印本,但也仍然有遗漏,如现存于中国境内的几种就没有影印进去(现藏北京图书馆的曹子建《求自试表》二十二行、藏天津艺术博物馆的卷四十八残卷)等。关于这个写本的出处,由于它未见于中国史料记录,又发现于日本,因此日本学者往往以为是日本人编纂而成。但经台湾学者邱棨鐊先生研究,认为它原是中国北宋藏书家田伟的旧物,不知何时传入日本,由此可证这个写本并非"写自海东"。①

《文选集注》以外,日本永青文库还藏有一个纯粹的注本,也是出于李善和五臣之外的,所存篇目是司马相如《喻巴蜀檄》、陈琳《为袁绍檄豫州》、钟会《檄蜀文》、司马相如《难蜀父老》等。此本日本学者冈村繁先生作过研究②,中国台湾学者游志诚先生在《敦煌古钞本文选五臣注研究》③一文中,也作过专题研究。不过游氏结论认为是出自五臣注,恐还需要进一步论证。此外,天津艺术博物馆藏本《文选注》,是与永青文库本内容相连的前半片,中国学者罗国威先生作有详细的笺证,可参看。④

日本所藏最为丰富的还是钞本,据日本学者阿部隆一《本邦现存汉籍古写本类所在略目录》介绍,有二十七种之多。其中多为私人收藏,外间很难见到。不过其中最有价值的也都已发表,如古钞白文残

---

① 关于《文选集注》,可参见傅刚《文选版本叙录》的有关部分。载《国学研究》第五卷,北京大学出版社 1998 年版。
② 见《永青文库藏敦煌本〈文选注〉笺订》,载《久留米大学文学部纪要》,国际文化学科编第 3 号(1993)。
③ 1995 年台湾敦煌学研讨会论文,后被作者收入《昭明文选学术论考》,台湾学生书局 1996 年版。
④ 见罗国威《敦煌本〈文选注〉笺证》,巴蜀书社 2000 年版。

二十一卷本、观智院藏卷第二十六、三条家藏五臣注卷第二十等。这些钞本的价值是非常高的,对研究《文选》原貌以及早期李善注、五臣注,都具有重要的参考价值。这些钞本中,以古钞白文残二十一卷本较为人知。它最早著录于森立之的《经籍访古志》,仅一卷,森立之称为五百许年前钞本,当时正是日本的正平时代,约当中国元顺帝至正前后。1880年中国学者杨守敬随何如璋、黎庶昌出使日本,除搜得森立之所著录的这一钞本外,又搜得另外二十卷。杨氏将这二十一卷钞本影写带回国后归藏故宫博物院,现存台北"故宫博物院"。此本带回来以后,很引起学者的重视,黄季刚先生曾经借校,这在他的《文选平点》中有所反映。又如高阆仙先生《文选李注义疏》也采用此本参校。此本在当时应该有许多人过录,如向宗鲁先生、徐行可先生等。向宗鲁先生过本后又为屈守元先生过录,徐氏藏本即为黄季刚先生借校者,现已不知去向。这几家以外,傅增湘先生也曾过录一本,今存北京图书馆。①

《文选》写、钞本的发现,为进一步加深《文选》学研究,提供了新的材料基础,其实除了写、钞本外,一些以前不易见到的珍贵版本的发现,也同样是本世纪《文选》学研究的重要内容。《文选》版本研究是《文选》学的基础,这点在宋以后尤为突出。由于版本的问题,常常导致研究者得出错误的结论,《四库全书总目提要》根据汲古阁本对李善注本所做的错误结论是一个明显例证。为什么前人的研究要依靠不可信的版本呢?这当然与善本不易见到有关。比如研究李善注,一般使用的是汲古阁刻本,清嘉庆年间胡克家好不容易得到了南宋尤袤刻本,即时组织著名版本学家顾广圻、彭兆荪以元茶陵本和明

---

① 这个写本具有很高的文献价值,详参傅刚《关于古钞〈文选〉残二十一卷》,载《文学遗产》1997年第6期。

袁褧覆宋本进行比勘,作《文选考异》十卷。可惜由于尤刻本并非唐宋以来传承有序的李善注本,以致他们所做的结论,即世无李善单注本,所传李善注都是从六臣本中摘出的观点,只能是错误的结论。要研究刻本李善注,当然要依靠北宋国子监刻李善注本,但这个刻本传世极少,四库馆臣未见到,其他的人更难见到,所以影响了关于李善注的研究结论。到了本世纪三十年代,日本学者斯波六郎博士作《文选诸本的研究》,虽然号称搜集了三十多种版本,但他连尤刻本也没有见过,宋本中仅有六臣本的赣州本和明州本,最关键的北宋国子监本没有见过,所以他也与胡克家一样得出的是错误的结论。北宋国子监本,当然也是一个递修本,即天圣明道本,是在本世纪二三十年代才从内阁大库流出,最后为周叔弢先生收得后半部分,今存北京图书馆。至于前半部分的残卷,则藏于台北"故宫博物院"。这个本子问世后,傅增湘先生曾作过校录,别的人似乎就很少利用过了。

北宋监本的发现,对研究刻本李善注是非常重要的,通过对它的研究,可以推翻《四库总目提要》、胡克家《文选考异》、斯波六郎《文选诸本的研究》中的结论,因此这是本世纪《文选》版本最重要的发现之一。而与此同等重要,甚至说是超过了这个版本的重要度的,可能要算是韩国奎章阁本的发现。

韩国奎章阁本是六家《文选》,该书底本是北宋哲宗元祐九年(1094)二月秀州(今浙江嘉兴)州学本。据秀州州学的《跋》称,秀州州令将国子监本与五臣注本合为一体,这当是第一个六臣合并注本。《跋》中所称的国子监本即北宋天圣年间国子监刊刻的李善注本,秀州本使用的这个监本比现在北京图书馆所藏的天圣明道本还要好。因为天圣明道本是一个递修本,而非国子监原本。秀州本使用的五臣注本是平昌孟氏刻本,这个刻本是在当时流传的两川二浙刻本基础之上加以刊正的本子。秀州本所用的这两个底本来历清楚,又早已失传，因此具有很高的文献价值。尤其在今天，北宋天圣明道本以多有残缺且分散在海峡两岸，而五臣注本也仅存一部建刻的陈八郎本和杭州钟家所刻的两残卷，其文献价值更不待言。陈八郎本据该书江琪的《跋》说是将监本与古本参校互证而成，这说明该本并非纯粹的五臣注，许多方面都从于李善本。今以陈八郎本与六臣本相校，的确如江琪所说。这就是说陈八郎本还不能完全作为五臣本使用。杭州本今存两残卷，以与秀州本的底本平昌孟氏本相校，基本相合，这就是说孟氏本完全可以作为杭州本使用。从以上所论看，奎章阁本所拥有的这两个注本，完全可以作为李善和五臣的底本使用。事实上笔者之一的傅刚在作《文选》版本研究博士后课题中，利用奎章阁本解决了不少历史上悬留的问题。如第一部六家合并注本的产生、六臣本与六家本间的关系、李善注与五臣注之间的关系、杭州本与陈八郎本的不同等等，都能依靠奎章阁本取得较为满意的解释。

应该说奎章阁本很早就传入中国，中国的藏书家如陈乃乾、张乃熊、杨守敬、高君定等都有收藏。[①] 又据朴现圭《台湾公藏韩国古书籍联合书目》[②]介绍，张乃熊所藏书有"宣赐之记"（朱方，朝鲜内赐印）及"伯温"、（朱文）"山人"等钤印，似乎表明此书乃明朝时朝鲜所

---

① 分别见张元济《涵芬楼烬余书录》（商务印书馆 1951 年版）、张乃熊《芹圃善本书目》（台湾广文书局 1969 年版）、严宝善《贩书经眼录》（浙江古籍出版社 1994 年版）。
② 文史哲出版社 1991 年版。

赠。印中的"伯温"、"山人"或为刘基。① 但可惜的是,这部珍贵的《文选》,却没有引起中国学者的重视,没有人对它进行过校勘和研究,这是《文选》版本研究工作中的缺憾。

以上是二十世纪上半叶《文选》研究的主要情形,可以看出其研究的方法、目的,关注的视角,既与传统"选学"有联系,也开导了后来的新研究。这种新研究,到了二十世纪六十年代,日本学者神田喜一郎博士在《新的文选学》中提出了"新文选学"的概念,以后由于清水凯夫教授的有意识研究,使得这一概念形成了有风格、有方法的研究派别,并逐渐在当代《文选》学研究中取得了越来越多的认同。清水凯夫教授的研究成果及"新文选学"的主要内容,中国学者许逸民先生曾归纳为六个方面:1.《文选》的编者;2.《文选》的选录标准;3.《文选》与《文心雕龙》的关系;4.沈约声律论;5.简文帝萧纲《与湘东王书》;6.对《文选》的评价。② 不过,对这一概括,清水凯夫并不完全同意,他重申他的"新文选学"有四大课题:第一课题,无论如何也是传统"选学"完全缺乏的《文选》真相的探明,这一大课题,仅个别地

---

① 此说尚待查证。张氏藏书今存台湾,不知该书后是否有宣德三年下季良自述铸庚子字的《跋》,如果有的话,则此"伯温"可能不是刘基,因为刘基死于1375年,而宣德三年却是1468年。但如果该书无下季良的《跋》,则见奎章阁本刊刻还要早于宣德三年,那就有可能是刘基所藏。按,据《奎章阁图书韩国综合目录》(汉城大学校图书馆编,保景文化社1994年修订版)介绍,韩国所藏古本《六家文选》有十二本之多(包括残本),其刊刻年代,有的著录未详,有的著录为中宗时、成宗时、光海宗时;刊刻字体分别有训练都监字、校书木活字、甲寅字等,因知韩国所刻《六家文选》的年代不一,我们今天所见到的这部由韩国正文社影印的《文选》,书后附有下季良之《跋》,也许并非刊刻最早的书。所以以上所述,都还有待进一步查证。

② 见《再谈选学研究的新课题》,载《文选学论集》,时代文艺出版社1992年版。

澄清各个问题,是终究不能解决的,只有在以下诸课题分别澄清后,才能以有机地综合分析考察的方法求得其结果;第二个课题,是弄清如下先行理论对《文选》的影响关系,这一课题自然也应该与第一课题联系起来考察的;第三个重大课题是弄清各个时代对《文选》的接受、评价的变迁,换言之,即扩充和充实历来所说的"文选学史";第四个课题,是使传统《文选》学已进行的工作变得更加充实,那就是彻底地探讨版本、训诂学的历史,补上欠缺的部分。从清水凯夫本人阐述的"新选学"内容看,其比许逸民的总结又扩大了许多。这个差别主要是因为许氏是根据清水凯夫已经做过的工作而言,而清水凯夫的重新认定,则包括了许多未来的计划。从清水凯夫第四个课题的认定看,他已将传统"选学"的版本、训诂等内容也引入了"新选学"。

清水凯夫教授四个课题的认定,已明显与神田喜一郎博士当初所提出的"新选学"有了区别。在神田博士那里,"新选学"既不包括各种译注本,也不包括斯波六郎博士的版本研究。如果按照清水教授的认定,那么"新选学"在日本实际上并非从六十年代才开始,而应该从斯波六郎博士的研究工作开始算起了(斯波六郎博士的研究成果发表于五十年代,但其研究却早在三十年代初期就开始了)。但这样一来,就带来了新的问题,如果斯波六郎博士的研究也属于"新选学"内容的话,那么传统"选学"的版本研究(如胡克家等人的工作)如何看待呢?事实上"新选学"刚提出的时候,其基本内容正如许逸民所总结的一样,清水凯夫的既成研究也证明了这一点。只是随着清水凯夫本人的思考成熟,以及中日两国学者的批评而陆续增加了如清水教授后来所说的第三、第四两课题内容。

从"新选学"提倡者所指出的内容看,虽然这个提法发生在日本,但实际上二十世纪中国学者的研究,如前述骆鸿凯、何融等人的研究,已开始在先。自五十年代以来,关于《文选》编者、选录标准等问题的讨论,更得到了加强。比较有影响的如殷孟伦《如何理解〈文选〉编选的标准》①、王运熙《萧统的文学思想和〈文选〉》②、郭绍虞《〈文选〉的选录标准和它与〈文心雕龙〉的关系》等。总的说来,八十年代之前,中国的《文选》研究还处于零星的、不成系统的状态,八十年代中后期才进入一个新阶段。由北京大学、长春师范学院等多个单位联合所作的《文选译注》似乎是一个标志,而1988年在长春召开的第一届《昭明文选》国际学术研讨会,更是表明中国《文选》学研究步入一个新的时期。在此之后,又分别在长春、郑州召开了两届国际学术讨论会,并且成立了中国《文选》学研究会,表明中国《文选》研究已经国际化,而且进入了规范的、有系统的研究状态。就当前已经开展的工作来说,如郑州大学古籍整理研究所所作的《文选书录》、《中外学者文选学论集》、《中外学者文选学论著索引》,南京大学周勋初教授所整理影印的《唐钞文选集注汇存》等,都代表了中国当代学者的研究成绩。

中国大陆学者以外,港台学者关于《文选》的研究也取得了令人瞩目的成绩。香港著名学者饶宗颐教授的《敦煌本文选斠证》③、《日本古钞文选五臣注残卷校记》④是根据写、钞本对《文选》版本进行研究的力作。文中所得出的一些结论,非常具有启发性。但或许由于条件限制,饶氏未能采用与敦煌写本(永隆本)和古钞五臣注残卷有直接关系的北宋国子监本及陈八郎本等对勘,因此所获结论难免有缺陷。台湾学者对《文选》的研究极为重视,出版过研究专著多种,如

---

① 《文史哲》1963年第1期。
② 《光明日报》1961年8月27日。
③ 《新亚学报》3卷1~2期。
④ 《东方文化》1956年3卷2期。

林聪明《昭明文选研究考略》①、《昭明文选研究初稿》②,陈新雄、于大成《昭明文选论文集》③,邱棨鐊《文选集注研究》④,李景溁《昭明文选新解》⑤,游志诚《昭明文选学术论考》⑥、《文选学新探索》⑦等。此外,台湾有不少大学开设了《文选》研究课程,博士、硕士论文中有不少以《文选》研究为题。硕士论文如丁履譔《文选李善注引诗考》、李鋆《昭明文选通假考》、周谦《昭明文选李善注引左传考》、黄志祥《北宋本文选残卷校正》等。从题目看,这些论文集中在对李善注的研究上,这仍是传统"选学"的内容。

海外"选学"研究的重镇仍是日本,除以清水凯夫教授为代表的"新选学派"外,传统的"选学"研究成果仍然集中在版本上。由于日本藏有丰富的早期写本、钞本,对它的研究成为日本《文选》学研究者的一个特色。此外,版本研究仍以斯波六郎博士为代表,其后冈村繁教授对斯波六郎博士的结论进行了较大的修正,结论同于中国学者程毅中、白化文先生。⑧ 日本学者之外的欧美"选学"研究主要集中在翻译上,英、法、德、美都出现了许多很有成就的《文选》研究学者,做出了非常好的成绩。其中尤以近年美国学者康达维教授全文翻译《文选》的工作,值得我们钦佩。这一工作的难度,凡了解《文选》的

---

① 文史哲出版社 1974 年版。
② 文史哲出版社 1986 年版。
③ 木铎出版社 1980 年版。
④ 文选学研究会 1978 年版。
⑤ 暨南出版社 1990 年版。
⑥ 学生书局 1996 年版。
⑦ 骆驼出版社出版。
⑧ 参见牧角悦子《日本研究〈文选〉的历史与现状》,载《昭明文选研究论文集》,时代文艺出版社 1992 年版。

人,可想而知。我们满怀敬意地祝愿康达维教授工作的早日完成。①

　　从以上所述二十世纪《文选》学研究的情况看,前半世纪的研究因"五四运动"的冲击,造成了《文选》学比较沉寂的局面;后半世纪,特别是八十年代中期以来,《文选》学研究呈现出繁荣的景象,这是总的情况。尽管如此,我们也看到,前半世纪虽然沉寂,但如黄侃、高步瀛二氏的研究,仍然是一个高峰。如高氏的《文选李注义疏》直到今天仍然没有赓续者;此外本世纪初发现的许多写、钞本也并没有引起当代中国《文选》学研究者的足够注意,但在海外如日本,却有很深入的研究。应该说海外《文选》学研究的兴起,是二十世纪的一大成绩,这标志着《文选》学研究的世界化,是传统《文选》学所不具备的内容,也是中国学术研究的目标和方向之一。这是当代学者特别要注意的地方。就《文选》研究的理论内容而言,海外"新选学"和中国当代学者在诸如《文选》的编者、体例、编辑宗旨、文体分类,以及《文选》的编纂背景、《文选》与相关典籍的关系等方面,都作了比较深入的研究,也取得了较为瞩目的成绩。但在《文选》的版本研究上,却是"新选学"研究的一个薄弱点。这一方面是因为"新选学"研究者最初想要与传统《文选》学划分疆域而有意避开所致,后来如清水凯夫教授又提出加入版本研究的内容,但至目前,这一派似乎还没有展开研究。本世纪的《文选》版本研究,从系统、规范方面来看,当推日本学者斯波六郎博士的《文选诸本的研究》,这一研究在胡克家《文选考异》所得结论的基础上重又进行了深入的分析,最终重新论证了胡克家的结论。不管这结论本身正确与否,我们看到,他们对《文选》版本的研究,始终只局限在李善注本上。事实是《文选》版本研究除此

---

① 欧美"选学"参见康达维《欧美〈文选〉研究述略》,载《昭明文选研究论文集》,时代文艺出版社 1992 年版。

之外,起码包括有萧统《文选》三十卷本原貌考察,李善注、五臣注版本源流递变,六家合并注本的产生及其演变,现存写、钞本与刻本的对比研究等等,这些都是前人未曾注意、但意义重大的问题,这也是我们当代学者进行《文选》研究不能回避的问题。

附 录

《文选》版本略说

　　《文选》的刊刻最早在五代,《宋史》卷四百七十九《西蜀孟氏附毋守素传》载:"昭裔性好藏书,在成都令门人勾中正、孙逢吉书《文选》、《初学记》、《白氏六帖》,镂板,守素赍至中朝,行于世。大中祥符九年(1016),子克勤上其板。"这是《文选》的第一个刻本,当是五臣注本。板片后被毋昭裔子毋守素带至中原,在大中祥符九年(1016)复由毋守素子毋克勤上给朝廷。毋昭裔的这个刻本没有流传下来,但从韩国奎章阁本所载沈严的《五臣本序》看,毋昭裔的这个刻本在当时流传比较广泛,二川、两浙所刻五臣注应当都是依据的这个本子。但该本的缺点是"模字大而部帙重,较本粗而舛脱夥",因此在天圣四年(1026)平昌孟氏重新刊正,"小字楷书,深镂浓印"。平昌孟氏的这个刻本也没有单独流传下来,现在只是据奎章阁本才知道这一个版本的存在。与五臣本相比,李善本的刊刻要晚得多,它最早上雕,也要在北宋真宗景德四年(1007)八月。《宋会要辑稿·崇儒》四之三记:"景德四年八月,诏三馆秘阁直馆校理,分校《文苑英华》、李善《文选》,摹印颁行。……李善注《文选》校勘毕,先令刻板,又命覆勘。未几,宫城火,二书皆尽。至天圣中,监三馆书籍刘崇超上言:李善注《文选》援引该赡,典故分明,欲集国子监官校定净本,送三馆雕印。从之。天圣七年(1029)十一月板成,又命直讲黄鉴、公孙觉校对焉。"景德四年诏印的李善《文选》,至大中祥符年间(1008~1016)才告完成。王应麟《玉海》卷五十四引《实录》说:"景德四年八月辛巳,命直馆校勘《文苑英华》及《文选》,摹印颁行。祥符二年(1009)十月己亥,命太常博士石待问校勘。十二月辛未,又命张秉、薛映、戚纶、陈彭年覆校。"又据宋程俱《麟台故事》卷二:"大中祥符四年(1011)八月,选三馆秘阁直官、校理校勘《文苑英华》、李善《文选》,摹印颁行。"景德四年诏印的《文选》,至祥符四年八月才得以印行。然而此书雕板后不久即遭火厄,这就是《宋会要辑稿》所说的"宫城火,二书皆尽"。关于这次宫城之火,沈括《补笔谈》记:"祥符中,禁中火。"又宋江少虞《宋朝事实类苑》卷三十一记:"大中祥符八年(1015),荣王宫火延燔。"可见起火是祥符八年的事。至天圣年间(1023~1032)刘崇超才又上言重新校勘刻印。《宋会要辑稿》没有具体说明从天圣几年开始,今见韩国奎章阁所藏六家本《文选》,书末附有这一次校勘、雕造、进呈的年月及各主事官名单。略云:天圣三年(1025)五月校勘了毕。校勘官有公孙觉、贾昌朝、张逵、王式、王植、王旼、黄鉴。天圣七年(1029)十一月雕造了毕。校勘印板有公孙觉、黄鉴。天圣九年(1031)进呈。进呈者有蓝元用、皇甫继明、王曙、薛奎、陈尧佐、吕夷简。由此可见在天圣三年便完成了校勘,那么刘崇超上言还应在此之前。天圣七年雕板后,经过校对,在天圣九年才进呈皇帝,正式发行还当在九年之后。今北京图书馆藏一残帙北宋刻本,鉴定为天圣、明道中刻本,即国子监本。此外,台北"故宫博物院"亦藏相同一帙残本,共十一卷(一至六、八至十一、十六)。据张月云先生

《宋刊文选李善单注本考》[1]，即天圣明道本，与北图所藏当为同一帙。这大概是今藏《文选》李善注最早的刻本。

以上的事实说明，第一个李善注刻本还有存世，而第一个五臣注刻本却早就失传了。现存最早的五臣注本是现藏台湾的陈八郎本和现藏北京图书馆、北京大学图书馆的杭州猫儿桥钟家刻本两残卷。这两个刻本不是出于同一系统，据陈八郎本所载江琪的木记说，他曾以当时所传古本和监本参校订正过。江琪所说的古本，可能是古写五臣注本，但也可能是蜀毋昭裔刻本。他所说的监本，则只能是国子监刊刻的李善注本，因为国子监只刻过这一个《文选》。但即使是参据了李善本，恐怕也只是在正文上有所改动，注文还应保留了该本的五臣原貌。陈八郎本与杭州本不同，也主要在正文上。杭州本的来历，因其是残卷，未见序、跋一类文字，故不甚清楚。不过以杭州本的这两个残卷与韩国奎章阁本底本的平昌孟氏本相校，二者大致相同，说明杭州本与孟氏本是同一系统。又以杭州本与朝鲜正德年间刻五臣注本相校，二书也大致相同，这表明平昌孟氏本、杭州本和朝鲜正德刻本都是同一系统。这三个本子，以孟氏刻本最早，可能孟氏本就是杭州本和朝鲜本的底本。至于孟氏本，最有可能是出于毋昭裔刻本。因为据《宋史·毋守素传》记，毋昭裔刻本后被毋守素带至中原，大行于世，虽然其板片至大中祥符九年（1016）才由毋守素的儿子毋克勤上给朝廷，但在这之前就已流传于世了。当时两川、二浙所刻的五臣注本，大概都是从毋昭裔的刻本而出，而孟氏本也不过是改变了两川、二浙的"模字大而部帙重"的面貌，又访精当之本，加以雠校而已，其底本仍当是从毋昭裔本而来。

现存的李善注本，最早的是北宋国子监刻递修本，即北京图书馆

---

[1]　《故宫学术季刊》第二卷第四期，故宫博物院1985年版。

藏天圣明道本。此本据《北京图书馆古籍善本书目》著录,称存二十一卷,即十七至十九、三十至三十一、三十六至三十八、四十六至四十七、四十九至五十八、六十。这个著录依据的是周叔弢《自庄严堪善本书目》,因为此书原为周氏藏品,后捐北京图书馆。事实上这个著录并不准确,它并非起自第十七卷,而是始自第十五卷《思玄赋》"增烦毒以迷惑兮",以下断断续续至第十七卷,都是残卷。又周氏著录没有第五十九卷,而实际上存留。这样,事实上北图所藏这个天圣明道本应是二十四卷。

除了天圣明道本之外,李善注本还有南宋尤袤在淳熙八年(1181)池阳郡斋(今江西贵池)所刻本,清嘉庆十四年(1809)胡克家曾以此本为底本校勘重雕。不过胡克家依靠的是一个屡经修补的后印本,与尤刻初印本有许多不同,又脱去尤袤的《李善与五臣同异》以及袁说友两跋文。1974年中华书局据北京图书馆所藏尤本影印,此本据《中国版刻图录》称:"原为杨氏宝选楼藏书,初印精湛,字字如新硎,可称《文选》李注唯一善本。"此本是尤刻初印本,价值自然在胡刻本之上。

尤袤刻本与北宋国子监本不是同一系统,差异甚夥,有许多地方显然是参据了五臣本。因此,胡克家组织顾广圻、彭兆荪所作的《文选考异》,根据尤刻本这许多明显同于五臣注本的特征,认为它的李善注其实是从六臣本中抄出的。这个观点现在已被证明是错误的[①],但之所以会让顾广圻这样的版本学家产生错误,主要是它在许多地方参据了五臣注本的原因。

由于北宋国子监本传世甚鲜,宋以后翻刻的李善注本,主要依据

---

① 参见傅刚《论李善注文选版本》,载《国学研究》第七卷,北京大学出版社1999年版。

的是尤刻本。如元张伯颜刻本,明代汪谅本、朱纯臣本、邓元岳本、唐藩本、晋藩本、清胡克家本等,都是尤刻系统。这更加深了人们关于世无李善单注本、所有者乃从六臣本中抄出的认识。尤其明末毛晋汲古阁刻李善注本,又不仅仅依靠尤刻,多处地方依据五臣,甚至有的地方还残留有五臣注文,四库馆臣依据汲古阁本所作李善《文选》书目提要,首先得出了这一观点。由于汲古阁本流传广泛,阅读的人多,因而迷信《四库全书总目提要》的人,以及耳食盲从的人,对此信而不疑。

五臣注和李善注分别在唐、宋两代盛行的原因,与这两个朝代的学术风气有关。唐人重辞章之学,因而阅读古代作品要求疏通大义,而不求典从何出;宋人去古已远,许多文献都已失传,李善注不仅可以解释典故,还可以提供史料,因此世重李善是可以理解的。应该说五臣注、李善注都各有优劣,时代愈远,这一点愈能显现出来。正是由于这个原因,在北宋哲宗元祐九年(1094),秀州(今浙江嘉兴)州学首次将五臣注和李善注合并为一本,这是中国历史上第一个六家合并本。但奇怪的是,这个本子并未见史志及藏家著录,只是因为韩国奎章阁本的发现,才知道它的存在。韩国奎章阁本刊刻时间不详①,但其底本即秀州本。书后有秀州州学将五臣注与李善注合并

---

① 按,此本后有明宣德三年(1428)闰四月卞季良的《跋》,述其用庚子字印书事,所以近代有些书目便将宣德三年作为奎章阁本刊刻时间加以著录,如严宝善《贩书经眼录》(浙江古籍出版社1994年版)即如此。又韩国学者白承锡教授在《韩国研究〈文选〉的历史和现状》(《郑州大学学报》1993年第5期)中说:"朝鲜初期的太宗(1369~1462)诏令收藏于地方史库的《文选》,移送首都的'春秋馆'藏之,以便随时参阅。世宗十年(1428),又用'庚子字'(铸造于世宗二年的活字)印行了60卷60册的《六臣注文选》,珍藏于奎章阁。"但卞季良的《跋》,只是表示他铸字的时间,而不能表示即刻印《文选》的时间。到底如何,尚待进一步查证。

后所撰的《跋》。《跋》文称："秀州州学今将监本《文选》逐段诠次,编入李善并五臣注,其引用经史及五家之书,并检元本出处对勘写入。凡改正舛错脱剩约二万余处。二家注无详略,文意稍不同者,皆备录无遗。其间文意重叠相同者,辄省去,留一家,总计六十卷。元祐九年二月□日。"《跋》中所说的"监本",即北宋国子监本李善注。此本于天圣三年(1025)校勘,天圣九年(1031)进呈,比北京图书馆现藏的天圣明道本的价值当然要高多了。秀州本的五臣注底本是平昌孟氏刻本,见上述,兹不赘。秀州本的发现,可以修改关于六家本刊刻时代的记载。据现有材料,学术界一般认为最早的六家本是蜀广都裴氏刊本,而此本的刊刻时间据朱彝尊《宋本六家注〈文选〉跋》说,是北宋徽宗崇宁五年(1106)镂版,于政和元年(1111)毕工。很显然,从时间上看,广都裴氏刻本比秀州本要晚。按,广都裴氏本,《天禄琳琅书目》著录一部,但未载刊刻年月,唯于昭明《文选序》后有"此集精加校正,绝无舛误,见在广都县北门裴宅印卖"木记。又《天禄琳琅书目后编》著录三部,于昭明《序》后亦有木记,但于书末载有刊刻年月,称："河东裴氏考订诸大家善本,命工锓于宋开庆辛酉季夏至咸淳甲戌仲春工毕。"据刻记,此本刊刻已在南宋末年。开庆为理宗年号,然开庆仅有一年,时当己未(1259),辛酉(1261)则是景定二年,不当称"开庆辛酉",所以此书来历有些可疑。今台北"故宫博物院"尚藏有一帙,据吴哲夫《故宫善本书志》介绍说,此本每半叶一行,行大字十八字;小字双行,行二十六字。左右双栏,版心白口。仅存卷一至十七、二十七、二十八、五十一至五十七等二十六卷,余皆以明袁褧复刊裴本补配。首附李善《上文选注表》暨国子监准敕节文,次附吕延祚《进集注文选表》,其后有"岭南李天麟君瑞父手记"手书题记一行,再次附目录。避宋讳至孝宗止,光宗以下宁宗、理宗、度宗诸帝讳皆不阙笔,未详其故。① 吴文又称此本昭明《文选序》已佚,此说与游志诚《昭明文选学术论考》所言不合。按,游氏称今藏台北"故宫博物院"图书馆的宋广都裴氏本,其书每半叶十一行,行二十字;小字双行,亦行二十字。先为昭明《文选序》,次为李善《上国子监文选注表》,表后有准敕节文。② 二说不同,不知是否为同一版本。从上述几个现存广都本的著录看,似乎都不是北宋刊本,但朱彝尊言之凿凿,其中当有真伪之辨。朱氏所见之广都本,出于太仓王锡爵"赐书堂",其后递藏情况不甚清楚。朱氏所见本是否一定为北宋崇宁的镂版呢?这是值得怀疑的。标题为北宋崇宁镂版的《文选》,除了朱氏所见外,据章钰《钱遵王〈读书敏求记〉校证补遗》"五臣注文选"条引冯柳东说,他在清曹溶静惕堂处也见到过。他说:"六臣注《文选》,予尝见曹倦圃侍郎藏本,每卷首有宋崇宁五年镂版至政和元年毕工字一行,墨光如漆,纸坚白无痕,盖宋代蜀笺。"似乎王氏藏本后来递传至曹溶处。但冯柳东所见的这个宋本并不是北宋原本,而是南宋嘉定二年(1209)翻刻本。冯柳东说:"是本遇宋讳皆缺笔,首尾有'嘉定二年成都裴氏镂版印卖'字一行,是为南宋蜀本。"看来北宋崇宁五年本,除了朱彝尊外,再未见有谁见到过,这的确是一个疑点。从冯柳东所说看,我们怀疑朱彝尊在王氏赐书堂所见之本,其实就是冯柳东在曹溶处所见到的本子,这样的话,到底有没有北宋的刻本,就更加值得怀疑了。考察南宋开庆咸淳木记,并不排除河东裴氏与广都县裴氏即一人的可能性。并且如果开庆咸淳本是广都裴氏本复刻本的话,又不应该称作"考订诸大家善本",这样的识记,总给人以河东裴氏乃这一刻本的始作俑者的感觉。总之,或许开庆咸淳本不可靠(如称"开庆辛

---

① 台湾《故宫图书季刊》第四卷,第二册,1973年版。
② 台湾学生书局1996年版,第521页。

酉"语），或许朱彝尊所见有误。正是因为这样一些误识，后人往往混淆二本的区别，或者将朱氏所见本作为明袁褧刻本的祖本，或者将开庆咸淳本作为袁本的底本。如傅增湘《藏园群书经眼录》卷十七"六家文选六十卷"条记其在故宫昭仁殿所见宋刊大字本《文选》："是书字体古茂疏劲，版式阔大，与眉山苏文忠、苏文定、秦淮海诸集相类，盖即蜀中刊本。考其行格与明袁褧嘉趣堂翻广都裴氏本同，当为裴氏原刻本。"按，此本即开庆咸淳本，1929年故宫博物院图书馆编《故宫善本书影初编》收录，这是傅增湘亦将开庆咸淳本认作袁本的祖本了。又如吴哲夫先生亦称开庆咸淳本即朱彝尊所见本："细审此本避南宋帝讳至孝宗止，则其付梓年代必不得早于高宗，竹垞审之未谛也。"这是持此本与崇宁政和本相同的看法。据吴文介绍，此本钤有"陈氏子有"、"竹素堂"、"丙戌进士"、"淮南蒋氏宗宜"、"西樵公子"、"思珍堂"、"豫园主人"、"云间潘氏仲履及图书"、"李印天麟"、"宪帘草堂"、"君瑞父"、"沇叔审定"诸藏书钤记。前三钤记为陈所蕴藏书印，陈所蕴字子有，万历进士，仕至南太仆少卿，著有《竹素堂》正、续集。次三印记无考。又次二印为潘允端所用，潘氏字仲履，明上海人，嘉靖四十一年（1562）进士，以四川右布政使移疾归。以下三钤记为李天麟藏书用章。最后一钤记为傅增湘藏书章。吴哲夫又称此本为《天禄琳琅书目》著录，考《书目前编》仅著录一部《六家文选》，乃汲古阁所藏；《后编》共著录三部广都裴氏本，藏印并与此本不同，是此书并未经《天禄琳琅书目》著录。

　　从以上所述看，北宋崇宁五年（1106）镂版的六家《文选》是存有疑点的，即使关于这个本子的刊刻时间不误，它也是出于秀州本之后。以明袁褧覆宋本与秀州本相校，二本基本相合表明广都本是从秀州本所出。六家除了广都本外，北宋末南宋初年的明州（今浙江宁波市附近）本，也是从秀州本系统出来的六家合并注本。明州本刊刻年代不详,今存宋绍兴二十八年(1158)递修本,书末附有卢钦《跋》,述修明州本始末。此本北京图书馆藏有两残本,一存二十四卷,一存九卷。此外台北"故宫博物院"也藏一残本,共五十卷。但远在东邻日本的足利学校遗迹图书馆却藏有完帙,1975年由日本足利学校遗迹图书馆后援会影印出版。日藏明州本书末没有卢钦《跋》,似乎早于绍兴二十八年卢钦递修本。明州本全依秀州本,因此秀州本合并六家注时所具有的特征,明州本都相同。不过明州本在上雕前曾作过勘订,故有些地方纠正了秀州本的错误。如秀州本卷六十《齐竟陵文宣王行状》"刀笔不足宣功,风体所以弘益"句,李善注"王永,字安期",明州本将"永"改为"承"。按,秀州本底本是北宋国子监本,底本如是(北宋天圣明道本可证),后袁褧覆宋广都本亦从而作"永",明州本据《晋书》校改。赣州本、从刊本及元茶陵本并校改。又如卷五十八《褚渊碑文》,秀州州学本多处漏脱李善注文,明州本一一补足。

　　以上是宋刻六家本的大概情形,到南宋时在六家本基础上又产生了六臣本。所谓六臣本,是为了与六家本区别而言。六家本是五臣注在前,李善注在后;六臣本则相反,李善注在前,五臣注在后。这两种合并注顺序的颠倒,说明不同的时代对五臣和对李善不同的态度,代表了不同的时代学术风气。宋刻六臣注《文选》,主要有赣州本和建州本。赣州本据杜信孚、漆身起《江西历代刻书》[①],称刻于绍兴三十二年(1162)。对赣州本的研究,当推斯波六郎博士为代表。在《文选诸本的研究》中,他提出赣州本"不是以单行李善注本、单行五臣注本为底本,所据是一个五臣李善注本,只不过颠倒了李善与五臣的顺序"。就是说赣州本以六家本为底本,只不过将六家本中五臣在

---

① 江西人民出版社1994年版。

前、李善在后的顺序颠倒过来而已。这个结论是正确的。六臣本既以李善居前，说明它所依据的底本必须是李善本，这就要求该本必须有这样一些特点：1.文中各断句下注的位置必须同于李善本；2.标示异同的校记必须说明"五臣作某字"，而不能说"李善作某字"；3.详李善注，略五臣注，遇有重叠相同之注文，应删五臣，并标出"五臣同善注"。以卷五十九《陈太丘碑文》为例来检验发现：1.本文全依六家本断句，如"四为郡功曹，五辟豫州，六辟三府，再辟大将军，宰闻喜半岁，太丘一年"。六家本于此断句，用五臣吕向注，然李善本则在下句"德务中庸，教敦不肃"下断开加注。依合并本编例，既以李善为底本，当然以李善本下注的位置为准。此本依六家本断句下注的特征，说明其底本是六家本。2.本文有两处校记标"善本作某字"，一是"不迁怒"之下作"善本作贰字"；二是"会遭党事禁锢"下作"善本作固字"。这是依据六家本留下的痕迹。原本中校记大多都已相应改动，但也有少数因疏忽而漏脱。最为显著的，当是卷十八《啸赋》中"走胡马之长嘶，回寒风乎北朔"两句。据沈严《五臣本后序》，这两句为原五臣本所无，孟氏校勘补入，但与李善本有不同，因此秀州本校记于"走"下校云："善本作奏字。"又于"回"下校云："善本作思、向字。"赣州本则改为"奏胡马之长嘶，回寒风乎北朔"，于"奏"下校云："五臣本作走。"这还是将秀州本颠倒过来。但是于"嘶"字和"回"字又全从秀州本。这充分证明赣州本底本只能是秀州州学本。3.本文中没有出现"善同五臣"的现象，但在《四部丛刊》本卷三十九邹阳《狱中上书自明》"籍荆轲首以奉丹之事"句用五臣吕向注之后，有"善同向注"语。刊本从赣州本出，此或是赣州本原貌如此。又本文"弘农杨公……惭于文仲窃位之负"句下，此本有因袭并割裂善注的现象。按，李善注为："范晔《后汉书》曰……实大位未登愧于先之也。衮职，谓三公也。《周礼》曰……知柳下惠之贤而不与之也。"

(共七十四字)其中"衮职,谓三公也"六字,奎章阁本、明州本、袁褧刻本并无,北宋监本、唐写集注本并赣州本、《丛刊》本均有。此六字暂置不论,李善注文至"知柳下惠之贤而不与之也"却是各本都相同的。但赣州本却于"三公也"之后脱漏,称"铣曰同善注"。再接以"举手谓指麾百官也"一段四十一字。在奎章阁本中,张铣"三公也"之前注文确与善注相近,但据集注本,五臣张铣注并无"三公也"以前的注文,只有"举手谓指麾而言也"四十三字,杭州本五臣注同集注本。这个事实表明,赣州本底本正是六家本,或即秀州州学本。《丛刊》本是出自赣州本,故与赣州本同。

赣州本当然不是简单地将六家本五臣注与李善注颠倒一下,编刻者做了大量的工作,比如加强了李善注。在卷五十八王仲宝《褚渊碑文》中,奎章阁本多处漏掉李善注(如"方高山而仰止,刊玄石以表德"句,又如"元首惟明,股肱惟良"等句),赣州本并详加注出。斯波六郎博士曾指出此本的长处是:1.明州本、袁本省略之善注,此本详出;2.明州本、袁本所缺之五臣注,此本有存;3.明州本、袁本于正文、注文有误,而此本不误。斯波博士由于没有见到奎章阁本,不知有秀州本,故举明州本为例,实即明州本从秀州本出,它所具有的特点也正是秀州本的特点。斯波博士又指出此本的特色有六:1.正文中,校注李善、五臣异同较明州本、袁本为多;2.李善注中的音释比明州本、袁本多;3.他本善注中"已见上文"、"已见某篇"的字样,十之八九于此可见;4.对李善注、五臣注的取舍不全同于明州本、袁本;5.注文的分合不全同明州本、袁本;6.李善注引旧注的位置,与明州本、袁本不同。斯波博士又说:"所谓特色,都是后人妄加增添的结果,此本的缺点,也正因此而不显。"①

建州本即《四部丛刊》影宋本,此本从赣州本所出,据张元济《涵芬楼烬余书录》②说,约在南宋庆元(1195~1200)以后刊刻。

南宋以后的《文选》刊刻,基本是翻刻宋版,如六家本系统有明袁褧翻蜀广都裴氏本、明万历丁观刻本;六臣本系统有元陈仁子茶陵本,明嘉靖潘惟时、潘惟德刻本,明嘉靖洪楩刻本,明万历陈所蕴冰玉堂刻本,明万历崔孔昕刻本,明万历见龙精舍刻本等。李善注系统如前所述,基本都是从尤刻本所出,但如毛氏汲古阁本,虽称翻刻元张伯颜本,但却参据五臣本处不少,所以很难说是尤刻系统。比如它的分类,采用五臣本三十九类分法,即单列"移"、"难"二体,已与尤刻面貌不同。其后,清乾隆年间叶树藩海绿轩刻本,亦据汲古阁本,但以宋本校定,增附新注百余条;又全采何焯评点,也已迥异于汲古阁本了。

---

① 见《文选诸本の研究》,载《文选索引》第一册,日本京都大学人文科学研究所1957年版,第85~86页。
② 商务印书馆1951年版。

索 引

重要词语索引

B

北府兵(9,11,13,30)
辨析文体(181,182,184,210,213,237)
编辑思想(137,184)

C

朝鲜本(273)
钞本(182,213,224,248,249,257,259~262,267~270)
沉思(48,50,139,168,179,181,214,258)
陈八郎本(220,221,223,224,264,267,273)
宠勋(37)

D

东宫学士(69,120,132,137,143,145,146,154,156,159,160,162,170,185,194,210,234,258)

G

宫体(49,51,82,83,89,117,118,120~122,136,149,150,155,156)
古体(50,84,119,126,128,134,146)
赣州本(217,222,251,263,279~282)
国子监本(232,263,267,272,274,

276,279)

H

侯景之乱(38,47,53,54,57,58,82,83,85~88,92,94,100)
翰藻(139,168,179~181,214,258)
杭州本(221,264,273,281)
胡刻本(274)

J

京师文体(118)
建州本(217,222,279,282)
汲古阁本(219~221,243,262,275,282)
竟陵八友(22,23,25,28,69,115,124,128,133,134,143,151)

K

奎章阁本(251,263~265,271,273,275,281)

L

立储(79,80,98)

李善注(57,103,152,153,170,197,207,217,220~223,225,232,236,244~246,249~253,256,257,259,262~264,268~276,279~282)
六臣注(217,220,244,251,257,260,275,277,279)
六家本(222,251,264,272,276,278~282)
六臣本(222,243,251,263,264,274,275,279,280,282)

M

明州本(217,219,222,263,278,279,281)
埋鹅事件(77,82,242)

N

溺信佛道(35)

Q

情灵摇荡(122,229)

S

声律(24,50,84,114~116,125,

126,128,133,134,146,174,265）

使事用典（118,126,127,153）

四声（50,84,114,115,136,174）

十学士（69,130~132,143）

俗谛（70,74）

T

体例（138~140,147,165,180,182,184,186,196,198,199,201,202,204,205,208,210~213,216,218,219,221,224~231,235~237,241,246,248,250,257,258,269）

W

魏晋新学（45）

吴歌（49）

文章且须放荡（85,135）

文句之学（116）

文质彬彬（136,184,186,187,216,217,229）

文学思想（84,85,89,111,114,119~123,127,129,133~137,139,145,165~168,175~177,184~187,203,210,213~216,225,267）

文体分类（162,169,217,223,224,229,269）

文选学（46,134,144,162,202,207,217,220,237,257,258,261,265~268,277）

五臣注（46,57,103,153,182,197,198,219~221,223~225,233,236,245,249~253,259,261~264,267,270,271,273~277,279~281）

X

新变（82,111,114,115,117~121,124,125,128,156,179,186）

西邸（23,24,27,39,40,46,47,50,69,115,116,124,133,143,151）

西曲（49,126,128）

形似（113,136,215）

选录标准（139,180,181,214~217,265~267）

选文定篇（164,246）

秀州本（222,251,263,264,275,276,278~281）

写本（177,221,224,225,244~246,252,259~262,267,268）

新体诗（84,124~126,217,226）

新选学（258,266,268,269）

Y

衣冠礼乐(42)
艳体(47,52)

永明体(50,84,114,115,119,128,132,133,136,140,143,146,149)
吟咏情性(85,113,119~122)
缘情绮靡(112,115,148,229)
寓目写心(120,121)

人名索引

A

阿部隆一(261)
奥登堡(259)

B

白化文(268)
白居易(245)
班彪(14)
班固(固)(113,141,165,167,168,179,181,211,214,215,231)
班婕妤(166,217)
班孟坚(孟坚)(135,211,225)
宝嵩(39)
宝修(39)
宝源(39)
宝贞(39)
鲍邈之(77,82)
鲍泉(101)
鲍照(118,120,140,149,234)
扁(鹊)(37)
卞白龙(白龙)(31)
伯希和(259)
卜长福(248)
卜隐之(248)

C

蔡伯喈(伯喈)(133,135)
蔡大宝(102)
蔡道恭(35)
蔡氏(97,98)
蔡邕(141,182,189)
蔡元培(255)

曹叡(249)

曹操(232,233)

曹道衡(202,205,257)

曹景宗(35)

曹髦(99)

曹丕(111,112,135,141,148,162,175,209,229,232)

曹溶(277)

曹融南(123,125)

曹宪(57,243,244,246,252,260)

曹彰(95)

曹植(52,82,84,111,140,141,148,165,166,189,207,209,215,216,227~229,231,232,234,236,239,240,249,252)

曹志(15)

曹子建(子建)(89,113,148,182,207,215,221,232,244,246,260,261)

曹祖(135)

晁公武(222)

陈宸(5)

陈八郎(103,219~221,223,224,252,264,267,273)

陈霸先(5,53,54,89,93)

陈伯之(32,59,120,218)

陈独秀(254,255)

陈景云(218,253)

陈孔璋(221,256)

陈琳(141,189,256,261)

陈乃乾(264)

陈彭年(8)

陈庆之(37,64)

陈仁子(219,282)

陈寿(201)

陈所蕴(278,282)

陈武帝(5,42)

陈显达(13,28)

陈勰(201)

陈新雄(268)

陈尧佐(272)

陈寅恪(10,49,114)

成济(87,99)

程俱(272)

程毅中(268)

褚亮(203)

褚球(127)

褚渊(13,19,28,279,281)

处罗可汗(105)

春申君(7)

崔弘度(103)

崔会意(91)

崔慧景(21,22,30,32)

崔孔昕(282)

D

戴逯(9)

戴瓜(91)

戴僧朔(103)

戴子高(91)

到溉(溉)(69,129,151,152,160,161)

到沆(沆)(69,160)

到洽(68,75,76,129,130,132,143~145,147,152,155,156,160~163,203,205,206)

到彦之(160)

到沼(160)

邓元起(54)

邓元岳(275)

丁充华(90)

丁观(282)

丁贵嫔(62,77,86,193,206)

丁令光(66~69,71,72,75,76,86,95)

丁履譔(268)

丁氏(62,66,67)

东方朔(141,168,182,256)

东昏侯(16,17,21,22,34,39,66)

董景珍(106)

董康(221,260)

董淑仪(95)

窦建德(105)

独孤皇后(104)

杜颙(99,101,102)

杜岸(101,102)

杜弼(38,42,43,81)

杜甫(245,254)

杜如晦(108)

杜信孚(279)

杜预(201)

杜元凯(44)

段兰(9)

E

尔朱荣(37,43,96)

尔朱世隆(96)

尔朱兆(96)

F

范蔚宗(146)

范晔(50,141,280)

范云(23,25,26,28,29,39,47,123,127~129,133,143,146)

方廷珪(182)

方智(54)

房玄龄(108)

冯光震(246)

冯柳东(277)

冯衍(214)

法云(云)(37)

伏挺(131,154,159)

伏羲氏(177)

苻坚(11)

服子慎(44)

副子(12,14)

傅刚(69,138,167,169,199,202,222,224,225,251,252,261,262,264,274)

傅亮(141)

傅咸(118)

傅玄(118,201)

傅毅(165~167)

傅增湘(262,263,278)

傅昭(132,157,159)

G

干宝(141,208)

冈村繁(261,268)

高步瀛(172,182,256,257,259,269)

高贵乡公(99,183)

高衡(11)

高欢(42,242)

高君定(264)

高阆仙(262)

高士廉(6)

高诱(204)

高祖(9,51,82,83,95,115,119,130)

葛洪(112,113)

公孙觉(272)

公孙罗(57,243,244,246)

龚氏(97,102)

顾昺之(25)

顾广圻(262,274)

顾恺之(232)

顾陶(206)

管(管子)(37,178)

郭华(106)

郭朋(69,71)

郭璞(74,75,242)

郭绍虞(267)

郭祖深(37,38)

H

韩康伯(45)

韩愈(42,245,254)

汉光武帝(光武)(15,31,93)

汉文帝(汉文)(36)
汉武帝(44,199,207,230)
何焯(218,253,256,282)
何法盛(208,209)
何谦(11)
何融(258,266)
何如璋(262)
何尚之(40)
何妥(57,243)
何逊(136,145,146,154,174,197~199,203,212,223)
何晏(44,230)
何胤(75,104,174)
何智通(91)
贺琛(38)
贺若弼(103,104)
洪楩(282)
侯白(242)
侯景(景)(38,42,43,47,53,54,57,58,63~65,67,81~83,85~89,92~94,97~102,170)
侯莫陈氏(106)
胡克家(218~220,249,253,259,262,263,266,269,274,275)
胡绍煐(253)
胡适(255)
胡太后(43)

胡辛生(60)
华(佗)(37)
华皎(103)
淮南小山(74)
桓和(36,59)
桓温(10,27)
桓玄(11)
皇甫汸(171)
皇甫继明(272)
黄焯(243,256)
黄回(19)
黄季刚(218,220,243,255,256,258,262)
黄鉴(272)
黄侃(243,255,269)
黄志祥(268)
惠蒨(8)
惠基(8)
惠开(8)
惠朗(8)
惠明(8)
惠休(8)
霍光(霍)(19,93)

J

姬公(138,178,184)

嵇康(141,174)

嵇生(173)

嵇叔夜(218,221)

吉藏(70)

吉甫(178)

纪僧真(25)

季子(114,178)

贾昌朝(272)

贾希镜(5)

贾谊(141,231)

简文帝司马昱(11,175)

江琪(264,273)

江少虞(272)

江淹(113,125,128,139,174,227,247,249,256)

蒋斧(259)

金城公主(246)

晋武帝(174)

荆轲(167,280)

景和(14)

鸠摩罗什(70)

K

康达维(268)

康绚(37)

空海(50,203)

孔安国(44)

孔德璋(218,246)

孔父(138,178)

孔融(141)

孔子(41,51,210)

L

蓝元用(272)

乐子(4,14)

雷世猛(106)

黎庶昌(262)

李鍪(268)

李白(233,245,248,254)

李撤(91)

李充(181,201,224)

李绰(171)

李大钊(255)

李登(50)

李建成(108)

李景溧(268)

李靖(106)

李匡义(244,245,250,252)

李陵(166,180,183,256)

李密(105)

李善(57,103,152,153,170,197,198,207,217,220~223,225,228,230,

232,233,236,243~246,249~253,
256~264,268~277,279~282)

李商隐(232,233)

李审言(245)

李斯(168,203,222,223)

李桃儿(87,88,95)

李天麟(276,278)

李孝伯(116)

李孝恭(106)

李延寿(6,7,16,31,79,80,101,
108)

李元吉(108)

李周翰(236)

梁简文帝(83,171,195)

梁武帝(武帝)(4,7,9,13,14,16~
18,20~69,71~88,90~98,100~
102,106,115,128,130,144,147,
151~153,156,158,159,173,174,
193,198,202,207,209)

梁宣帝(101)

梁元帝(元帝)(47,54,67,85~88,
90,98,170)

梁章钜(218,253)

林聪明(268)

林纾(255)

铃木虎雄(203,205)

刘悰(75)

刘準(13)

刘彧(62,201,202)

刘勔(13)

刘安(203,204)

刘苞(69,129,151)

刘彻(141)

刘崇超(272)

刘方贵(102)

刘轨(11)

刘怀珍(28)

刘缓(121,171)

刘绘(绘)(25,115,116,133,143)

刘基(265)

刘季连(54)

刘交(5)

刘节(248)

刘峻(28,55,107,141)

刘牢之(牢之)(11)

刘良(188)

刘盼遂(257)

刘孺(129,131,151,154,159)

刘山阳(32)

刘善经(50)

刘师培(259)

刘世珩(171)

刘思效(36,59)

刘肃(83,117,246)

刘显(129,131,151,154,159)

刘孝标(9,55,199,202,203,212,213,218,231)

刘孝绰(孝绰)(55,58,68,71,74~76,123,129~139,143~147,151,152,154~156,161,163,169,170,172,173,177,182,185~187,195,197~199,202,203,205,206,211~213,223)

刘孝孙(137,138,199)

刘勰(69,115,162~169,179,180,211,226,233~235,238,239,241)

刘歆(218)

刘休范(13)

刘义庆(202)

刘寅(19)

刘昱(13,19)

刘裕(5,10~12)

刘跃进(134)

刘桢(148,247)

刘之亨(171)

刘之遴(171)

刘知幾(256)

刘子骏(218)

刘子舆(15)

柳恢(60)

柳顾言(107)

柳元景(30)

柳恽(128,174)

柳仲礼(102)

卢钦(223,279)

卢循(11)

鲁恭王(230)

鲁休烈(56)

鲁迅(255)

陆倕(23,29,55,56,68,84,115,119,128~132,141,143,147,151~156,158~160,162,163,199,205,212)

陆德明(44)

陆龟蒙(233)

陆机(13,112,114,115,118,135,140,141,152,167,174,181,185,186,211,214~216,229,234~236,238~241)

陆贾(227)

陆厥(114,115)

陆平原(146)

陆善经(221,244,246,260)

陆士衡(89)

陆襄(69,71,155,163,193)

陆游(247)

陆志鸿(260)

逯钦立(41,149,169,170)

路敬淳(6)
吕不韦(203,204)
吕静(50)
吕僧珍(60)
吕向(183,280)
吕延济(182)
吕延祚(246,250,276)
吕夷简(272)
罗振玉(221,252,259,260)
骆鸿凯(162,207,217,218,220,237,257,258,266)

M

马其昶(255)
马融(7)
马仙琕(60)
马裕藻(255)
满奋(5)
毛公(44)
毛惠秀(24)
毛晋(220,275)
枚乘(165,167)
枚叔(166)
孟坚(135,211)
孟利贞(248)
明山宾(69,71,131,154,159,162,163,174,193,205)
慕容儁(9)
慕容华(101)

N

南齐武帝(78)

O

欧阳坚石(219)
欧阳修(7,108,175)

P

潘惟德(282)
潘惟时(282)
潘岳(13,118,135,140,141,148,150,167,174,186,215,228,230,234,235,238,239)
潘允端(278)
裴叔业(21,32)
裴邃(36,59,60)
裴子野(55,89,113,114,119,186,211)
彭兆荪(262,274)
朴现圭(264)

Q

漆身起(279)
齐高帝(4,7,13,14,16~21,30,31,78)
齐和帝(29,56,58,66)
齐明帝(5,8,16,17,21,22,25,28~31,33,39,43,53,62,78,96,123,124)
齐武帝(16,17,19~29,38,78,114,125,126)
千秋(28)
钱玄同(254~256)
钱锺书(45)
钳耳氏(106)
秦淮海(278)
清水凯夫(164,198,202,203,212,214,265,266,268,269)
丘迟(120,160)
丘光庭(252)
丘佗(61)
丘希范(218)
邱榮鐊(244,261,268)
求那跋摩(40)
屈守元(68,130,262)
屈原(165,178,203,222,223,227)

R

饶宗颐(205,259,267)
任昉(23,27,28,35,47,49,84,115,118,119,123,126~129,133,141~144,151,155,160,169,182~184,203,211,224,233,237,239,240)
任约(57,87)
阮瑀(189)
阮籍(141,173,174,219)
阮孝绰(197)
阮孝绪(197,227)
阮修容(86)
阮元(139,181)
睿宗(6,108)

S

森立之(177,260,262)
僧祐(162,163)
僧宠(56)
僧达(14)
僧亮(14)
僧卫(45)
僧衍(14)
僧肇(45,70)

僧旻(旻)(37)
山涛(173,174)
邵思(130)
神田喜一郎(260,265,266)
沈兼士(255)
沈括(272)
沈文季(16,19,28)
沈严(250,251,271,280)
沈攸之(13,19,30)
沈玉成(202,205,257)
沈约(5,8,12,17,23,27~29,39,47,
　49~51,69,83,84,112~116,119,
　121,123~129,133,136,140~143,
　146,147,151,153,155,162,164,
　165,190,191,199,211,212,215,
　216,233~235,237,265)
史鱼(26)
始毕可汗(107)
释慧皎(115)
束广微(246,260)
司马睿(10)
司马相如(司马长卿)(113,141,
　168,215,219~221,224,246,
　261)
司马奕(11)
斯波六郎(259,263,266,268,269,
　279,281)

斯坦因(259)
宋明帝(13,15,61,62,201)
宋祁(7,248)
宋文帝(12,30,40,67)
宋孝武(14,22)
宋孝武帝(61)
宋玉(49,165,166,168,203,222,
　223,228,229,239)
苏轼(180,252)
苏文定(278)
苏文忠(278)
苏武(166,180,183,256)
苏易简(170)
隋文帝(3,99,103~105,107)
隋炀帝(3,103~107)
孙绰(152,231,249)
孙恩(11)
孙卿(227)
孙无终(11)
孙志祖(253)
孙子荆(218,221)

T

檀道济(190)
檀道鸾(216)
檀韶(191)

唐高宗(108,245)
唐高祖(6,54,106,107)
唐太宗(3,47,105,108,240)
唐玄宗(245,250)
唐中宗(108)
陶弘景(46,47)
陶侃(10)
陶渊明(潜)(55,74,84,104,140,176,187~191,210,232,234,235,241)
田洛(11)
田伟(244,261)

W

万瓒(106)
汪凤藻(255)
汪谅(275)
汪师韩(253)
王暕(127)
王褒(141,165,215)
王弼(44,45)
王粲(82,140,150,189,215,230,231,233,234)
王得臣(183)
王敦(10)
王符(3,5,7)
王辅嗣(44)
王规(69,130~132,156,159,160,170,205)
王弘(14,26,29,191)
王奂(24)
王俭(19,22~24,27,125,159)
王敬弘(127)
王敬则(敬则)(13,17,19,31,78,123,124)
王筠(68,74,79,123,129~133,143,146~150,155,156,163,195,205)
王康琚(197,198)
王利器(203,205)
王莽(7)
王鸣盛(14,16,21,33,36,37,39,40,58,76,80,86)
王谦(103)
王骞(159)
王戎(173,174)
王融(融)(23~26,28,29,38,39,47~50,114,115,118,124,126,127,133,141,143,203)
王僧辩(47,54,87~89,99,101,103)
王僧绰(147)
王僧孺(55,128)

王世充(107)

王式(272)

王曙(272)

王述(27)

王思远(25,29)

王肃(44)

王泰宝(5)

王坦之(27)

王天虎(32)

王攸(272)

王文度(146)

王锡(14,68,130,143,156~159,205)

王锡爵(277)

王羲之(46,47)

王献之(47)

王孝祀(196)

王秀之(26)

王煦(253)

王延寿(230)

王晏(5)

王逸(165,201,216)

王应麟(203,222,272)

王元长(118,126)

王源(5)

王运熙(267)

王珍国(32)

王植(272)

王志(27)

王仲宣(133)

韦叡(36,59,60)

韦孟(166,180,183)

尉迟迥(103)

魏伯阳(45)

魏明帝(230,249)

魏丕(152)

魏收(211)

魏孝明帝(43,63)

魏宣武(43,59)

魏雅(77)

魏征(35)

文惠(16,17,20,25,78)

毋克勤(271,273)

毋守素(271,273)

毋昭裔(251,271,273)

吴法寿(60)

吴均(22,31,120,174,198)

吴明彻(103)

吴汝纶(255)

吴淑媛(95)

吴兆宜(171)

吴哲夫(276,278)

吴质(141)

X

郤正(165)

郗憎(67)

郗鉴(10,67)

郗绍(208)

夏侯亶(55)

夏侯湛(183)

夏锡祺(255)

向宗鲁(262)

项籍(14)

萧皓(4,7)

萧璟(108)

萧寅(6)

萧瑀(3,6,105,107,108,213)

萧恺(100)

萧槚(槚)(98)

萧誉(3,67,79,86,87,89,97~106,157)

萧偁(6,14)

萧仿(6)

萧俛(6)

萧憺(53,55,56,58,60,71,73)

萧彧(54)

萧瓆(瓆)(32,56,58)

萧暎(暎)(58,121)

萧鏘(鏘)(6,7,9,14)

萧敕言(79,97)

萧譬(79,97)

萧撝(99)

萧琳(103,105,106)

萧昂(53)

萧宝卷(宝卷)(17,21,22,28,32,34,37,39,40,43,53,56,62,85,96)

萧宝融(宝融)(32,33,39)

萧宝寅(宝寅)(63,96)

萧豹(4,7)

萧贲(63)

萧彪(彪)(4,7,8,9)

萧勃(53)

萧苞(苞)(4,7,8)

萧昌(53)

萧长懋(16,17,20,25,33,78)

萧琛(23,29,115,128,132,134,151,157,159,160)

萧谌(21,31)

萧丞之(8)

萧承之(承之)(4,12,14)

萧琮(103~105)

萧大成(大成)(92,93)

萧大春(大春)(92,93)

萧大连(93)

萧大心(57)
萧大园(99)
萧道成(道成)(4,6,8,12~14,18,
  19,118)
萧道生(63)
萧栋(栋)(87,97~100)
萧范(57,65,79)
萧方(101)
萧方智(54,89)
萧敷(53)
萧复(6)
萧该(57,58,213,243,252)
萧纲(51,52,57,64,65,67,68,72,73,
  75,77~79,81~85,87~89,91,94,
  95,97~99,111,117~122,131,132,
  135,144,145,149,150,153,155,
  156,158~161,170~174,192~195,
  205,209,211,235,265)
萧遘(6)
萧轨(74,193)
萧何(何)(3~9,93,108)
萧宏(宏)(35~37,53,55,58~63,
  65,73,78,79,91,149,162,163)
萧后(105~108)
萧华(6)
萧欢(78,79,97,98,101,118)
萧恢(53,55~57,155)

萧惠训(56)
萧绩(87,95)
萧岌(104)
萧纪(86~88,90,92,94,97,99,
  100,102)
萧景(53,60)
萧钧(108)
萧岿(103~105,107)
萧乐子(12)
萧亮(58)
萧鸾(16,25,26,78,124,125)
萧纶(57,67,71,75,78,79,82,86~
  88,90~94,100~102)
萧轮(9)
萧桥(桥)(98)
萧融(53,88,100)
萧锐(108)
萧绍(绍)(4,7,8)
萧顺之(顺之)(14,17~22,25,26,
  53)
萧思话(思话)(8,12,108)
萧嗣(57)
萧嗣业(108)
萧嵩(6,213,246)
萧统(3,6,9,46,55~58,61~82,84~
  87,89~91,95,97~99,101,103,104,
  108,111,118,119,122,123,127,

129~140,142~148,150~152,154~158,160~173,175~177,179~194,197,198,200,202,203,205~217,219,222,223,225~229,231~238,240,242,243,258,259,270)

萧望之(望之)(3~9,42,108)

萧伟(53,55,56,58,59)

萧文寿(12)

萧铣(3,105~107)

萧秀(53,55,56,59,131,145)

萧续(68,86,87,95)

萧铉(104)

萧延(7)

萧岩(103,105,106)

萧衍(衍)(4,12~14,17,22,42,65,115,118,124,125,127,128,144,145,147,151~153,155~157,159,160,193,202,207,227)

萧遥光(59,85)

萧邺(6,108)

萧晔(58,118)

萧嶷(4,14,16,17,20,31,39)

萧绎(67,72,84~89,92~95,97~102,120,122,132,145,146,149,159,161,171,175,184,185,194~196,199,204~206,209~211,229,235)

萧懿(17,18,20~22,25,26,29,30,32,37,39,53,88,100,108)

萧颖士(6)

萧颖胄(32,56)

萧育(7)

萧昱(53)

萧誉(67,79,86~88,93,97,99~102)

萧渊明(渊明)(37,53,54,57)

萧渊猷(36)

萧渊藻(53,54)

萧圆照(圆照)(86,94,100)

萧源之(源之)(8,12)

萧赜(16,126)

萧昭文(昭文)(21,31)

萧昭业(昭业)(21,25,26,31,78)

萧整(整)(4,6,7,9,12~14)

萧正德(正德)(37,42,54,55,59,62~65,67,74,76,78,91,93,94,97)

萧正则(63,64)

萧至忠(6,108)

萧子范(14)

萧子恪(14~17,22,39,50)

萧子良(子良)(23~28,38,40,43,47,78,114,115,123,124,126,133,151)

萧子隆(26,31)

萧子显(子显)(4,6,8,16,20,26,111,117~119,149,153,154,159,211)

萧子响(子响)(17,19~21,31)

萧子云(子云)(50,51,158)

萧综(37,63,34,67,87,95,96)

孝文帝(元宏)(24,43)

孝庄帝(96)

谢朏(125,155)

谢朓(23,24,26,27,47,50,83,84,114,115,119,123~129,133,140,141,148,150,151,160,161,167,234~236,240,247)

谢举(68,130,156,158)

谢灵运(13,112,118,119,121,140,150,174,195,196,211,215,216,234~236,239,240,247)

谢谟(27)

谢宣融(95)

谢玄(玄)(11)

谢裕(26)

谢庄(50,118,126)

邢峦(25)

邢劭(58)

邢子才(211)

徐摛(51,52,82~84,156)

徐德基(106)

徐悱(199,212)

徐幹(148,165)

徐陵(83,117,121,167,170,171)

徐勉(38,58,69,71,77,145)

徐僧权(45)

徐思玉(64)

徐文盛(87)

徐行可(262)

徐英(257)

许敬宗(6)

许玄彻(106)

许询(175)

许淹(57,243,244,246)

许逸民(258,265,266)

薛安都(30)

薛奎(272)

薛索儿(19)

荀勖(201)

荀绰(201)

荀卿(114,165)

荀爽(28)

荀羡(9)

荀悦(229)

荀仲举(58)

Y

庾亮(10)

阎缵(127)

严复(255)

严可均(46,170)

颜师古(5~7,108)

颜协(89)

颜延之(13,118,126,136,138,140,141,148,155,167,173,174,180,188,190,191,215,234,235,240)

颜之推(58,89,198)

扬雄(子云)(111,135,188,189,215,231)

阳休之(187)

杨广(103~105,107)

杨难当(12)

杨慎(171)

杨守敬(262,264)

杨素(106)

杨约(106)

杨忠(93,102)

姚察(59,195)

姚宽(232)

姚思廉(6,36,58,59,94,195)

姚永概(255)

姚振宗(195,196)

叶适(22,36)

叶树藩(282)

义城公主(105)

义真(36)

殷叡(叡)(26)

殷钧(56,69,131,154,156,159,163,205)

殷孟伦(267)

殷芸(45,69,129,132,147,151,159,205)

尹德毅(103)

应场(189)

应璩(118,141,201,240)

应劭(3)

尤袤(170,171,219,222,232,249,250,262,274)

游志诚(220,261,268,277)

于大成(268)

于谨(88,102,103)

余萧客(243,253)

俞三副(77)

俞绍初(144,155,194~196,206,225)

宇文化及(104,105)

宇文泰(42,87,88)

宇文直(103)

庾肩吾(114,132,156,158)

庾信(35,44,86,88,99)

庾於陵(69,127)

郁林王(郁林)(21,30,31,78)

元法僧(96)
元颢(37)
元兢(138,164,203,205)
元景隆(159)
元景仲(64,160)
元延明(96)
元翼(59)
垣历生(历生)(31)
袁檠(217,219,263,276,278,279,281,282)
袁粲(13,19)
袁宏(165,208)
袁淑(196)
袁说友(170,171,274)
圆肃(99)

Z

臧厥(98)
臧荣绪(112)
张伌(247)
张瓌(123,124)
张绣(106)
张百熙(255)
张伯绪(130)
张伯颜(275,282)
张畅(116)

张冲(32)
张敷(116,155,163,196)
张衡(189,215,228,231)
张弘策(弘策)(27,31,39,100,156)
张华(22,189)
张皇后(156)
张惠绍(36,59)
张稷(28,29,32)
张景真(17)
张敬儿(19,30)
张轲(104)
张逵(272)
张率(68,129~132,143,151,152,154~156,158,162,163)
张缅(68,130,132,143,156,157,159,205)
张乃熊(264)
张溥(74,77,145,148,171)
张融(115,116,120,143)
张僧胤(92)
张尚柔(22)
张铣(182,281)
张筱甫(255)
张燮(171)
张欣泰(27,28)
张绪(19)
张永(154)

张元济(264,282)
张月云(272)
张昭(210)
张之洞(254)
张缵(68,100,102,130,143,154,156~158)
章如愚(223)
章太炎(255)
章学诚(45,220,226)
章钰(277)
昭明太子(昭明)(61,68,69,91,97,98,130~132,145,147,150,153,154,156~159,162,163,194~199,203,205,206,222,223,248)
赵伯超(92)
赵景真(218,246)
赵智英(91)
甄妃(232,249)
郑康成(44)
郑铿(121)
郑樵(8,45,108)
郑文宝(247)
郑文秀(106)
挚虞(135,148,181,182,200~202,208)
钟会(士季)(219,221,261)
钟嵘(75,112,117,118,124,126,128,133~135,143,166,167,180,186,187,196,216,233~235,239)
周颙(70,114~116,143)
周复俊(171)
周公(36)
周广治(248)
周弘(101)
周弘正(98)
周满(171)
周谦(268)
周舍(38,50,51,56,58,69,71,82,98,144,207)
周叔弢(263,274)
周武帝(103)
周兴嗣(155,207)
周续之(191)
周勋初(267)
朱珔(253)
朱纯臣(275)
朱季海(116)
朱买臣(87,98,99)
朱僧勇(60)
朱熹(45)
朱彝尊(196,197,276~278)
朱异(42,50,57,64,65,71,159)
朱自清(112,139,181,258)
诸葛汉(58)

诸葛侃(11)
诸葛孔明(221)
诸葛颖(107)
诸昪粲(91)
竺法深(75)
祝文白(257)

子夏(203,222,223)
子渊(135)
邹阳(141,168,280)
祖暅(152)
左思(74,135,140,186,193,207,231,234,235)

文献索引

A

哀江南赋(35,44,86,88,99)
哀永逝文(148,167)

B

白纻歌(155)
白马(182)
般若(71,103)
报李陵书(256)
报刘杳书(112)
报王筠书(112)
抱朴子(112)
悲落叶(96)
悲温舒文(182)

碑文(201)
北京图书馆古籍善本书目(274)
北齐书(42)
北山移文(218,246)
北史(101)
北宋本文选残卷校正(268)
北堂书钞(165,189)
本邦现存汉籍古写本类所在略目录(261)
辩命论(107,213)
别赋(别)(139,227)
补笔谈(272)
补亡诗(246,260)

C

藏园群书经眼录(278)

曹植集(227)

曹子建集(148)

长相思(155)

陈太丘碑文(280)

成皋望河(199)

敕魏文(119)

重答刘秣陵沼书(218)

崇文总目(170)

酬德赋序(123)

酬陆长史俺诗(134)

出郡传舍哭范仆射(128)

出师表(221)

初学记(170,271)

楚辞(139,201,258)

楚妃叹(149)

楚妃吟(149)

春秋(4)

春秋公羊传(67)

春日宴晋熙王诗(170)

春游诗(150)

从《文选》和《玉台新咏》看萧统和萧纲的文学思想(84)

D

答张缵谢示集书(120)

答何记室诗(134,146)

答晋安王书(171,175,192,208)

答客难(168,182)

答任殿中、宗记室、王中书别(39)

答释法云书难范缜神不灭论(157)

答苏武书(256)

答湘东王庆州牧书(121)

答湘东王求文集及《诗苑英华》书(89,135~137,172,175~177,184,192,194,197,205,211,216)

答新渝侯和诗书(121)

答甄琛书(115)

大唐氏族志(6)

大唐新语(83,117,246)

大小乘幽微(103)

大言应令(158~160)

代春日行(149)

道藏(46)

登楼赋(230~232)

登徒子好色赋(165)

典论·论文(135,209)

典引(168)

殿中赋(230)

雕虫论(113)

丁督护歌(11)

定情赋(189)

东飞伯劳歌(49)

冬绪羁怀示萧谘议、虞田曹、刘江

二常侍(26)

杜诗证选(245)

对楚王问(168)

对酒(155)

敦煌本文选斠证(267)

敦煌古钞本文选五臣注研究(261)

敦煌秘籍留真新编(敦煌秘籍留真)(260)

E

二京赋(二京)(112,231)

二十五史补编(195)

二旨义(56)

F

法华(103)

法书要录(46)

反招隐诗(197)

非辩命论(107,213)

风俗通义(风俗通)(3)

封禅文(168)

讽谏诗(166,180)

妇人事(155)

赋集(202)

G

感甄赋(232,249)

感知己赋(151)

高僧传(40,115)

高唐(49,165,229)

公宴诗(207,247)

估客乐(126)

古今诗人秀句序(203,205)

古今诗苑英华(136~139,145,164,184~186,194~199,205,206,211~213,216)

古今五言诗美文(201)

古诗十九首(167)

古逸丛书(130)

古意二首(古意)(24,39,48)

故宫善本书志(故宫善本书影初编)(276,278)

关雎(178)

管锥编(45)

广广文选(248)

广弘明集(159)

广绝交论(202,203)

广文选(248)

广韵(3,8)

归沐诗(144)

归去来辞(104)
国文月刊(258)
国学季刊(139,181,258)

H

涵芬楼烬余书录(264,282)
韩诗证选(245)
汉名臣杂事(201)
汉书(5~7,204,227,230,243)
汉书音义(243)
汉魏百三名家集(171)
翰林论(181,201,224)
和吴主簿诗六首(150)
和湘东王名士悦倾城(171)
和阴梁州杂怨(121)
河南献舞马赋(155)
河阳县作(150)
河中之水歌(49)
恨赋(恨)(139,227)
弘明集(157,176)
鸿宝(157)
后汉书(9,223,280)
胡无人行(83)
华林遍略(45,56,127)
华严(103)
怀旧诗(27,133)

淮海乱离志(99)
淮南子(203)
皇览(229,230,248)
会三教篇(会三教)(41,199)

J

集林(202)
集贤注记(246)
籍田诗(145)
几神(56)
祭程氏妹文(190)
兼明书(252)
简文帝纪(81,82,98,131,156)
建康实录(67,194,200)
谏楚夷王戊诗(183)
谏逐客书(168)
江南弄(128)
江西历代刻书(279)
江淹集(13)
江左以来文章志(202)
讲席将毕赋三十韵诗依次用(173)
郊居赋(125,133,146)
解嘲(168)
戒子书(115)
诫当阳公大心书(84)
今古诗英(197,198)

今诗英(195,196)
金光明经(103)
金楼子(86,89,122,195,204,209,210,229)
金鹿哀辞(148)
金明馆丛稿初编(10,114)
锦带书十二月启(171)
进集注文选表(276)
晋歌诗(201)
晋故征西大将军长史孟府君传(190)
晋书(9,11,112,127,174,190,191,201,223,224,240,279)
晋燕乐歌辞(201)
晋中兴书(208)
经典释文(44)
经籍访古志(177,260,262)
景福殿赋(230)
净业赋(47)
敬酬刘长史咏名士悦倾城(121,171)
旧唐书(6,106~108,213,243,245)
剧秦美新(168)
钧世(112)
郡斋读书志(199,222,223)

K

箜篌引(182)

L

老学庵笔记(247)
老子(46)
乐府诗集(11,49)
乐毅论(46)
类苑(55)
离别赋(154)
礼记(72,246)
李邧墓志(245)
李陵别传(256)
李善与五臣同异(249,274)
历代赋(46,202,207,209,227,228)
梁典(152)
梁旧事(99)
梁书(6~9,13~16,18,20~24,28,29,31,32,34~37,39,43,46,47,50,51,53,55~59,61,63,66~69,72~77,81~83,85,86,88,90,92~101,114,115,117,119,127,130~133,135,137,144~146,149,151,152,155~164,170,173,177,192~197,200,202,205~207,210,237)
梁书·武帝纪(9,14,18,20~24,31,32,34,35,43,46,59,69,97,115,159)

梁书·元帝纪(86,98)

梁王菟园赋(165)

梁武帝集(47)

梁武帝诗赋集(47)

梁武帝杂文集(47)

梁武帝诸子传(67,71,75~77,82,86,87,91,97,98)

梁萧统集题词(74,77)

两都赋序(两都赋)(113,179,231)

列叙元嘉赞扬佛教事(41)

林下作伎(171)

林下作妓诗(170)

临海集(147)

临终诗(219)

麟台故事(272)

麟趾(178)

令旨解二谛义(69,70,74)

令旨解法身义(69,70)

刘博士江丞朱从事同顾不值作诗云尔(154)

刘孝绰集题词(145)

六家文选(265,278)

漏刻赋(152)

漏刻铭(152)

鲁灵光殿赋(230)

陆倕集(152,153)

吕氏春秋序(吕氏春秋)(203,204)

论《文选》之难体(220)

论二谛义(70)

论佛骨表(42)

论语(68,135,245)

洛神赋(166,228,229,231~233,239,249)

洛阳伽蓝记(96)

M

毛诗(112,245,246)

美女(182)

美人晨妆(85,171)

门律自序(115)

愍时赋(103,104)

名都篇(名都)(182,252)

名士悦倾城(171)

鸣沙石室古籍丛残(259)

N

南北朝文学史(23)

南齐书(4,6~8,12,13,16~28,111,115,117,118,124,125,211)

南齐书·武十七王传(19,23,24,116)

南齐书校议(116)

南史(5,6,13,16~18,20~23,25, 26,28,29,31,32,35~37,39,42, 43,54~60,63,64,67,68,71,75~ 79,81,82,85~87,90~101,116, 118,126,130,133,143,144,147, 151,156~159,162,177,194,200, 208)

南唐近事(247)

南征赋(158)

难蜀父老(168,219~221,224,246, 261)

内典碑铭集林序(89,211)

拟古诗(拟古)(170,171,174)

拟文选(248)

涅槃经(涅槃)(46,69~71)

O

偶以拙诗数首寄呈裴少尹侍郎(245)

P

平乐馆赋(230)

濮上(178)

Q

七哀(150,233)

七林(201)

七录(197,227)

七启(252)

七十二家集(171)

齐安陆昭王碑文(12)

齐春秋(22,31)

齐故安陆昭王碑文(8)

齐竟陵文宣王行状(279)

齐敬皇后哀策文(148,167)

齐梁宗簿(6)

启颜录(242)

钱遵王《读书敏求记》校证补遗(277)

潜夫论(3)

秋怀(219,233)

秋思(58)

求通亲亲表(221)

求自试表(221,261)

全北齐文(58)

全策(46)

全梁文(46,121,170)

全唐文(137,206,245)

劝医论(121)

群书考索(223)

R

冉冉孤生竹(167)

日本古钞文选五臣注残卷校记(267)

日本国见在书目(244)

如何理解《文选》编选的标准(267)

S

三都赋(三都)(112,231)

三国志(9,165,223,227)

三月三日曲水诗序(24)

三宗论(70)

桑间(178)

沙门惠净《诗苑英华》序(137)

善文(201)

上国子监文选注表(277)

上林(112)

上书吴王(168)

上文选注表(259,276)

上虞乡亭观涛津渚学潘安仁河阳县诗(134)

上责躬诗表(260)

上责躬应诏诗表(246)

上昭明太子集别传等表(170)

尚书(44,112,174,245)

尚书集(147)

芍药赋(146)

舍道归佛文(40)

射雉赋(230)

申鉴(229)

神女(49,165,166,229)

沈约不作豫章王碑(17)

声类(50)

诗大序(181)

诗集(196,201,202)

诗集抄(196)

诗经(诗)(112,166,184)

诗品(27,75,112,124,126,133~135,143,166,186,187,216,233,234)

诗品序(117,118,133,143,167,196,210)

诗序(178)

诗英(195,196)

诗苑(137,195)

诗苑英华(137,176,195)

十七史商榷(14,16,21,33,36,39,86)

石阙铭(55,152,153)

世说新语(9,27,75,175,202,223,224,231)

侍宴饯东阳太守萧子云诗(158)
侍宴饯临川王北伐应诏(149)
侍宴饯陆倕应令诗(153)
侍宴饯湘州刺史张续诗(158)
试莺出谷(171)
书《玉台新咏》后(196)
书林(201)
书目答问(254)
书昭明太子《文选序》后(139,181)
蜀都赋(231)
述东晋王导之功业(10)
述高纪一首(225)
述志赋(104)
水阁朝霁奉简严云安(245)
说文解字(228)
四部丛刊(217~219,259,280,282)
四库总目提要(四库全书总目提要)(170,171,201,227,262,263,275)
四声谱(50)
四时白纻歌(128)
宋本六家注《文选》跋(276)
宋朝事实类苑(272)
宋会要辑稿(251,271,272)
宋刊文选李善单注本考(273)
宋史(271,273)
宋史·艺文志(170)

宋书(10,12,113,114,127,163,164,188,190,191,202,215,233)
宋书·谢灵运传论(谢灵运传论)(113,114,164,215,216)
宋书·乐志(49)
宋文皇帝元皇后哀策文(148,167)
宿山寺赋(159)
隋书(44,50,57,104,105,243)
隋书·经籍志(隋志)(43,45~47,57,83,103,117,170,187,194,196,197,200,208,227,231)
遂志赋序(214)

T

台湾公藏韩国古书籍联合书目(264)
太平广记(45,232,242)
太平御览(181,256)
太学碑(160)
太子泷落日望水诗(134)
太子洗马集(太子洗马)(147)
唐钞文选集注汇存(267)
唐诗类选(206)
唐写文选集注残本(260)
唐志(148,170,194,196,243,244)
陶隐居集(46)

陶渊明集序(陶渊明集)(55,74,
　104,176,177,187,189,210,232)
天禄琳琅书目后编(天禄琳琅书
　目)(170,171,276,278)
听钟歌(96)
听钟鸣(96)
庭诰(180)
通史(45)
通志(8,45)

W

晚春诗(170)
王筠集题辞(148)
王命论(14)
望夕霁诗(150)
为范尚书让吏部封侯第一表(28)
为石仲荣与孙皓书(218,221)
为袁绍檄豫州(261)
魏名臣杂事(201)
魏鼙舞歌(174)
魏书(96)
文帝四子传(104)
文赋(112,114,115,182,185,229)
文镜秘府论(50,115,138,164,199,
　203,205,236,248)
文史通义(45,220,226)

文始(183)
文献通考(127)
文心雕龙(115,162~164,166~169,
　179,184,211,233,235,239,241,
　265)
文选(3,5,8,12,27,46,55,57,74,84,
　103,128,129,134,136~142,145,
　148,152,162,171,173,174,176,
　177,179~184,186~188,194,196~
　200,202,203,205~208,210~251,
　253~260,262~279,282)
文选钞(221,244,252)
文选导读(69,130)
文选集成(182)
文选集释(253)
文选集注(221,225,244,245,252,
　259~261)
文选集注研究(268)
文选笺证(253)
文选举正(218,253)
文选考异(218~220,253,263,269,
　274)
文选类例正失(257)
文选李善注引诗考(268)
文选李注补正(253)
文选李注拾遗(253)
文选李注义疏(182,256,259,262,

269)
文选理学权舆(253)
文选六臣注订讹(257)
文选旁证(218,253)
文选篇题考误(257)
文选平点(218,243,256,262)
文选书录(267)
文选双字类要(170)
文选校笺(257)
文选序(136,138,139,166,168,169,172,176,177,181~184,186,202,208,212~214,216,218,219,221,224,225,276,277)
文选学新论(46)
文选学新探索(268)
文选译注(267)
文选音(57,243,252)
文选音决(221,244,252)
文选音义(57,243,244,253)
文选与辞赋(46)
文选诸本的研究(259,263,269,279)
《文选》编撰时期及编者考略(258)
《文选》的编辑目的和撰(选)录标准(215)
《文选》的编辑周围(202)
《文选》的选录标准和它与《文心雕龙》的关系(267)
《文选》撰(选)者考(198,202,203)
文学革命论(254)
文苑英华(248,271,272)
文章流别集(200,201,208,229,248)
文章流别论(148,181,182,224)
文章始(169,183,184,233,237)
文章英华(138,164,176,194~197,199,200,206)
文章缘起(182,183,224)
文章志(202)
吴都赋(153)
五臣本后序(280)
五都(231)
五都赋(231)
五经(51,68,83,231)
五君咏(173,174)

X

西府新文(89,199)
西京赋(245,259)
西曲歌(126)
西溪丛语(232)
西洲曲(49)
习学记言(22,36)

檄梁文(38,81)

檄蜀文(219,221,261)

檄吴将校部曲文(221)

戏赠丽人(85)

戏作(48,52)

细言应令(158~160)

先秦汉魏晋南北朝诗(41,149,170)

闲愁赋(122)

闲情赋(84,189,232)

显志赋(214)

相逢行(155)

襄阳白铜鞮歌(49)

萧骠骑发徐州三五教(13)

萧纲集(170)

萧统的文学思想和《文选》(267)

萧谘议西上夜禁(39)

小说(45)

孝经(68,103)

啸赋(280)

新的文选学(265)

新殿赋(159)

新漏刻铭(55,152,153)

新青年(254)

新唐书(6~8,107,108,247)

新唐志(248)

行路难(149)

性情(56)

姓解(130)

姓氏谱(6)

修文堂御览(45,46)

徐摛集(83)

续晋阳秋(216)

续文选(248)

Y

颜氏家训(58,84,89,116,136,137,145,161,198,211)

演连珠(140,236,238)

阳城刘氏妹哀辞(148)

夜望单飞雁(117)

衣冠谱(6)

移书让太常博士(218)

以诗代书别后寄赠诗(131,153,159)

义门读书记(253)

艺文类聚(96,153,158~160,170,189,247,248)

易(177)

易·系辞(45)

永平乐(126)

咏怀(219)

咏山涛王戎诗(173)

咏竹火笼(63)
游东田(247)
游仙诗(74,75,242)
有关《文选》编纂中的几个问题的
　　拟测(202)
酉阳杂俎(245)
于南山往北山经湖中瞻眺诗(247)
与朝歌令吴质书(175)
与陈伯之书(120,218)
与东宫官属令(170)
与何胤书(75,104)
与嵇茂齐书(218,246)
与晋安王令(171,174)
与梁武帝启(46)
与山巨源绝交书(218,221)
与沈约书(114)
与苏武诗(166,180,183)
与王朗书(209)
与吴质书(162)
与湘东王令(170)
与湘东王书(85,118～120,122,
　　211,265)
与徐勉书(123)
与杨德祖书(111,209)
与诸儿书(146)
与子书(190)
羽猎(112,178)

玉海(203,222,246,248,272)
玉台新咏(39,47,48,83,84,90,95,
　　117,121,134,155,167,170,171,
　　196)
狱中上书自明(168,280)
喻巴蜀檄(224,246,261)
寓直中庶坊赠萧洗马(149)
远期(155)
怨歌行(166)
韵集(50)
韵旨(108)

Z

杂碑(201)
杂诗抄(196)
杂体诗(247,249,256)
杂体诗序(113)
早出巡行瞩望山海诗(150)
赠任昉诗(151)
赠徐幹诗(244)
赠张缵诗(158)
招隐诗(74,207)
招隐士(74)
昭明太子哀策文(148)
昭明太子传(82)
昭明太子集序(昭明太子集)(69,

72,75,79,82,135,169~173,177,184~186,188,192,211)
昭明太子萧统年谱稿(144,155,194,195)
昭明太子与梁代中期文学复古思潮(134)
昭明文选(267)
昭明文选李善注引左传考(268)
昭明文选论文集(268)
昭明文选通假考(268)
昭明文选新解(268)
照明文选学术论考(220,261,268,277)
昭明文选研究(69,169,202)
昭明文选研究初稿(268)
昭明文选研究考略(268)
照流看落钗(171)
赭白马赋(155)
正部(165,216)
正情赋(189)
正序(138,164,176,194~197,200,206,207)
知音论(133)
直斋书录解题(170)
止三郡民丁就役疏(73,78)

止欲赋(189)
中国版刻图录(274)
中国佛教思想史(69)
中书集(147)
中庶子集(149)
中外学者文选学论著索引(中外学者文选学论集)(267)
中兴书目(203,222,223)
周礼(153,280)
周书(86,98,101,103,170)
周易(44,45,103,204)
麈史(183)
著姓略记(6)
撰《孔子正言》竟述怀诗(41)
资暇录(244,250,252)
资治通鉴(9,23,24,36,37,63,88,98)
子夜歌(49)
自遣诗三十首(233)
自庄严堪善本书目(274)
宗武生日(245)
奏弹王源(5)
醉翁亭记(175)
左传(3,4,44,246)
左佐集(147)